MO YAN

{ 莫 言 作 品 典 藏 }

Winner of the
Nobel Prize
in Literature

食草家族

食草家族

THE HERBIVOROUS FAMILY

莫 言
Mo Yan

2005年1月,在日本北海道

母亲和父亲

1996年,在北京家中书房

2005年11月,在张家口坝上

2014年7月,在法国依云

2013年第二届中华艺文奖奖杯

2012年诺贝尔文学奖证书

第一夢：紅蝗

第二了凌晨太陽升起前的四十至五十分鐘光景，我行走在故鄉一片尚未開墾的荒地上。初夏時節，我冬和初春的記憶淡漠。荒地上雜草叢生，葉黑碌、結實、枯瘦。輕盈的煙霧迅速地消逝着。雖然有霧，但空氣還是异常乾燥。當一雙穿着牛皮涼鞋的脚和另一雙穿着羊皮涼鞋的脚無情地踐踏着生命力頑强的野草時，我正在思念着一個打了我耳光的女人。

我百思難解她為什麼要打我，因為我與她素不相識。她打我之前五十分鐘我在"太平洋冷飲店"北邊的樹蔭下邊一觀賞着掛在樹枝上的鳥籠子和籠子裏的畫眉。鳥籠子大同小异，畫眉也大同小异。畫眉在懶惰的鳴叫過程中從容進食和排泄，當然更加无以忘記。這是我開春以來一直堅持觀察畫眉得出的結論。去了在的這些日子裏，我一得閒空便從"太平洋冷飲店"

作者的话

这本书是我于 1987—1989 年间陆续完成的。书中表达了我渴望通过吃草净化灵魂的强烈愿望,表达了我对大自然的敬畏与膜拜,表达了我对蹼膜的恐惧,表达了我对性爱与暴力的看法,表达了我对传说和神话的理解,当然也表达了我的爱与恨,当然也袒露了我的灵魂,丑的和美的,光明的和阴晦的,浮在水面的冰和潜在水下的冰,梦境与现实。

目 录

第一梦　红蝗
1

第二梦　玫瑰玫瑰香气扑鼻
115

第三梦　生蹼的祖先们
159

第四梦　复仇记
233

第五梦　二姑随后就到
303

第六梦　马驹横穿沼泽
353

圆梦——代后记
365

第 一 梦

红　蝗

一

　　第二天凌晨太阳升起前约有十至十五分钟光景,我行走在故乡一片尚未开垦的荒地上。初夏老春,残冬和初春的记忆淡漠。荒地上杂草丛生,草黑绿、结实、枯瘦。轻盈的薄雾迅速消逝着。尽管有雾,但空气还是异常干燥。当一双穿着牛皮凉鞋和另一双穿着羊皮凉鞋的脚无情地践踏着生命力极端顽强的野草时,我正在心里思念着一个打过我两个耳光的女人。

　　我百思难解她为什么要打我,因为我和她素不相识。她打我之前五十分钟我在京城的"太平洋冷饮店"北边的树阴下逐一观赏着挂在树杈上的鸟笼子和笼子里的画眉。鸟笼子大同小异,画眉也大同小异。画眉在恼怒的鸣叫过程中从不进食和排泄,当然更加无法交配。这是我自从开春以来一直坚持观察画眉得出的结论。在过去的这些日子里,我一得闲空就从"太平洋冷饮店"前面那条铺着八角形水泥板、两边栽满火红色鸡冠花的小路上疾走过,直奔那些挂在树杈上的画眉们。我知道我的皮鞋后跟上的铁钉子敲叩着路面发出清脆的响声,我知道几十年前、几百年前,骡马的蹄铁敲打我的故乡高密县城里那条青石条铺成的官道时,曾经发出过更加清脆的响声。我一直迷恋着蹄铁敲击石头发出的美妙的音乐。几年前的一个深夜里，一辆夜间进城的马车从我居住的高楼前的马路上匆匆跑过，我非常兴奋，在床上折身坐起，聆听着夜间愈显响亮的马蹄声。马蹄声声声入耳，几乎穿透我的心。当马蹄声要消逝时，头上十五层的高楼里，似乎每个房间里都响起森林之兽的吼叫声。那个腿有残疾的姑娘，从动物园里录来各种动物的叫声，合成一盘录音带，翻来覆去地放。我在楼道的出口经常碰到她，她的眼神如河马的眼神一样流露着追思热带河流与沼泽的神秘光芒。城市飞速膨胀，马蹄被挤得愈来愈远，蝗虫一样的人和汽车充塞满了城市的每个角落，"太平洋冷饮店"后边的水泥管道里每天夜里都填塞着奇形怪状的动物。我预感到，总有一天我会被挤进这条幽暗的水泥管道里去。

我是今年的三月七号开始去树阴下看画眉的，那天，与我们学校毗邻的农科院蝗虫防治研究所灰色高墙外的迎春花在暖洋洋的小春风里怒放了几万朵，满枝条温柔娇嫩的黄花，空气里洋溢着淡淡的幽香，灰墙外生气蓬勃，众多的游男浪女，都站在高墙外看花。起初，我听说迎春花开了也是准备去看花的，但我刚一出门，就看到一个我认识的教授扶着一个我认识的女学生细长的腰在黑森森的冬青树丛中漫步。教授满头白发，女学生像一朵含苞待放的玫瑰花，谁也没注意他和她，因为他像父亲，她像女儿。他和她也是去看迎春花的，我不愿尾随他们，也不愿超越他们。我走上了"太平洋冷饮店"外边那条铺了八角水泥板的小路。

三月七号是我的生日，这是一个伟大的日子。这个日子之所以伟大当然不是因为我的出生，我他妈的算什么，我清楚地知道我不过是一根在社会的直肠里蠕动的大便，尽管我是和名列仙班的治蝗专家刘猛将军同一天生日，也无法改变大便本质。

走在水泥小径上，突然想到，教授给我们讲授马克思主义伦理学时银发飘动，瘦长的头颅晃动着，画着半圆的弧。教授说他挚爱他的与他患难相共的妻子,把漂亮的女人看得跟行尸走肉差不多。那时我们还年轻,我们对这位衣冠灿烂的教授肃然起敬。

我还是往那边瞟了一眼,教授和女学生不见了。看花的人站成一道黑墙壁,把迎春花遮没了。我的鞋钉与路面敲击发出橐橐的响声,往事忽然像潮水一样翻卷,我知道,即使现在不离开这座城市,将来也要离开这座城市,就像大便迟早要被肛门排挤出来一样,何况我已经基本上被排挤出来。我把人与大便摆到同等位置上之后,教授和女学生带给我的不愉快情绪便立刻淡化,化成一股屁一样的轻烟。

我用力踏着八角水泥坨子路,震耳的马蹄声、遥远的马蹄声仿佛从地下升起,潮湿的草原上植物繁多,不远处的马路上,各色汽车连成一条多节的龙,我听不到它们的声音。我听着马蹄声奔向画眉声。

起初,遛画眉的老头子们对我很不放心,因为我是直盯着画眉去的,连自己的脚都忘记了。老头子们生怕我吃了他们的画眉鸟。

画眉鸟见了我的脸,在笼子里上蹿下跳,好像他乡遇故交一样。并不是所有的画眉都上蹿下跳,在最边角上挂着的那只画眉就不上蹿下跳。别的画眉上蹿下跳时,它却站在笼中横杠上,缩着颈,蓬松着火红色的羽毛,斜着眼看笼子的栅栏和栅栏外的被分隔成条条框框的世界。

我很快就对这只思想深邃的画眉产生了兴趣,我站在它面前,目不转睛地看着它。它鼻孔两侧那两撮细小的氄毛的根数我愈来愈清楚。它从三月八号下午开始鸣叫,一直鸣叫到三月九号下午。这是养它的那个老头儿告诉我的。老头儿说这只画眉有三个月不叫了,昨儿个一见了你,你走了后它就叫,叫得疯了一样,蒙上黑布幔子它在笼子里还是叫。

这是画眉与你有缘分,同志,看这样您也是个爱鸟的主儿,就送给你养吧!老头儿对我说。

我迷惑地看着这个老头儿疤痕累累的脸,心脏紧缩,肠胃痉挛,一阵巨大的恐怖感在脊椎里滚动,我的指尖哆嗦起来。老头儿对我温柔地一笑,笑容像明媚的阳光一样,我却感到更加恐怖。在这个城市里,要么是刺猬,要么是乌龟。我不是刺猬不是乌龟就特别怕别人对我笑。我想,他为什么要把画眉送我,连同笼子,连同布幔,连同青瓷鸟食罐,连同白瓷鸟水罐,附带着两只铿亮的铁球。那两只球在老头子手心里克啷克啷地碰撞滚动,像两个有生命的动物。凭什么?无亲无故,无恩无德,凭什么要把这么多老人的珍宝白送你?凭什么笑给你看?我问着自己,知道等待我的不是阴谋就是陷阱。

我坚决而果断地说,不要,我什么都不要。您,把它拿到鸟市上卖了去吧。我逛过一次鸟市,见过好多鸟儿,最多的当然是画眉,其次是鹦鹉,最少的是猫头鹰。

"夜猫子报喜,坏了名声。"老头子悲凉地说。

马路上奔驰着高级轿车造成的洪流,有一道汹涌的大河在奔涌。东西向前进的车流被闸住,在那条名声挺大的学院路上。

我似乎猜到了老头子内心里汹涌着的思想的暗流,挂在他头上树枝的画眉痛苦的鸣叫使我变得异常软弱,我开口说话:老大爷,您有什么事要我办吗?有什么事您只管说,只要我能办到的……

老头子摇摇头,说,该回家啦!

以后,老头子依然在树下遛他那只神经错乱的画眉鸟儿,铿亮的铁球依然在他的手里克啷克啷滚动,见到我时,他的眼神总是悲凄凄的,不知是为我悲哀还是为他自己悲哀,抑或是为笼中的画眉悲哀。

就在那个被那莫名其妙的摩登女人打了两个耳光的下午,漫长的春天的白昼我下了班太阳还有一竹竿子高,鸡冠花像血一样镶着又窄又干净的小路,我飞快地往北跑,急着去注视那只非凡的画眉,有一只红色的蜻蜓落在鸡冠花的落叶上,我以为那是片花瓣呢,仔细一看是只蜻蜓。我慢慢地蹲下,慢慢地伸出手,慢慢地张开伸直的拇指与我勾起的食指,造成一个钳形。蜻蜓眼大无神,眼珠笨拙地转动,翅膀像轻纱,生着对称的斑点。我迅速地钳住了它的肚子,它弯下腰啃我的手指。我感觉到它的嘴很柔软,啃得我的手指痒酥酥的,不但不痛苦,反而很舒服。

画眉早就在那儿等着我了,我站在它面前,听着它响亮的叫声,知道了它全部的经历和它目前的痛苦和希望。我把蜻蜓从鸟笼的栅栏里送给它吃,它说不吃,我只好把蜻蜓拿出来,让蜻蜓继续啃我的手指。

我终于知道了老头儿是我的故乡人,解放前进城做工,现在已退休,想念家乡,不愿意把骨头埋在城西那个拥挤得要命的小山包上,想埋在高密东北乡坦荡荡与天边相接的原野上。老头儿说几十年前那场大蝗灾后遍地无绿,人吃人尸,他流浪进城,再也没回去。

我很兴奋,老乡见老乡,两眼泪汪汪,说了一会儿话,天已黄昏,鸡冠花像火苗子一样燃烧着,画眉的眼珠像两颗明亮的火星,树丛里椅子上教授用惨白的手指梳理着女学生的金黄的披肩长发。他们幸福又宁静,既不妨碍交通,又不威胁别人的生命,我忽然觉得应该为他们祝福。落日在西天辉映出一大片绚丽的云霞,头上的天混混沌沌,呈现着一种类似炼钢炉前的渣滓的颜色,马路上的成千上万辆自行车和成千上万辆汽车都被霞光照亮,街上,垂在尚未完全放开的白杨树叶下的路灯尚未通电。行施夏令时间后,我总是感到有点神魂颠倒,从此之后,画眉鸟儿彻夜鸣叫就不是一件反常的事情了吧。在椅子上,教授的银发闪烁着璀璨的光泽,好像昆虫的翅膀。画眉鸟抖动着颈上的羽毛歌唱,也许是詈骂,在霞光中它通红,灼热,我没有任何理由否定它像一块烧熟了的钢铁。老头儿的鼻尖上汪着一层明亮的红光,他把画眉笼子从树杈上摘下来,他对我说:小乡亲,明天见了!他把黑布幔子蒙在鸟笼子上,焦躁的画眉碰撞得鸟笼子嘭嘭响,在黑暗里,画眉拖着尖厉的长腔啸叫着,声音穿透黑暗传出来,使我听到这声音就感到很深的绝望,我知道该回家了。附近树下遛鸟的老头儿们悠晃着鸟笼子大摇大摆、一瘸一颠地走着归家的路,鸟笼子大幅度地摇摆着。我曾经问过老乡,为何要晃动鸟笼,难道不怕笼中的鸟儿头晕恶心吗?老乡说不摇晃它它才会头晕恶心呢,鸟儿本来是蹲在树枝上的,风吹树枝晃动鸟儿也晃动。晃动鸟笼子,就是让鸟儿们在黑暗的笼子里闭上眼睛思念故乡。

我站在树下,目送着鸟笼子拐入一条小巷。暮色深沉,所有的树木都把黑的影子投在地上,小树林的长条凳上坐满了人,晦暗的时分十分暧昧,树下响着一片接吻的声音,极像一群鸭,在污水中寻找螺蛳和蚯蚓。我捡起一块碎石头,举起来,想向着污水投去——

我曾经干过两次投石的事,每一次都落了个坏下场。第一次确实是有一群鸭在污水中寻觅食物,它们的嘴呱唧呱唧地响着,我讨厌那声音,捡了一块石片掷过去,石片准确地击中了鸭子的头颅,鸭子在水面上扑棱着翅膀,激打起一串串浑浊的浪花。没受伤的鸭子死命地啄着受伤的同伴。白色的鸭羽纷纷脱落,鸭子死了,漂在水面上,活着的鸭子沿着渠边继续觅食,萎靡的水草间翻滚着一团团浑浊的泥汤,响着呱唧呱唧的秽声,散发着一股股腥臊的臭气。我掷石击中鸭头后,本该立即逃跑才是,我却傻乎乎地站着,看着悲壮的死鸭。渠水渐趋平静,渠底的淤泥和青蛙的脚印清晰可辨,一只死蛤蟆沉在水底,肚皮朝着天,一条杏黄色的泥鳅扭动着身躯往淤泥里钻。那只死鸭的两条腿一条长一条短像两只被冷落的船桨耷拉在水中。渠水中映出我的巴掌大的脸,土黄色,多年没洗依然是土黄色,当时我九岁。鸭的主人九老妈到渠边来找鸭子回家生蛋时发现了我和她的死鸭,当时的情景我记忆犹新——

九老妈又高又瘦的身躯探到渠水上方,好像要用嘴去叼那只死鸭,那时我看到她的脖子又细又长,好像一只仙鹤。她脑后的小髻像一片干巴巴的牛粪。九老妈是没有屁股的,两扇巨大髋骨在她弯腰时突出来,正直地上指。令人心悸的喊叫声从九老妈的胸腔里发出,平静的水面上皱起波纹,那是被九老妈的嘶叫声砸出来的波纹。紧接着,九老妈就跳到渠水中去了,她的步子迈得是那样的大,一步就迈过了半条渠,高腿移动时她的身躯还是折成一个直角,整个人都像用纸壳剪成的——会念书以后我知道了九老妈更像木偶匹诺曹。九老妈拎起鸭来,口里大发悲声。她万不该在渠底滞留——水底的淤泥是那样松软那样深,她的双脚是那样尖锐那样小,她光顾了哭她的鸭子啦,感觉不到两只脚正往淤泥里飞快地陷,我看不到她的脚下陷,她跳下渠时把水搅浑了。我看到她在渠水中渐渐矮下去,水飞快地浸透了她的灯笼裤子,上升到相当于屁股的位置。她想转身跳上渠岸时淤泥已经把她固定在渠里了。她还没忘记死鸭子,还在骂着打死她的鸭子的坏种。她一定想干脆爬到渠对面去吧,一迈步时,我听到了她的髋骨"咯嘣、咯嘣"响了两声。九老妈扔掉鸭子,大声嚎叫起来。

后来她想起了站在渠畔上的我,便用力扭转脖子,歪着那张长长的脸,呼叫着我的乳名,让我赶快回村里找人来搭救她。

我冷冷地看着她,盘算着究竟去不去找人拖她上来。一旦救她上来,她就会忘掉陷在泥淖里的痛苦而想起死掉鸭子的痛苦;我喊人救她的功绩将被她忘得干干净净,我打死她的鸭子的罪过她一点也不会宽恕。但我还是慢吞吞地往村子里走去了,我边走边想九老妈这个老妖精淹死在渠水里也不是件坏事。

我找到九老妈的丈夫九老爷,九老爷已经被高粱烧酒灌得舌头僵硬,我说九老妈掉到渠里去了,九老爷翻着通红的眼睛咂了一口酒说活该。我说九老妈快要淹死了,九老爷嘬一口酒说正好。我说九老妈真要淹死啦你不去我可就不管了。九老爷把瓶子里的酒喝光了,扔掉酒瓶子,从草垛上拔下一柄二齿钩子,拖着,跟我走。他走得摇摇晃晃,使人担心他随时都会歪倒,但他永远歪不倒,九老爷善于在运动中求平衡,在歪三扭四中前进。

隔老远就听到九老妈鬼一样的叫声了。我们走到渠边时,看到渠水已淹到九老妈的肚子,她的两只手焦急、绝望,像两扇鸭蹼拍打着水。渠道里的臭气被她搅动起来,熏得人不敢呼吸。

听到我们的脚步声,九老妈拧回头。一见九老爷到,九老妈的眼睛立刻闪烁出翠绿的光芒,像被恶狗逼到墙旮旯里的疯猫的眼睛。

九老爷不晃动就要歪倒,他在渠边上前走走,后倒倒,嘴角上漾着孩童般纯真的笑容,两只红樱桃一样的眼睛眯缝着,射出的红色光线亲切而柔和。

死不了的醉鬼!九老妈在水里恶狠狠地骂着。

九老爷一听到九老妈的骂声,狡猾一笑说,你还能骂老子,拖上你来干什么?拖上你来还不如拖上那只死鸭子来,煮了下酒。那只死鸭子已漾到渠道边,九老爷用钩子把死鸭挠上来,提着鸭颈,拖着二齿钩子转身就走。

九老妈双手拍打着水,连声告饶。

九老爷转回身来说:叫亲爹!

九老妈爽快地叫着:亲爹亲爹亲爹!

九老爷挪到水边,双手高举起锋利的二齿钩子,对着九老妈的脑袋就要楔下去。九老妈惊叫一声,用力把身体歪在水里。九老爷晃荡着身体,嘻嘻哈哈地笑着,像老猫戏耍小耗子一样。二齿钩子明亮的钢齿在九老妈头上划着各种各样的曲线,九老妈的半截身子左倒右歪,前倾后斜,搅得满渠水响。最后,九老妈气喘吁吁,身体不再扭动,颈子因为一直扭着,头好像转不回去了。污水已经淹到她的乳下,她的脸涨得青紫,头发上全是淅淅沥沥的脏水。九老妈忽然放声大哭,哭里挼着骂:老九,老九,你这个黑心的杂种!老娘活够啦,你把老娘用钩子打死吧……

九老妈一哭,九老爷赶快哄,别哭别哭,抓住钩子,拖你上来。

九老妈一只手抓住一根钩子齿,侧歪着身子,嗓子里还"嗝嗝"地哽咽着,净等着九老爷往上拖。

九老爷往手心里啐了两口唾沫,攥住二齿钩子的木柄,死劲往后一拽。九老妈的身体在渠水里鼓涌了一下,九老妈的嘴里发出哎哟一声叫,九老爷手一松,九老妈又陷下去,水和淤泥咕噜咕噜响着。

我帮着九老爷把九老妈从淤泥里拔出来。九老妈像一个分叉的大胡萝卜。渠水咕咕地响着,淤泥四合,填补着九老妈留下的空白,一股奇异的臭气从渠里扑上来,我坚信在中国除了我和九老妈、九老爷外,谁也没闻过这种臭气。

我们把九老妈拖到渠畔草地上,阳光十分灿烂,照耀着草地,那是盛夏的上午,沼泽地里汪着铁锈色的水,水面上漂浮着铜钱大的油花子,深埋在地表下的昆虫尸体在进一步腐烂,草叶多生着白茸茸的细毛,九老妈卧在绿草上,像一条昏睡的大泥鳅。

九老妈蠕动着,把两条脚往前曲,两只臂往后移,背弓起来,像一只造桥虫。九老爷挼着她的胳膊把她扶起来,她的脖子好像断了一样歪来歪去,头颅似乎很沉重。九老爷更亲密地挼扶着她,她逐渐好了起来,脖子愈来愈硬,双眼也有了光彩,但九老妈就像那条冻僵了的蛇一样不值得可怜,她刚刚恢复了咬人的能力就在九老爷的胳膊上狠狠地咬了一口。九老爷用力挣胳膊,一大块皮肉就留在九老妈嘴里了。九老妈嚼着九老爷的肉,追赶九老爷。她赤脚跑到潮湿的草地上,脚后跟像蒜锤子一样捣着地,在地上捣出一些溜圆溜圆的窝窝。

我左手拖着二齿钩子,右手提着死鸭,尾随着他们。

第一次投石引出了上边一大团文章,第二次投石我击中了一块窗玻璃,挨了老师三拳两脚。这是第三次,我握着沉甸甸湿漉漉的石头,心里反复掂量着,是投,还是不投。呱唧呱唧的亲嘴声残酷地折磨着我,路灯昏黄而淫荡,如果把石头飞出去,恰好落在教授或者女学生秀美的头颅上,后果是什么?你一定会挨一顿痛打,然后被扭送到公安局里去,警察先用电棒子给你通电,然后让你回家取钱,为教授或者女学生治疗头颅,如果治好了还好,如果留下后遗症你一辈子也难得清静。想到这严重后果,我的手指松动,砖头急欲坠地。但恋爱着的人们愈加肆无忌惮了,好像他们是演员,我是观众。天上乌云翻滚,雾气深沉,把路灯团团缠绕,黄光射不出,树影里愈加黯淡,画眉此时在老头子家噪叫,我蓦然低首,发现右手卡着一块石头,左手捏着一只蜻蜓。在椅子上扭动着女学生和教授,她发出绝望的哭叫声,教授气喘吁吁,短促而焦急地嘟哝着什么。我把那块石头又捏紧了,我举起了手,手腕子又酸又麻——那个穿着一件黑色长裙的女人像一只巨大的蝙蝠从树后——也许是从树上飞出来,她身上浓烈的香水味刚扑进我的鼻子,我的左边脸颊上就被她批了一个巴掌。石头落地,打在我自己的脚背上。我像一只猿猴跳起来,无声地跳跃着。

我捂着火辣辣的半边脸,捏着蜻蜓去追赶那个女人。她轻盈地扭动着在黑色纱裙里隐约可见的两瓣表情丰富的屁股,沿着两侧盛开着鸡冠花的八角形水泥坨子铺成的小路,飞快地向前进。这时乌云滚到天边,清风骤起,雾淡薄了,朗朗月光照亮了天,温暖黄光照明了地,我清楚地看到她的装在肉色高筒袜里的修长结实的小腿,乳白色高跟皮凉鞋飞快地移动,路面橐橐响,节奏轻快,恋爱者发疯的事顿时被我忘得干干净净。我听到了更加遥远就更加亲切的美妙的马蹄声。是一匹黑色的小马驹在高密县衙门前的青石板道上奔跑着发出的声音。它使我是那样的激动不安,小心翼翼,好像父亲从母亲手里接过一个新生的婴儿。

我跟随着黑衣女人,脑子里的眼睛看到那匹黑色的可爱马驹翻动四只紫色的小蹄子。四个小蹄子像四盏含苞欲放的玫瑰花。它的尾巴像孔雀开屏一样挓挲开。它欢快地奔跑着,在凸凹不平的青石板道上跑着,青石闪烁着迷人的青蓝色,石条缝里生长着极小但十分精神的白色、天蓝色、金黄色的小花儿。板石道上,马蹄声声,声声穿透我的心。板石道两侧是颓废的房屋,瓦楞里生着青草,新鲜的白泥燕巢在檐下垂着,油亮的燕子在房脊上的空中飞行。临街的墙壁斑驳陆离,杂草丛中,一条褐色蜥蜴警惕地昂着头。

绿色的马驹儿,跑在高密县衙前,青石铺成的板道,太阳初升,板道上马蹄声声……

金色的马驹儿,跑在高密县衙前,青石铺成的板道,暮色深重,板道上马蹄声声……

蓝色的马驹儿,跑在高密县衙前,青石铺成的板道,冷月寒星,板道上马蹄声声……

你跟着我干什么?在"太平洋冷饮店"门前,黑纱裙女人停脚转身,像烈士陵园里一棵严肃的松树,低声、严厉地质问我。

冷饮店放着动人的音乐,灯火明亮,从窗户里扑出来。我贪婪地嗅着从女人的纱裙里飘漾出来的肉的香味,嗫嚅道:你,为什么打我一耳光?

女人温柔地一笑,两排异常整齐的雪白的牙齿闪烁着美丽的瓷光,她问:刚才打的是哪边?

我指着左腮说:这边。

她把左手提着的鲨鱼皮包移到右手里,然后抬起左臂,在我右脸上批了一耳光。我感觉到她的中指或是无名指上戴着一枚金戒指。

好啦!她说,不偏不倚,一边一下,你走吧!

她转身走进冷饮店,店门口悬挂着的彩色塑料挡蝇纸条被屋里的电扇风吹拂着,匆匆忙忙地飘动。

我抚摸着被金戒指打在腮上的凹槽或叫烙印,心中无比凄凉时而又怒火万丈,但我不恨这个神秘的女人。她坐在靠窗户的一张桌子上,桌上铺着雪白的塑料布,她把双肘支在桌子上,双手捧着腮,两根纤细的小指并拢按住鼻梁,一个黄金的圈套果然在她的中指第二关节上闪烁着醉人的光芒。一个风度翩翩的男服务员走到桌前问了她几句话,她的手没动,被双掌外侧挤得凸出的嘴唇懒洋洋地动了几下。服务员转身就走。她的双唇鲜红、丰满,她捂着脸压着鼻子,嘴唇被特别强调,我感到我很可能要犯错误,因为,我的干燥嘴唇自动地噘起来,它像一只饥饿的猪崽子寻找母猪的奶头一样想去咂吮玻璃里边那两片红唇。我惊讶地发现我身上也有堕落的因素,几十年的道德教育铸造成的"金钟罩"竟是如此脆弱,这个女人,用她柔软的手掌温柔地打了我两巴掌,就把我的"金钟罩"打得粉碎,我非常想堕落,我甚至想犯罪,我想咬死这个身着黑纱裙两巴掌打死了我的人性打活了我的兽性的女人,这个女人与其说是个女人不如说是个水妖。男服务员端着一个托盘走到她的桌前。一瓶"太平洋"汽水在她面前沸沸地升腾着一串串的气泡,白色的塑料吸管在瓶中站着颤抖;一块奶油蛋糕冷冷地坐在她面前的一只景泰蓝碟子里,碟子沿上放着一柄寒冷的不锈钢四股叉。她把手从脸上拿下来时我发现她的脸像碟子里的蛋糕一样苍白,吸管插进她的嘴,汽水进入她的喉,有两滴明亮的像胶水一样的泪水从她的眼睑正中滚下来，她抖擞着睫毛，甩掉残余的泪水，像爬上岸的马驹抖擞鬃毛和尾巴甩掉沾在身上的河水一样。

我打了一个冷战，心里异常难过。几滴冰凉的小便像失控的冻雨滴在我的大腿上，夜气朦胧，凉露侵入肌肤，我的肩背紧张，颈项酸麻转动困难。公共汽车在我身后的杨树下嘎嘎吱吱停住，我不回头也知道一群男女从车上涌下来，他们从哪里来，他们要到哪里去，他们是去维护道德还是去破坏道德，这座城市里需不需要把通奸列为犯罪，我的脑袋沉重运转着，我的戴金丝眼镜的同学说，这座城市里只有两个女人没有情夫，一个是石女，另一个是石女的影子。我感到很可怕又感到很超脱，两行热泪濡湿了我的面颊。

从公共汽车上下来的乘客向四面八方消散，他们走进紫色的夜的隐秘的帷幕，犹如游鱼钻进茂密如云的水中森林。有三男二女进入了冷饮店，黑纱裙女人用不锈钢叉子把蛋糕挑起来，咬了一小口，用舌尖品咂一下，肯定觉得很好吃了，我看到她狠狠咬了一大口蛋糕，几乎不咀嚼就吞了下去，蛋糕在她修长的脖颈上凸起一个圆圆的包，好像男人的喉结。她扔下叉子和蛋糕，拎起皮包，撩起彩色挡蝇塑料纸，走出冷饮店，连看都没看我，就横穿过马路。她走在斑马线上，她的白色高跟鞋敲着斑马的肚腹，发出沉闷的响声。所有的人都讨厌你！为什么讨厌我？你整天放那盘虎啸狼吟的磁带，我们家的孩子都得了眼球震颤症。我没放虎啸狼吟的磁带。非马非驴的怪声从动物园姑娘的房间里传出来。你听！这是斑马与野驴的叫声。你是不是有神经病？是你还是我？当然是你啦。你知道我丈夫是谁吗？是谁？戴维·西西可夫！洋人？南非好望角山地来的。姓斑，名马，哺乳纲马科，体高一米三十厘米，毛色淡黄，有黑色条纹，可与马、驴杂交，生出麒麟，头上有角，嗜食玫瑰花。行啦！行啦！你听听,他们叫得多么好听!是你丈夫在叫?是斑马,和野驴。这是麒麟的叫声。什么颜色呀,你好好看,往那儿看!紫色的沼泽地里生长着带毒的罂粟花,花瓣过分滋润,不像植物的生殖器官,像美女腮上的皮。蚊蚤孳生,腐草和款冬的叶子陈陈相因,如同文化沉淀,紫色的马驹在沼泽地里一步步跋涉。斑马!修长的腿上和平坦的肚腹上沾满了紫色的泥泞。野驴!一辆出租汽车从一条幽暗的巷子里飞也似的冲出来,雪亮的灯光照清了粘在斑马线上的一根香蕉皮。黑纱裙女人在光柱里跳跃着,纱裙翻动,露出了紧绷在她屁股上的鲜红的裤衩,像一片灿烂的朝霞。狗杂种!她的一条大腿像雪一样白,它撩得那样高,不是舞蹈演员的女人无法把大腿撩到那样的高度。在短短的一瞬间里她的四肢和着纱裙凌乱飘动,一声斑马的吼叫从她嘴里冲出来,她的大张着的嘴巴、圆睁着的眼睛在雪亮的白光里闪烁了一下就不见了,紧接着我又看到了她的鲜红的裤衩在翻动的黑纱裙里闪烁着,像飞行中的蝗虫的鲜红的内翅。蝗虫扇动着内翅飞行。沉闷的、咯唧咯唧的、碰肉碾肉轮胎摩擦地面发动机爆裂的声音与一连串的映像同时发生,她消逝了。

　　她像那匹紫色的马驹一样消逝了,她与那匹紫色的马驹一起消失了。那时候非洲高高的山地上奔驰着成群结队的斑马,非洲燠热的河流中蠢动着成群结队的河马。你要去看吗?我带你去,不用买门票。我丈夫每天要吃五十公斤青草。它们都挺胖。是我精心饲养的。你怎么能录下它们的叫声呢?我把话筒绑在它们尾巴上。傍晚的太阳像带剧毒的红花一样艳丽,高密县衙前,青石的板道,板道上马蹄声声,紫红的马驹翻动着处女乳房一样的小蹄子在板道上奔跑,晚霞如血,马驹像一个初生的婴孩。后来我看到那匹马驹跑下板道,它又跑上板道,青石板道在荒草丛中出没,一直通向高密东北乡南端那五千多亩与胶县的河流连通的沼泽地。板道爬到沼泽地边缘上,似乎戛然而止,暗红色的低矮灌木丛生在沼泽的边缘上,再往里去,是一蓬蓬、一片片葳蕤的野草,草丛间汪着暗红色的泥浆,多么像四老妈春天的酱缸里发酵的黄豆酱啊,啊!啊!啊!啊!啊!啊啾!你好像感冒了。我感冒不感冒与你有什么关系?你吃饱了没事干躲进屋里去砸核桃去,真是!你多像匹斑马呀,这条裙子,一道白、一道黑。斑马?一提起斑马,她的脸上就显出心驰神往的表情:非洲,多远啊!我丈夫总有一天会带我到那里去的。你是拿定主意去非洲了?拿定了。我今天掉了一颗门牙,你说是怎么回事?斑马有多少颗牙齿你知道吗?紫红的马驹庄严地鸣叫着,沼泽地里盛开着吞噬蚊蝇的花朵,它们散布着漂亮女人才具有的肉欲的香气;一片像树一样的草本植物大水荇在沼泽地里杏黄着肥硕的叶子,悬挂着一串串麦穗状的粉红色花序。几百年前,这马驹,那马驹,神圣马驹艰难地、浪漫地穿越过这片沼泽的祖先那时的大沼泽,那时的明媚阳光把马驹照耀得如同黄金与鲜花。

秋天的印象,沼泽地里色情泛滥,对岸,高密东北乡的万亩高粱"红成汪洋的血海",看去又似半天红云。五彩的马驹眯缝起万花筒般的眼睛,看看赤红的天,看看暗红的沼泽,看看对岸鲜红火热的高粱,它睁开了眼睛,湛蓝清澈。马驹试试探探地往沼泽地里走去,一个挽着裤腿子,穿着花褂子,乳房丰满、臀部浑圆的妙龄少女摸着石头过河。多么好啊,我多么想亲吻你丰满的臀上那一抹鲜红的阳光,你的尾根翘起,散开的尾巴像一束金丝,深陷在红色淤泥里你的少女乳房般的娇嫩马蹄,让我吻你吧!啊,啊,啊啾!烧点姜汤喝吧,我房里有姜。你见过斑马吃姜吗?笑死活人。马驹叫着,走进沼泽,成熟的沼气从泥潭里冒出,噗嗤噗嗤地响着,死亡的气息十分严重!

警察的警车上旋转着一盏鲜红的灯,生存在这座城市里的动物听到警车的声音都感到不寒而栗。警车上跳下警察,警察手持高压电棒往前走，围绕着出租车的人们松软地散开，我远远地嗅到了黑衣女郎的鲜血的甜味，倒退了三步，拐进小巷，跟跟跄跄地跌入高楼的最底层。

拉开灯我看到从门缝里塞进来的报纸，按照惯例我从最后一版看起：大蒜的新功能粘接玻璃。青工打了人理应教育，胳膊肘朝里弯有啥好处。中外钓鱼好手争夺姜太公金像。一妇女小便时排出钻石。高密东北乡发生蝗灾！

本报通讯员邹一鸣报道：久旱无雨的高密县东北乡蝗虫泛滥，据大概估计，每平方米约有虫150只到200只，笔者亲眼所见，像豆粒般大小的蝗虫在野草和庄稼上蠕蠕爬动，颜色土黄。有经验的老人说，这是红蝗幼蝻，生长极快，四十天后，就能飞行，到时遮天盖地，为祸就不仅仅是高密东北乡了。据说，五十年前，此地闹过一场大蝗灾，连树皮都被蝗虫啃光了，蝗灾过后，饥民争吃死尸。

前天晚上我挨过耳光、思念沼泽地里的马驹之后，读到了有关高密东北乡发生蝗灾的报道，昨天上午我跑到——沿着"太平洋冷饮店"前的八角形水泥坨子路飞跑到老头儿们遛鸟的小树林，路旁的血红鸡冠花上挑着点点白露珠，黑纱裙女人鲜红的裤衩和鲜红的嘴唇，她的鲜红的血和警车上快速旋转的红灯。石板道上马蹄声声。那只疯狂的画眉老远就看到我跑来了，抖动着血一样的翎毛，张着鲜艳的嘴卷着锐利的舌尖为我鸣叫。我跟画眉匆匆打过招呼，便把一张慌慌张张的脸转向老头儿被朝霞映红的脸，我把登载着蝗虫消息的晚报递给他，他同时递给我的一张晚报上登载着蝗虫的消息。

红蝗虫！老头儿像提一个伟大人物的名字般诚惶诚恐地说，红蝗虫！

　　他的眼睛躲躲闪闪，一提到红蝗虫他就好像怀上了鬼胎。我马上记起他说他是五十年前闹蝗灾后背井离乡流浪到城里来的，一定是那场灾祸的情景历历如在他的眼，他才如此惶恐和不安。他开始给我讲说那场大蝗灾的情景，我却荒唐地想到那只蜻蜓一直被我用右手的食指和拇指捏到十五层大楼的地下室里，看完了蝗虫的晚报，我才发现蜻蜓尚在我的手，我放下它，它的长肚子已经烂了，我用刀子切掉它的肚子，它抖抖翅子，像一粒子弹，射到天花板上，再也不动了。

　　关于五十年前那场大蝗灾我比当时亲身与蝗虫搏斗的人知道得还要多，我既相信科学，又迷信鬼神，既相信史志，又迷恋传说，因为下午三点我要乘车赶回高密东北乡，时间紧张，我说，老大爷，下午我就回去，您有事吗？老头说，要是我死了，你就把我的骨灰盒带回去，可惜还死不了。我说光知道您是高密东北乡，可不知道您是哪个村的？流沙口子！哎哟哟，流沙口子，就在河北边，离我们村一里路呐！可我从来也没听说流沙口子村有您这么个人啊！五十年啦，从没回去过，家里人都死光了，我流浪出来时十五岁，恍恍惚惚地记着你们村里有两座庙，村东一座蚂蚱庙，村西一座刘猛将军庙。

　　再见，大爷！我着急着要去农业科学院蝗虫研究所，与老头儿告别。老头儿说：其实呢，你回去不回去都一样，这是神虫，人是无法治它的，再有四十天，它们就会飞到城里来，你用不着大老远的跑回去看它们。

　　蝗虫研究所的值班人员接待了我，我说明来意，他说，所里的研究人员已经连夜赶到高密东北乡去了，同志，你晚了！

　　我非常高兴，非常感动。我在门口的科普书店买了一本《蝗虫》，一边翻看着书里的彩色插图，一边走进食品店，为我儿子买了四盒葱味饼干用胳肢窝夹着,翻着书我匆匆穿过斑马线,一阵嘎嘎吱吱的刹车声,我抬头看到几乎撞到我髋骨上的军用吉普车,一颗年轻的愤怒的头颅从车窗里伸出来,他骂我是只土蚂蚱,他说碾死你这只土蚂蚱,我对着他点头哈腰,想着蚂蚱就是蝗虫蝗虫就是蚂蚱,我想起昨天夜里与银发教授在绿躺椅上打架的那个女学生去年春天一个风光妩媚的日子里换上了短袖衬衣,她的胳膊肌肤细腻,牛痘的疤痕像两片鲜红的鲤鱼鳞嵌在她嫩藕般的胳膊上。她满头金发。那时候教授正在讲授"一夫一妻制家庭是最合理最道德的家庭模式",那时候教授还十分年轻,五短身材上擎着一头稀薄的黑发,星目皓齿,神采飘逸,出语朗朗。女学生坐在最前排正中的位置上,她离着教授那么近,假如教授吃大蒜,大蒜的气味一定吐到她的脸上。她对教授飞眼。学生都打呵欠,流泪,有些扮着鬼脸。她慵倦地伸懒腰,双臂高举,后抻,脸上紫红的肉疙瘩像山楂果一样滚动着,腋下的黑毛刚用剃刀刮过,毛茬子青青像教授的嘴巴。她伸懒腰时,两颗乳头像两只乌黑的枪口瞄着教授的眼睛。第二天教授把他的儿子带到学校来了,他的儿子头颅庞大,身体瘦小,一个男生说教授的儿子像个山蚂蚱!当时我想如此杰出的一个孩子怎么像个山蚂蚱呢?翻看了《蝗虫》里的彩色插图,我不能不佩服这个比喻的形象和贴切。他的儿子真像个蚂蚱,处在跳蛹阶段的蚂蚱,跳蚂蚱的大头跳蚂蚱的小身子,跳蚂蚱的直呆呆的目光,跳蚂蚱的绿水汹涌的嘴巴。希特勒不也像只跳来跳去的蚂蚱吗?红蚂蚱,绿蚂蚱,蚂蚱多了就叫蝗虫,红蝗、斑蝗、东亚飞蝗、非洲紫蝗……你总想跟我说你的斑马!你周身散发着一股马粪的酸味。不好闻吗?她惊惶地眨动着黑得怪异的大眼睛。

闪开!你他妈的是不是病啦?司机点着蚂蚱脑袋骂我,我努力排斥开充斥头脑的形形色色的蚂蚱,像一只缺腿的蚂蚱,后跳了一步。吉普车呼啸而过。我闻到了一股腥味,低头一看,斑马线上,一摊紫红的干血,正对着我狞笑。我蓦然想起昨晚的事情,那个神秘的、肉感的黑衣女郎,当她轻捷地走在斑马线上时,她的裙裾翻动,雪白的大腿外侧闪烁着死亡的诱人光泽。她像只蚂蚱,或者像只蝗虫,黑的蝗虫闪动着粉红色的内翅,被咯唧一声压死了。我真为她难过,她刚打过我两个耳光就被撞死了。不,我猜想她有可能是自杀!警察怒气冲冲地问我:她是你的老婆吗?不,她不是我的老婆。我低着头匆匆逃走。这时,我突然想起,在一个暴雨如注的夜晚,我醉倒在马路上,似乎就是这个女人把我带到她的住所,帮我洗了澡,然后与我同床共枕……一定是她,因为我把她忘记了,所以她才打我。也许是因为我躲在树后听教授与女生交欢,她恨我卑鄙下作,所以要打我耳光,如果是这样,那我只好说:打得好啊,打得好。

我绕开那摊黑血,走在斑马线上我胆战心惊,我感到生活在这座城里,每秒钟都不安全,到处都是蚂蚱,我也成了一只蚂蚱,我赶快逃,去车站,买车票,没有卧铺买硬座,没有硬座买站票,我要回家,回家去看蚂蚱。久旱无雨的高密东北乡蝗虫泛滥!

二

五十年前,九老爷三十六岁,九老爷的哥哥四老爷四十岁。四老爷是个中医,现在九十岁还活得很旺相。他是村里亲眼看过蝗虫出土的唯一的人。那天是古历的四月初八,四老爷一大早给搬到两县村看一个绞肠痧病人。他骑着那匹著名的瓦灰色小毛驴,穿着一件薄棉袍,戴着一顶瓜皮小帽,帽上一疙瘩红缨,老棉布裤子,脚脖子上扎着两根二指宽的小带子,脚上一双千层底布鞋。四老爷用十二根银针扎好了绞肠痧病人,病人双眉之间有一颗生毛的大痦子。病家招待四老爷吃面条,喝高粱酒,酒肴是腌地梨、烧带鱼、虾酱拌葱白。

四老爷酒足饭饱,骑在毛驴上,太阳晒得他头晕眼花,浑身发痒。毛驴走着田间小道,久旱无雨,路上浮土很厚,陷没半截蹄子。四老爷是从那五千亩沼泽的西边往北走的,沼泽里明晃晃的,暗红色的淤泥表面平滑,高足的鹭鸶在淤泥上走,四老爷担心它们陷下去。去年秋天的芦苇和枯草在沼泽地里立着,一片片一丛丛的枯黄,新绿的颜色在枯黄下约有半尺高,雪白的小鸟在沼泽上空飞,像运动中的一团绒毛。

四老爷是拉屎时发现蝗虫出土的。那时毛驴停在路边,一动也不动,还不到中午,空气就燥热,干涸的黑土泛着白光,草和庄稼都半死不活。四老爷走进路边一块麦地,麦子细弱,像死人的毛发,黑土表面上结着一层盐嘎渣,一踩就碎,一股股烘烟的味道从地里冒起。远近无人,四老爷撩起袍子,解开裤腰,蹲在麦垄里。

四老爷拉屎过程漫长,这个特点村里人人知晓。四老爷认为蹲在干燥的野地里拉屎是人生的一大乐趣,四老爷不是万不得已,总是骑着毛驴跑到野地里拉屎。四老爷也是喜欢养鸟的,他不养画眉,他养百灵鸟,这种鸟叫得不比画眉差。四老爷把拉屎当作修身养性的过程。他蹲着,闭着眼,微微低垂着头,听着春风吹拂麦芒,听着地里的蒸汽咝咝地上升。——四老爷去野地里拉屎是选择季节的,这是必须说明的。他老人家精通阴阳五行,熟谙寒热温凉。春天,阳气上升,阴气下降,太阳强烈但不伤腠理,是最适合野外拉屎的季节。夏天燠热,地表潮湿,蚊蝇骚扰,空气凝滞,于身体无益。秋天天高气爽,金风浩荡,本来也是野外拉屎的好季节,但因为高密东北乡南临沼泽,北有大河,东有草甸子,西有洼地,形成了独特小气候,每到秋天,往往大雨滂沱,旬日不绝,河里洪水滔天,沼泽里、草甸子里、洼地里水深盈尺,一片汪洋,四老爷的屎只有拉在家院里的茅坑里。冬天寒风凛冽,滴水成冰,风像刀子一样割肉,只有傻瓜才去野地里拉屎。

百灵鸟在高空中盘旋着鸣啭,一串串漂亮俏皮的呼哨感人肺腑。如果是春阳景和风调雨顺,百灵鸟的鸣啭会使人想到残酷的爱情。四老爷聆听着高空中的鸟鸣,脑海里红潮白雨,密密麻麻地腾起,洋洋洒洒地落下,鲜红荷花开放,雪白荷花开放,口吐金莲花,雪浪湮头顶,无声无息,馨香扑鼻,如同见到我佛。——每当四老爷跟我讲起野外拉屎时种种美妙感受时,我就联想到印度的瑜伽功和中国高僧们的静坐参禅,只要心有灵犀,俱是一点即通,什么都是神圣的,什么都是庄严的,什么活动都可以超出其外在形式,达到宗教的、哲学的、佛的高度。

四老爷蹲在春天的麦田里拉屎看起来是拉屎,其实并不仅仅是拉屎了,他拉出的是一些高尚的思想。混元真气在四老爷体内循环贯通,四老爷双目迷茫,见物而不见物,他抛弃了一切物的形体,看到一种像淤泥般的、暗红色的精神在天地间融会贯通着。掠着低矮的、萎靡不振的麦穗上的黄芒,两只肥胖的鹧鸪追逐着飞行,它们短小的翅膀仿佛载不动沉重的肉体。它们笨拙地飞行。以褐色为基调,以白斑为点缀,它们的羽毛光华丰厚,两团暗红色的温暖光晕包裹着它们,形成了双飞鹧鸪的思想幻影,干燥、流通的空气里回响着鹧鸪扇动翅膀扑悠悠的声音和鹧鸪——母鹧鸪春心荡漾的鸣叫声——行不是也哥哥——忘不了亲哥哥——四老爷发现蝗虫出土之前,听到恋爱中的鹧鸪的求偶声后的一段红色淤泥般凝滞不动的时间里究竟想到了一些什么?他想没想过流沙口子村(京城里画眉老头的故乡),那个俏丽小媳妇正斜倚在门前,不,踏着门槛,靠在门框上,嘴里咬着一根草棍,水荇花盛开的颜色就是她的脸色,她两只眼睛像春季晴朗之夜的星星,闪烁着宝贵又多情、暧昧又狂荡的光芒?根据耄耋之年的四老爷的回忆,她总是穿一件暗红色阴丹士林布偏襟裉子的,也许她缝了好几件同样的裉子轮换着穿,四老爷后来形成了条件反射,一见到这种暗红色阴丹士林布偏襟褂子就动情——"文革"期间,我家墙上曾经贴着一张流行的画,画上那个小媳妇身着暗红色阴丹士林布偏襟褂子,高举着红灯,杏眼圆睁,桃腮绽怒,左侧——或者右侧的乳房十分凸出,四老爷挂着一根疙疙瘩瘩的花椒木拐棍到我家去喝晚茶,昏黄的煤油灯光照耀着我家黑油油的墙壁,满室辉煌,窗外秋声萧瑟,月光遍地,进入秋季发情期的猫儿在房脊的鞍状瓦上一声急似一声地鸣叫,它们追逐时肉爪子踩得鞍瓦扑通扑通响。高密东北乡原本不生竹,也是天生异禀的九老爷不知道从什么地方移来几蓬竹,栽在我家院子里,栽在我家院子里水井北侧、瓮台西侧、鸡窝东侧、窗户南侧。秋风在竹叶间索索抖动,我从黄豆地里擒来的大肚子草蝈蝈在竹叶间唧唧地鸣叫,依稀可见雪白窗纸上黯淡、瘦俏的竹影。四老爷吸一口茶,定睛墙上,手指微微颤抖,嘴唇翕动,鼻皱眼挤,好像打喷嚏前的痛苦表情。我们全都惊吓得要死,不知四老爷得了什么魔怔。也来喝晚茶的九老爷站起来,歪着他那颗具有雄鸡风度的头颅,左右打量着怪模怪样的四老爷。九老爷转到四老爷脑后,把自己的视线与四老爷的视线平行射出,便恍然大悟。他拍拍四老爷的后脑勺子,呵呵一笑,说,我的四哥,多大年纪了,还是贼心不退!我们更加莫名其妙,九老爷为我们解释,四老爷看到墙上的画就想起他年轻时的老相好了,她也是穿着这红颜色褂子的,她比她只怕还要俊出一个等级!

四老爷擤擤鼻子,怨恨地说:老九,你这个没有良心的东西!我恨不得宰了你!

了解内情的人,立刻把话头岔开了。

我们这个庞大的家族里,气氛一直是宽松和谐的,即便是在某一个短暂的时期里,四老爷兄弟们之间吃饭时都用一只手拿筷子,一只手紧紧攥着上着顶门火的手枪,气氛也是宽松和谐的。我们没老没少，不分长幼，乱开着裤裆里的玩笑，谁也不觉得难为情。所以九老爷当着一群晚辈的面抖搂出四老爷年轻时的风流韵事，四老爷也不觉得难为情。他仇视着九老爷，目光汹汹，被劝过后，他叹了一口气，撩开缝在胸襟上的大手绢子，擦去悬挂在白色睫毛上的两滴晶莹的小泪珠儿，凄凉地、悠长地笑起来。他的笑声里包含着的内容异常丰富，我当时就联想到村南五千亩沼泽里深不可测的红色淤泥。

四老爷哑了一口茶，放下茶碗，拄起拐棍，要回家去，我十八叔家一个跟我同龄的妹妹建议把墙上的画儿揭下来送给四老爷，让他搂在被窝里睡觉。她言必行，起身就去撕墙上的画，谁知那画是我母亲用放浆的熟地瓜粘在墙上的，粘得非常牢靠，妹妹撕了三下没撕下来，第四下竟把个红衣小媳妇一撕两半，从乳房那里撕开。众人哗然大笑，妹妹说，毁了，把奶子撕破了，四老爷无法吃奶了！众人更笑，七姑连屁都笑出来了；众人更加笑，四老爷抡起拐棍要打妹妹，六婶说：四老祖宗，快回去睡吧，好好做梦，提着匣子枪去跳娘们墙头，羞也不羞！

我有充分的必要说明、也有充分的理由证明，高密东北乡人食物粗糙，大便量多纤维丰富，味道与干燥的青草相仿佛，因此高密东北乡人大便时一般都能体验到摩擦黏膜的幸福感。——这也是我久久难以忘却这块地方的一个重要原因。高密东北乡人大便过后脸上都带着轻松疲惫的幸福表情。当年，我们大便后都感到生活美好，宛若鲜花盛开。我的一个狡猾的妹妹要零花钱时，总是选择她的父亲——我的八叔大便过后那一瞬间，她每次都能如愿以偿，应该说这是一个独特的地方，一块具有鲜明特色的土地，这块土地上繁衍着一个排泄无臭大便的家族。在臭气熏天的城市里生活着，我痛苦地体验着淅淅沥沥如刀刮竹般的大便痛苦，城市里男男女女都肛门淤塞，像年久失修的下水管道，我像思念板石道上的马蹄声声一样思念粗大滑畅的肛门,像思念无臭的大便一样思念我可爱的故乡,我于是也明白了为什么画眉老人死了也要把骨灰搬运回故乡。

五十年前,高密东北乡人的食物比较现在更加粗糙,大便成形,纤维丰富,恰如成熟丝瓜的内瓤。那毕竟是一个令人向往和留恋的时代,麦垄间随时可见的大便如同一串串贴着商标的进口香蕉。四老爷排出几根香蕉之后往前挪动了几步,枯瘦麦苗的淡雅香气灌进他的鼻腔,远处,紧贴着白气袅袅的地平线,鹧鸪依然翩翩双飞,飞行中的鸣叫声锐利无比,发人深思。就是这时候,四老爷看到了蝗虫出土的奇异景观。

瓦灰色小毛驴肃然默立,间或睁眼,左看隐没在麦梢间的主人瓜皮帽上的红樱,右看暗红色沼泽里无声滑翔的白色大鸟。

四老爷就是这时看到了蝗虫出土。他曾经对我们讲述过一千次蝗虫出土的情景。麦垄间的黑土蒙着一层白茫茫的盐嘎渣,忽然,在四老爷面前,有一片盐嘎渣缓缓地升起。四老爷眨眨眼睛,还是看到那片盐嘎渣在缓缓上升。平地上凸出了一团暗红色的东西,形状好像一团牛粪,那片从地表上顶起来的盐嘎渣像一顶白色草帽盖在牛粪上。四老爷好生纳闷,如见我佛,他是个读烂了《本草纲目》的人,有关花鸟草木鳞虫鱼介的知识十分丰富,也不知从地里冒出来的是何物种。四老爷蹲行上前,低头注目,发现那一团牛粪状物竟是千万只暗红色的、蚂蚁大小的小蚂蚱。三步之外看,是一团牛粪在白色阳光下闪烁怪异光芒;一步内低头看,只见万头攒动,分不清你我。四老爷眼见着那团蚂蚱慢慢膨胀,好像昙花开放。他目瞪口呆,有些不知所措,满腹的惊讶,发现人间奇观的兴奋促使他转动头颈寻找交流对象,但见田畴空旷,道路蜿蜒,地平线如一道清明的河水银蛇般飞舞,阳光白炽如火,高空有鸣鸟,沼中立白鹭,毛驴戳在路上,宛如死去多年的灰白僵尸。尽管如此,四老爷还是大吼一声:

蚂蚱！

一语未了，就听得眼下那团膨胀成菜花状的东西啪嗒一声响，千万只蚂蚱四散飞溅，它们好像在一分钟内具备了腾跳的能力，四老爷头上脸上袍上裤上都溅上了蚂蚱，它们有的跳，有的爬，有的在跳中爬，有的在爬中跳。四老爷满脸都痒，抬掌拍脸，初生的蚂蚱又软又嫩，触之即破，四老爷脸上黏腻腻的，举起手掌到眼前看，满手都是蚂蚱的尸体。四老爷闻到了一股酸溜溜的味道，一个大胆的想法像火星一样在他的头脑里闪烁了一下，这个想法不久之后再次闪烁，四老爷捕捉头脑中天才的火星，完成了一项伟大的创造。这当然都是以后的事情，四老爷扎好裤子，急急跑上道路，他在麦田里穿行时，看到麦垅间东一簇西一簇，到处都是如蘑菇、如牛粪的蚂蚱团体从结着盐嘎渣的黑土地里凸起来，时时都有嘭嘭的爆炸声，蚂蚱四溅，低矮的麦秸上、黑瘦的野草上，密密麻麻都是蚂蚱爬动。这些暗红色的小生灵其实生得十分俊俏，四老爷仔细观察着停在他的大拇指甲盖上的一只小蚂蚱，它那么小，那么匀称，那么复杂，做出这样的东西，只有天老爷。四老爷周身刺痒，蚂蚱在他的皮肤上爬动，他起初还摩肩擦背，后来干脆置之不理。毛驴听到脚步声，睁开眼睛，甩甩尾巴，四老爷对毛驴说：

毁了！神蚂蚱来了！

路边浅沟里，有一个碗口大的蚂蚱团体正在膨胀，转瞬就要爆炸，四老爷蹲下身，伸出一只大手，狠狠抓了一把。四老爷说好像抓着一个女人的奶子，肉乎乎的，痒酥酥的，沉甸甸的有些坠手。抓着一大把蝗虫，四老爷抬头看看冷酷的太阳，远远眺望正在发酵的红色沼泽地，收回眼看看泰然自若的毛驴，他的目光迷惘，一脸六神无主的表情上有几十只蚂蚱的尸体几十只受伤的蚂蚱，还有几十只活蚂蚱在他脸上蠕蠕爬动。蚂蚱从四老爷的手指缝里冒出来，蚂蚱的蠢动合成一股力量胀着四老爷的手掌，四老爷感到手脖子又酸又麻，他想了想,松开手,一大团蚂蚱掉在路上,刚落地面时,蚂蚱团没破,一秒钟后,蚂蚱豁然开放,向四面八方奔逃,毛驴闪电般一跳,尾巴急遽扭动,但小蚂蚱们已经糊满了它的腿,糊满它的两条前腿,它好像把两条前腿陷进红色沼泽里又拔出来一样,它的两条前腿上好像糊满了红色淤泥。

四老爷骑驴回村庄,走了约有十里路。在驴上,他坐得稳稳当当,那匹瓦灰色毛驴永远是无精打采地走着,麦田从路边缓慢地滑过,高粱田从驴旁擦过,高粱约有半尺高,叶子并拢,又黑又亮,上面布满了蚜虫。垂头丧气的高粱拼命吸吮着黑土里残存的水分,久旱无雨,高粱都半死不活。四老爷骑驴路过的除了麦田就是高粱田,田间持续不断地响着嘭嘭的爆炸声,到处都是蝗虫出土。

四老爷在驴上反复思考着这些蝗虫的来历,蝗虫是从地下冒出来的,这是有关蝗虫的传说里从来没有听说过的。四老爷想起五十年前他的爷爷身强力壮时曾闹过一场蝗虫,但那是飞蝗,铺天盖地而来又铺天盖地而去。想起那场蝗灾,四老爷就明白了:地里冒出的蝗虫,是五十年前那些飞蝗的后代。

三

必须重复这样的语言:第二天凌晨太阳出土前约有十至十五分钟光景,我是行走在一片尚未开垦的荒地上的。

在这段时间里,我继承着我们这个大便无臭的庞大凌乱家族的混乱的思维习惯,想到了四老爷和九老爷为那个穿红衣的女子争风吃醋的往事,还想到了京城里的画眉和斑马,更想起了那个狠狠地抽了我两巴掌、在床上能够花样百出的女人。

当太阳从荒地东南边缘上刚刚冒出一线红边时,我的双腿自动地弹跳了一下。心中的杂念消除,浑身沐浴着辉煌的阳光。站在家乡的荒地上,我感到像睡在母亲的子宫里一样安全。

我们的家族有表达感情的独特方式,我们美丽的语言被人骂成:粗俗、污秽、不堪入目、不堪入耳,我们很委屈。我们歌颂大便、歌颂大便时的幸福,肛门里积满锈垢的人骂我们肮脏、下流,我们更委屈。我们的大便像贴着商标的进口香蕉一样美丽为什么不能歌颂,我们大便时往往联想到爱情的最高形式、甚至升华成一种宗教仪式为什么不能歌颂?

太阳冒出了一半,金光与红光,草地上光彩夺目,红太阳刚冒出一半就光芒万丈,光柱像强有力的巨臂拨扫着大气中的尘埃,晴空万里,没有半缕云丝,一如碧波荡漾的蔚蓝大海。

久旱无雨的高密东北乡在蓝天下颤抖。

我立在荒地上,踩着干燥的黑土,让阳光询问着我的眼睛。

荒草地曾是我当年放牧牛羊的地方,曾是我排泄过美丽大便的地方,今日的草地野草枯萎,远处的排水渠道里发散着刺鼻的臭气,近处一堆人粪也散发腥臭,我很失望。当我看到这堆人粪时,突然,在我的头脑中,出乎意料地、未经思考地飞掠过一个漫长的句子:

红色的淤泥里埋藏着高密东北乡庞大凌乱、大便无臭美丽家族的过去、现在和未来,它是一种独特文化的积淀,是红色蝗虫、网络大便、动物尸体和人类性分泌液的混合物。

五十年前,四老爷抓起一大把幼蛹时,他的心里油然生出了对于蝗虫的敬畏。

五十年后,我蹲在故乡寂寥的荒草地里,太阳已经从地平线下脱颖而出,它又大又白,照耀得草木灿烂,我仔细地观察着伏在草茎上的暗红色的小蝗虫,发现它们的玻璃碎屑一样的眼睛里闪烁着一种疯狂又忧悒的光泽,它们额头上生着的对称的纤细触须微微摆动,好像撩拨着我的细丝般的神经。

我终于看到了梦寐以求的蝗虫,我估计我看到的蝗虫与五十年前四老爷他们看到的蝗虫基本相似但又不完全相似,正像故乡人排出的大便与五十年前基本相似又不完全相似一样。

太阳逐渐变小之后,蝗虫们头上的触须摆动愈来愈频繁,几乎是同时,它们在草茎上爬动起来,也几乎是同时,它们跳跃起来,寂静的、被干旱折磨得死气沉沉的草地突然活了,所有的草茎上都有比蚂蚁稍大一点的蝗虫在跳跃,所有的野草也都生气蓬勃,一阵阵细微但却十分密集的声音在地表上草丛间翻滚,只要是神经较为发达一点的动物,都会感觉到身体上的某些部位发痒。

我遗憾着没有看到四老爷当年看到过的蝗虫出土的奇观,农业科学院蝗虫研究所的研究人员和工作人员们如果听到过四老爷描绘他当年看到过的情景,我相信他们会生出比我更大的遗憾。他们过来了,他们穿着羊皮鞋和牛皮鞋过来了。他们是从太阳那边走过来的。他们背着太阳向我走来,初升的太阳从他们的腿缝里射过一束束耀眼的光线,他们踩着草地就像踩着我的胸脯一样。我意识到这种情绪很不健康但又无法管制自己。他们一行九人,有三个女人六个男人。三个女人都很年轻,六个男人中有四个比较年轻,有两个老态龙钟。三个女人都戴着巨大的变色眼镜。六个男人也全都戴着眼镜,但眼镜的形状和颜色不一样。他们头上一律戴着软檐的白色布帽,高密东北乡只有初生的婴儿才戴这种形状的帽子,乡亲们一定对他们嗤之以鼻,表面上也许敬畏他们,但内心里绝对瞧不起他们。

蝗虫研究所的人胸前都挂着脖子细长的照相机,他们中不时有人跪在地上拍摄照片,小蝗虫像子弹般射到他们的身上和相机上。三个女人都被大眼镜遮住脸,只能从身躯的不同上看出她们的不同。他们接近了我时,我还看到那个戴着银边眼镜的老家伙用一面放大镜仔细地观察着一只可能因为感冒伏在草茎上休息的小蝗虫。

在这块草地上我有一种居高临下的自豪感,我理直气壮地走到蝗虫研究人员中间,胳膊肘子似乎碰到了一个女蝗虫研究者的腰部,但我绝对没有回头。我弓下腰,屁股高高撅起来,老家伙蹲在我的脸下,好像一条眼镜蛇发起进攻前咝咝地喷着气。我看着他那白色枯干的手上青青的血管暴凸起来,像一条条扭曲的蚯蚓,那柄蓝汪汪的放大镜被他的拇指和食指紧紧捏住,就像我前天傍晚时分捏着那只红蜻蜓的尾巴一样。我还发现,老家伙手背上生着一块块黄豆大小的红瘢,他的低垂着的脖颈上,全是一褶一褶的干枯的皱纹。那枚放大镜确实闪烁着宝石般的光彩。我把头更往前抻了一下,我突然发现了一只巨大的蝗虫。

是的,是的,是典型的东亚飞蝗,老家伙絮絮叨叨地说着,他不抬头,眼镜片时而几乎要贴到放大镜片上,时而又离开很远。白色软边遮阳帽下,他的花白的头发又稀又软,好像破烂的杂毛毡片,一股股肉虫子似的汗水从他的发根里缓缓爬出,滚动在他干燥起皮的脖颈上。

当他把手里的放大镜抬高时,一只家燕般大小的蝗虫出现在我眼前,放大了数百倍的蝗虫忽然增添了森森的威严,这只小蝗虫的大影像使我感到一种巨大的恐怖。它的麦秆般粗细的触须缓慢地摆动着,这触须结构极端复杂,像一条环节众多的鞭子,也像一条纹章斑斓的小蛇,触须的颜色是暗红色的——基本上是暗红色,因为从根部到顶梢,这暗红是逐渐浅淡的,发展到顶端,竟呈现出一种肉感的乳白色。我注视着蝗虫的触须——它感觉是那般敏锐,它是那般神经质——想到了蛇、蜥蜴、壁虎、蝾螈等爬行类冷血动物的尾巴。它的榔头状的脑袋上最凸出的是那两只眼睛,像两只小小的蜂房,我记起前天晚上翻看《蝗虫》时，书上专门介绍过这种眼睛。现在，凸起的两个椭圆形眼睛闪烁着两道暗蓝色，不，是浅黄色的光芒，死死的、一动不动的蝗虫眼睛紧盯着我，我感到惶惶不安。它有两条强健的大腿，有四条显得过分长了些的小腿。它的肚子有一、二、三、四、五，五个环节，愈往后愈细，至尾巴处，突然分成了两叉。

这是只公，还是只母？我听到一句话分成两段从我的嘴里掉出来，那声音咕咕噜噜，似乎并不是我的声音。

你怎么搞的，连只雌性蝗虫也辨别不清吗？老家伙用嘲讽和轻蔑的口吻说，他依然没有抬头。

我想这个老家伙简直成了精啦，他竟然能分辨出蝗虫的公母。

教授！那个穿着粉红色裙子，小腿上布满被干茅草划出的白道道的女蝗虫研究人员在前边喊叫起来，教授，走吧，该进早餐喽！

老家伙竟然是个教授！

老家伙，不，还是称教授吧！蝗虫教授恋恋不舍地、困难地站起来，他一定蹲麻了腿，他一定是个坐着大便的人，缺乏锻炼，所以他麻腿，他步伐凌乱、歪七斜八地走着。起立时，他放了一个只有老得要死的人才放得出来的悠长的大屁，这使我感到万分惊讶，想不到堂堂的教授也放屁！一堆小蝗虫在他的裤子上跳着，如此强大的气流竟然没把娇小的蝗虫从他的肛门附近的裤布上打下来，可见蝗虫的腿上的吸盘是多么有力量。教授的屁又长又臭，我早就知道他是不吃青草的高级动物，他们这一群人都不吃青草，他们对蝗虫既不尊敬又不惧怕，他们是居高临下地观察着青草和沼泽的人。

教授和他的同伙们——这些不吃青草的家伙踢踢踏踏地往西走了一段又往南走去，在沼泽地的北边，草地上，支起了三架乳白色的帐篷，他们就是朝着那三架帐篷走去的。假如某一天夜里，帐篷里冒起了熊熊的火焰，白色的厚帆布在火苗中又抖又颤，草地被大火照得染血般鲜红，蝗虫会成群结队地飞进烈火中去，而村庄里的人，齐齐地站在村前一条沟堰上，嘴里咀嚼着成束的干茅草根，吮吸着略有甜滋味的茅草汁液，摩擦着牙齿上的污垢，看着火光中翩翩起舞的巨大人影，看着一道道残云般的飞蝗冲进炽亮的火焰里去，直到高级动物被燃烧的臭气和蝗虫被燃烧的焦香味道混合着扑进鼻腔，他们谁都不会动一下。这个吃青草的庞大凌乱家族对明亮的火焰持一种类似高傲的冷漠态度。——在任何一个源远流长的家族的历史上，都有一些类似神话的重大事件，由于这些事件对家庭的命运影响巨大，传到后来，就必然蒙上了神秘的色彩。就像高密西北乡的薛姓家族把燕子视为仇敌把苍蝇视为灵物一样，我们高密东北乡吃青草的庞大家族敬畏野地里的火光。

我在回村庄的路上，碰上了前文中屡屡提到的九老爷。现在，九老爷八十六岁，身体依然康健，十几年前他在村前沟渠里用二齿钩子威胁陷在淤泥里的九老妈时，因为醉酒双眼血红脚步踉跄。十几年没见九老爷，他似乎确凿长高了也长瘦了，嘴巴上光溜溜的，没有一根胡髭。九老爷比过去漂亮了，眼睛不通红了，肺部也清晰了，不咯血啦，青草一样碧绿的颜色浸透了他的眼球。在我的记忆里，九老爷是从不养鸟的，四老爷是年年必养一只百灵鸟的，看起来事情正在起变化，迎着我走来的九老爷，手里提着一个青铜铸成的鸟笼子，鸟笼子上青锈斑斑，好像一件出土文物。见九老爷来，我让到路边，问讯一声：九老祖宗，去草地里拉屎吗？

九老爷用绿光晶莹的眼睛盯着我看，有点鹰钩的鼻子抽搐着，不说话，他，半袋烟的工夫才用浓重鼻音哼哼着说：

小杂种！流窜到什么地场气（去）了？

流窜到城里气（去）了。

城里有茅草给你呔吗？

没有,城里没有茅草给我吠。

你看看你的牙!九老爷龇着一口雪白的牙齿嘲笑着我的牙齿,由于多年没有嚼茅草,我的牙齿又脏又黄。

九老爷从方方正正的衣袋里摸出两束整整齐齐干干净净的茅草根,递给我,用慈祥老人怜悯后辈的口吻说:拿气(去),赶紧嚼掉!不要吐,要咽掉。九老爷用紫红的舌尖把咀嚼得黏黏糊糊的茅草根挑出唇外让我观看,吐舌时他的下眼睑裂开,眼里的绿光像水一样往外涌流。嚼烂,咽下气(去)!九老爷缩回舌头,把那团茅草的纤维咕噜一声咽下去,然后严肃地对我再次重复:嚼烂,咽下气(去)!

好,九老爷,我一定嚼烂,一定咽下去。我立即把一束茅草根塞进嘴里,一边咀嚼着,一边向现在八十六岁的九老爷发誓。为了表示对九老爷的尊敬,我又一次问讯——因为口里有茅草,我说话也带上了浓重的鼻音:九老祖宗,您气(去)草地上拉屎吗?

九老爷说:"才刚拉过啦!我要去遛鸟!"

我这才注意到闪闪发光的青铜鸟笼中的鸟儿。

九老爷养了一只猫头鹰,它羽毛丰满,吃得十分肥胖,弯弯的嘴巴深深地扎进面颊上的细小羽毛中。笼内空间狭小,猫头鹰显得很大。猫头鹰睁开那两只杏黄色的眼睛时,我亢奋得几乎要嚎叫起来。在它的圆溜溜的眼睛正中,有两个针尖大的亮点,放射着黄金的光芒。它是用两只尖利的爪子握住笼中青铜的横杆站立在笼中的,横杆上、鸟食罐上,都糊着半干的碎肉和血迹。

九老祖宗,我疑惑地问,你怎么养了这么个鸟?你知道城里人都把它叫成丧门星的!

九老爷用空着的左手愤怒地拍了一下鸟笼,猫头鹰睁开眼睛,死死地盯着我,突然把弯勾嘴从面颊中弹出来,凄厉地鸣叫了一声。我慌忙把那摊尚未十分嚼烂的茅草咽下去,茅草刺刺痒痒地擦着我的喉咙往下滑动,我止不住地咳嗽起来。

我极力想回避猫头鹰洞察人类灵魂的目光,又极想和它通过对视交流思想。我终于克制住精神上的空虚,重新注视着猫头鹰的眼睛。它的眼睛圆得无法再圆,那两点金黄还在,威严而神秘。

我注意到猫头鹰握住横杆的双爪在微微地哆嗦,我相信只要九老爷把它放出笼子,它准会用闪电一般的动作抠出我的眼珠。

猫头鹰厌倦了,眯缝起了它的眼。我问九老爷有多少会叫的鸟儿不养,譬如画眉啦、蜡嘴啦、八哥啦、百灵啦,偏偏养一只又凶又恶叫声凄厉的怪鸟。

九老爷为自己也为猫头鹰辩护,他老人家罢黜百鸟,独尊猫头鹰。他说要用两年零九天的时间教会这只猫头鹰说话,他说他的第一个训练步骤是改变猫头鹰白天睡觉夜里工作的习惯,因此他必须使猫头鹰在所有的白天里都不得一分钟的安宁。说着说着,九老爷又用空着的左掌拍击了一下鸟笼,把刚刚眯缝上眼睛的猫头鹰震得翅羽翻动目眦尽裂。

宝贝,小宝贝,醒醒,醒醒,夜里再睡,九老爷亲昵地跟笼中的猫头鹰说着话。猫头鹰转动着可以旋转三百六十度的脑袋,无可奈何地又睁开大眼。它的眼睛里也泛出绿光,跟它的主人一样。

干巴,九老爷叫着我的连我自己都几乎忘记了的乳名,说,两年零九天以后,你来听九老爷的宝鸟开口说话。猫头鹰好像表决心一样叫了一声,这一声叫就恍恍惚惚的有些人类语言的味道了。

九老爷提着猫头鹰,晃晃荡荡地向荒草甸子深处走去。他旁若无人,咧着嗓子唱着一支歌曲,曲调无法记录,因为我不识乐谱,其实任何乐谱也记不出九老爷歌唱的味道。歌词可以大概地写出来,一个训练猫头鹰开口说话的人总是有一些仅仅属于他一个人的暗语。

哈里呜呜啊呀破了裤裤——公公公哄哄哄小马驹——宝贝葫芦

噗噜噗噜——嘴里吐出肉肉兔兔——

九老爷的歌唱确实像巫师嘴里的咒语,我猜测到歌词本身恐怕毫无意义,九老爷好像是把他平生积蓄的所有词汇全部吐露出来,为他笼中的猫头鹰进行第一步的灌输性教育。

四

那时候,村庄里没有一户异姓人家,村庄也就是家族的村庄,近亲的交媾终于导致了家族的衰败,手脚上粘连着蹼膜的孩子的不断出生向族里的有识之士发出了警告的信号。到了四老爷的爷爷那一代,族里制定了严禁同姓通婚的规定,正像任何一项正确的进步措施都有极不人道的一面一样,这条规定,对于吃青草、拉无臭大便的优异家族的繁衍昌盛兴旺发达无疑具有革命性的意义,但具体到正在热恋着的一对手足上生着蹼膜的青年男女身上,就显得惨无人道。这两个人论辈份应是我的老老的爷爷和老老的姑奶奶,称呼不便,姑妄用字母代表。A 是男青年;B 是大姑娘。他和她都健康漂亮,除了手足上多了一层将指头粘连在一起的蹼膜,一切都正常。那时候沼泽地里红水盈丈,他们在放牧牛羊之前、收割高粱之后,经常脱得一丝不挂到水里游泳。由于手足生蹼,他和她游泳技术非常高超。在游泳过程中,他们用带蹼的手脚互相爱抚着,爱抚到某种激烈的程度,就在水中交配了。交配过后,他和她公然住在一起,宣布结婚,这已经是那项规定颁布后的第二年初冬。有人说是深秋。反正是高粱秸子收割下来丛成大垛的时候。这一对蔑视法规的小老祖宗是被制定法规的老老祖宗烧死的。

在现在的沼泽地西边的高地上,数百年前的干燥高粱秸秆铺垫成一个蓬松的祭坛,A 和 B 都被剥光了衣服,身上涂着一层黏稠的牛油，B的肚子已经明显凸起，一个或许是两个带蹼的婴儿大概已经感觉到了危险来临了吧，B用手捂着肚子好像保护他们又好像安慰他们。

家族的人都聚在祭坛前，无人敢言语。

傍晚时分，一轮丰满的月亮从现在的沼泽当时的水淖子后升起来时，高粱秸秆就被点燃了。月光皎洁，深秋的清寒月光把水淖子照耀得好似一面巨大的铜镜，众人的脸上也都闪烁着青铜的光泽。高粱秸秆开始燃烧，哔哔叭叭，爆豆般的响声，与刚开始的浓烟一起上升。起初，火光不如月光明亮，十几簇暗红色的小火苗焦灼地舔舐着松软易燃的高粱叶子，火苗燃烧高粱叶子时随着高粱叶子的形状弯曲，好像鲜艳的小蛇在疾速地爬行。没被烧着的高粱叶子被火的气流冲击着，发出索索抖颤的声音。但从祭坛的最上边发出的瑟瑟之声，却不是声浪冲击的结果。当时年仅八岁的四老爷的爷爷清楚地看到赤身裸体的A和B在月光下火光上颤抖。他们是从火把点燃祭坛的那个瞬间开始颤抖的，月光和火光把他们的身体辉映成不同的颜色，那涂满身体的暗红色的牛油在月光下发着银色的冰冷的光泽，在火光上跳动着金色的灼热的光泽。他们哆嗦得越来越厉害，火光愈加明亮，月光愈加暗淡，当十几束火苗猝然间连成一片、月亮像幻影隐没在银灰色的帷暮之后，A和B也猝然站起来。他们修长美丽的肉体金光闪闪，激动着每一个人的心。在短暂的一瞬间里，这对恋人你看看我，我看看你，然后便四臂交叉，猛然扑到一起，在熊熊的火光中，他们翻滚着，扭动着，带蹼的手脚你抚摸着我，我抚摸着你，你咬我一口，我咬你一口，他们在咬与吻的间隙里，嘴里发出青蛙求偶的欢叫声……

这场轰轰烈烈的爱情悲剧、这件家族史上骇人的丑闻、感人的壮举、惨无人道的兽行、伟大的里程碑、肮脏的耻辱柱、伟大的进步、愚蠢的倒退……已经过去了数百年,但那把火一直没有熄灭,它暗藏在家族的每一个成员的心里,一有机会就熊熊燃烧起来。

关于这场火刑,每个家族成员都有自己的一套叙述方式。四老爷有四老爷的叙述方式,九老爷有九老爷的叙述方式,我深信在这个大事件背后,还应该有更多的戏剧性细节和更多的"猫儿腻",对这件事情、对那个年代进行调查、研究、分析、批判、钩沉、索隐的重担毫无疑问地落在了我的肩上。

当然,那场实际的烈火当天夜里就熄灭了。重新显露雪白面容的月亮把光华洒遍大地,淖子里银光闪烁,遍野如被冰霜。A和B消失在那一堆暗红色的灰烬里。秋风掠过,那灰烬就稍微地鲜红一下,扑鼻的香气团团簇簇地耸立在深秋寂寥空旷的田野上。

火光曾经那样鲜明地照亮过祖先们的脸,关于烈火的印象,今天照耀着家族成员们的灵魂。

五

四老爷发现蝗虫出土的那天晚上,终于捉拿住了四老妈的情人——流沙口子村的铜锅匠李大元。这个重大的收获使四老爷兴奋又恼怒——尽管这是一个颇似阴谋诡计、四老爷有意制造或等待日久的收获,但四老爷点亮灯火,看到蹲在炕角上抱着肩膀瑟瑟发抖、赤身裸体的四老妈和年轻力壮的李大元时,他的胸膛里还是燃烧起一股恼怒、嫉妒的烈火。四老爷是提着一根新鲜的槐树杈子冲进屋里的,树杈子带着尖利的黑刺、柔嫩的绿叶,顶端分出十几根枝丫,蓬松着像一把大扫帚——这是一件真正的兵器,古名"狼筅",是骑兵的克星。

一切都被四老爷盯在眼里,当春天刚开始时,铜锅匠悠扬的招徕生意的歌唱声在胡同里频繁响起,四老爷心里就有了数。以后,家中锅碗瓢盆的频繁破裂和四老妈一听到铜锅匠的歌唱声就脸色微红忸怩不安的样子,更使四老爷胸有成竹,他知道,剩下的事情就是抓奸抓双了。

四老爷自己说他从结婚的第一夜就不喜欢四老妈,因为四老妈的嘴里有一股铜锈般的味道。四老爷曾经劝告四老妈像所有嫁到这个家族里的女子一样学会咀嚼茅草,四老妈断然拒绝。我的母亲能惟妙惟肖地模仿四老妈说话的声音和说话时的形态。从母亲的表演里,我知道四老妈是个刚烈的、身材高大、嗓音洪亮的女人。她皮肤白皙,乳房很大,按照现代标准,应该算一流的女人,可是四老爷偏偏不喜欢她。母亲说每当四老爷劝她吃茅草治疗嘴里的铜锈味道时,她就臭骂四老爷:驴杂种,想让老娘当毛驴呀?

四老爷说他一闻到四老妈嘴里的铜臭味道就干不成男女的事儿,所以他从来没有喜欢过这个女人。族里五老爷的遗孀五老妈当场戳穿四老爷的谎言,五老妈说:四哥,别昧着良心说话,你和四嫂子刚成亲那年,连晌午头里的歇晌也是搂抱在一块的,啧啧,大热的天,满身的臭汗黏糊糊的,你们搂在一起也不嫌热,你也不嫌她嘴里有铜臭!你是勾搭上了流沙口子那个穿红袄的小妖精才嫌弃四嫂子的,你们兄弟们都是一样的骚狐,我们没像四嫂一样偷个汉子,我们真是太老实了!

四老爷经常对揭发他隐私的五老妈说:弟妹,你别胡说八道。五老妈当场就反驳:怎么是胡说八道?你们这些臭汉子,翘着根狗鸡巴,今天去戳东村的闺女,明天去攮西村的媳妇,撇下自己的老婆干熬着,蚊虻蛆虫还想着配对呢,四嫂子可是个活蹦乱跳的女人,四老爷子,你不是好东西。

秋冬喝晚茶的夜晚,春夏乘凉的夜晚,五老妈对四老爷子淋漓尽致的批驳是精彩的保留节目,我们这些晚辈被逗得哈哈大笑,笑过之后,往往胡思乱想。那个闹蝗灾的年代,那个一边闹蝗灾一边闹乱兵的年代,那个一边闹蝗灾一边闹乱兵一边闹着恋爱的年代,真是色彩斑斓,令人神往。

被蝗虫出土撩拨起的兴奋心情使村子里的大街小巷都蒙上了一层神秘的色彩,四老爷骑着风尘仆仆的小毛驴走进自家的胡同时,听到了铜锅匠拖长腔调唱着:铜锅喽铜盆吧——这一声干净浑厚的歌唱像一根灼热的火棍捅在四老爷纷纷攘攘如蝗虫爬动的思绪里,使他从迷乱的鬼神的世界回到了人的世界,他感到灼热的痛苦。铜锅匠正在他的家门口徘徊着。艳阳高照,夏天突然降临,门口的柳树垂头丧气,暗红色的柳木的碎屑是天牛幼虫的粪便,一簇簇粘在树干上,极像出土的蝗虫。铜锅匠用又宽又长的暗红色扁担挑着铜锅碗瓢盆的家什在柳树附近徘徊,肩上的蓝色大披布好像乌鸦的翅膀,他裸露着暗红色的胸脯。看到四老爷骑驴归来,铜锅匠怔了一下,然后泰然自若地往前走去。他继续高唱着那单调油滑的歌子。从他的歌唱声中,四老爷听不出他有一丝一毫心虚,四老爷感到被侮辱的愤怒。

四老爷把疲惫不堪的毛驴拴在柳树下,驴张开嘴去啃树皮,它翻着嘴唇,龇着雪白的长牙烦躁地啃着被它啃得破破烂烂的树皮,好像啃树皮是四老爷分配给它的一项必须完成的任务。

四老妈端着一个摔成两瓣的黑碗出来,与正要进门的四老爷撞了一个满怀。

哼,四老爷从牙缝里呲出一股冷气,撇着嘴,阴毒地打量着四老妈。

四老妈脸通红了。四老妈脸雪白了。四老妈衣衫整洁,头发上刚抹了刨花水光明滑溜。她一手拿着一瓣碗显得有点紧张。

又摔了一个碗?四老爷冷冰冰地说。

猫摔破的！四老妈气恼地回答。

四老爷走进屋子，看到那只怀孕的母猫蜷缩着笨重的身子在锅台上打着呼噜睡觉。锔锅匠走在房后的河堤上，他的歌唱声从后门缝里挑衅般地钻进来。

四老爷摸了一下猫的背，猫睁开眼睛，懒洋洋地叫了一声。

吃饭，吃饭，四老爷说。

田里出蝗虫啦。四老爷吃着饭说。

今黑夜我还到药铺里困觉，耗子把药橱咬了一个大窟窿。四老爷吃罢饭，嚼着一束茅草根，呜呜噜噜地说。

四老妈冷笑一声，什么话也没说。

整整一个下午，四老爷都坐在药铺的柜台后发愣。坐在柜台后他可以看清大街上的一切人物。田野里布满了蚂蚁般的小蝗虫的消息看来已经飞快地传遍了村子，一群群人急匆匆地跑向田野，一群群人又急匆匆地从田野里跑回来。傍晚时分，街道的上面，灼热的火红阳光里，弥漫着暗红色的尘土，光里和土里踽踽行走着一些褐色的人。

一群人拥到药铺里来了，他们像法官一样严肃地注视着四老爷，四老爷也注视着他们。因为锔锅匠漂亮的油腔激起的复杂感情使四老爷看到的物体都像蠢蠢欲动的蝗虫。

四老爷，怎么办？

您出个主意吧，四老爷。

四老爷暂时把夜里的行动计划抛到脑后，看着这些族里的、同时又是村里的人。

你们都看到了神虫？

我们都看到了蚂蚱。

不是蚂蚱，是神虫！

神虫？

神虫,神虫!

夜里,我做了一个梦……四老爷把一束茅草根填到嘴巴里慢慢咀嚼着,双眼望着在街上的金光中飞行的尘土,好像在努力回忆着他的梦中情境。

四老爷说他在梦中骑着毛驴在县衙前的青石板道上缓缓行走,驴蹄子敲着石板,发出咯咯噔噔的清脆响声。迎面来了一只通红的马驹子,马驹子没备鞍鞯,马上坐着一个大眼睛的红胡子老头。马蹄子敲打青石板道,也发出咯咯蹬蹬的响声。马和驴碰头时,都自动停住蹄腿,四老爷瞪着红色马驹上的老头,红色马驹上的老头瞪着毛驴上的四老爷。四老爷说那老头儿问他是不是高密东北乡的人,四老爷说是。老头儿就说,俺有亿万万的家口要在那方土地上出生,打算把那儿吃得草芽不剩。吃草家族的首领碰上了更加吃草家族的首领,四老爷有些胆战心惊。四老爷说你们吃得草芽不剩,俺怎么活?四老爷说那老头说你回去领导着修座庙吧!四老爷问修座什么庙,那老头说修座虮蜡庙,四老爷问庙里塑什么神灵,老头儿灵巧地跳下马,落在青石板道上。哪里有什么老头儿?四老爷说他看到青石板道上趴着一只像羊羔那么大的火红色的大蚂蚱。蚂蚱的两只眼像两个木瓜,马一样的大嘴里龇出两只绿色的大牙。两条支起的后腿上生着四排狗牙般的硬刺。它遍身披着金甲。四老爷说他滚下驴背,跪倒便拜,那蚂蚱王腾地一跳,翅膀嚓啦啦地剪着,一道红光冲上了天,朝着咱东北乡的方向飞来了。那匹马驹扬起鬃毛,沿着青石板道往东跑了,身后留下一串响亮的马蹄声……

听完四老爷的梦,所有在场的人都屏息敛声,那个可怖可憎的火红色的大蚂蚱仿佛就停在村庄里的某条小巷上或某家某户的院落里,监视着村里人的行动。

如果不修庙……四老爷吞吞吐吐、意味深长地说。

如果不修庙,蚂蚱王会率领着他的亿万万兵丁,把高密东北乡啃得草芽不剩,到那时遍野青翠消逝,到处都裸露着结着盐嘎渣的黑色土地,连红色沼泽里的芦苇、水草都无一棵留存,红色沼泽里无处不是红色的淤泥,到那时牛羊要被饿死,暗藏在沼泽地芦苇丛中的红狐狸和黄野兔都会跑出沼泽,深更半夜,在大街小巷上、在人家的院墙外,徘徊踯躅,凄厉地鸣叫……

四老爷,一切都由您老做主啦。

四老爷沉思片刻说,大家伙信得过我,我还有什么话说?凑钱修庙吧,按人头,一个人头一块大洋。

在集资修筑虸蝻神庙的过程中,四老爷到底是不是像人们私下传说的那样,贪污了一笔银钱?我一直想找个恰当的时机,向四老爷进行一次推心置腹、周纳罗织的攻心战,我预感到这个时机已临近成熟,五十年过去了,蝗虫又一次在高密东北乡繁衍成灾,当年四十岁的四老爷已经九十岁,尽管每日嚼草,他的牙关也开始疏松了。

四老爷送走众人,从柜台里的搁板上抄起一把利斧,搬着一条高凳,站在槐树下,天上星河灿灿,群星嘈嘈杂杂,也像一群蝗虫。他站到板凳上后,看到星星离自己近了,星光照耀着悬挂在一根横向伸出的树杈上的椭圆形的瓜蒌和纺锤形的丝瓜。它们都不成熟,缠绕在一起的瓜蒌蔓上混杂开放着白色成簇的瓜蒌花和浅黄色、铜钱大小的丝瓜花,四老爷当然也嗅到了它们幽幽淡淡的药香。四老爷举斧砍在树杈上,枝叶花果一起抖动。

持着什么武器去找奸夫,是四老爷整整考虑了一个下午的问题,选择这根杈丫众多的槐树杈子,充分显示了四老爷过人的聪明和可怕的幻想能力,它使企图夺门逃跑的铜锅匠李大元吃尽了苦头。

四老爷手持武器,怀揣着一盒价格昂贵、平日不舍得使用的白头洋火。轻捷地溜出药铺,穿过一条阴暗的小巷,伏在墙头扁豆藤叶上的几十只蝈蝈唧唧的叫声编织出一面稀疏的罗网,笼罩着四老爷的秘密活动。大门上的机关是很简单的:一根折成鱼钩形的粗铁丝从门的洞眼里伸进去,勾住门闩,轻轻一拨就行了。这点点细微的声音只有那只老猫能听到。为了防止开门时的响声,四老爷早就在门的轴窝里灌上了润滑油,大门无声无息地被打开。四老爷双手端着那根前端杈丫丰富的树杈子,一脚就踢开了堂屋房门,冲进堂屋,房门也被踢开。屋里发出四老妈从美梦中被惊醒的尖声喊叫,这时四老爷却屏住呼吸,双手紧紧地握住槐树杈子对准洞开的门。他的眼睛因激怒发出绿色的光芒,像猫眼一样,那天晚上四老爷能看清黑暗中的所有东西。

走进大门之前,四老爷为避免打草惊蛇,进行了一番精心的侦察。他首先在厕所里的茅坑边上看到了锔锅匠的家什和扁担,这时他的愤怒使他浑身颤抖。他咬紧牙关止住颤抖蹑脚潜到窗户外,仔细地辨别着屋里的动静。两个人打出同样粗重的呼噜(四老爷说四老妈打呼噜吵得他难以成眠也是导致他厌恶她的一个原因),传到他的耳朵里他差点要咳嗽出声来,紧接着他就踢开了两道门,手持着槐树杈的四老爷站在房门外,好像一个狡诈凶狠的猎人。

锔锅匠李大元即便是虎心豹胆,在这种特定的时刻,也无法保持镇静。他顺手拖起一件衣服,懵懵懂懂地跳下炕,往堂屋里冲来。四老爷觑得真切,把那蓬树杈子对着他的脸捅过去。一个捅,一个撞,一个是邪火攻心,一个是狗急跳墙,两人共同努力,使当作武器的槐树杈子发挥出最大威力。

四老爷感觉到那里槐树的尖锐枝丫扎进了李大元的脸。李大元发出一声非人的惨叫,踉跄着倒退,一屁股坐回到炕沿上。

趁着这机会,四老爷掏出洋火,划着,点亮了门框上的洋油灯。

四老爷狞笑一声,又一次举起了槐树杈子。灯光照耀,锔锅匠满脸污血汩汩流淌,一只眼睛瘪了,白水黑水混合流出眼眶。

四老爷心里腻腻的,手臂酸软,但还是坚持着把那槐树杈子胡乱戳到锔锅匠胸口上。

锔锅匠不反抗,好像怕羞似的用两只大手捂着脸,鲜血从他的指缝里爬出来,爬到他的手背上,又爬到他的小臂上,在胳膊上停留一下,淅淅沥沥地往地下滴。四老爷的树杈子戳到他的胸脯上时,只有被戳部位的肌肉抖颤着,他的四肢和头颈没有反应。四老爷被锔锅匠这种逆来顺受的牺牲精神一下子打败了,持着树杈子的双臂软软地耷拉下去。

四老妈放声大哭起来,泪水哗哗地流。

四老爷被四老妈的哭声撩起一股恶毒的感情,他用槐树杈子戳着四老妈的胸,四老妈也用双手捂着脸,也是同样的不畏痛楚。四老爷见着那根槐杈倾斜的、带着一茎嫩叶的青白的尖茬抵在四老妈一只雪白松软的乳房上,仿佛立刻就戳穿那乳房时,他的胳膊像遭到猛烈打击似的低垂下来,树杈子在炕上耽搁了一下后掉在炕前的地上。四老爷感到精疲力竭,心里一阵阵地哆嗦,一种沉重的罪疚感涌上他的心头,他突然想到,如果把一只发情的母狗和一只强壮的公狗放在一起,两只狗进行交配就是必然要发生的事情。看着锔锅匠残破的脸庞,四老爷心有愧疚,他有些支持不住,倒退一步,坐在一只沉重的楸木杌子上。

你走吧! 四老爷说。

锔锅匠僵硬地保持着固有的姿势,好像没听到四老爷的话。

四老爷从地上提起锔锅匠的两只大鞋,对四老妈说:贱货,别嚎了,给他包扎包扎,让他走!

四老爷走出屋,走出院子,一步比一步沉重地走在幽暗的小巷子里。墙头上的扁豆花是一团团模模糊糊的白色暗影,蝈蝈的鸣叫是一道飘荡的丝线，满天的星斗惊惧不安地眨动着眼睛。

六

抓奸之后，四老爷除了继续看病行医之外，还同时干着三件大事。第一件，筹集银钱，购买砖瓦木料油漆一应建庙所需材料；第二件，起草休书，把四老妈打发回娘家；第三件，每天夜里去流沙口子村找那个喜欢穿红色上衣的小媳妇。

从我们村到流沙口子村，要越过那条因干旱几乎断流的运粮河，河上有一道桥，桥墩是松木桩子，桥面是白色石条。年久失修，桥墩腐朽，桥石七扭八歪、凸凹不平。马车牛车行人走在桥上，桥石晃晃悠悠，桥墩嘎嘎吱吱响，好像随时都有可能坍塌。四老爷一般都是在晚饭过后星光满天的时候踏上石桥，去跟那个小媳妇会面。这条路四老爷走熟了，闭着眼睛也能摸到，小媳妇家住在河堤外，三间孤零零的草屋。她养着一只小巴狗，四老爷一走到门外，小巴狗就亲热地叫起来，小媳妇就跑出来开门。有关小媳妇的家世，我知道得不多。她是怎么和四老爷相识，又是怎样由相识发展到同床共枕、如胶似漆，只有四老爷知道，但四老爷不肯对我说，我用想象力来补充。

我说，四老爷，你不说我也知道。四老爷说，毛孩子家知道什么！知道你怎样勾搭上了小媳妇。四老爷摇着头，挺凄凉地笑起来。我说，四老爷，你听着，听听我说得对不对——你认识小媳妇逃不出这两种方式：一，你去流沙口子村给小媳妇看病；二，小媳妇到药铺里来找你看病。第一种可能性比较小，因为小媳妇年轻，不可能有什么不能行动的重症，即便是你去她家为她看病，那时候她的昏头昏脑的公公还在，这个老东西像只忠实的老狗一样，为他犯了案子跑去关东的儿子看护着那块肉。她的公公是你跟她相好之后得暴病死的！你记住,四老祖宗,那老东西死得不明不白!第一种可能性排除了,那么,你就是在你的药铺里认识了小媳妇。四老祖宗,你的药铺里边的格局是这样的:四间房子,东边三间是打通了的,东西向立着两架药橱,药橱外是一道柜台,柜台是用木板架起来的,下边是空的,弯腰可以钻进去,当然弯腰也可以站出来。一台制药的铁碾子在墙角上放着。柜台外的墙角,一盘切草药的小铡刀与药碾子并排放着,碾子像个铁的小船,中间一个安有木轴的大铁轮子,你后来用蝗虫尸体制造那种骗人的丸药时,就是用这个铁碾子粉碎原料。最西边一间是个套房,有两扇薄薄的门。套房里有一盘火炕。在柜台外的西南墙角上,你还垒着一眼灶,灶口朝北,灶上安着一口八印的铁锅,你用这口锅炮制中药,也用它炮制过骗人的假药。屋里拾掇得很干净,炕上被褥齐全。里屋里有茶壶茶碗,还有酒壶酒盅。你的药铺、也是你的诊所,基本上就是这个样子!(四老爷点点头。)好了,戏就要开场,药铺是舞台,你和小媳妇是主要演员,也许还应安排几个群众角色。

那是四月里的一个上午,浓郁的春风像棉絮般涌来,阳光明媚,你诊所的院子里的槐树上槐花似雪,槐花的香气令人窒息,几千只蜜蜂在槐树枝丫间采集花粉,它们胸前挎着两只花篮嗡嗡地飞着,院子里飞来飞去的蜜蜂像射来射去的流星。你的墙壁上挖了几个大洞,洞口用钻着密密麻麻洞眼的木板封住,这就变成了蜜蜂的巢穴,蜜蜂们从那些洞眼里爬进爬出,辛勤地酿造蜂蜜。

这样的季节这样的气候这样的环境,你知道,人们最容易春情萌动,你一定忘不了一句俗谚:四月的婆娘,拿不动根草棒。女人们都慵倦无力、目光迷荡,好像刚出浴的杨贵妃。她们的肉体焦渴,盼望着男人的抚摸,她们的土地干旱,盼望着男人的浇灌。这些,你用你的阴阳五行学说可以解释得很清楚。

所以,我把你和她的初次接触安排在四月里一个春风拂煦、阳光明媚的上午。

我紧紧逼视着聚精会神听我讲话的四老爷。四老爷脸上无表情,咳嗽一声——不是生理性的咳嗽,是掩饰某种心情的精神性咳嗽——嗯,往下说。四老爷说。

你坐在柜台后的方凳上,手里捧着那把红泥紫茶壶,慢慢地啜着茶。你处理了几个病人,为他们诊脉处方,在药橱里抓药,他们从破烂手绢里扒出铜板付给你,你收下诊金和药费,扔在一个木盒子里。你的铺面临着大街,目光越过院落的红土泥墙,你看着大街上的行人和车辆,飞禽与走兽,春风团团翻滚,卷来草地上的、沼泽里的野花的幽香和麦田里的小麦花的清香与青蒿棵子清冽的气味。你一定努力排斥着槐花的闷香、排斥着甬路两侧白色芍药花的郁香而贪婪地呼吸着野花的香气。这就叫做:家花不如野花香!不爱家鸡爱野鸡,是一条铁打的定律,男人们都一样,这是一种能够遗传的本能。四老爷,你啜着茶,感到无聊而空虚,你对四老妈嘴里的铜锈味道深恶痛绝,她又拒绝吃茅草,她的口中怪味撩起你的厌恶情绪使她的全身都丑陋不堪,你对她一点都不感兴趣,她求偶时的嘶嘶鸣叫使你厌恶,与她交配你感到没有一丝一毫快感你感到一种生理性的反感。就是这样的时刻,小媳妇出现在大街上。

小媳妇出现在大街上,你捏着茶壶的手里突然冒出了涔涔的汗水。你看着她的暗红色的裰子,像看着一团抑郁的火。她推开院子门口半掩的栅栏,轻步趋上前来,蜜蜂围绕着她的头颅旋转,她把手里拎着的红布小包举起来轰赶蜜蜂,有一只蜜蜂受了伤,跌在地上,翅膀贴地转磨。你放下茶壶按着柜台站起来,你的心怦怦地跳着,你的眼睛贪婪地看着她黑红的脸庞上那两只水汪汪的眼睛,她的额头短促,嘴唇像紫红的月季花苞。你又用眼盯住了她的胸脯,你其实已经用你的狂热的欲念剥光了她的衣裳。鉴于当时的习俗,你一定认真打量过她的小脚,她穿着一双绿缎子绣花鞋,木后跟在地上凿出一些白点子。

她进屋里来,怯生生地叫了一句先生。你顾不上回答,只顾盯着她看,你那样子很可怕:眼睛斜睨着,噼噼啪啪喷溅着金黄色的火星,嘴半张着,哈喇子流到下巴上。四老祖宗,你那时像一匹发情的公狗,恨不得一口把她吞掉。她又叫了一声先生,你才从迷醉状态中清醒过来。她说她身子不舒坦,你让她在柜台外的凳子上坐下。她坐得很远,你让她往前靠,你让她再往前靠,她又往前靠了一下。她的肚子紧靠在柜台上,她的腿伸到柜台底下,你在柜台里也是这样坐着,你感觉到你的膝盖抵在她那两个又圆又小的膝盖上。她的脸涨得发红,呼吸急促引起她的胸脯翕动,她那两只奶子像两只蠢蠢欲动的小兔子,你的手里全是汗水。你咬住牙,把火一样的欲念暂时压下去,把用谷子填充的小枕头拖到柜台中央,你让她把手腕枕在上面,她的手仰着,五根尖尖手指神经质地颤抖着。你伸出食指、中指和无名指,按住她的手腕内侧的寸、关、尺。你的手指一接触她的肌肤,脑袋像气球一样膨胀起来,你心里涛声澎湃,墙上土巢里的蜜蜂好像全部钻进了你的双耳里。你乱了方寸,丧失了理智,你的三个指头按着她腕上滑腻的肌肤,感到头脑在飞升,身体在下陷,陷在红色沼泽的红色淤泥里。

她把手腕抽回去,站了起来,她说先生俺走啦。你一下冷却了,在那一刹那间,你感到很羞愧,你隐隐约约地意识到自己在亵渎医家的神圣职责,同时,你还感到自尊心受到损伤,你甚至有些后悔。

你咳嗽着,掩饰窘态,你说你伤风了,头脑发热发晕。你啜了几口凉茶,恳求她坐下。你平心静气,收束住心猿意马为她切脉。她的脉洪大有力,急促如搏豆。切完右手切左手。你对她的病症已经有了八分了解。女人在春天多半犯的是血热血郁的毛病,可以丹参红花白芍之类治之。你让她吐出舌头,你察看着她的舌苔。她的舌头猩红修长,舌头轻巧地翘着,舌心有一点黄。从她嘴里喷出的气息初闻好似刚剖开的新鲜蛤蜊,仔细品咂如兰如麝,你非常渴望把她的舌头含在你的嘴里,你恨不得咬下她的舌头咽到肚子里去。

看完病,你为她开方抓药。你不知出于什么心理,用戥子称药时,你总是怕分量不够——爱情是多么伟大、多么无私,四老祖宗,当一个医生爱上了病人的时候,病人吃药都足两足钱,享受特别优待。

她从小红包袱里摸出一串铜钱,那时铜钱是否还流通? 你不要回答,这没有意义。你拒绝接受她的钱,你说要等她病好了才收她的钱。你给她抓了三服药,一服药吃两遍,早晚各一次,三天之后,吃完药,你让她再来一趟。

她要走的时候,你的喉咙哽住了,一句热辣辣的话堵在嗓子里你说不出来。你直愣愣地站着,目送着她的两瓣丰满的屁股在院子里扭动,在金黄的春风里在流动的阳光里扭动。她像突然出现一样突然消失,你痛苦地咽下一口唾液,喉咙着火,你用半壶凉茶浇灭了咽喉里的火。

第四天上午,又是个春光无限美好的日子,第一批从南方归来的燕子从沼泽地里衔来红色淤泥在人家的房檐下筑巢,这一天,四老祖宗,您是精心打扮过的,您脚穿直贡呢面的白底布鞋,一双白洋线袜子套在您的脚上,您穿着黑士林布扫腿灯笼裤,外套一件蓝竹布斜襟长袍,您新刮了胡子剃了头,摘掉瓜皮小帽您戴上一顶咖啡色呢礼帽,您像一个在官府里干事的大先生。换上新衣服后,四老妈怀疑地看着你,你说今天县里有一位大官来看病,你严格叮嘱四老妈不要到药铺里去,其实四老妈从来不敢到药铺里去,四老爷,您还没及做贼已经心虚。

你坐在柜台后焦灼地等待着,繁忙的蜜蜂在阳光里飞行,满院子里都是柔和的弧线。你想象不出她是微笑着出现还是忧愁地出现,你突然意识到自己并没有记住她的模样,她留给你的只是一些凌乱的局部印象。你可以回忆起她的水汪汪的眼睛,她的短促的额头,她的紫红色的花苞般的嘴,但您想把这些局部印象合成一体时,顿时什么都模糊了,您被淹没在一片暗红的颜色里,那是她的裙子的颜色,稠密而凝滞,好像红色淤泥。

一上午,你竟然忘记了咀嚼茅草,你感到牙齿上沾着一层肮脏的东西,于是你咀嚼茅草。

中午,她出现在院子里。她的出现是那样缺乏浪漫色彩,你顿时觉得整整一上午你像个火燎屁股的公猴子一样焦灼是没有道理的,是滑稽可笑的。如此想着,但你的心还是发疯般撞击着你的肋条,没嚼烂的一口茅草还是不由自主地滚下喉咙,你还是像弹簧一样地从凳子上弹起来,你的衣袖把红泥紫茶壶扫到地下跌成九九八十一瓣你也没有看一眼。你掀起柜台头上的折板,以儿童般的轻捷动作跑到门口迎接她。

她衣饰照旧,满脸汗珠,鞋上沾着尘土,看来走得很急。

你竟然有些恼怒地问:你怎么才来?

她竟然歉疚地说:家里有事,脱不开身,让您久等了。

你把她让到柜台里坐下,你忙着给她倒水,你突然看到茶壶的碎片。

她说不喝水。你十分拘束地站着,牙巴骨得得地打着战,手脚都找不到合适的地方放——这是男人在向女人发起实质性冲击之前矛盾心情的外部表现。为了挽救自己,你从衣兜里摸出一束茅草塞进嘴里。

你咀嚼茅草时,她好奇地看着你。咀嚼着茅草,你的心里稍微安定了一些,那种灼热的寒冷略略减退,手脚渐渐自然起来。

她说她的病见轻了,你说再吃两服药除除病根。

你温柔而认真地切着她的脉,你听到她呼吸急促,她的脸上有一种你只能感觉但无法形容的东西使你迷醉。

递给她药包的时候你趁机捏住了她的手,药包掉在地上。你把她拉在你的怀里,她似乎没有反抗。四老爷,你应该温存地去亲她的紫红的嘴唇,但是你没有,你太性急了,你的手像一只饥饿的猪崽子一样拱到她的怀里,如果你动作稍微轻柔一点,这件好事会当场成功,但你太着急了,你的手太重了,你差点把她的奶子揪下来,她从你的怀里挣脱出来,满脸飞红,不知是娇羞还是恼怒,你眼睁睁地看着她挟着小包袱跑走喽!

四老祖宗,你吃了败仗,沮丧地坐在柜台里,你把呢礼帽摘下来,狠狠地摔在柜台上。蜜蜂依然漫天飞舞,好像什么事情都没有发生过,又好像什么事情都发生过了,沼泽地里的淤泥味道充塞着你的鼻腔,近处的街道和远处的田野,都泛着扎眼的黄色光芒。你知道她不会再来了。她的两服药还躺在地上,站起来时,你看到了,便用脚踹了一下,一包药的包纸破裂,草根树皮流在地上,另一包药还囫囵着,你一脚把它踢到墙角上去,那儿正好有个耗子洞,一个小耗子正在洞口伸头探脑,药包碰在它的鼻子上,它吱吱叫着,跑回洞里去了。

胡说!四老爷叫着,胡说,没有耗子,根本没有耗子,我在药包上踹了两脚,不是一脚,两包药都破了,我是把两包破药一起踢到了药橱下,而不是踢到墙角上!

四老爷,四老祖宗,您别生气,听我慢慢往下说。

以后十几天里,你尽管恼恨,但你没法忘掉她,听到院子里响起脚步声,你的心就咚咚乱跳,你睡觉不安宁,你那十几天一直睡在药铺里,你好像在等待着奇迹发生,夜里你经常梦到她,梦到她跟你同床共枕、鱼水交融,你神思恍惚,梦遗滑精,为了挽救自己,你一把一把地吞食六味地黄丸,熟地黄把你的牙齿染得乌黑。

后来,奇迹发生了。四老爷,你听好,发生奇迹的时间是五月初头的一个傍晚——不,是晚饭后一会儿工夫,白天的燠热正在地面上发散着,凉风从沼泽里吹来,凉露从星星的间隙里落下来,你坐在院子里的槐树下,手摇着蒲草编成的扇子,轰打着叮你双腿的蚊子。你听到拍打栅栏的声音。你不耐烦地问:谁呀?

是我,先生。一个压低了的女人的声音。

四老祖宗,听到她的声音后,你那份激动,你那份狂喜,我的语言贫乏,无法准确表达,你没有翅膀,但你是飞到栅栏旁的,你着急得好长时间都摸不到栅栏门的挂钩。

拉开栅栏门,像闪电一般快,你就把她抱在了怀里,你的双臂差不多把她的骨头都搂碎了。这一动作持续了约有吸袋旱烟的工夫。后来,你抱着她往屋里走去。你那时比现在还要高大,她小巧玲珑,你抱着她像抱着一只温顺的羊羔。你把她放在炕上,点亮油灯,她躺在炕上一动不动,好像死去了一样,清亮的泪水从她的眼角上涔涔地渗出来,你心里有些踌躇,但终究无法忍耐欲念。你手哆嗦着,解开了她的衣扣,她那两只结结实实的奶子像两座小山耸立在你眼前。你抬起头来了,她像鲤鱼打挺一样跃起来,噘嘴吹出一口气,灯灭了,两只疯狂的胳膊缠住了你的脖子,那股新鲜蛤蜊的味道扑到了你脸上,你听着她断断续续地嘟哝着:先生……先生……她的声音那么遥远,那么朦胧,你好像陷在红色淤泥里,耳边响着成熟的沼气升到水面后的破裂声……

四老爷抽了两声鼻子,我看到他撩起挂在衣襟上的大手绢擦去挂在眼睑下的两滴浑浊的老泪。

四老祖宗,难过了吗?回忆过去总是让人产生凄凉感,五十年过去,风流俱被风吹雨打去,青春一去不复返,草地上隐隐约约的小路上弥漫着一团团烟雾,在烟雾的洞眼里,这里显出一簇野花,那里显出一丛枯草,这就是你走过来的路。

四老爷,您别哭,听着,好好听着,今天我要把你的隐私——陈谷子烂芝麻全部抖搂出来。那天晚上,你和她狂欢之后,你的心情是十分复杂的,你好像占有了一件珍宝,但又好像丢失了一件同等价值的珍宝,你生出一种凄凉的幸福感。太文气啦?太啰唆啦?你那天晚上陪着她走过那座摇摇晃晃的石桥,走进了她的家。她的公公得了重病,她是来搬你为她公公看病的,当然,她来的时候,不会想不到你们刚干完了的事,她是一箭双雕。那十几天里,她恐怕也没睡过一宿好觉,一个守活寡的女人,在春四月里,被你撩逗起情欲,迟早会来找你。你四老祖宗年轻时又是一表人材。她的公公哮喘得很厉害,山羊胡子一撅一撅地像个老妖怪。你心虚,你认为他那两只阴鸷的眼睛像刀子一样戳穿了你。

四老祖宗,现在,我要揭露一桩罪恶的杀人案。一个中医,和一个小媳妇通奸,小媳妇家有个碍手碍脚的老公公,他像一匹丧失性功能的老公狗一样嫉妒地看护着一条年轻的小母狗,于是这个中医借着治病的机会,在一包草药里混进了——

哗啦一声响,九十岁的四老爷带着方凳子倒在地上。

我扶起老人,掐人中,捏百会,又拍又打,忙活了一阵,躺在我臂膊里的四老爷呼出一口气,醒了过来。他一看到我的脸他脸上的肌肉就抽搐,他恐惧地闭着眼,战战兢兢地说:魔鬼……杂种……杂种……魔鬼……成了精灵啦……

后来,四老爷让我把他交付有司,拉出南门枪决,他挺真诚,我相信他是真诚的,但我怎么能出卖我的四老祖宗呢?人情大于王法!为了安慰他我说:老祖宗,你九十岁了,还值得浪费一粒子弹吗?你就等着那个山羊胡子老头来索你的命吧!

——随口胡说的话,有时竟惊人的灵验。

我现在后悔不该如此无情地活剥四老爷的皮,虽说我们这个吃草的家族不分长幼乱开玩笑,但我这个玩笑有些过火啦。在四老爷寿终正寝前那一段短暂时光里,他整日坐在太阳下,背倚着断壁残墙冥思苦想,连一直坚持去草地里拉屎的习惯都改了。那些日子里,蝗虫长得都有一公分长了,飞机没来之前,蝗虫像潮水般涌来涌去,四老爷倚在墙边,身上落满了蝗虫他也不动。家族中人都发现这个老祖宗变了样,但都不知道为什么变了样,这是我的秘密。母亲说:四老祖宗没有几天的活头啦!听了母亲的话,我感到自己也是罪孽深重。

四老爷倚着断墙,感觉着在身上爬动的蝗虫,想起了五十年前的蝗虫,一切都应该历历在目,包括写休书那天的气候,包括那张休书的颜色。那是一张浅黄色的宣纸。四老爷用他的古拙字体,像开药方一样,在宣纸上写了几十个杏核大的字。这时候,离发现蝗虫出土的日子约有月余,炎热的夏天已经降临,村庄东头的虮蜡庙基本完工,正在进行着内部的装修。

虮蜡庙的遗迹犹在,经过五十年的风吹雨打,高墙倾圮,庙上瓦破碎,破瓦上鸟粪雪白,落满尘土的瓦楞里野草青青。

庙不大,呈长方形,像道土戴的瓦楞帽的形状。四老爷倚在断墙边上,是可以远远地望到虮蜡庙的。

写完了处理四老妈的休书,四老爷出了药铺,沿着街道,沐着强烈的阳光,听着田地里传来的急雨般声音——那是亿万只肥硕的蝗虫啃咬植物茎叶的声音——走向修庙工地。他的心情很沉重,毕竟是夫妻一场,她即便有了一千条坏处,只有一条好处,这条好处也像锥子一样扎着他的心。四老爷提笔写休书时,眼前一直晃动着铜锅匠血肉模糊的脸,心里有一种冷冰冰的感觉。锔锅匠再也没有在村庄里出现过,但四老爷去流沙口子村行医时,曾经在一个胡同头上与他打了一个照面:锔锅匠面目狰狞,一只眼睛流瘪了,眼皮凹陷在眼眶里,另一只眼睛明亮如电,脸颊上结着几块乌黑的血痂。四老爷当时紧张地抓住驴缰绳,双腿夹住毛驴干瘪的肚腹,他感觉锔锅匠独眼里射出的光芒像一支寒冷的箭镞,钉在自己的胸膛上,锔锅匠只盯了四老爷一眼便迅速转身,消逝在一道爬满葫芦藤蔓的土墙背后,四老爷却手扶驴颈,目眩良久。从此,他的心脏上就留下了这个深刻的金疮,只要一想起锔锅匠的脸,心上的金疮就要迸裂。

修庙工地上聚集着几十个外乡的匠人,四老爷雇佣外乡的匠人而不用本村本族的匠人自然有四老爷的深意在。我不敢再把这件事猜测成是四老爷为了方便贪污修庙公款而采取的一个智能技巧了。呵佛骂祖,要遭天打五雷轰。我宁愿说这是四老爷为了表示对蝗虫的尊敬,为了把庙宇修建得更加精美,也可以认为那种盛行不衰的"外来和尚会念经"的心理当时就很盛行,连四老爷这种敢于啸傲祖宗法规的贰臣逆子也不能免俗。

庙墙遍刷朱粉,阳光下赤光灼目,庙顶遍覆鱼鳞片小叶瓦,庙门也是朱红。匠人们正在拆卸脚手架。见四老爷来了,建庙的包工头迎上来,递给四老爷一支罕见的纸烟,是绿炮台牌的或是哈德门牌的,反正都一样。四老爷笨拙地吸着烟,烟雾呛他的喉咙,他咳嗽,牵动着心脏上的金疮短促地疼痛。他扔掉烟,掏出一束茅草咀嚼着,茅草甜润的汁液润滑着他的口腔和咽喉。四老爷把一束茅草敬给包工头,包工头好奇地举着那束茅草端详,但始终不肯往嘴里填。四老爷面上出现愠色,包工头赶紧把茅草塞进嘴,勉强咀嚼着,他咀嚼得很痛苦,两块巨大的颚骨大幅度地运动着,四老爷忽然发现包工头很像一只巨大的蝗虫。

族长,我明白了您为什么要修这座庙!包工头诡谲地说。

四老爷停止咀嚼,逼问,你说为什么?

包工头说他发现四老爷咀嚼茅草时极像一只蝗虫,这个吃草的家族里人脸上都带着一副蝗虫般的表情。

四老爷不知该对包工头这句话表示反对还是表示赞同,包工头请四老爷进庙里去观看塑造成形的蚂蚱神像,四老爷随着包工头跨过朱红庙门,一只巨大的蝗虫在一个高高的砖台上横卧着,四老爷不由自主地倒退了一步,他的心里,再次产生了对于蝗虫的尊敬、恐惧。

两个泥塑匠人正在给蝗虫神涂抹颜色,也许匠人们是出于美学上的考虑,这只蝗虫与猖獗在田野里的蝗虫形状相似,但色彩不同。在蝗虫塑像前的一块木板上,躺着几十只蝗虫的尸体,它们的同伙们正在高密东北乡的田野里、荒草的甸子里、沼泽里啃着一切能啃的东西,它们却断头、破腹、缺腿,被肢解在木板上。四老爷心里产生了对泥塑匠人的深深的敌视,他打量着他们俩:一个六十多岁、瘦骨嶙峋、颇似一只褪毛公鸡的黄皮肤老头子;另一个是同样瘦骨嶙峋、年约十三四岁好像一只羽毛未丰的小公鸡的黄脸男孩。他们脸上溅着星星点点的颜色,目光凶狠狡诈,尖尖的嘴巴显出了他们不是人类。四老爷以为他们很可能是两只成了精的公鸡。他们不是来修庙的,他们是来吃蝗虫的!木板上的蝗虫就是他们吃剩的。四老爷还看到那堆死蝗虫中兀立着一只活蝗,它死命地蹬着那两条强有力的后腿,但它跳不走,一根生锈的大针穿透它的脖子把它牢牢地定在木板上。

四老爷怒冲冲地盯着给塑像涂色的一老一小,他们浑然不觉,小匠人用一支小毛笔点着颜色画着蝗虫的翅膀,老匠人用一支小毛笔点着颜色画着蝗虫的眼睛。

四老爷走到木板前,犹豫了一下,伸手去拔那根生锈的铁针,针从木板上拔出,蚂蚱却依然贯在针上。

这是一只半大的蚂蚱,约有两厘米长。现在田野里有一万公斤这样的蚂蚱,它们通体红褐色,头颅庞大,腹部细小,显示出分秒必长的惊人潜力。它们的脖子后边背着两片厚墩墩的肉质小翅,像日本女人背上的襁褓。

遭受酷刑的蚂蚱在针上挣扎着,它的肚子抽搐着,嘴里吐着绿水。四老爷被它那只肉感强烈蠢蠢欲动的肚子撩起一阵恶心。它在空中努力蹬着后腿,想自己解放自己,从人类的耻辱柱上挣脱下来,它的嘴里涌出了最后几滴浓绿的汁液,那是蝗虫的血和泪,那是蝗虫愤怒的和痛苦的感情的分泌物。四老爷胆战心惊地捏住了蝗虫的头颅,蝗虫的两只长眼仿佛在他的手指肚上骨碌碌地转动。蝗虫低垂着头,颈部的结节绽开,露出了乳白色的黏膜。它把两条后腿用力前伸——它这时想解脱的是头颅上的痛苦——它的后腿触到了四老爷的手指,好像溺水的人突然踏到水下的硬底一样它用力一蹬,它的脖颈和身体猝然脱节。这只耶稣般的蝗虫光荣牺牲。它的生命之火还没有完全熄灭,它的身体悬挂在一根黑色的、被白色黏膜包裹着的长屎橛上,它的头在四老爷的食指和拇指的夹缝里挤着,它的两条后腿在悬挂的身体上绝望地蹬着。

四老爷扔掉蝗虫,连同依然插在蝗虫脖子上的针,像木桩一样地立着。他的手指上刺痒痒的,那是蝗虫腿上的硬刺留给他的纪念。

泥塑匠人把蝗虫之王的塑像画完了。包工头戳了一下发愣的四老爷。四老爷如梦初醒,听到包工头阴阳怪气的说话声:族长,您看看,像不像那么个东西?

泥塑匠人退到一边,大蝗虫光彩夺目。四老爷几乎想跪下去为这个神虫领袖磕头。

这只蝗虫长一百七十厘米,高四十厘米,伏在青砖砌成的神座上,果然是威武雄壮,栩栩如生,好像随时都会飞身一跃冲破庙盖飞向万里晴空。塑造蝗神的两位艺术家并没有完全忠实于生活,在蝗虫的着色上,他们特别突出了绿色,而正在田野里的作乱的蝗虫都是暗红色的,四老爷想到他梦中那个能够变化人形的蝗虫老祖也是暗红色而不是绿色。这是四老爷对这座塑像唯一不满意的地方。

颜色不对!四老爷说。

包工头看着两个匠人。

老匠人说:这是个蚂蚱王,不是个小蝗虫。譬如说皇帝穿黄袍,文武群臣就不能穿黄袍,小蝗虫是暗红色,蝗虫王也着暗红色怎么区别高低贵贱。

四老爷想想,觉得老匠人说得极有道理,于是不再计较色彩问题,而是转着圈欣赏蝗神的堂堂仪表。

它以葱绿为身体基色,额头正中有一条杏黄色的条纹,杏黄里夹杂着黑色的细小斑点。它的头像一个立起的铁砧子,眼睛像两个大鹅蛋。老匠人把蝗神双眼涂成咖啡色,不知用什么技法,他让这双眼睛里有一道道竖立的明亮条纹。蝗神的触须像两根雉尾,飞扬在蝗头上方,触须涂成乳白色,尖梢涂成火红色。四老爷特别欣赏它那两条粗壮有力的后腿,像尖锐的山峰一样树着,像胳膊那么粗,像紫茄子的颜色那么深重,腿上的两排硬刺像狗牙那么大像雪花那么白。蝗王的两扇外翅像两片铡刀,内翅无法表现。

举行祭蝗典礼那一天,护送因犯通奸罪被休掉的四老妈回娘家的光荣任务落到了素以胆大著称的九老爷头上。早饭过后,九老爷把四老爷那匹瘦驴拉出来,操着一把破扫帚,扫着毛驴腚上的粪便和泥巴,然后,在驴背上搭上了一条蓝粗布褥子。

九老爷走进院内,站在窗前,嬉皮笑脸地说:"四嫂子,走吧,趁着早晨凉快好赶路。"

四老妈应了一声,好久不见走出来。

九老爷说:走吧走吧,又不是新媳妇上轿。

四老妈款款地走出房门,把九老爷唬得眼睛发直,九老爷后来说四老爷是天生的贱种,他根本不知道四老妈打扮起来是那么漂亮。四老妈白得像块羊脂美玉,一张脸如沾露的芙蓉花,她被休时还不到三十岁,虽然拒吃茅草牙齿也是雪白的。她昂首挺胸走到九老爷面前,挺起的奶头几乎戳到九老爷的眼睛上。九老爷眼花缭乱,连连倒退。

老九,你四哥呢?四老妈平静地问。

九老爷僵唇硬舌地说:俺四哥……祭蝗虫去了。

你去把他给我找来!

俺四哥祭蝗虫去啦……

你去叫他,就说我有话跟他说。他要是不来,我就点上火把房子烧了。

九老爷慌忙说:四嫂,您别急,我这就去叫他。

四老爷指挥着人们摆祭设坛,准备着祭蝗的仪式,心里却惦记着家里的事情。九老爷慌慌张张跑来,附耳对他说了几句,四老爷吩咐九老爷先走。

四老爷一进院子,就看到四老妈坐在院子正中一条方凳上,闭着眼,涂脂抹粉的脸上落满阳光。他咳嗽了一声,四老妈睁开眼,并不说话,唯有开颜一笑,皓齿芳唇,光彩夺目,像画中的人物。

四老爷心中的金疮迸裂,几乎跌翻在地。

你……你怎么还不走……

四老爷!四老妈说,常言道一日夫妻百日恩,百日夫妻似海深,我十八岁嫁给你,至今已有十一年,我一去不回还,难道你连一句话都没有吗?

你要我说什么？四老爷凶声恶气地说着，手却在哆嗦。

老四，四老妈说，你这一下子，实际上是要了我的命，休回娘家的女人，连条狗都不如。老四，你的心比狼还要狠，到了这个份上，我什么都要挑明，你跟流沙口子那个女人的事，我早就知道；我跟铜锅匠的事，也是你定下的圈套。这就叫"只许州官放火，不许百姓点灯"。老四，你绝情绝意，我强求也无趣，只不过要走了，什么话都该说明白。老四，你没听说过吗？休了前妻废后程，往后，你不会有好日子过，你毁了一个女人，你迟早也要毁在一个女人身上。我死了以后，我的鬼魂也不会让你安宁！

四老爷洗耳恭听着，好像一个虔诚的小学生听着师傅教导。

休书呢？四老妈问，你写给我的休书呢？

在老九那里，我让他交给你爹。四老爷说。

老九，把休书给我！四老妈说。

九老爷看了四老爷一眼，脸上有为难之色。

四老妈挪动着两只小脚，步步入土般地逼近九老爷，阴冷地一笑，说：你的胆量呢？去年夏天你来摸我的奶子的时候，胆子不是挺大吗？还想不想摸了？四老妈把胸脯使劲往前挺着，挑逗着九老爷，想摸就摸，别不好意思也别害怕，你四哥已经把我休了，他没有权利管我啦。

九老爷满脸青紫，张口结舌，说不出一句话。

四老妈卷起舌头，把一口唾沫准确地吐到九老爷嘴里。她一把扯出夹在九老爷腋窝里的小包袱，抖擞开来，铜锅匠那两只大鞋掉在地上，一张黄色宣纸捏在四老妈手里。

几十滴眼泪猝然间从四老妈眼里迸射出来，散乱地溅到四老妈搽满官粉的腮上，她手中那张休书在索索抖动，四老妈几次要展开那张休书，但那休书总是自动卷曲起来，好像要掩藏一个怕人的秘密。

四老妈双手痉挛,把那张休书撕得粉碎,然后攥成两团,握在两只手心里。她的目光极其明亮,泪水被灼热的皮肤烤干,腮上的泪迹如同沉重的雨点打在盐碱地上留下的痕迹。

老九,四老妈的嗓子被烈火烧燎得嘶哑了,她说,你吃了我一口唾沫,去年你就搂我摸我亲我,你老老实实地对你哥说,我嘴里到底有没有铜锈味道?

九老爷困难地吞咽了一口唾沫,吧嗒着舌头,好像在回忆,又好像在品尝,他说:没有味道,没有铜锈味道。

四老妈把手里的纸团狠狠地打在四老爷脸上,骂道:毛驴,你们这些吃青草的毛驴!然后抬手抽了四老爷一个耳光子,打得是那样凶狠,声音是那样清脆。四老爷脖子歪到一侧,嘴里咕噜噜一阵响,好像圆球在地上滚动的声音。四老妈又抬手贴去,但这时她的胳膊已经酸麻,全身力量好像消耗完毕,她的手指尖擦着四老爷腮边下滑,又擦着四老爷为举行祭蝗大典新换上的蓝布长袍下滑,又在空气中划了一个弓背弧,四老妈身体踉跄,倾斜着歪倒了。第二巴掌打得筋疲力尽,其实像一次绝望的爱抚。

九老爷大声地喊叫:四哥,别休她了!

四老爷腮帮子痉挛,眼里迸射绿色火花,他如狼似虎地向九老爷扑过去,双手抓住九老爷的脖领了,前推后搡,恨不得把九老爷撕成碎片。四老爷胸腔里响着吭哧吭哧的怪叫声,九老爷被勒紧的喉咙里溢出哦哦的响声,好像在滔天巨浪上飞行的海鸥发出的绝望的鸣叫。被勒昏了的九老爷用脚乱踢着四老爷的腿,用手撕扯着四老爷的背。四老爷情急智生,把嘴贴在九老爷的额头上,狠狠地啃了一口,几十颗牙印,在九老爷光滑的额头上排列成一个椭圆形的美丽图案。

九老爷鬼叫一声,捂着血肉模糊的额头,撤离了战斗。

一个小时后,四老爷出现在祭蝗大典上;九老爷牵着毛驴,毛驴上驮着因与众妯娌侄媳们告别时哭肿了眼睛的四老妈,走在出村向东的狭窄土路上。

刚才,瘦瘦高高的九老妈、矮矮胖胖的五老妈,还有七个或是八个近支晚辈的媳妇们,围绕着门口那棵柳树站着,看着额头流血的九老爷把衣冠楚楚的四老妈扶上了毛驴,九老妈和五老妈抽抽搭搭地哭起来,那些媳妇们也都跟着她们的婆母们眼圈发了红。九老爷把那两只用麻绳串好的大鞋原本是奋力扔在了墙角上的,但四老妈亲自走去把鞋子捡起来。起初,四老妈把鞋子搭在驴脖子上,左一只,右一只,毛驴低垂着头,似乎被耻辱坠弯了脖子。四老妈跨上驴背后,也许是因为那两只大鞋碰撞她的膝盖,也许是为了减轻毛驴的负担,她弯腰从驴脖子上摘下大鞋,挂在自己的脖颈上,那两只大鞋像两个光荣的徽章趴在她的两只丰满的乳房上。这时,她猛地转了身,对着站在柳树下泪眼婆娑的女人们,挥了挥手,绽开一脸秋菊般的傲然微笑,泪珠挂在她的笑脸上,好像洒在菊花瓣上的清亮的水珠儿。四老妈驴上一回首,看破了一群女人的心,多少年过去了,当时是小媳妇现在是老太婆的母亲还清楚地记着那动人的瞬间,母亲第九百九十九次讲述这一电影化的镜头时,还是泪眼婆娑,语调里流露出对四老妈的钦佩和敬爱。

如果沿着槐阴浓密的河堤往东走,九老爷和四老妈完全可以像两条小鱼顺着河水东下一样进入蝗虫肆虐的荒野,不被任何人发现,但九老爷把毛驴刚刚牵上河堤、也就是四老妈骑在驴上颈挂大鞋粉脸挂珠转项挥手向众家妯娌侄媳们告别的那一瞬间,那头思想深邃性格倔强的毛驴忽然挣脱牵在九老爷手里的麻线缰绳,斜刺里跑下河堤,往南飞跑,沿着胡同,撅着尾巴,它表现出的空前的亢奋把站在柳树下的母亲她们吓愣了。四老妈在驴上上蹿下跳,腰板笔直,没有任何畏惧之意,宛若久经训练的骑手。

截住它！九老爷高叫。

九老妈胆最大,她跳到胡同中央,企图拦住毛驴,毛驴龇牙咧嘴,冲着九老妈嘶鸣,好像要咬破她的肚子。九老妈本能地闪避,毛驴呼啸而过,九老妈瞠目结舌,不是毛驴把她吓昏了,而是驴上的四老妈那副观音菩萨般的面孔、那副面孔上焕发出来的难以理解的神秘色彩把九老妈这个有口无心的高杆女人照晕了。

在毛驴的奔跑过程中,那两只大鞋轻柔地拍打着四老妈的乳房,毛驴的瘦削的脊背摩擦着四老妈的臀部和大腿内侧。几十年里,当母亲她们把驴跑胡同时四老妈脸上出现的神秘色彩进行神秘解释时,我基本上持一种怀疑态度。母亲她们认为,四老妈在驴上挥手告别那一瞬间,其实已经登入仙班,所以骑在毛驴上的已经不是四老妈而是一个仙姑。既然是仙姑,就完全没有必要像一个被休掉的偷汉子老婆一样灰溜溜地从河堤上溜走,就完全有必要堂堂正正地沿着大街走出村庄,谁看到她是谁的福气,谁看不到她是谁一辈子的遗憾。母亲她们为了证明这个判断,提出了几个证据：第一,四老妈从小大门不出二门不迈,骑毛驴是生来第一次,毛驴那样疯狂奔跑,她竟然稳如泰山,屹立不动,这不是一个女人能做到的事情；第二,四老妈脸上焕发出耀眼的光彩,比阳光还强烈,一下就把九老妈照晕了,一般凡人脸上是难得见到这种光彩的；第三,据当时在场人们过后回忆,毛驴载着四老妈从她们眼前跑过时,她们都闻到了一股异香扑鼻。母亲说那是兰花的香气,九老妈说：不对,绝不是兰花的香气,是桂花的香气！五老妈犹犹豫豫地说：好像是搽脸粉的香气。十四婶婶硬说是茉莉花的气味。每个人一种说法,每个人感受到的都与别人不同。一股气味,竟然具有如此丰富的成分,可见也不是人世间的香气。第四条证据不是十分确凿,这条关于音乐的证据只有九老妈一人敢做肯定的回答,母亲她们怀疑九老妈听到的音乐是从村东头蚰蜡庙那里飘来的,因为四老妈骑驴跑胡同的时刻正是祭蝗大典开始的时候,四老爷雇来的三棚吹鼓手吹奏起古老的乐曲。那天刮的恰恰是东南风。

归总一句话,四老妈是家族故去人中一个被蒙上了神秘、传奇色彩的人物,我怀疑这个过程的真实性,我又相信母亲们的实事求是精神,那么多德高望重的女前辈,难道会平白无故地集体创作一个神话?何况神话也不是无本之木无源之水,它总要有一点事实根据;而且,四老妈骑驴跑胡同的事情刚过去五十年,母亲她们都是亲眼目睹者,她们一谈起这件事时脸上的表情都如赤子般虔诚和严肃,她们叙述这件事的过程达到了相当高度的庄严程度,是一个庄严的叙述过程,我没有太多的理由否定这件事情的真实性。

当然,出于对死者的尊敬,出于对四老妈悲惨命运的同情,出于某种兔死狐悲的感情,母亲她们是对事情进行了一些艺术性的加工的。摆在我面前的任务就是剔除附在事实上的花环,抓住事情的本质。第一,毛驴挣脱缰绳斜刺里跑下河堤是毋庸置疑的;第二,四老妈稳稳地骑在飞跑的毛驴上,脸上焕发出一种奇怪的表情也不可能虚假。

毛驴被拉上河堤又跑下河堤,是因为河堤太狭窄,河水太清澈,小毛驴头晕;四老妈稳坐飞驴不致下跌是因为她小脑机能健全,具有一种超乎常人的平衡能力。唯一费解的是,四老妈脸上为什么会出现一种类似天神的表情。我一闭上眼睛就能看到四老妈骑在飞驴上时脸上的表情:狂荡迷乱,幸福美满。我不得不承认,四老妈脸上的表情与性的刺激有直接关系。这种解释我不愿意对母亲她们说,但基本上是成立的。根据有关资料,我知道女人在极度痛苦时对性刺激最敏感,反应最强烈。毛驴飞奔,瘦削的驴背不停地摩擦和撞击着四老妈的大腿和臀部,那两只大鞋不停地轻轻拍打着四老妈高耸的乳房。驴背摩擦和撞击着的、大鞋轻轻拍打着的部位,全是四老妈的性敏感区域,四老妈因被休黜极度痛苦,突然受到来自几个部位的强烈刺激,她的被压抑的情欲,她的复杂的痛苦情绪,在半分钟内猛然爆发,因此说她在那一瞬间超凡脱俗进入一种仙人的境界并非十分的夸张。

毛驴跑上大街,便慢条斯理地走起来,恢复了它几十年如一日的垂头丧气的面目,缰绳拖在它的颈下,宛若一条活蛇。九老爷气喘吁吁地追上毛驴,弯腰抓住缰绳,然后攥紧拳头,在毛驴的腚上狠狠地打了一拳,毛驴毫无反应。

九老爷扯着缰绳,想让毛驴后转,重新回到河堤上去,沿着槐阴浓密的河堤上小道,悄悄遁出村去。九老爷是一片好心,是为四老妈的面皮着想,他的好心没得好报,正在他全力牵扯那匹魔魔祟祟的倔犟老驴时,四老妈一抬腿,把一只套在硬邦邦的绣花鞋里的尖脚利索而迅速地踢在九老爷晦暗的印堂上。九老爷眼睛里金星飞迸,双耳里鼓乐齐鸣,身子晃荡几下,险些仆地而倒。九老爷吃亏就在于不能察言观色,他如果早一点抬头看四老妈端坐驴背犹如菩萨端坐莲花宝座那般的雍容大度端庄富丽馨香扑鼻,就不会受到迎头痛击。九老爷至死都不相信是四老妈飞起一只脚踢中了他的印堂,因为他的眩晕消失之后,他看到驴上的四老妈双眼似睁非睁,面带一种混合着喜怒哀乐的疲倦表情,况且四老妈没说半句话。九老爷认为这是天对他的打击,于是毛驴也成了能与神魔对话的灵物,九老爷不敢违拗它的意志,只得胆战心惊、小心翼翼地牵扯着连系着毛驴智慧的头颅的麻缰绳,随着毛驴,哈着腰弓着背,额头正中半圆形的一圈鲜红牙印下又青青地留着四老妈坚硬足尖踢出的印痕,迤逦东行……

七

　　……我的意识跟随着驮着四老妈的毛驴和赶着毛驴的九老爷走在五十年前我们村庄的街道上。我的身体却跟随着九老妈站在现在的街道上。我看到水晶般的太阳在蔚蓝色的天空中缓慢移动着,街道上黄光弥漫,笼罩着几只在疲惫不堪的桑树阴下耍流氓的公鸡,公鸡羽毛华丽,母鸡羽毛蓬松……闹蝗灾那年,为什么不办个养鸡场呢?鸡和蚂蚱的关系难道不是与熊猫与竹子、蛐蟮与泥土的关系一样亲密无间吗?——我就是这样问过瘦高瘦高的九老妈。九老妈斜着眼——我忽然想起,九老妈生着两只斗鸡眼,眼珠子黑得让人感到有几分虚假,怀疑她的眼睛是染过墨汁的玻璃球——嘲笑着我:识文解字的大孙子,你简直是把书念进肛门里去了,狗屁也不通,混蛋一个,你是个双黄的鸡子掉进糨糊里——大个的糊涂蛋!猪肉好吃,让你连吃一个月,你还吃吗?你吃腻了猪肉就想吃羊肉,吃着碗里的看着碗外的,你们男人都一样!别看你脸皮磁溜溜的像个没阉的牛蛋子,满嘴酸文假醋,恐怕也是一肚子坏水!就跟你那个九老爷一样,他现在老了,老实了,年轻时,连他亲嫂子都不放过——其时,九老爷提着豢养在青铜鸟笼里的猫头鹰正在草地上徘徊,我和九老妈站在过去的也是现在的也许是未来的土街上,远远地望着在雪亮的阳光下游荡着的九老爷。我说不清楚那天的阳光为什么闪烁着宝剑般的寒光,一向遛鸟时必定唱出难懂的歌子的九老爷为什么闭塞了喉咙。九老爷像一匹刚刚能够直立行走的类猿人一样笨拙稚朴地动作着。我猜想到面对着透彻的阳光他一定不敢睁眼,所以他走姿狼狈,踉踉跄跄,跌跌撞撞,神圣又庄严,具象又抽象,宛若一段苍茫的音乐,好似一根神圣的大便,这根大便注定要成为化石……在包裹住九老爷的银白色里——地平线跳跃不定——高密东北乡近代史上第三次出现的红色蝗虫已经长得像匣枪子弹那般大小；并且，也像子弹一般又硬又直地、从四面八方射向罩上耀眼光圈的九老爷。九老爷极夸张地挥动着手臂——鸟笼子连同着那只咿呀学语的猫头鹰——一起画出逐渐向前延伸的、周期性地重复着的、青铜色的符号。

从红色沼泽地对面的部队营房里传出了紧急集合号声，一会儿我和九老妈就看到一百多个士兵拿着棍棒冲向草地，他们的草绿色的军装被雪白的阳光照耀得像成熟的桑叶一样放着墨绿色的光泽，他们身上都像结了一层透明的薄冰。他们大声地呼叫着，我告诉九老妈说部队帮助我们灭蝗虫来了。我说只有在抗灾救灾中才能看到子弟兵的英雄本色，九老妈说，他们胡闹，他们是刘猛将军手下的兵吗？我歪歪头，注意地观察了一下九老妈的两只互相嫉妒和仇视的眼珠，忽然感觉到我对家族中年长者的弹性强大的模糊语言有一种接受的障碍。我悲哀起来。

这时天像一半湛蓝的玻璃球了，太阳亮得失去圆形，边缘模糊不清。士兵们绕过沼泽，在草地上散开，像一群撒欢的马驹子。他们在九老爷对面，离着我们远，九老爷离着我们近，所以我觉得士兵们都比九老爷矮小、孱弱，我不知道九老妈与我看到的是否一致，她的斗鸡眼构造特殊是不是看到的景象也特殊呢？

九老妈提着我的乳名对我说：干巴，你九老爷的脾气你也不是不知道，软起来像羊，凶起来像狼。当年跟他亲哥四老爷吃饭时都把盒子炮搁在波棱盖上……

八

不知不觉地过去了一小时，我和九老妈站在已经布满了暗红色蝗虫的街道上,似乎说过好多话,又好像什么话也没说。我恍惚记得,九老妈断言,最贪婪的鸡也是难以保持三天对蝗虫的兴趣的,是的,事实胜于雄辩;追逐在疲倦的桑树下的公鸡们对母鸡的兴趣远远超过对蝗虫的兴趣,而母鸡们对灰土中谷秕子的兴趣也远远胜过对蝗虫的兴趣。几百只被撑得飞不动了的麻雀在浮土里扑棱着灰翅膀,猫把麻雀咬死,舔舔舌头就走了。蝗虫们烦躁不安或是精神亢奋地腾跳在灼热的浮土里,不肯半刻消停,好像浮土烫着它们的脚爪与肚腹。街上也如子弹飞进,浮土噗噗作响,桑树上、墙壁上都有暗红色的蝗虫在蠢蠢蠕动,所有的鸡都不吃蝗虫,任凭着蝗虫们在它们身前身后身上身下爬行跳动。五十年过去了,街道还是那条街道,只不过走得更高了些,人基本上还是那些人,只不过更老了些。曾经落遍蝗虫的街道上如今又落遍蝗虫,那时鸡们还是吃过蝗虫的,九老妈说那时鸡跟随着人一起疯吃了三天蝗虫,吃伤了胃口,中了蝗毒,所有的鸡都腹泻不止,屁股下的羽毛上沾着污秽腥臭的暗红色粪便,蹒跚在蝗虫堆里它们一个个步履艰难,扠挲着凌乱的羽毛,像刚刚遭了流氓的强奸,伴随着腹泻它们还呕吐恶心,一声声尖细的呻吟从它们弯曲如弓背的颈子里溢出来,它们尖硬的嘴上,挂着掺着血丝的黏稠涎线,它们金黄的瞳孔里晃动着微弱的蓝色光线——五十年前所有的鸡都中了蝗毒,跟跄在村里的家院、胡同和街道上,像一台醉酒的京剧演员。人越变越精明,鸡也越变越精明了;今天的街道宛若往昔,可是鸡们、人们都对蝗虫抱一种疏远冷淡的态度了。

我真想死,但立刻又感到死亡的恐怖,我注视着拴在墙前木桩上的一匹死毛渐褪新毛渐生的毛驴,忽然记起:上溯六十年,那个时候,家族里有一个奇丑的男人曾与一匹母驴交配。他脑袋硕大,双腿又细又短,双臂又粗又长,行动怪异,出语无状,通体散发着一种令人掩鼻的臭气,女人们都像避瘟神一样躲着他。他是踏着一条凳子与毛驴交配的,那时他正在家族中威仪如王的大老爷家做觅汉,事发之后,大老爷怒火万丈,召集了十几个膀大腰圆的汉子,每人手持一支用生牛皮拧成的皮鞭,把恋爱过的驴和人活活地打死了。现在,这桩丑事,还在暗中斑斓多彩地流传着。——我深深感到,被鞭笞而死的驴和人都是无辜的,他和它都是阶级压迫下的悲惨牺牲。我记起来了,他的绰号叫"大铃铛",发挥一下想象力,也可以见到那匹秀美的小毛驴的形象。家族的历史有时几乎就是王朝历史的缩影,一个王朝或一个家族临近衰落时,都是淫风炽烈、扒灰盗嫂、父子聚麀、兄弟阋墙、妇姑勃豀——表面上却是仁义道德、亲爱友善、严明方正、无欲无念。

呜呼!用火刑中兴过、用鞭笞维护过的家道家运俱化为轻云浊土,高密东北乡吃草家族的黄金时代已经一去不复返,我面对着尚在草地上疯狂舞蹈着的九老爷——这个吃草家族纯种的孑遗——一阵深刻的悲凉涌上心头。

现在,那头母驴站在一道倾圮的土墙边上,就是它唤起了我关于家族丑闻的记忆。它难道有可能是那头秀美的母驴的后代吗?它一动不动地站着,一条乌黑的缰绳把它拴在墙边腐朽的木桩上。它的秃秃的尾巴死命夹在两条骨节粗大的后腿之间;它的腚上瘢痂累累,那一定是皮鞭留给它的终生都不会消除的痛楚烙印;它的脖后久经磨难,老茧像铁一样厚,连一根毛都不长;它的蹄子破破烂烂,伤痕累累,它的眼睛枯滞,眼神软弱而沮丧;它低垂着沉重不堪的头颅……五十年前,也是这样一头毛驴驮着四老妈从这样的街道上庄严地走过,它是它的本身还是它的幻影?它站在墙前,宛若枯木雕塑,暗红色的蝗虫在它的身上跳来跳去,它岿然不动,只有当大胆的蝗虫钻进它的耳朵或是鼻孔里时,它才摆动一下高大的双耳或是翕动一下流鼻涕的鼻孔。墙上土皮剥落,斑斑驳驳,景象凄凉;墙头上的青草几近死亡,像枯黄的乱发般纷披在墙头上,那儿,有一只背生绿鳞的壁虎正在窥视着一只伏在草梢上的背插透明纱翅的绿虫子。壁虎对红蝗也不感兴趣。这不是驮过四老妈的那头驴,它的紫玉般的蹄子上虽然伤痕瘢疤连绵不绝,但未被伤害的地方依然焕发出青春的润泽光芒。一只蝗虫蹦到了我的手背上,我感觉到蝗虫脚上的吸盘紧密地吮着我的肌肤,撩起了我深藏多年的一种渴望。我轻轻地、缓缓地、悄悄地把手举起来,举到眼前,用温柔的目光端详着这只神奇的小虫……泪水潸然下落……干巴,九老妈用狐狸般的疑惑目光打量着我,问:你眼里淌水啦,是哭出来的吗?我举着手背上的蝗虫,说:不是眼泪,我没哭,太阳光太亮了。九老妈噢了一声,抬手一巴掌,打在我的手背上,把那只蝗虫打成了一摊肉酱。为了掩饰愤怒忧伤和惆怅,我掏出了墨镜,戴在了鼻梁上。

天地阴惨,绿色泛滥,太阳像一块浸在污水中的圆形绿玻璃。九老爷周身放着绿光,挥舞着手臂,走进了那群灭蝗救灾的士兵里去。都是些年轻小伙子,生龙活虎,龙腾虎跃,追赶得蝗虫乱蹦乱跳。他们嗷嗷地叫着,笑着,十分开心愉快。我可是当过兵的人,军事训练残酷无情,冬练三九夏练三伏,摸爬滚打够人受的。灭蝗救灾成了保卫着我们的庄稼地的子弟兵们的盛大狂欢节,他们奔跑在草地上像一群调皮的猴子。九老爷的怪叫声传来了,记录他叫出来的词语毫无意义,因为,在这颗地球上,能够听懂九老爷的随机即兴语言的只有那只猫头鹰了。它在大幅度运动着的青铜鸟笼子里发出了一串怪声,记录它的怪声也同样毫无意义,它是与九老爷一呼一应呢。从此,我不再怀疑猫头鹰也能发出人类的语言了。有十几个士兵把九老爷包围起来了,九老妈似乎有点怕。九老妈,休要怕,你放宽心,军队和老百姓本是一家人,他们是观赏九老爷笼中的宝鸟呢。他们弯着腰,围着鸟笼子团团旋转,猫头鹰也在笼子里团团旋转。那个吹号的小战士捏着一只死蝗虫递给猫头鹰,它轻蔑地弯勾着嘴,叫了一声,把那小战士吓了一跳。

后来,农业科学院蝗虫研究所那群研究人员从红色沼泽旁边的白色帐篷里钻出来,踢踢踏踏地向草地走来——草地上的草已经成了光杆儿,蝗虫们开始迁移了——连续一年滴雨不落之后又是一月无雨,只是每天凌晨,草茎上可以寻到几滴晶莹得可怕的露珠——太阳毒辣,好似后娘的巴掌与独头的大蒜,露珠在几分钟内便幻成了毛虫般的细弱白气。如今,只有红褐色的蝗虫覆盖着黑色的土地了。蝗虫研究人员初来时洁白的衣衫远远望着已是脏污不堪,呈现着与蝗虫接近的颜色,蝗虫伏在他们身上,已经十分安全。名存实亡的草地上尘烟冲起,那是被士兵们踢腾起来的,他们脚踩着蝗虫,身碰着蝗虫,挥动木棍,总能在蝗虫飞溅的空间里打出一道道弧形的缝隙。蝗虫研究人员肩扛着摄影机,拍摄着士兵与蝗虫战斗的情景,而那些蝗虫们,正像决堤的洪水一样,朝着村庄涌来了。

九

蝗虫们疯狂叫嚣着,奋勇腾跳着,像一片硕大无比的、贴地滑行的暗红色云团,迅速地撤离草地,在离地三尺的低空中,回响着繁杂纷乱的响声,这景象已令我瞠目结舌,九老妈却用曾经沧海的沧桑目光鞭挞着我兔子般的胆怯和麻雀般的狭小胸怀。这才有几只蝗虫?九老妈在无言中向我传递着信息:五十年前那场蝗灾,才算得上真正的蝗灾!

五十年前,也是在蝗虫吃光庄稼和青草的时候,九老爷随着毛驴,毛驴驮着四老妈,在这条街上行走。村东头,祭蝗的典礼正在隆重进行……为躲开蝗虫潮水的浪头,九老妈把我拖到村东头。颓弃的虮蜡庙前,跪着一个人,从他那一头白莽莽的刺猬般坚硬的乱毛上,我认出了他是四老爷。九老妈与我一起走到庙前,站在四老爷背后。低头时我看到四老爷鼻尖上放射出一束坚硬笔直的光芒,蛮不讲理地射进虮蜡庙里。庙门早已烂成碎屑,尚余半边被蛀虫啃咬得坑坑洼洼的门框。五十年风吹雨打、软磨硬蹭,把砖头都剥蚀得形同蜂窝锯齿,庙上开着天窗,原先庙里图画形影的粉壁上,留下一片片铁锈色的雨渍,几百只蝙蝠栖息在庙里的梁阁之间,遍地布满蝙蝠屎。恍然记起幼年时跟随四老爷进庙搜集夜明砂的情景,一只像团扇那么大的蝙蝠在梁间滑行着,它膨胀着透明的肉翼,宛若一道彩虹,宛若一个幽灵。它拉出的屎大如芡实,四老爷一粒粒捡起,视为珍宝。四老爷,你当时对我说,这样大颗粒的夜明砂世所罕见,每一粒都像十成的金豆子一样值钱……那时候庞大的蝗神塑像可是完整无损地存在着的呀,只是颜色暗淡,所有的鲜明都漫漶在一片陈旧的烟色里了……沿着四老爷鼻尖上的强劲光芒,我看到了虮蜡庙里的正神已经残缺不全,好像在烈火中烧熟的蚂蚱,触须、翅膀、腿脚全失去,只剩下一条乌黑的肚子。四老爷礼拜着的就是这样一条蝗神的泥塑肚腹。西边,迁徙的跳蝗群已经涌进村庄,桑下之鸡与墙外之驴都惊悸不安,鸡毛挓挲驴股栗,哪怕是虫介,只要结了群,也令庞然大物吃惊。士兵们和蝗虫研究人员追着蝗群涌进村庄,干燥的西南风里漂漾着被打死踩死的蝗虫肚腹里放出的潮湿的腥气。

九老妈说:四老祖宗,起来吧,蝗虫进村啦!

四老爷跪着不动,我和九老妈架住他两只胳膊,试图把他拉起来。四老爷鼻尖上的灵光消逝,他一回头,看到了我的脸,顿时口歪眼斜,一声哭叫从他细长的脖颈里涌上来,冲开了他闭锁的喉头和紫色的失去弹性的肥唇:

杂种……魔鬼……精灵……

我立刻清楚四老爷犯了什么病。他跪在虼蜡庙前并非跪拜蝗虫,他也许是在忏悔自己的罪过吧。

四老爷,起来吧,回家去,蝗虫进村啦。

杂种……魔鬼……精灵……四老爷嗫嚅着,不敢看我的脸,我感觉到他那条枯柴般的胳膊在我的手里颤抖,他的身体用力向着九老妈那边倾斜着,把九老妈挤得脚步凌乱。

冷……冷……赤日炎炎似火烧,四老爷竟然说冷,说冷就是感觉到冷,是他的心里冷,我知道四老爷不久于人世了。

跳蝻遮遍街道,好像不是蝗虫在动而是街道在扭动。士兵们追剿蝗虫在街道上横冲直闯,蝗虫研究人员抢拍着跳蝻迁徙的奇异景观,他们惊诧地呼叫着,我为他们的浅薄感到遗憾,五十年前那场蝗灾才算得上是蝗灾呢!人种退化,蝗种也退化。

四老爷,您不要怕,不要内疚,地球上的男人多半都干过通奸杀人的坏事,您是一个生长在穷乡僻壤的农民,您干这些事时正是兵荒马乱的时代,无法无天的年代守法的都不是好人,您不必挂在心上。比较起来,四老爷,我该给您立一座十米高的大牌坊!回家去吧,四老爷,您放宽心,我是您的嫡亲的重孙子,您的事就算是烂在我肚子里的,我对谁也不说。四老爷您别内疚,您爱上了红衣小媳妇就把四老妈休掉了,您杀人是为了替爱情开辟道路,比较起来,您应该算作人格高尚!四老爷,经过我这一番开导,您的心里是不是比刚才豁亮一点啦?您还是感到冷?四老爷,您抬头看看,天是多么蓝啊,蓝得像海水一样;太阳是多么亮,亮得像宝石一样。蝗虫都进了村,草地上什么都没有了,一片白茫茫大地真干净。您是不是想到草地上拉屎去?我可以陪您去,我多少年没闻到您的大便挥发出来的像薄荷油一样清凉的味道了。士兵们一个比一个勇敢,他们手上脸上都沾满了蝗虫们翠绿的血;墙外边那头母驴快被蝗虫压死了,它跟您行医时骑过的那头毛驴有什么血缘关系没有?它们的模样是不是有点像?鞭笞与"大铃铛"恋爱的那匹秀美母驴的行刑队里您是不是一员强悍的干将?您那时血气方刚、体魄健壮,八股牛皮鞭在您的手里挥舞着,好似铁蛇飞腾,飕飕的怪叫令每一个旁观者的耳膜战栗,您也是心狠手毒,一鞭一道血痕,就是钢铁的身躯也被您打碎了,我的四老爷!人,其实都跟畜生差不多,最坏的畜生也坏不过人,是不是呀?四老爷,您还是感到寒冷吗?是不是发疟疾呢?红色沼泽里有专治疟疾的常山草,要不要我去采一把熬点汤药给您吃。发疟疾的滋味可是十分不好受,那真是:冷来好似在冰上卧,热来好似在蒸笼里坐,颤来颤得牙关错,痛来痛得天灵破,好似寒去暑来死去活来真难过。记得我当年发疟疾发得面如金纸,站都站不稳,好像一株枯草,是您不顾蚊虫叮咬,从红色沼泽里采来一把常山草,治好了我的病,救了我一条命。救人一命,胜造七级浮屠!您为了采药,被沼泽里的河马咬了一口,被芦苇中的斑马打了一蹄子。您为了采到名贵中药,冒着生命危险深入沼泽,有好多次差点陷进红色淤泥里淹死。您一辈子救死扶伤,实行革命的人道主义,行善远比作恶多。您满可以正大光明地活着,良心上不要有什么不安。您现在还是那么冷吗四老爷?太好啦,不冷就好啦。"常山"不是草?对,我那时被疟疾折腾得神昏谵语,眼前经常出现虚假的幻影。"常山"是落叶灌木,叶子披针形,花黄绿色,结蒴果,根和叶子入药,主治疟疾。四老爷,我知道您活活是一部《本草纲目》。不过,您用铁药碾子轧碎蝗虫团成梧桐子大的"百灵丸"出售,骗了成千上万的金钱,这件事可是够缺德的!……四老爷,您怎么又哆嗦成一个蛋了?您别抖,我听到您的骨头架子像架破纺车一样嘎嘎吱吱地响,再抖就哗啦啦土崩瓦解、四分五裂啦!说一千道一万,我们还是希望您能多活几年。

十

我和九老妈把抖得七零八落的四老爷暂时安放在一道臭杞树夹成的黑篱笆边上,让灼热的太阳照耀着他寒冷的心,让青绿的臭杞刺针灸着他冥顽不化的脑袋,让他鼻尖上的光芒再次射进虮蜡庙内,照亮蝗神的残骸和污秽的庙墙,让沾满灰土的蛛网在光明中颤抖,让团扇大的蝙蝠在光明中翩翩飞舞。庙里空间狭小,蝙蝠轻若柔纱,飞行得潇洒漂亮,游刃有余,永远没有发生过碰撞与摩擦……我记不清墨镜是什么时候滑落到街上的热尘埃里了,蝗虫的粪便涂满了墨镜的镜片和框架。四老爷,您就要死去吗?您像一匹老狗般蜷缩在臭杞树黑暗的阴影里,当年主持祭蝗大典的威严仪表哪里去了?好花不常开,好景不常在,千里搭长棚,没有不散的宴席,想想真让人心酸!四老爷,那时候您穿着长袍马褂,足登粉底青布鞋,手捧着一只三腿铜爵,把一杯酒高高举起来——

蝗虫们涌进村来,参加村民们为它们举行的盛典,白色的阳光照耀着蝗虫的皮,泛起短促浑浊的橙色光芒,街上晃动着无数的触须,敬蝗的人们不敢轻举妄动,惟恐伤害了那些爬在他们身上、脸上的皮肤娇嫩的神圣家族的成员。九老爷随着毛驴,走到虮蜡庙前,祭蝗的人群跪断了街道,毛驴停步,站在祭坛一侧,用它的眼睛看着眼前的情景。几百个人跪着,光头上流汗,脖子上流汗,蝗虫们伏在人们的头颈上吮吸汗水,难以忍受的搔痒从每一个人的脊梁沟里升起,但没人敢动一下。面对着这等庄严神圣的仪式,我能够想像得到痒的难挨。

蝗虫脚上强有力的吸盘像贪婪的嘴巴吻着我的皮肤,蝗虫的肚子像一根根金条在你的脸上滚动。我和你——我苦恋着的水性杨花的女人——站在昔日祭蝗的场所,在距那次大典五十年的又一次蝗灾发生时,在蝗虫的包围和侵袭下,听我用语言和想像复活了那次大典的盛况。我清楚地嗅到了从你的腋窝里散出的熟羊皮的味道。有一匹蝗虫蹦到了你的红红的鼻头上,蝗虫眼睛明亮,好像戴着一副水晶眼镜。你的因为穿高跟鞋而变形的脚把其余一些企图爬到你身上去的蝗虫咯咯唧唧地踩死了。我看着你的不健康的脸,那只大蝗虫正在你脸上爬行着,你的眼里迸发出那种蓝幽幽的火花。五十年前的事情再次显现是多么样的不容易,这机会才是真正的弥足珍贵,你顺着我的手指往前看吧,在吹鼓手的鼓吹声中,四老爷持爵过头,让一杯酒对着浩浩荡荡的天空,吹鼓手的乐器上,吹鼓手皮球般膨胀的腮帮子上,都挂满了蝗虫。四老爷把酒奠在地上,抬手一巴掌——完全是下意识——把一只用肚子撩拨着他的嘴唇的蝗虫打破了,蝗虫的绿血涂在他的绿唇上,使他的嘴唇绿上加绿。四老爷始作俑,众人继发疯,你看到了吗?跪拜蝗神的群众骚动不安起来,他们飞舞着巴掌,噼噼啪啪,打击着额头、面颊和脖颈,打击着脊背、肩膀和前胸,巴掌到处,必有蝗虫肢体破裂,你是不是准备打自己一个嘴巴,把那只在你脸上爬动的蝗虫打死呢?我劝你打死它,这样,你才能真正品尝到红蝗的味道。我们吃过的蝗虫罐头都加了防腐剂,一点也没味。祭蝗大典继续进行,四老爷面前的香案上香烟缭绕,燃烧后的黄表纸变成了一片片黑蝶般的纸灰簌簌地滚动,请你注意,庙里,通过洞开的庙门,我们看到两根一样粗细的红色羊油大蜡烛照亮了幽暗的庙堂,蝗神在烛光下活灵活闪,栩栩如生,仿佛连那两根雉尾般高扬的触须都在轻轻抖动。四老爷敬酒完毕,双手捧着一束翠绿的青草,带着满脸的虔诚和挤鼻弄眼(被蝗虫折磨的)走进庙堂,把那束青草敬到蝗神嘴巴前。我们恍惚感到,蝗神翅膀支腿,翻动着柔软的薄唇,龇出巨大的青牙,像骡马一样喀嚓喀嚓地吃着青草。四老爷献草完毕，走出庙门，面向跪地的群众，宣读着请乡里有名的庠生撰写的《祭蚰蜡文》，文曰：

> 维中华民国二十四年六月十五日，高密东北乡食草家族族长率族人跪拜蚰蜡神，毕恭毕敬，泣血为文：白马之阳、墨水之阴，系食草家族世代聚居之地；敬天敬地，畏鬼畏神，乃食草家族始终恪守之训。吾等食草之人，粗肠糙胃，穷肝贱肺，心如粪土，命比纸薄，不敢以万物灵长自居，甘愿与草木虫鱼为伍。吾族与蚰蜡神族五十年前邂逅相遇，曾备黄米千升，为汝打尖填腹，拳拳之心，皇天可鉴。五十载后又重逢，纷纷吃我田中谷，族人心里苦。大旱三年，稼禾半枯，族人食草啮土已濒绝境。幸有蝗神托梦，修建庙宇，建立神主，四时祭祀，香烟不绝。今庙宇修毕，神位已立，献上青草一束，村醪三盏，大戏三台，祈求蚰蜡神率众迁移，河北沃野千里，草木丰茂，咬之不尽，啮之不竭，况河北刁民泼妇，民心愚顽，理应吃尽啃绝，以示神威。蝗神有知，听我之诉，呜呼呜呼，泣血涟如，供献青草，伏惟尚飨！

四老爷拖着长腔念完祭文，吹鼓手们鼓起腮帮，把响器吹得震天动地，蝗虫从原野上滚滚而来，蝗虫爬动时的声响杂乱而强烈，几乎吓破了群众的苦胆。我们把视线射进庙内，我们看到那匹巨大的蝗虫领袖依然像骡马一样吞食着四老爷敬献到它嘴边的鲜嫩的青草，我们注视着它生龙活虎的形象，从心灵深处漾发对蝗神的尊敬。你与我一起分析一下四老爷高声诵读过的祭文，你发现了没有，这祭文挑动蝗虫过河就食，并且吃尽啃绝，狼子野心，何其毒也！要是河北的人知道了，一定要过河来拼命。这时，群众纷纷站起来，有几个年老的站起来后又栽倒，毒辣的阳光晒破了他们的脑血管，他们也成了供献给蝗虫的牺牲。正当群众遥望蝗虫的洪流时,坐在毛驴背上的四老妈长啸一声,毛驴开蹄就跑,九老爷紧紧追赶,无数的蝗虫死在驴蹄和人脚下。毛驴跑到祭坛前,撞翻了香案,冲散了吹鼓手,四老爷躲在一边颤抖。四老妈高叫着——声音虽然出自四老妈之口,但绝对是神灵的喻示:

它们还会回来的,它们爬着走,它们飞着回!老四老四,你发了昧心财,干了亏心事,早晚会有报应的!

你忽然惊恐不安地问我:真的有报应吗?我问:你干过亏心事吗?

你摇着头,把目光避开。你现在看到的是五十年后的四老爷像条垂死的老狗一样倚在臭杞树篱笆上,眯着浑浊的老眼晒太阳,艳阳似火,他却浑身颤抖,他就要死去了,他现在正回忆着他的过去呢。

要是有报应,那也挺可怕……你说。

你怎么像鲁迅笔下的祥林嫂呢?

我想回城里去,你怕冷似的缩着肩头,说。

祝你回城市的路途上幸福愉快,我伸出手与你告别,但是当我的手刚一接触到你的冰凉刺骨的手,你就像一块冰一样蒸发了。

你扭动着紧紧裹在那条破旧的牛仔裤里的发达的臀部,大步向西走去。你热切地盼望着住在高楼上的一个大学教授伸出生满肉刺的舌头去舔舐你的乳头。你穿着一件斑马皮缝成的上衣,坐在一张用老虎皮蒙成的沙发上,噏着嘴唇喝一杯美酒加咖啡。你观赏着墙壁上一幅业余画家精心临摹的油画:一个生着三只乳房的裸体女人怀抱着一个骷髅,周围,生长着一些沼泽地里的植物,植物的茎上缀满红蝗虫。你和他肩并着肩,注视着油画,他的儿子坐在你们身后的沙发上,劈着腿,端详着自己的稚嫩的小生殖器,一声也不吭。你们的心里都燃着烈火,炖鱼的锅下蓝火熊熊,咸巴鱼的味道溢出来。巴鱼又涨价了。因为肉类先涨了价,政府鼓励人民吃鱼。你们把那个参拜着生命之根的男孩子抛在客厅里。你们进了卧室,像一对迷醉的企鹅。你很害怕,你一抬头就看到他的面部肌肉饱绽的妻子在镜框里冷冷地对你微笑,并发出一声声的长叹……客厅里传来一声惨叫,你们毛骨悚然,冲到客厅你们发现,男孩的生殖器上鲜血淋漓,一把沾满鲜血的铅笔刀扔在地板上……你怎么啦?他问,他惊惶失措地问,泪水在眼眶里滚动。男孩不动声色地坐着,像冬瓜一样的长头颅疲倦地倚在沙发的靠背上。一只肮脏的黄毛里生满跳蚤和虱子的波斯猫伏在电冰箱高高的头颅上,闭着眼睛,均匀地打着呼噜。猫身上那股又腥又咸的好像腌巴鱼一样的味道突然唤起了一种陌生而亲切的回忆,当然,毫无疑问地,猫身上的腥臊味道同样唤起了他的亲切又陌生的回忆。不是猫的味道,是巴鱼的味道。巴鱼又他妈的涨价了,所以动物园的门票贵了。怎么回事?海豹要吃巴鱼呀。还是斑马好,斑马只吃草。一点麸皮也不吃?吃点豆饼。那大豆早就涨价啦。都怨蝗虫。猫身上的味道必定唤起你们类似的回忆。猫只舔一点被蝗虫撑昏的麻雀颈上的血,根本不吃麻雀。猫!不许你掀锅,锅里的巴鱼都煮糊了。你们的脊髓里都游荡着一股股温柔的、不祥的冷气……电冰箱隆隆地响起来了,波斯猫睁开眼睛,打了个哈欠,橙色的眼睛里射出一道懒洋洋的司空见惯的光芒,扫射了一下你们俩美丽的面孔,又打了个哈欠,闭上眼睛。周身散发着腌巴鱼味道的波斯猫继续酣睡,电冰箱的响声戛然而止,房间里陡然变得异常安静,你们好像陷进红色沼泽里,红色的淤泥黏稠又温暖,淹没了你们的脖颈嘴巴和鼻孔,只露着四只忧郁的眼睛和两颗玲珑剔透的、苍白的头。你们的高大挺拔的耳朵耸立着,压力增大,血管膨胀,你们的耳朵像鲜红的枫叶在你们的苍白额头上投下暗红色的阴影，你们利用最后的时光品尝着巴鱼。一抹夕阳打在毛毛糙糙半透明的玻璃窗上，噼噼啪啪响着，穿透进来，照着生有三只乳房的裸体女人和雪白的粉骷髅，照着滋生色欲的红色沼泽，照着色情泛滥的红色淤泥里生长着的奇花异草，照着卧在一株茎叶难分颇似棍棒的绿色植物的潮湿阴影下的碧绿的青蛙，青蛙大腹膨胀，眼泡像黑色的气球，当然还照耀着他的儿子沾满绿色血污的他的传家之宝。

你睁开眼睛时，看到他跪在地板上用纱布包扎着儿子的伤口。他儿子手持着一根香蕉，寡淡无味地、机械地戳着那个男人聪明智慧的脑袋。你站在一旁，站在波斯猫的腥气里，麻木不仁地注视着这一幕可以名为"父子情深"的戏剧，感到一种蚀骨的凄凉。你说：要我帮忙吗？他不屑回答，他的儿子却把长长的脑袋扬起来，好奇地问：阿姨，你和我爸爸为什么像猫一样叫？你听到问讯，感到脸皮发烧。男孩又说：我爸爸昨天和胖子阿姨关着门学狗叫。他厉声呵斥：儿子，不要胡说！

乳白色的门被敲响，不，是金属的钥匙在金属的锁孔里扭动发出的金属声响，最先被惊动的不是你竟是他。他顾不上为儿子包扎了，他像一只雄鸡从地上跳起来，脸色如黄土。他扑到门边，顶住门，回头对你说，轻声说，我们可是什么事也没有。你麻木地站着，听着门外的声音，是一个女人的声音。

他的妻子提着旅行包回来了。

你打量着这个凸眼肥唇的女人，加倍地思念着非洲的山冈和河流，斑马还有河马。（她提着一个破帆布包，身上散发着巴鱼的味道。）打量着这个女人头上的一根宝蓝色的发卡你想起了自己头上也有一根翠绿的发卡。

他像下级见到上级一样向他的老婆鞠躬，那女人把包扔在地上，嘴唇搐动着。男孩从沙发上跳起来,白纱布拖在腿间,向着女人扑去。母子俩拥抱亲吻……你满脸是泪,他向他的妻子介绍你时,板着他的脸,一本正经,好像一头阉割过的骡子。他向他的妻子流露出他对你这类对他有所求的女人的极度不耐烦,他的妻子也用那种为丈夫骄傲的目光斜视着你。你虽然多次见到过形形色色的女主人的这类目光,但还是感到难过。……那女人擎着你的发卡冲出来,举着一条毛巾冲出来。她举着那条毛巾像高举着一面愤怒的义旗。你看到他——几十分钟前还颐指气使、居高临下地开导着你的他——像一尊泡酥了的神像逐渐矮了下去。你看到他跪在他的老婆面前,仰着一张承露盘般的可爱的脸,在他老婆的膝间。他老婆嚎叫着,把你的绿发卡、毛巾摔在他的脸上,把金丝眼镜打落地下。他跪着,焦急地摸索着。你的腮上响过两声之后才知道被那女人扇了两耳光,你仰仰身体,退到电冰箱上,沉醉在波斯猫的巴鱼气味里。你听到他哀求着:是她……是这个婊子勾引了我……

你好像生着蝙蝠般的翅膀,从高楼降落到地面……

那天晚上,你穿着黑色长裙鲜红裤衩肉色高筒丝袜乳白色高跟羊羔皮凉鞋,拎着一个鲨鱼革皮包,你其实是狼狈逃窜。坐在公共汽车上,你打开小皮包,掏出小镜子,照着一张憔悴的脸。你的嘴唇像被雨水浸泡过的馒头皮,苍白,破裂。你掏出口红,拧开盖,把口红芯儿用手指顶出来。那口红芯儿的形状立刻让你联想到他儿子那个割破的小玩意儿。你对这种联想感到有点轻微的恶心,但你还是用它仔细地涂抹着你的嘴唇,一直等到鲜红掩盖了苍白和丑陋,你才停下手。后来,你走上了那条八角形水泥坨子铺成的小路,你神思恍惚,连那只火炭般的画眉的疯狂鸣叫都没把你从迷醉状态中唤醒。这时,一个男人卡着一块半截砖头立在你的面前,你心中突然萌发了对所有男人的仇恨,于是,你抬起手,迅疾地打了那男人一个耳光,也不管他冤枉还是不冤枉。后来，你进了"太平洋冷饮店"，店里招魂般的音乐唱碎了你的心。你心烦意乱，匆匆走出冷饮店，那个挨揍的男人目露凶光凑上前来，你又扇了他一个耳光。男人都是些肮脏的猪狗！你屈辱地回忆着。他跪在他老婆前骂你的话像箭镞一样射中了你的心。一道强烈的光线照花了你的眼……一个多月前，你打过我两个耳光之后，我愤怒地注视着你横穿马路，你幽灵般地漂游在斑马线上。你没杀斑马你身上这件斑马皮衣是哪里来的？你混账，难道穿皮衣非要杀斑马吗？告诉你吧，斑马唱歌第一流，斑马敢跟狮子打架，斑马每天都用舌头舔我的手。你录下动物的叫声究竟有什么用？我不是告诉你了吗？我是研究动物语言的专家。雪白的灯光照着明晃晃的马路，我看到你在灯光中跳跃，灯光穿透你薄如鲛绡的黑纱裙，显出紧绷在你屁股上的红裤衩子，你的修长健美的大腿在雪白的波浪里大幅度甩动着，紧接着我就听到钢铁撞击肉体的喀唧声。我模模糊糊地记着你的惨白的脸在灯光里闪烁了一下，还依稀听到你的嘴巴里发出一声斑马的嘶鸣。

　　我只有祝贺和哀悼。斑马！斑马！斑马！那些斑马一见到我就兴奋起来，纷纷围上来，舔我，咬我，我闻到它们的味道就流眼泪。非洲，它们想念非洲，那里闹蝗灾了。我还要告诉你，他很快知道了你被车撞死的消息，他怔一下，叹了口气。波斯猫，他家的波斯猫也压死了，他难过得吃不下饭去。

　　男人的可恶的性欲，是导致女人堕落的根本原因。男人使女人堕落，堕落女人又使男人堕落。这是一个恶性的循环！在我的经历中……我痛恨男人！在我的一个梦中，你穿着一条洗得发白、补着补丁的破裤子，咬牙切齿地说。

　　我思索了一下，客观公允地说：你说的不无道理，不过，一般情况下，母狗不撅屁股，公狗是不会跳上去的。

你骂道：男人都是狗！

我说：不是狗的女人可能也不多。

你说：应该把男人全部阉割掉。

我说：这当然非常好，不过，阉掉的男人可能更坏，从前宫廷里的太监就是阉人，他们坏起来更不得了。

反正男人都是狗！

女人也是狗，所以，我们骂人时常常这样骂：这群狗男女！

你笑了。

你不要笑，这是个很严肃的问题，被欲望尤其是被性欲毁掉的男女有千千万万，什么样的道德劝戒、什么样的酷刑峻法，都无法遏止人类跳进欲望的红色沼泽被红色淤泥灌死，犹如飞蛾扑火。这是人类本身的缺陷。人，不要妄自尊大，以万物的灵长自居，人跟狗跟猫跟粪缸里的蛆虫跟墙缝里的臭虫并没有本质的区别，人类区别于动物界的最根本的标志就是：人类虚伪！人类的语言往往与内心尖锐冲突，他明明想像玩妓女一样玩你，可他偏偏跪在你的膝盖前，眼里含着晶莹的泪花，嘴里高诵着专为你写的（其实是从书上抄的）、献给你的爱情诗：我爱你呀我爱你，我的相思围抱住了你，绕着你开花，绕着你发芽，我多么想拥抱你……他今天晚上把这首诗对着你念，明天晚上，他把同一首诗对着另一个女人念：我爱你呀我爱你……

男人太可怕了！你低声说。

女人不可怕吗？女人就不虚伪了吗？她同样虚伪，她嘴里说着：我爱你，我是你的；心里想着明天上午八点与另一个男人相会。人类是丑恶无比的东西，人们涮着羊羔肉，穿着羊羔皮，编造着"狼与小羊"的寓言，人是些什么东西？狼吃了羊羔被人说成凶残、恶毒，人吃了羊羔肉却打着喷香的嗝给不懂事的孩童讲述美丽温柔的小羊羔的故事，人是些什么东西？人的同情心是极端虚假的，人同情小羊羔羔,还不是为了让小羊羔羔快快长大,快快繁殖,为他提供更多更美的食品和衣料,结果是,被同情者变成了同情者的大便!你说人是什么东西?

我们去非洲吧!你坚定地说,从今之后,我只爱你一个人!

不,我要回家乡去消灭蝗虫!

不,我们去非洲,那里有斑马。

我突然从梦中惊醒,浑身冷汗涔涔。

十二

干巴,你怎么老是白日做梦,是不是狐狸精勾走了你的魂?九老妈在我背上猛击一掌,愤愤地说。

我晃动着脑袋,想甩掉梦魇带给我的眩晕。太阳高挂中天,头皮上是火辣辣的疼痛。

九老妈絮絮叨叨地说着:男人们都是些疯子,我说的是吃草家族里的男人,你看看你四老爷,看看你九老爷,看看你自己!

九老爷提着他的猫头鹰,在光秃秃的草地上徘徊着,嘴里一直在唱着那些呼唤魔鬼的咒语,猫头鹰节奏分明地把一声声怪叫插进九老爷浩浩荡荡的歌唱声中,恰如漫长道路上标志里程的石碑。猫头鹰的作息时间已经颠倒过来了,果然是"世上无难事,只怕有心人"。四老爷倚在臭杞树篱笆上晒太阳,他的骨头缝里冒出的凉气使他直着劲哆嗦,只怕是日啖人参三百支,也难治愈四老爷的畏寒症了。

追捕蝗虫的士兵们已经吹号收兵,蝗虫研究所的男女学者们也回到帐篷附近去埋锅做饭,街上的蝗虫足有半尺厚,所有的物件都失去了本色变成了暗红色,所有的物件都在蠕动,四老爷身上爬满蝗虫,远看像一个巨大的蜂巢,只有他的眼睛还从蝗虫的缝隙里闪烁出寒冷的光芒。村里的人全不知躲到什么地方去了，庞大的食草家族好像只剩下我们几个活物，但我记得我是有妻子有儿子的，我还为儿子买了几盒葱味饼干，母亲父亲也是健在着的，还有五老妈、六老妈、十八叔、十八婶，众多的众家兄弟姐妹，侄女侄孙，他们都是存在过的，也永远不可能消逝，等到蝗虫过去之后，我一定能看到他们集合在村头的空地上，像发疯一样舞蹈，一直跳得口吐白沫，昏倒在地。

我一定要加入这场舞蹈，到那时候，九老爷铜笼中的猫头鹰一定会说一口流利漂亮的奶油普通话，肉麻而动人，像国民党广播电台播音员小姐的腔调。

我不去管一直像个巫婆一样在我耳边念咒语的九老妈，也不回顾僵硬的四老爷和疯子般的九老爷，径自出村往东行，沿着当年四老妈骑驴走过的道路。

忍受着蝗虫遍体爬动的奇痒，人们还是集中起精力，观看着颈挂破鞋口出狂言的四老妈，心里都酝酿着恶毒而恐怖的情绪，尽管人们事先听说了四老妈私通铜锅匠被休弃的丑闻，但四老妈骑驴出村堂堂正正走大道气焰汹汹冲祭坛的高贵姿态却把他们心中对荡妇的鄙视扫荡得干干净净，人们甚至把对荡妇的鄙视转移到脸色灰白的四老爷身上，完全正确，我忽然意识到，作为一个严酷无情的子孙，站在审判祖宗的席位上，尽管手下就摆着严斥背着丈夫通奸的信条，这信条甚至如同血液在每个目不识丁的男人女人身上流通，但在以兽性为基础的道德和以人性为基础的感情面前，天平发生了倾斜，我无法宣判四老妈的罪行，在这个世界上，几千年如一日，还是男人比女人坏，大家自动地闪开道路，看着那头神经错乱的毛驴像一股俏皮的小旋风，呼啸而过。九老爷虚揽着缰绳头，跟在驴腚后奔跑，我的灵魂尾随着九老爷和毛驴的幻影，追着四老妈的扑鼻馨香，渐渐远离了喧闹的村庄。

河堤是高陡的,高陡的河堤顶部是平坦的沙土道路,毛驴曾经从河堤上跑下来,但出村之后,依然必须在河堤上走。河水是蓝色的,但破碎的浪花却像菊花瓣儿一样雪白,毛驴见到河水并不头晕。多么晴朗的天空,只有一朵骆驼状的洁白云团在太阳附近悬挂着。大地苍茫,颤巍巍哆嗦,那是被四老爷的祭文感动了、或是挑唆起了迁徙念头的蝗神的亿万万子孙们在向河堤移动。红色沼泽里的奇异植物都被蝗虫们吃光了茎叶啃光了皮肤,只剩下一些坚硬的枯干凄楚忧愤地兀立着,像巨大的鱼刺和渺小的恐龙骨架。我远远地看到沼泽里凌乱地躺着一些惨白的尸骨,其中有马的头骨、熊的腿骨和类人猿的磨损严重的牙齿。空气中弥漫着河水的腥气、蝗虫粪便的腥气与沼泽地里涌出来的腥气,这三种腥气层次分明、泾渭分明、色彩分明、敌我分明、绝对不会混淆,形成了腥臊的统一世界中三个壁垒分明的阵营。

　　那天,四老妈、小毛驴、九老爷走在河堤上,离开村庄约有三里远时,就听到田野里响起了辽远无边的嘈杂声,光秃秃的土地上翻滚着跳蝗的浊浪,一浪接一浪,涌上河堤来,河堤内是黝蓝的河水,河堤外是蝗虫的海洋。蝗虫们似乎不是爬行,而是流动,像潮水冲上滩头一样,哗——一批,几千几万只,我的亲娘! 哗——又一批,几千几万只压着几千几万只,我的亲亲的娘! 哗——哗——哗——一批一批又一批,层层叠叠,层出不穷,不可计数啊,我的上帝! 我真担心蝗虫们把这道高七米上宽五米下宽十二米的河堤一口口吞掉,造成河水泛滥。幸亏蝗虫不吃土,多么遗憾蝗虫不吃土! 蝗虫汇集在堤下,团结成一条条水桶般粗细、数百米长短的长龙,缓慢地向堤上滚动。毛驴惊惧得四腿打抖,不停地拉胯撒尿,九老爷也面露惊惧之色,额头上被四老爷啃出的鲜红牙印和被四老妈踢出的紫红脚印在白色的脸皮上更显出醒目和光彩。九老爷用缰绳头抽打着毛驴的屁股,意欲催驴飞跑,但那毛驴早已筋酥骨软,罗锅罗锅后腿,一屁股坐在地上,一串丧魂落魄的驴屁凶猛地打出,吹拂得红尘轻扬。四老妈跌下驴来,还是似睁非睁菩萨眼,似嗔非嗔柳叶眉,懵懵懂懂站着,不知她是真四老妈还是假四老妈。我们看到,蝗虫的巨龙沿着河堤蜿蜒,一条条首尾相连,前前后后,足有三十多条,我把每条蝗虫的长龙按长一百米、直径五十厘米计算,我知道,那天上午,滚动在河堤上的半大蝗虫有一万九千六百二十五立方米之多,这些蝗虫十火车也拉不完,何况它们还在神速地生长着,而且我还坚信,在被村庄掩蔽的河堤上,在村西的河堤上,都有这样的蝗虫长龙在滚动。

我仔细地观察着蝗虫们,见它们互相搂抱着,数不清的触须在抖动,数不清的肚子在抖动,数不清的腿在抖动,数不清的蝗嘴里吐着翠绿的唾沫,濡染着数不清的蝗虫肢体,数不清的蝗虫肢体摩擦着,发出数不清的古怪声响,数不清的蝗虫嘴里发出咒语般的神秘鸣叫,数不清的古怪声响与数不清的神秘鸣叫混合成一股嘈杂不安的、令人头晕眼花浑身发痒的巨大声响,不是狂风掠过地面,胜似狂风掠过地面。灾难突然降临,地球反向运转。也许几百年后,这世界就是蝗虫的世界。人不如蝗虫。我眼巴巴地看着蝗虫带着毁灭一切的力量滚滚上堤,阳光照在蝗虫团结成的巨龙上,强烈的阳光单单照耀着亿万蝗虫团结一致形成的巨龙,放射奇光异彩的是蝗虫的紧密团体,远处的田野近处的河水都黯然失彩。闪闪发光的蝗虫躯壳犹如巨龙的鳞片,嚓啦啦地响,钻心挠肺地痒,白色的神经上迅跑着电一般的恐怖,迸射着幽蓝的火花。如果我们还是这样呆立在河堤上无疑等待灭亡,蝗虫会把我们裹进去,我们身上立刻就会沾满蝗虫,我们会随着蝗虫一起翻滚,滚下河堤,滚进幽黑的、冰凉的、深不可测的河水,我们的尸体腐烂之后就会成为鱼鳖虾蟹的美餐,明年上市的乌龟王八蛋里就会有我们的细胞。我们被裹在蝗的龙里,就像蝗的龙的大肚子,我们就像被毒蛇吞到肚腹里的大青蛙。多么屈辱多么可怕多么刺激人类美丽的神经! 赶快逃命! 我喊叫一声。毛驴紧随着我的喊叫噗叫一声。九老爷去拉四老妈,四老妈脸上却绽开了温馨的笑容。四老妈挥了挥手,蝗虫的巨龙倾斜着滚上堤,我惊异地发现,我们竟然处在两条蝗虫巨龙的空隙处,简直是上帝的旨意,是魔鬼的安排。四老妈果然具有了超人的力量,我怀疑她跟虸蜡庙里那匹成精的老蝗有了暧昧关系。

　　蝗虫的龙在河堤上停了停,好像整顿队形,龙体收缩了些、紧凑了些,然后,就像巨大的圆木,轰隆隆响着,滚进了河水之中。数百条蝗虫的龙同时滚下河,水花飞溅,河面上远远近近都喧闹着水面被砸破的声响。我们惊悚地看着这世所罕见的情景,时当一九三五年古历五月十五,没遭蝗灾的地区,成熟的麦田里追逐着一层层轻柔的麦浪,第一批桑蚕正在金黄的麦秸扎成的蚕簇上吐着银丝做茧,我的六岁的母亲因为裹脚只能扶着墙壁行走,时间像银色的遍体黏膜的鳗鱼一样滑溜溜地钻来钻去。

　　蝗虫的长龙滚下河后,我的脑子里突然跳出了一个简洁的短语:蝗虫自杀! 我一直认为,自杀是人类独特的本领,只有在这一点上,人才显得比昆虫高明,这是人类的骄傲赖以建立的重要基础。蝗虫要自杀! 这基础顷刻瓦解。蝗虫们不是自杀而是要过河! 人可以继续骄傲。蝗虫的长龙在河水中急遽翻滚着,龙身被水流冲得倾斜了那就倾斜着翻滚,水花细小而繁茂,幽蓝的河千疮百孔,残缺不全,满河五彩虹光,一片欢腾。我亲眼看见一群群凶狠的鳝鱼冲激起疾促的浪花,划着银灰色的弧线,飞跃过蝗的龙,盘旋过蝗的龙。它们用枪口般的嘴巴撕咬着蝗虫。蝗虫互相吸引,团结紧张,撕下来很难,鳝鱼们被旋转的蝗的龙甩起来,好像一条条银色的飘带。

　　我们看到蝗的龙靠近对岸,又缓慢地向堤上滚动,蝗虫身上沾着河水使蝗的龙更像镀了一层银。它们停在河堤顶上,好像在喘息。这时,河对岸的村庄里传来了人的惊呼,好像接了信号似的,几百条蝗的龙迅速膨胀,突然炸开,蝗虫的大军势不可挡地扑向河堤北边也许是青翠金黄的大地。虽然只有一河之隔,但我从来没去过,我不知道那边的情况。

十三

因为出生,耽误了好长的时间,等我睁开被羊水泡得黏糊糊的眼睛,向着东去的河堤瞭望时,已经看不到四老妈和九老爷的身影,聪颖的毛驴也不见了。我狠狠地咬断了与母体连系着的青白色的脐带,奔向河堤,踩着噗噗作响的浮土,踩着丢落在浮土里、被暴烈的太阳和滚烫的沙土烤炙得像花瓣般红、散发着烤肉香气的蝗虫的完整尸体和残缺肢体,循着依稀的驴蹄印和九老爷的大脚印,循着四老妈挥发在澄澈大气里的玫瑰红色和茉莉花般撩人情欲的芳香,飞也似的奔跑。依然是空荡荡的大地团团旋转,地球依然倒转,所以河中的漩涡是由右向左旋转——无法分左右——河中漩涡也倒转。我高声喊叫着:四老妈——小毛驴——等等我呀——等等我吧!泪水充盈我的眼,春风抚摸我的脸,河水浩浩荡荡,田畴莽莽苍苍,远近无人,我感到孤单,犹如被大队甩下的蝗虫的伤兵。

我沿着河堤向东奔跑着,河中水声响亮,一个人正在渡河。他水性很好,采用的是站泳姿势,露着肩头,双手擎着衣服包。水珠在他肩头上滚动,阳光在水珠上闪烁。我站在河堤上,看着他出类拔萃的泳姿。阳光一片片洒在河面上,水流冲激得那人仄歪着肩膀,他的面前亮堂堂一片,他的身后留下犁铧状的水迹,但立刻就被水流抹平了。

他赤裸裸地爬上河堤,站在我面前三五米远的地方,严肃地打量着我。阳光烤着他的皮肤,蒸汽袅袅,使他周身似披着纱幕。我依稀看到他身上盘根错节的肌肉和他的疤痕狰狞的脸。他的一只眼睛瞎了,眼窝深陷,两排睫毛犹如深谷中的树木。我毫不踌躇地就把他认了出来:你就是与我四老妈偷情被四老爷用狼筅戳烂了面孔戳瞎了眼睛的锔锅匠!

锔锅匠哼了一声,摇摇头,把耳朵上的水甩掉,然后把手里的衣包放在地上,用一只大手托起那根粗壮的生殖器对着阳光曝晒,我十分惊讶地打量着他的奇异举动。

他晒了一会,毫无羞耻地转过身来,开始慢条斯理地穿衣服。衣服穿光,剩在地上的竟是两支乌黑的匣子枪。

他穿好鞋,把匣子枪插在腰里,逼近一步,问我:看到过一个男人一个女人一个毛驴没有?

我不敢撒谎,如实交代,并说我因为出生耽搁了时间,已经追不上他们了。

锔锅匠又逼近一步,脸痛苦地抽搐着,那两排交叉栽在深凹眼窝里的睫毛像蚯蚓般扭动着,他说:你是进过城市的人,见多识广,我问你,你四老妈被休回娘家,如入火坑,我该怎么办?

我说:你爱我四老妈吗?

他说:我不懂什么爱不爱,就是想跟她睡觉。

我说:想得厉害吗?

他说:想得坐立不安。

我说:这就是爱!

他说:那我怎么办?

我说:追上她,把她抢回家去!

他说:怎么处置你的九老爷和四老爷?

我说:格杀勿论!

他说:好小子,真是精通法典铁面无私!跟我追!

他伸出一只坚硬的大手,捏住了我的手脖子。

我被他拽带着,在离地五米多高的低空飞行,春风汹涌,鼓起了我的羽绒服,我感到周身羽毛丰满,胸腔和肚腹里充盈了轻清的气体。我和铜锅匠都把四肢舒展开,上升的气流托着我们愉快地滑翔着。河里烂银般的闪光映着我们的面颊,地上飞快移动着我们的暗影,想起"飞鸟之影,未尝动也"的古训,又感到我们的影子是死死地定在地上的,久久不动。只有两边疾速扑来的田野和经常擦着我们胸脯的树梢才证明我们确实是在飞行。惊诧的喜鹊在我们面前绕来绕去,它们的尾巴一起一伏,它们喳喳唧唧地叫着,好像询问着我们的来龙去脉。我陶醉在飞行的愉悦里,四肢轻,无肉无骨,只有心脏极度缓慢地跳动。我的耳边缭绕着牡丹花开的声音,所有的不舒服、不安逸都随风消散,飞行消除了在母亲子宫里受到的委屈,我体验到了超级的幸福。

后来,我们缓缓降落到地面,终止飞行与开始飞行一样轻松自然,没有发动机的轰鸣,没有强烈的颠簸,也无需紧咬牙根借以减轻耳膜的压痛。我们走在河堤上,九老爷、四老妈、小毛驴在我们前边大约一百米远的地方。

我十分紧张,我看到铜锅匠从腰里掏出了一支匣枪,瞄准了九老爷的头。

铜锅匠没有开枪,是因为从河堤的拐弯处突然冒出了一支队伍,这支队伍经常在我们村庄里驻扎,他们都穿着毛蓝布军装,腿上扎着绑腿,腰里扎着皮带,口袋里别着金笔,嘴里镶着金牙,嘴角上叼着烟卷,鼻孔里喷着青烟,腰带上挂着手枪,手枪里装满子弹,子弹里填满火药,手里提着马鞭,鞭柄上嵌满珠宝,手腕上套着钟表,指头上套着金箍,个个能言善辩,善于勾引良家妇女。

谁也说不清楚这支队伍归谁领导,他们都操着江浙口音,对冰块有着极大的兴趣。村里人经常回忆起他们抢食冰凌的情景。

那群兵把四老妈围住了,我听到他们操着夹生的普通话调笑着,兵的脸上黄光灿灿,那是金牙在闪烁。他们举起手来去摸四老妈的脸去拧四老妈的乳房,兵的手上黄光灿灿,那是金箍在闪烁。

九老爷冲到驴前,惊惧和愤怒使他说话呜呜噜噜,好像嘴里含着一块热豆腐:兵爷!兵爷!谁家没有妻子儿女,谁家没有姐姐妹妹……

兵们都乜斜着眼,绕着四老妈转圈,九老爷被推来搡去,前仆后仰。

一个兵把四老妈颈上的大鞋摘下来,举着,高叫:弟兄们,她是个破鞋!是个大破鞋!别弄她了,别弄脏了咱们的兵器。

一个兵用一只手紧紧抓住四老妈的乳房,淫猥地问,小娘儿们,背着你丈夫偷了多少汉子?

四老妈在驴上挣扎着,嚎叫着,完全是一个被吓昏的农村妇女,根本不是半仙半魔的巫婆。

九老爷扑上前去,奋勇地喊着:当兵的,你们不能欺负良家妇女啊!

那个攥着四老妈乳房的兵侧身飞起一脚,踢在九老爷的要害处,九老爷随即弯下了腰,双手下意识地捂住被踢中的部位,豆粒大的黄汗珠挂满了他的额头。另一个兵屈起膝盖,对准九老爷的尾巴根子用力顶了一下,九老爷骨碌碌滚到河堤下,一直滚到生满水草的河边才停住,一只癞蛤蟆同情地望着他。

锔锅匠早已伏到一株没有一片绿叶的桑树后,两支枪都拉出来,我焦急地看着他的手,等待着他开枪。他的面孔像烧红又冷却的钢铁,灼热,冷酷可怕,他的独眼里射出恶毒的光线——锔锅匠的独眼使他每时每刻都在瞄准,只要他举起枪他的眼就在瞄准——射着恶浊的腥气,照到攥住四老妈乳房愉快地欢笑着的士兵脸上。锔锅匠的手指动了一下,匣子枪口喷出一缕青烟,枪筒往上一跳,枪声响,我认为枪声尚未响那个攥着四老妈的乳房耍流氓的兵的头就像石榴一样裂开了。

那个兵嗓子里哼了一声就把头扎到毛驴肚皮下,如果四老妈要撒尿恰好滋着他的脸,温柔的、碱性丰富的尿液恰好冲洗掉他满脸的黑血和白脑浆,冲刷净他那颗金牙上的红血丝。他的幸福的手恋恋不舍地从四老妈的乳房上滑落下来,毛驴不失时机地动了一下,他就一头栽到驴肚皮下去了。假如这不是匹母驴而是匹公驴,假如公驴正好撒尿,那么黏稠的、泡沫丰富的驴尿恰好冲激着他痉直的脖颈,这种冲激能起到热敷和按摩的作用,你偏偏逢着一匹母驴,你这个倒霉蛋!

那群仪表堂皇的大兵都惊呆了,他们大张着或紧闭着嘴巴,圆睁着眼睛或半眯着眼睛,傻乎乎地看着卧在毛驴腹下、嘴扎在沙土里、脑袋上咕嘟嘟冒着血的同伙。

又是两声枪响,一个士兵胸脯中弹,另一个士兵肚腹中弹。胸脯中弹的张开双臂,像飞鸟的翅膀,挥舞几下,扑在地上,身体抽搐,一条腿往里收,另一条腿向外蹬。肚腹中弹的一屁股坐在地上,脸色灰黄,双手紧紧揪住肚子上的伤口,稀薄的红黄汁液从他的指缝里溢出来。士兵们如梦方醒,弯着腰四散奔逃,没有人记得拔出腰里漂亮的手枪抵抗。我吓得屁滚尿流,伏在地上,连气都不敢喘。锔锅匠提着双枪,大摇大摆地向毛驴和照旧稳稳骑在驴上的四老妈走去。——也是该当有事,当锔锅匠即将接近四老妈时,那毛驴竟发疯一般向前奔跑起来。那些军容严整风度翩翩的士兵都在河堤拐弯处埋伏起来,都把手枪从腰里拔出来,对着毛驴和四老妈射击。子弹胡乱飞舞,天空中响着子弹划出的尖锐的呼啸,四老妈腰板挺直,好像丝毫无畏惧,也许已被吓成痴呆,毛驴直迎着那些兵冲去,不畏生死。

铜锅匠哈着腰,轻捷地跃进着,他大声喊叫:弯下腰!弯下腰!

四老妈果真弯下了腰,好像一根圆木往前倒去,毛驴前蹄失落,驴和人都翻跌在地。子弹很密,铜锅匠脚前脚后噗噗地跳起一簇簇子弹冲起的黄烟,他一头栽倒在河堤上,抻了几下腿,便不动了。

河堤上突然沉寂了,河水流动汩汩声,蝗虫作乱嚓嚓声,土地干裂噼噼声,十分响亮地从各个方向凸起。微风轻轻吹拂,河堤上枪烟缕缕,在各种味道中,硝烟味十分鲜明地凸现出来。我的肚皮被灼热的沙土烫得热辣辣的,几粒金灿灿的弹壳躺在我面前的沙土上,伸手即可触摸,但我不敢摸,我趴在地上装死。

那些漂亮的兵慢慢地从堤外把头伸出来,抻抻缩进去,进去又抻抻,堤后活像藏着一群灰背大鳖。良久,看看没危险,那些兵们都从堤后跳起来,他们龇着金牙,提着手枪,摘下蓝布帽,掸打着身上的尘土和草梗。这是一群爱清洁的士兵。

我看到,铜锅匠一个鲤鱼打挺从沙土中跃起来,双枪齐发,枪声焦脆、愤怒,几个士兵跌倒,惨叫声如猫如狗,在堤上回响,活着的士兵滚下堤去,飞快地跑走了。

几十分钟后,那些士兵躲到一里路外的柳树林子里,朝着河堤积极地放枪。他们手里握的多半是袖珍手枪,有效射程顶多一百米,最大射程不过二三百米,所以,射来的子弹多半中途掉在地上,偶尔有一发两发的子弹借助角度和风力飞到河堤上,也是强弩之末,飘飘荡荡,犹如失落的孤魂,伸手即可捕捉,易于捕捉蝗虫。

那些兵们嗓门圆润洪亮,都是唱山歌的好材料,他们躲在柳棵子后,一边放枪一边高喊:哎哟嗨——啪!啪!——狗杂种呀你过来呀吗嗨——啪啪啪!——有种你就走过来呀哟呼嗨——啪!啪!——哟呼嗨嗨哟呼嗨——啪啪啪!

锏锅匠把双枪插进腰带,伸掌打落一颗飘游的子弹头,然后,他蹲下,扶起双腿仍骑着驴背身体伏在驴脖子上的四老妈。四老妈面色如雪,唇上尚有一抹酥红,沉重短促的呼吸使她的胸脯急遽起伏,从胸脯上被打出的破绽里,噗噗地冒出一串串鱼鳔般的气泡。

　　锏锅匠用铁一样的臂膊揽着四老妈的头颈,沙哑着嗓子喊一声:半妞!

　　四老妈竟有一个这样稀奇古怪的乳名,这令我惶恐不安。为什么惶恐?为什么不安?我说不清楚。

　　半妞——!锏锅匠的嗓音痛苦沙涩,扩散着一股彻底绝望的意味。

　　四老妈在情人的怀抱里睁开了灰蓝色的眼睛,眼神疲倦而忧伤,包含着言语难以表述的复杂情绪。她的嘴唇翕动着,一串断断续续的呓语般的嗫嚅把锏锅匠的心都敲碎了。他由蹲姿改为跪姿,低垂着那张狰狞的脸,独眼里流溢着绝望的悲痛和大颗粒的泪珠。

　　四老妈的喘息渐渐减缓,伤口里不仅冒出透明的气泡,而且奔涌着嫣红的热血。血濡湿了她的衣襟,濡湿了锏锅匠的手臂,浸透堤上一大片尘土。四老妈的血与毛驴的血流到一起,汇成一湾,但四老妈的血是鲜红的,毛驴的血是乌黑的,彼此不相融合。她的眼睛半睁,始终是灰蓝色,始终那么疲倦忧伤温柔凄凉……她的嘴唇——苍白的嘴唇又抖起来,她的嗓子里呼噜噜响起来,她的僵硬的胳膊焦躁地动起来,抓挠着热血淋漓的胸脯。

　　半妞……半妞……你还有什么话要说……锏锅匠把脸俯在四老妈脸上,像个老人一样低沉地说着。

　　四老妈的嘴角搐动了一下,腮上出现了几丝笑纹。她的伤口的血停止流淌,她的胸脯停止起伏,她的美丽的头颅歪在一侧,她的额头、光滑开阔只有几条细小皱纹的额头碰到锏锅匠坚韧的胸肌上,那两只灰蓝色的眼睛光彩收敛,只剩下两湾死气沉沉的灰蓝……

铜锅匠放下四老妈,缓缓地,艰难地站起来,他慢慢地脱掉沾满热血的褂子,甩到了毛驴的脊背上。他从腰里拔出双枪。他把双枪插进腰带。他弯下腰,从血泊中提起那两只给四老妈带来极度耻辱和光荣的大鞋,翻来覆去地看着。

那群士兵从柳林后鬼鬼祟祟地走出来,他们举着手枪,弓着腰,在暗红色的开阔地上蛇行着。

铜锅匠把脚上的鞋踢掉,坐下,珍惜地端详一会手中的大鞋,然后,一只一只穿好。美丽士兵们逼近了,子弹像零落的飞蝗,在他的周围飞舞。他把头搁在膝盖上,打量了一下平放在河堤沙土上的四老妈,再次站起,抽出枪。一颗子弹像玩笑般地紧擦着他的脖颈飞过,他好像全无知觉,脖颈上流着猩红的血他好像全无知觉;又一颗子弹俏皮地洞穿了他的耳朵,他依然毫无知觉。直棒棒站着,他好像有意识地为美丽士兵们充当练习射击的活靶。士兵们胆子大起来,弯弓的腰背逐渐伸直,嘴里又开始发出动听的咆哮。铜锅匠把双枪举起来,嘬起坚硬的嘴唇,向两只枪筒里各吹了一口气,好像恶作剧,又好像履行什么仪式。那些士兵胆子愈加大,他们以为铜锅匠的子弹打光了呢!我告诉你们,见好就收,不要得寸进尺!你们不信,那就前行!我亲眼看见,铜锅匠在扔掉褂子之前,把两大把黄灿灿的子弹喂进了弹仓,独眼龙一般都是必然的神枪手,弹无虚发,枪枪都咬肉。士兵们高喊着:投降吧,朋友!

铜锅匠笑笑,好像嘲讽着什么。我分明看到他的两只手哆嗦着,紧接着枪声响了。河堤北边蝗虫们进攻庄稼的声音犹如澎湃的浪潮,枪声犹如冲出水面的飞鱼翅膀摩擦空气发出的呼哨。走在最后边的几个士兵像草捆一样歪倒了;前头的士兵回过头去,看到同伴们横卧在地上的躯体,寒意从背后生,撒腿就跑,与中间的士兵冲撞满怀,子弹从背后击中他们丰满的屁股,他们鬼叫着,捂着屁股,踩着战友们的尸体,仓皇逃窜,隐没在灰绿色的柳林中,再也没有出现。永远没有再出现。

九老爷已从河边滩涂上学着蛤蟆的前进姿势慢慢爬到堤顶。他满身脏泥,眼珠子浑浊不清,额头上被四老爷咬出的两排鲜红的牙印变成了两排雪白的小脓疱疮,如果不是四老爷的牙齿上有剧毒,就是九老爷遭受极度惊吓之后,身体内的免疫力受到严重破坏。

亲不亲,一家人,固然在飞行前我主张锔锅匠把四老爷和九老爷通通枪毙,但现在,九老爷像只被吓破了苦胆的老兔子一样畏畏缩缩地站在我身旁时,我的心里涌起一层怜悯弱者的涟漪——在以后的岁月里,我认识到,九老爷在弱者面前是条凶残的狼,在强者面前是一条软弱的狗——介于狼与狗之间,兼有狼性与狗性的动物无疑是地球上最可恶的动物——但我还是对几十年前我那一瞬间萌生的怜悯采取了充分宽容的态度。世界如此庞大,应该允许各类动物存在,何况九老爷毕竟是条狼狗,比纯粹的狗尚有更多的复杂性,因此他的存在是合理的。

我们看到,锔锅匠脸上涂满鲜血,偏西的太阳又给他脸上涂了一层釉彩,使他的死更具悲壮色彩。

他举起双枪,两只枪口顶住了两边的太阳穴,静默片刻,两声沉闷的枪声几乎同时响起。他保持着这姿势,站了约有两秒钟后,便像一堵墙壁,沉重地倒在地上。

十四

不容讳言,我们吃草家族的历史上,笼罩着一层疯疯癫癫的气氛;吃草家族的绝大多数成员,都具有一种骑士般的疯癫气质。追忆吃草家族的历史,总是使人不愉快;描绘祖先们的疯傻形状,总是让人难为情。但这有什么办法呢?"墨写的谎言,掩盖不住血染的事实",翻腾这些尘封灰盖的陈年账簿子,是我的疯癫气质决定的怪癖,人总是身不由己,或必须向自己投降,这又有什么办法?

十五

蝗虫迁移到河北,蚂蚱庙前残存的香烟味道尚未消散,一团团乌云便从海上升起,飘游到食草家族的上空。被干渴折磨得憔悴不堪的大地可怜巴巴地张望着毛茸茸的云团,沼泽地里鬼哭狼嚎,植物的枯干被海上刮来的潮湿的腥风激动,噼噼啦啦地碰撞。四老妈的尸体、铜锅匠的尸体、毛驴的尸体和美丽士兵们的尸体被村里人搬运到沼泽地里,扔到一片红树林般的高大的一年生草本植物的稀疏的阴影下。村里人腿上沾着暗红色的、黏稠的、浊气扑鼻的淤泥,立在沼泽边沿上,看着一群群蓝色的乌鸦、灰色的雄鹰、洁白的仙鹤混杂在一起,同等贪婪地撕扯着、吞食着死尸。四老爷和九老爷自然也站在人群当中。他们斗鸡般地对望着,恨不得把对方撕成碎片。

等到高贵的仙鹤、勇敢的雄鹰和幽默的乌鸦把尸体的面孔啄得模糊不清后,村里人开始往回走。乌云弥合,遮没了太阳和天空,阴森森的风吹拂着人们百结千纳的破衣烂衫和枯草般的头发,飞扬的红尘落满了一张张干燥的面孔。一道血红的闪电在云层后突然亮起,像疾跑的银蛇和火树,划破乌黑的天,画出惊心动魄的图案。众人愕然止步,破碎的脸在红光中闪烁,蓝色的眼在红光中变色。惊雷响起时,人们齐齐跪倒,嘴唇一起嚅动,咕咕噜噜的声音从干裂的嘴唇间流出,汇成一个声音,直接与上帝对话。

先是有大如铜钱的白色雨滴落下,砸在人们仰望上苍的脸上,雨点冰凉,寒彻肌肤,令人毛骨悚然。村人激动起来,嘴唇急速哆嗦,头颅频繁点摇。雷声隆隆不断,闪电满天乱窜。又是一批极大的白雨点落下来,村人们脱下破衫在手里摇着,一边欢叫,一边雀跃,尚未湿润的尘土被他们的腿脚腾起,犹如一丛丛红色的海底灌木,浓郁而厚重,人在尘烟中跳跃,好像在沸腾的海水中挣扎。大雨点降过后,乌云变色——由黢黑而暗红而花花绿绿——而且突然降低了几万几千米,天和地极大极快地缩短了距离,温度迅速降到冰点,刚刚还为天降甘霖欢欣鼓舞的人们都停了手脚,哑了歌喉,袖手缩颈,彼此观望,不知所措。寒冷关闭了他们汗水淋漓的毛孔,诱发了他们遍体的鸡栗,尘烟降落,显出他们裸露的肌体,群鸟惊飞,飞至七八米高处就像石块一样啪嗒啪嗒掉在地上,乌鸦、仙鹤、灰鹰、凤凰,全都拖拉着僵硬的翅膀,像丧家狗一样遍地爬行,它们聚集在一起,都把自己的脑袋往对方的羽毛里插。预感到灾难即将降临的鸟类簇挤成一座座华丽的坟头,星星般分布在沼泽里和田野里。

天地挤在一起,银光闪烁,鼓角齐鸣,万马奔腾,冰雹把天地联系在一起。

冰雹,这位大地期待已久的精灵终于微笑了!她张开温柔的嘴巴,龇着凌乱的牙齿,迷人地微笑着下降了。她抚摸着人类的头,她亲吻着牲畜的脸,她揉搓着树木的乳房,她按摩着土地的肌肤,她把整个肉体压到大地上。

冰雹像瀑布般倾泻到焦渴的大地上。

冰雹是大地的残酷的情人。

也只有大地才能承受得了她的毁灭一切的爱情。

冰雹!无数方的、圆的、菱形的、八角形的、三角形的、圆锥形的、圆柱形的、鸡蛋形的、乳房形的、芳唇形的、花蕾形的、刺猬形的、玉米形的、高粱形的、香蕉形的、军号形的、家兔形的、乌龟形的、如意形的冰雹铺天盖地地倾泻下来。

冰雹嘎嘎吱吱地响着,咔咔哒哒地碰撞着,跳着蹦着翻滚着旋转着,掉在食草家族的头上、肩上、耳朵上、鼻梁上,掉在鸟类的弯曲脖颈上、乌黑利喙上、突兀肛门上,掉在红色沼泽的红色淤泥上、人的尸首上、马的牙床上、狐狸的皮毛上、孔雀大放的彩屏上、干绿的苔藓和紫红的灌肠般植物上……温柔的冰雹,我爱你,当我把你含在口腔里时,就像吮吸着母亲和妻子的温暖的乳房……天空多壮丽。自然多辉煌。尘世多温暖。人生多葱姜。铿铿锵锵,喳喳嗒嗒,冰雹持续不断地掉下来,天地间充溢着欢乐的色彩和味道,充满了金色的童年和蓝色的多瑙河。五彩的甜蜜的冰雹降落到苍老枯萎的大地上,唤醒了大地旺盛的性欲和强大的生殖力。

乡亲们一无遮掩地徘徊在土地上。他们焦头烂额,鼻青眼肿;他们摇摇摆摆像受了重伤的拳击运动员;他们嘴里哈出雪白的蒸汽,胡须和眉毛上结着美丽的霜花;他们踩着扑棱棱滚动的冰雹,脚步踉跄。

冰雹野蛮而疯狂,它们隆隆巨响着,横敲竖打着人类的肉体,发泄着对人类、对食草家族的愤怒。他们盲目地、毫无理性地把无数被蝗蝻蹂躏过的小树拦腰打断。

十六

太阳出来时,已是傍晚时分,乌云排泄完毕,分裂成浅薄的碎片,升到高空。云的间隙里,大块的天空被车轮般大的血红夕阳洇染成渐远渐淡的胭脂色。大地上铺着足有半米厚的冰雹,青蓝与雪白交叉,温暖与寒冷套叠,天空大地五彩缤纷,混乱不堪。原本无叶现在无枝的秃树像一根根棍棒指着威严的天空。被砸断的小树伤口上涌流着乳白色的汁液,被砸得断翅缺羽的禽鸟在凹凹凸凸的冰雹上挣扎着,并发出一声声叹息般的凄厉哀鸣。我紧紧地裹着鸭绒服,戴着双层口罩保护着酸溜溜的鼻头。我用冻得像胡萝卜一样的手指笨拙地抓着照相机,拍摄着冰雹过后的瑰丽景象,在宽阔的镜头外,银色的大地无穷延伸,我按动快门,机器"咔哒"一声响。(在这张安装偏振镜后拍摄出的照片上,世界残酷无情,头脑肿胀的四老爷和满鼻子黑血的九老爷率领着族人们艰难地行进。四老爷的腰带上挂着两柄短枪,九老爷腰带上挂着两支匣子枪,手里举着一支勃朗宁手枪。 四老爷张着嘴,好像在吼叫,九老爷紧蹙着额头,斜眼看着四老爷,好像对四老爷充满仇恨。)族人一步一滑地跋涉着,他们口里喷出的气流彩色纷纭,宛若童话中的情形。一个牙齿被冰雹敲掉的白胡子老者嘤嘤地哭着,两滴泪珠像凝固的胶水粘在他的腮上,他的耳朵被冻死了,黑黑的像两只腐烂的蝙蝠。我哈着手指,哈气的时候我的嘴感觉到口罩冻成了坚硬的冰壳。赤橙黄绿青蓝紫七色闪烁,晃得人眼疲倦。我费力地调动着僵硬的手指,把"星云式色散镜"装在精密的卡侬照相机镜头上。我蹲在厚厚的冰雹上,一股尖锐的凉气射进肛门,迂回曲折上冲咽喉,使牙齿打战,舌头冰凉。 我对准在冰雹里挣扎着的家族成员们,揿下了照相机的快门。(在这张照片上,世界是由色和光构成的。 冰雹散射着玫瑰红光泽,人类放射着青铜的光泽,每个人都是一轮奇形怪状的太阳。四老爷更加像一个失败了的英雄,他弓着腰,好像对太阳鞠躬。九老爷也许开了一枪。因为枪口附近散射着一簇雪莲般的火花)。九老爷也不知自己是如何把手中的"勃朗宁"给捣鼓响了,铮然一声响划破了冰凉潮湿的空气,子弹上了天,枪口冒着格外醒目的蓝烟。 九老爷吃惊不小,下意识地把手枪扔掉了,手枪落在冰雹上,蓝光闪烁。

你的蓝光闪烁的眼睛盯着我,看着我把用各种镜头拍摄的珍贵历史照片摊开在玻璃板上,听着我用沉闷的腔调讲述着大雹灾过后,人类如何向失落的家园前进。我认为人类的历史就是一部寻找家园的历史。你看到了吗？那片被冰雹敲打得破破烂烂的茅草屋顶，就是我们食草家族的家园，它离着我们好像只有数箭之地，却又像天国般遥远。我跟随着先辈们，忍受着寒冷，忍受着对自然的恐怖和敬畏，忍受着被冰雹敲打出来的痛苦。一步一滑，两步一跌，哭声震动被冰雹覆盖的大地，连太阳也泪水汪汪。九老爷有时是狗，有时是狼，他那时就成了狼。他从冰雹上捡起手枪，用刚才的动作操作着，枪声响起，振奋起在死亡边缘上挣扎的族人们的精神，大家携着手，互相搀扶着，艰难地行走。你知道吗？没有光就无所谓色——知道，三岁娃娃都懂的道理——照相机是客观的，但人对光的感受却是主观的，是极端主观的——你还有什么照片，拿给我看嘛！摄影不仅仅是一门技术，更重要的是一门艺术——艺术不过是你们勾引女孩子的武器。我一屁股坐在椅子上，手里的照片散落在水泥地板上。她冷冷地笑着，说：怎么啦？击中了你的要害了？不要怕，对"艺术"的评价也是极端主观的，你害怕什么？她蹲下去，捡着散在地上的照片，每捡一张她都用颇为挑剔的目光打量一番。她举起一张照片，勉强地说：这张还不错！

太阳像个雪白的十字架，套着一圈圈金色的光环，一棵鲜红欲滴的秃树镶着灼目的白边，树下张牙舞爪的人们像从炼钢炉里流出来的废渣的人形堆积。

冰雹被红色淹没了。

太阳也沉下了红色的海洋。

十七

如果我把四老爷和九老爷亲兄弟反目之后，连吃饭时都用一只手紧紧攥着手枪随时准备开火的情景拍下来,我会让你大吃一惊,遗憾的是我的照相机出了毛病,空口无凭,我怎么说你都不会相信。你无法想象,那个冰雹融化之后接踵而来的夏天是多么闷热,滋润的大地温度持续上升,生殖力迸发,所有的种子和所有的茎根都发疯般萌芽生长,红褐的赤裸大地几天后就被繁荣的绿色覆盖,根本不须播种,根本不须耕耘,被蝗虫吃秃的庄稼和树木都生机蓬勃,如无不虞,一个月后,小麦和高粱将同时成熟,到时金黄的麦浪会漾进鲜红高粱的血海里,夏天和秋天紧密交织在一起。

  那年夏天苍蝇出奇的多,墙壁上、家具上布满了厚厚的苍蝇屎。九老爷和四老爷都用右手握着枪,用左手端着青瓷大花碗,哧溜哧溜地喝着葱花疙瘩汤,汤上漂着死苍蝇和活苍蝇。兄弟二人都不敢低头,生怕一错眼珠就被对方打了黑枪。汤里的苍蝇一无遗漏地进入他们的口腔和肚腹。

  难道仅仅因为四老妈的事就使两兄弟成了你死我活的仇敌吗?具有初级文化水平、善于察言观色的五老妈告诉我,九老爷子调戏四老妈是导致兄弟关系恶化的一个原因,但不是主要原因,主要原因是因为河北流沙口子村那个小媳妇。这件事是九老爷子不好……

  五老妈认为,九老爷子不该去与四老爷子争夺女人。天下的女人那么多,你另找一个不就行了?男人们就是这样,无论什么东西,一争起来就成了好的,哪怕是一摊臭屎!男人们都是一些疯疯傻傻的牙狗,五老妈撇着嘴说,我真看不出那个小媳妇有什么好看的地方!你四老妈和你九老妈实在都比那个女人要好出三倍。她不就是五冬六夏都穿件红裤子吗?不就是她那两个母狗奶子挺得比别人高一点吗?

  女人最仇恨的是女人!因此休想从一个女人嘴里听到对另一个女人客观公正的评价。

我把一支高级香烟递给好占小便宜的十六叔,让他告诉我四老爷和九老爷争夺红衣小媳妇的详细过程。十六叔用咬惯了烟袋的嘴巴笨拙地含着烟卷,神色诡秘地说:不能说,不能说……

我把那盒烟卷很自然地塞进他的衣袋里,说:其实,这些事我都知道,你说不说都无所谓的。

十六叔把口袋按按,起身去插了门,回来,吸着烟,眯着眼,说:五十年前的事了,记不真切了……

四老爷子带着从那拨美丽士兵尸体上缴来的手枪,踩着摇摇欲坠的木桩石桥,借着天鹅绒般华贵的夜空中明亮的星光,去跟红衣小媳妇幽会。(这事都怪九老爷子不好,十六叔说,九老爷子也嗅着味去啦,他也提着枪呢!)四老爷有一天晚上发现了从小媳妇的门口闪出一个人影,从那奇异的步态上,四老爷猜出是自己的亲兄弟。(那小媳妇也是个臭婊子,你跟四老爷子好了,怎么能跟九老爷子再好呢?不过也难怪,那年夏天是那么热,女人们都像发疯的母狗。)四老爷子的心肺都缩成一团,急匆匆撞进屋去,闻到了九老爷子的味道,红衣小媳妇慵倦地躺在床上,四老爷子掏出枪,顶住小媳妇的胸口,问:刚才那个人是谁?小媳妇说:你看花眼了吧?(有一种女人干那事没个够,四老爷子那时四十岁了,精神头儿不足啦,她才勾上了九老爷子。)

听说四老爷子自己配制了一种春药?

什么春药,还不就是"六味地黄丸"!

小媳妇究竟是被谁打死的?

这事就说不准了,只有他们兄弟俩知道。反正不是四老爷子打死的就是九老爷子打死的。几十年了,谁也不敢问。

四老爷和九老爷开着枪追逐的事是什么时候发生的?

就是打死小媳妇那天。弟兄两个互相骂着,他操他的娘,他日他的老祖宗,其实他跟他是一个娘生的,也没有两个老祖宗。

开了那么多枪,竟然都没受伤?

受什么伤呀,毕竟是亲兄弟。四老爷子站在桥上,用力跺着脚,浑身颤抖着,脸上身上都沾着面粉(好像一只从面缸里跳出来的大耗子,腐朽的石桥摇摇晃晃),他对着河水开一枪,(河里水花飞溅,)四老爷挤着眼,骂一句:老九,我操你亲娘!九老爷子也是满身面粉,白裤子上溅满血星子。他疯狂地跳着,也对着河水开一枪,骂一句:四棍子,我日你活老祖宗!兄弟俩就这么走走停停,骂着阵,开着枪,回到了村庄。

他们好像开玩笑。

也不是开玩笑,一到院子里,老兄弟俩就打到一堆去啦,拳打,脚踢,牙啃,手枪把子敲。九老爷子手脖子上被四老爷子啃掉一块肉,四老爷子的脑袋瓜子被九老爷子用枪把子敲出了一个大窟窿,哗哗地淌血。

没人拉架吗?

谁敢去拉呀!都握着枪呢。后来四老爷子直挺挺地躺在地上,像条死狗一样,九老爷子也就不打了,不过,看样子他也吓坏了,他大概以为四老爷子死了吧。

四老爷子的伤口没人包扎?

你五老妈抓了一把干石灰给他堵到伤口上。

后来呢?

三天后蝗虫就从河北飞来了。

十八

飞蝗袭来后,把他亲哥打翻在地的九老爷自然就成了食草家族的领袖。他彻底否定了四老爷对蝗虫的"绥靖"政策，领导族人，集资修筑刘将军庙，动员群众灭蝗，推行了神、人配合的强硬政策。

那群蝗虫迁移到河北，与其说是受了族人的感动，毋宁说它们吃光了河南的植物无奈转移到河北就食；或者，它们预感到大冰雹即将降临，寒冷将袭击大地。迁移到河北，一是就食，二是避难，三是顺便卖个人情。

飞蝗袭来那天，太阳昏暗，无名白色大鸟数十只从沼泽地里起飞，在村庄上空盘旋，齐声鸣出五十响凄惨声音，便逍遥东南飞去。

头上结着一块白色大痂的四老爷挂着一根棍子站在药铺门前，仰脸望着那些白鸟，目露神秘之光，谁也猜不透他心里想什么。

九老爷骑着一匹老口瘦马，从田野里归来。他的腰带上挂着两支手枪，手里提着一只皮鞭，脸上涂抹着一层白粉，怔忡着两只大眼珠子，打量着那群白鸟。

白鸟飞出老远，九老爷猛醒般地掏出手枪，只手擎着，另一只手挥舞着马鞭，抽打着瘦马的尖臀，去追赶那群白鸟。瘦马慢吞吞地跑着，四只破破烂烂的大蹄子笨拙地翻动着。九老爷在马背上欠臀踢腿，催促着老马。老马精疲力竭，鼻孔大张，胸腔里发出了响声。

草地上藤萝密布，牵扯瓜葛，老马前蹄被绊，顺势卧倒，九老爷一个筋斗栽下马，啃了一嘴青草。他爬起来，踢了卧在地上喘息的老马一脚，骂一声老马的娘，抬头去追寻那群白鸟，发现它们已飞到太阳附近，变成了几十个耀眼的白斑点。九老爷把皮鞭插在脖颈后，掏出另一支手枪，双枪齐放，向着那些白斑点。枪响时他缩着脖颈，紧闭着眼睛，好像缴枪投降，好像准备着接受来自脑后的沉重打击。

那时正是太阳东南晌的时候，淡绿的阳光照耀着再生的鹅黄麦苗和水分充足的高粱棵子，草地上飞舞着纯白的蛱蝶，有几个族人蹲在一道比较干燥的堰埂上拉屎。气候反常，季节混乱，人们都忘记了时间和节气。九老爷软硬兼施,扶起了消极罢工的瘦马。他刚要骗腿上马,马就快速卧倒,如是者三,九老爷无可奈何地叹一口气,对马说:老爷子,我不骑你就是啦。马不信任地盯着他看,九老爷细语软声,海誓山盟,那马才缓缓站起,并且摆出一副随时准备卧倒的姿势,对九老爷进行考验。九老爷说:你妈的个马精,男子汉大丈夫,说话算一句,我不骑你就是啦。

九老爷腰挂手枪,左手持马鞭,右手牵马缰,横穿着草地,踢踢踏踏回村庄,偶尔抬眼,看到西北天边缓慢飘来一团暗红色的云。九老爷并没有在意,他还深陷在对瘦马怠工的沮丧之中。他认为由于瘦马怠工使他没能击落怪异的白鸟。走到村头时,他感觉到一阵心烦意乱,再抬头,看到那团红云已飘到头上的天空,同时他的耳朵听到了那团红云里发出的嚓啦嚓啦的巨响。红云在村子上空盘旋一阵,起起伏伏地朝村外草地上降落,九老爷扔掉马缰飞跑过去。红云里万头攒动,闪烁着数不清的雪亮白斑。嚓啦声震耳欲聋。九老爷咬牙切齿地迸出两个字:飞蝗!

正午时分,一群群蝗虫飞来,宛若一团团毛茸茸的厚云。在村庄周围的上空蝗虫汇集成大群,天空昏黄,太阳隐没,刷拉刷拉的巨响是蝗虫摩擦翅膀发出的,听到这响声看到这景象的动物们个个心惊胆战。九老爷是惹祸的老祖宗,他对着天空连连射击,每颗子弹都击落数十只蝗虫。

蝗虫一群群俯冲下来,落地之后,大地一片暗红,绿色消灭殆尽。在河北的土地上生长出羽翼的蝗虫比跳蛹凶恶百倍,它们牙齿坚硬锋利,它们腿脚矫健有力,它们柔弱的肢体上生出了坚硬铠甲,它们疯狂地啃咬着,迅速消灭着食草家族领土上的所有植物的茎叶。

族人们在九老爷的指导下,用各种手段惊吓蝗虫,保卫村子里的新绿。他们敲打着铜盆瓦片,嘴里发着壮威的呐喊;他们晃动着绑扎着破铜烂铁的高竿,本意是惊吓蝗虫,实际上却像高举着欢迎蝗虫的仪仗。

天过早地黑了,蝗虫的云源源不断地飘来。偶尔有一道血红的阳光从厚重的蝗云里射下来,照在筋疲力尽、嗓音嘶哑的人身上。人脸青黄,相顾惨怛。

就连那血红的光柱里,也有繁星般的蝗虫在煜煜闪烁。

入夜,田野里滚动着节奏分明的嚓嚓巨响,好像有百万大军在训练步伐。人们都躲在屋子里,忧心忡忡地坐着,听着田野里的巨响,也听着冰雹般的蝗虫敲打屋脊的声响。村庄里的树枝巴格巴格地断裂着,那是被蝗虫压断的。

第二天,村里村外覆盖着厚厚的红褐色,片绿不存,蝗虫充斥天地,成了万物的主宰。

胆大的九老爷骑上蹒跚的瘦马,到街上巡视,飞蝗像弹雨般抽打着人和马,使他和它睁不开眼睛张不开嘴巴。瘦马肥大的破蹄子喀唧喀唧地踩死蝗虫,马后留下清晰的马蹄印。马牵拉着下唇,流着涎线,九老爷也如瘦马一样感到极度的牙碜。他闭嘴不流涎线,却把一口口的腥唾沫往肚子里咽。

巡视毕,一只庞大的飞蝗落到九老爷的耳朵上,咬得他耳轮发痒。九老爷撕下它,端详一会,用力把它撕两半,蝗尸落地,无声无息。九老爷感到蝗虫并不可怕。

村人们被再次动员起来。他们操着铁锹、扫帚、棍棒、铲、拍、扫、撂;他们愈打愈上瘾,在杀戮中感到愉悦,死伤的蝗虫积在街道,深可盈尺,蝗虫的汁液腥气扑鼻,激起无数人神经质的呕吐。

在村外那条沟渠里,九老妈身陷红色淤泥中险遭灭顶之灾。九老妈遇救之后,腿脚上沾着腥臭难闻的淤泥。我认为这红色腥臭淤泥是蝗虫们腐烂的尸体。

五十年前,村人把剿灭飞蝗的战场从村里扩展到村外,那时候沟渠比现在要深陡得多,人们把死蝗虫活蝗虫一古脑儿向沟渠里推着赶着,蝗虫填平了沟渠,人们踏着蝗虫冲向沟外的田野。

打死一只又一只,打死一批又一批,蝗虫们前仆后继,此伏彼起,其实也无穷无尽。人们的脸上身上沾着蝗虫的血和蝗虫的尸体碎片,沉重地倒在蝗虫们的尸体上,他们头上的天空,依然旋转着凝重的蝗云。

第三天,九老爷在街上点起一把大火,烟柱冲天,与蝗虫相接;火光熊熊,蝗虫们纷纷坠落。村人们已无需动员,他们抱来一切可以燃烧的东西,增大着火势,半条街都烧红了,蝗虫的尸体燃烧着,蹿起刺目的油烟,散着扎鼻的腥香。蝗虫富有油质,极易燃烧,所以大火经久不灭。

傍晚时,有人在田野里点燃了一把更大的烈火,把天空映照得像一块抖动的破红布。食草家族的老老少少站在村头上,严肃地注视着时而暗红时而白炽的火光,那种遗传下来的对火的恐怖中止了他们对蝗虫的屠杀。

清扫蝗虫尸体的工作与修筑刘将军庙的工作同时进行。九老爷率众祈求神的助力。刘将军何许人也?

火光之夜,刘猛将军托梦给九老爷,自述曰:吾乃元时吴川人,吾父为顺帝爷时坐镇江西名将,吾后授指挥之职,亦临江右剿除江淮群盗。返舟凯旋,值蝗孽为殃,禾苗憔悴,民不聊生。吾目击惨伤,无以拯救,因情急自沉于河。有司闻于朝,遂授猛将军之职,荷上天眷念愚诚,列入神位,专司为民驱蝗之职,请于村西建庙,蝗孽自消。

十九

我带领着蝗虫考察队里那位魔魔道道的青年女专家,去参拜村西的刘将军庙。我记起幼年时对这位豹头环眼燕颔虎须金盔金甲手持金鞭的刘猛将军的无限敬畏之心。那时候刘将军庙金碧辉煌,庙里香火兴隆,这是强硬抵抗路线胜利的标志。刘将军庙建成后,蝗虫消逝,只余下一片空荡大地和遍地蚂蚱屎,什么都吃光了,啃绝了,蝗虫们都是铁嘴钢牙。尽管还是没保住庄稼和树木,但毕竟是出了一口恶气。人民感激刘将军!

今非昔比,政府派来了蝗虫考察队,部队参加了灭蝗救灾,明天上午,十架飞机还要盘旋在低空,喷洒毒杀蝗虫的农药!刘将军庙前冷落,金盔破碎,金鞭断缺。主持塑造刘将军的九老爷超脱尘世,提着猫头鹰在田野里遨游,泛若不系之舟。女学者知识渊博,滑稽幽默,她说你们村的抗蝗斗争简直就是抗日战争的缩影,可怜!我惊愕地问:谁可怜?她驴唇不对马嘴地回答:可怜大地鱼虾尽,惟有孤独刘将军!

我怀疑这个女人是个反社会的异端分子,但可怜她乳房坚挺、修臂丰臀,不愿告发她。

我走出庙堂,扬长而去,让她留在庙里与孤独的刘将军结婚吧。没给刘猛将军塑上个老婆,是九老爷的大疏忽。

二十

第四十一天的早晨,又是太阳刚出山的时候,十架双翼青色农业飞机飞临高密东北乡食草家族领地上空。飞机擦着树梢飞过村庄,在红色沼泽上盘旋。飞机的尾巴突然如孔雀开屏,乳白色的烟雾团团簇簇降落。村里人都跑到村头上观看。

飞机隆隆地响着,转来又转去。玻璃后出现一张张女人的脸,她们一丝不苟,专注地操作着。西风轻轻吹,药粉随风飘。我们闻到了灭蝗药粉苦涩的味道。蝗虫们一股股纠缠着在地上打滚。它们刚长出小翅，尚无飞翔能力。蝗虫们也失去了它们祖先们预感灾难的能力，躲得过冰雹躲不过农药。

一个干部劝大家回家躲着，免得中毒。人群走散。我实在留恋飞机优雅的飞行姿态，实在欣赏千簇万簇药粉的花朵，而且坚信我在城市的污浊空气里生活过很久，肺部坚强耐毒，所以我不撤。

四老爷从那堵臭杞篱笆边站起来，向草地走去。我猜想他可能是去草地上拉屎吧？他没有拉屎，他穿越草地走向提着猫头鹰在沼泽地边溜达的九老爷。我远远地看到这一对活宝般的老兄弟相会在红色沼泽的边缘上。沼泽里温柔温暖的红色衬托得他们身影高大，飞机在他们的头上精心编织着美丽的花环，并蒂花儿开，连呼吸都成为沉重的负担！他们都苍老了，他们都僵直地站着，像两座麻石雕成的纪念碑。猫头鹰突然唱起来，唱得那么怪异，那么美好，我在它的叫声中幡然悔悟，我清楚地预感到：食草家族的恶时辰终于到来啦！

我负载着沉重的忏悔向四老爷和九老爷奔去……

在奔跑过程中，我突然想起了一位头发乌黑的女戏剧家的庄严誓词：

总有一天，我要编导一部真正的戏剧，在这部剧里，梦幻与现实、科学与童话、上帝与魔鬼、爱情与卖淫、高贵与卑贱、美女与大便、过去与现在、金奖牌与避孕套……互相掺和、紧密团结、环环相连，构成一个完整的世界。

二十一

在欢庆的婚宴上，我举起了盛满鲜红酒浆的高脚透明玻璃杯，与我熟识的每一个仇敌和朋友碰杯，酒浆溢出，流在我手上，好像青绿的蝗虫嘴中分泌液。我说:亲爱的朋友们、仇敌们!经年干旱之后,往往产生蝗灾。蝗灾每每伴随兵乱,兵乱和蝗灾导致饥馑,饥馑伴随瘟疫,饥馑和瘟疫使人类残酷无情,人吃人,人即非人,人非人,社会也就是非人的社会,人吃人,社会也就是吃人的社会。如果大家是清醒的,我们喝的是葡萄美酒;如果大家是疯狂的,杯子里盛的是什么液体?

第 二 梦

玫瑰玫瑰香气扑鼻

一

支队长从红马上跳下来,用蛇皮马鞭轻轻掸打着沾在呢马裤上的尘土和马腹上脱落下来的死毛。那是很早以前的一个春天,梨花盛开,蜜蜂飞舞,南风浓郁,广大而温柔的爱情如从天降,安慰着祖宗们的心,使善良的性格射出光辉,恰如五彩玫瑰。浅蓝色的空气里飘荡着梨花的幽香,还有还有,玫瑰玫瑰香气扑鼻……金豆大外甥,还能再给我一支烟抽吗?年轻时据说能够把汉语成语辞典倒背如流、老来哮喘不止的小老舅舅背倚着土墙,眯缝着灰色的大眼睛,敞着破棉袄,阳光曝晒着他胸脯两侧的肋条,肚脐眼里布满皱纹,他对着我伸出一只虽然动过手术,但依然能够看出曾经生过蹼膜的手,用虽然是讨要但却不失尊严的态度说。

我乳名金豆,是小老舅舅的妹妹生出来的儿子,现年二十八岁,喜欢漂亮女人,爱抽名牌香烟,其时在家养病,此病学名"疟疾",俗名"皮寒",系长嘴蚊虫叮咬后传染。穿着小老舅舅的光板山羊皮袍,金豆颤成一团。也是春天,梨花盛开,阳光强烈,古老的庭院里充溢着农药的味道。这盒烟给您了。金豆把一盒美国烟放在小老舅舅的肚皮上。支队长的模样您还能记得清楚吗?我问。

那匹红马奇俊,刚拉来时很瘦,后来被黄胡子喂胖了。马正在换毛,沾了支队长一马裤。"啪啪啪",蛇皮马鞭打着黑皮马裤响。支队长细长身体、细眉单眼、嘴上无须,面皮白净、一口京腔,满嘴金牙,会唱京戏、会拉京胡、会说洋文。小老舅舅吸着洋烟,鼻孔里喷着蓝色烟雾说个不休。支队长掏出一只金烟盒,啪嗒一声点着火,烟卷在嘴上跳着,支队长高声说:

黄胡子,把马鞍卸下晾着,把马牵去遛,等它打完滚,找把扫帚,扫掉它肚子上的死毛。它太瘦了,你到粮秣处领二斗黄豆,炒熟了喂它。黄豆太热,要掺些麸皮喂,你再领五十斤麸皮。尽快喂胖它!

支队长叼着烟,说话时嘴不敢大开,靠鼻腔发音,因此瓮声瓮气。他把一盒香烟扔到黄胡子怀里,香烟弹跳在地,黄胡子低头看着烟,弯腰捡起来,把烟装兜里,从支队长手里接过红马,牵马走出庭院。

那时的庭院就是现在的庭院吗?

差不多,那时院墙上抹着石灰,现在石灰早已剥落,石头上长满青苔,青砖烂成蜂窝,院墙快要倒了,要是今年夏天还像去年那样下大雨发大水,连这房子也要倒。那时候我跟着黄胡子住在东厢房里,支队长和她住着正房。红马也住在东厢房里,马槽安在东南墙角、土炕垒在西北墙角,锅灶联接在土炕南头,红马身长,尾巴像一匹绸缎,它每夜都把粪拉在锅台上。马粪不脏。马粪里有没消化掉的黄豆瓣,马粪里有一股炒黄豆的香味。黄胡子炒黄豆时,我蹲在灶前烧火,烧柴是豆秸,哔哔剥剥响,满锅黄豆乱跳,也哔哔剥剥响。灶火烘着我的脸皮,我腋窝里流汗,黄胡子盘腿坐在炕沿上抽烟。红马被支队长骑出去了,马粪还摆在灶前,母鸡进来刨食,寻找马粪里的粮食和马肚子里的寄生虫。

小老舅舅对黄胡子说:"爹,豆糊啦!"

黄胡子慢吞吞过来,抄起铁铲,翻翻锅里的爆豆。他的脸很长,一双大眼,几棵黄胡须,掀唇,满口黄色长牙。这形状颇类马。我没见过这个黄胡子，他其实与我毫无关联。

小老舅舅说，黄胡子拉马去遛时，他总是跟随在后——他总是想跟随在后，这要看黄胡子的情绪。黄胡子情绪好时，小老舅舅可以跟着看他遛马；黄胡子情绪不好，就回过身，恶狠狠地盯着小老舅舅。我那时八岁，长得没有一条狗大，黄胡子一脚就能把我踢出一丈远。但他轻易不踢我，他只是狠狠地盯着我，又宽又大的下巴哆嗦着，好像饿急了的马。看到黄胡子这样，小老舅舅就知趣地回来了。

支队长进屋去了。支队长进屋之前，羞涩地瞥了黄胡子一眼，黄胡子牵着马往外走，根本不回头，屋里溢出玫瑰的香气。支队长的牛皮腰带上挂着一柄左轮手枪。支队长鼻梁上有时架着一副金边眼镜，手指上套着一只金镏子。拉京胡时他跷着二郎腿。玫瑰玫瑰香气扑鼻。

那时候红马顶多只有半膘，肚腹两侧有两大片灰黢的死毛，这是匹民间的瘦马，但一眼就能看出是匹了不起的好马。它身躯细长，尾巴像一匹光滑的绸缎，我刚才说过一遍啦？这匹马像那种身躯细长善于疾跑能够捕捉野兔的狗，高大雄壮的马未必是快马，就像高大威武的狗未必能捉住野兔一样。外甥，你还是感到冷？你蹲下，让我把布条给你紧紧。我蹲在小老舅舅面前，把扎着一根红布条的左手腕子伸过去。小老舅舅紧着布条，把布条里压着的七粒绿豆都紧进了我的肉里。截疟！截疟！我的手紫胀着，血液不流通，腠理间充满气体。黄胡子那时也发着"皮寒"，外甥，他根本就不是你的外祖父。

我们村一百年前是一片荒草滩，常有人来放牧牛羊，野兔子成群结队。红色沼泽里有红狐狸，狐狸专吃野兔子。五十年前我们村有二十户人家，与吃青草的家族有亲戚瓜葛，纠缠不清。那时这所庭院很显眼，站在三十里外的马牙山上就能看到庭院的白色粉墙。大外甥，小老舅舅粗人不说细语，人其实比兔子繁殖得还要快，一眨眼的工夫,路上行人肩碰肩啦。不过你也别担心,天生人,地养人,周文王时人比现在还多,可也没人饿死。麦秀双穗,马下双驹,兔子一窝生一百,吃不完的粮食吃不完的肉,搞什么计划生育!外甥,黄胡子不是你的外公,我敢满打包票!他是不是我的爹鬼也说不清;孩子不肖爹,娘心里有数。小老舅舅是穷愁潦倒,为了抽你两支洋烟,就陈茄子烂芝麻给你翻缸底?我哪里还有半点出息?你这个小畜生,三角眼吊梢眉,不是灾星也是太岁,小老舅舅惹你不起!

黄胡子遛马遛到墨河边,离村约有五里路。阳春三月梨花开,草地上一层矮草,好像栽绒毯。小老舅舅跟在马腚后,搐动着鼻子吸食马身上的汗酸味。马尾巴像一匹抖开的绸缎。第三遍啦,我的小老舅舅!后来红马胖得滚瓜溜圆,脖子像绸缎,但春天里红马只有半膘,外甥,休嫌啰嗦!人不说废话,母狗也能生麒麟。在河滩上,黄胡子拉马站住,沙土滚烫,河水半枯,露出一片片生满白碱花的卵石,有两块大卵石上蹲着三只绿嘴乌鸦,它们喝水,水里有蝌蚪,成群结队,忽聚忽散,像云朵一样。红马懒洋洋的,被日头晒的。我穿着一身过冬棉衣,浑身黏糊,捂出汗来了。头发里有虱子,怪痒痒,奇痒痒,搔头,搔得"夸嚓夸嚓"响。黄胡子新剃过头,头皮绿油油的,像狗眼一样。他的眼珠也是黄的,"黄眼绿珠,不认亲属"!其实呀他不坏,只是生着一副奸相。你见过他没有?他是哪年死的我也记不真切啦。是民国多少年来着?石头碾盘上涂满了松香,孙家的儿媳妇走了尸,闹得邪乎,人人胆怯,拉屎都要结伴,野猫在墙头上嗥叫,就是那年他死了。死得好,活着也是受罪。不能说过头话,孬不孬我还叫了他一阵爹。

"爹,这是匹公马?"小老舅舅问。

黄胡子不答。

小老舅舅问:"爹,这是匹母马?"

黄胡子不答。

黄胡子阴沉着脸打量那匹红马,眼珠子骨碌碌转动。他把嚼铁塞进马嘴里,用力一勒,马嘴紧皱起来。马顿着蹄,摇摆着尾巴,鼻孔紧闭,圆睁着眼。黄胡子把铁嚼子往下用力地扯,马嘴低垂,吹拂地上尘土;黄胡子把铁嚼子用力往上一扯,马嘴朝天,向老天爷诉哭。上上下下,下下上上,黄胡子咬着牙根,腮上饱绽瘦肉,死命折腾那马,马忽大忽小,身上忽而布满皱纹,忽而又舒展开,一点皱纹也没有。汗水很快濡湿了马的皮肤,一圈一圈,像烂银子般闪着光。小老舅舅鼻尖上挂着汗珠,马眼里的悲哀的蓝色光线使他心中冰凉,他怒气冲冲,不计后果地扑上去,撕掳着黄胡子的手。

"爹,马哭啦,你饶了它吧……"小老舅舅哭哭咧咧地说。

黄胡子松开马嚼子,红马前腿一软,跪在了地上。它的后腿也随即软下去。红马卧在地上,长长的头颅平放在地上,颤抖的皮肤说明了马的悲痛,马眼紧闭,马嘴上流着血,血珠儿挂在马的胡须上,像挂在草梢上的晶莹露珠。

黄胡子松开马嚼铁后,小老舅舅恐惧起来,他松开抓挠黄胡子的手,慢慢地往后退着,紧缩着脖颈,好像等待来自上方的沉重打击。

他们隔马相望,马身上的汗酸味升腾开来,形成一道气味的灰白障壁。

哧——!黄胡子用嘴唇挤了一下鼻子,然后开颜一笑,低沉地唔唔着:"唔,唔,你过来。"

小老舅往后退着,离开马的气味越来越远。

"唔!唔!过来,你个杂种!"

小老舅舅依然后退着,巨大的恐怖压迫着他,毛孔闭塞,汗水断流。

黄胡子拍拍手,耸身跃过红马,几步就冲到了小老舅舅面前。抓着他的脖子提拎起来他,黄胡子手爪凶狠,胳膊坚硬,恰如拎一只细颈酒瓶。只一甩,小老舅舅就跌落马前,淹没在马的汗酸里了。马腹一侧沙地上,暗红色的草芽纤弱得类似死人的卷曲毛发,草根处爬着装死的绿背的茸茸小甲虫。小老舅舅又被黄胡子拎起来,他这次是拎着他的耳轮,只好痛楚地咧开嘴。小老舅舅,黄胡子是个六指?不知这话真假?六指搔痒多一道。大外甥,你是狗爪子抹墙,尽道道。外甥,你是吃钢丝拉弹簧一肚子勾勾弯弯。你这种烟就是盒好看,抽起来一股屁味,还是那么冷?

小老舅舅,你鬼一样叫着。你从小生就两条罗圈腿,两扇招风耳,相书上说,"两耳扇风,卖地的老祖宗"。所以我一辈子穷愁潦倒,连个老婆也讨不上。就像黄胡子对待我一样,是人就想拧我的耳朵。梨花盛开,屋里溢出玫瑰的香气,玫瑰玫瑰香气扑鼻。

黄胡子拧着小老舅舅的耳朵。他把一双冰凉的大眼珠子抵近我的脸,好像要辨认一件什么东西。他嘴里也是一股青草的味道,好像骡马驴牛骆驼羊打嗝时逆上来的腐气。他却昧着良心骂我:"你这个吃青草的驴杂种!你是属鸭子的!属青蛙的!你这个生蹼膜的蛤蟆精!"后来他把我的脸按在红马腔上,拃着我的脖子他把我的脸用力往马腔上撞,马的屎尿马的汗和我的唾沫鼻涕眼泪汗水混合在一起。直到红马从地上跳起来,他才放开我。我先救了马,马后救了我,一报还一报,不是不报,只因时辰未来到,我早就知道反动派没有好下场,不过话又说回来,黄胡子也不是多么坏的人。他哧哧地笑着,像顽童一样看着我,他对我好像没有一点怜悯心,好像对待红马一样。我的嘴唇破了,血濡染到牙齿上,好像红马一样。

"唔!唔!什么味道?"黄胡子笑嘻嘻地问着。

小老舅舅呜呜地哭起来,泪水在他稀脏的小脸上,冲出了一些白道道。

"扒着马腚亲嘴,不知道香臭的东西!"黄胡子气汹汹地骂着。

红马摇摇摆摆地走进黑石凸露的河道中,垂下头吸水,马缰和嚼铁有的部分浸在酸溜溜的河水中,有的部分搁在生了白渍的黑石上。阳光毒辣辣的,河道里蒸腾着一股酸臭,蛤蟆和蝌蚪快要煮熟了吗?小老舅舅最担心的是红马把蝌蚪吸到肚子里去,引起肠胃炎,然后蹿稀泻肚,给清扫马厩带来困难。

呵啾!黄胡子看了半晌太阳才打出一个响亮的喷嚏。小老舅舅看着黄胡子身后坚韧明亮的地平线,看着孤零零的深蓝色的马牙山和山上黑色的松树,松树的伤口上,凝结着金黄透明的油脂,冬天,白雪垒在树梢上,像一团团融化未尽的残云,春天冰雪消融,雪水汩汩沥沥流淌,草地滋润,兰花开放,玫瑰开放,玫瑰玫瑰香气扑鼻。铁色的雄鹰在空中飞旋,野兔惊惶奔跑,聪明的野兔是从不仓皇逃窜的,只须钻进荆棘丛中和酸枣丛中,鹰无可奈何,此谓望兔兴叹……外甥!你不冷了吗?

小老舅舅,我不冷啦,"皮寒"不是病,发起来要了命。你们吃青草家族中人,都有白日做梦的毛病吗?我摇头叹息,耳道中似有鸣镝。

后来怎么样了?我看到黄胡子鼻孔里伸出两撮焦黄的毛,一抖一抖的,像蝴蝶的触须,我猜想他的头颅里寄生着一个挺大的怪物,把他的脑浆子吃得干干净净,总有一天那怪物要把他的脑壳胀开、就像蛋壳破裂,孵出一只小鸡;就像蛋壳破裂,钻出一条小蛇;就像蛋壳破裂,爬出一只小鳖。那黄色的怪物日夜不息地吸食着他的脑浆。他性格阴郁暴躁,都是被那物给咬的。我看着他掏出那盒烟,一层绿纸,一层锡纸,包着几十支白烟棍棍。这盒烟是支队长赏给他的。杂种!小老舅舅捏出一根我送他的美国纸烟,轻描淡写地骂了一句,不知道他是骂支队长还是骂黄胡子,抑或两人都骂。庭院里梨花盛开。雨打梨花深闭门。村姑叫卖玫瑰花。杂种,小老舅舅说,腚眼里拉玻璃,明(名)屎(诗)不少嘛!

　　我看着黄胡子黄胡子看着纸烟,头上顶着蓝瓦瓦的天,天上布满鱼鳞云,云中鹤鸣尖厉,从食草家族的红色沼泽深处传来。鹤唳九泉,声闻于天!小老舅舅,他抽烟了没有?他把那些烟抽出来插进去,插进去又抽出来,不知玩的什么把戏。我听到他在玩香烟时呼哧呼哧地喘着粗气,嘴咧来咧去,鼻孔里那两撮金毛点点颤颤,他脑袋里那个吸食脑浆的怪物又开始折磨他啦。他把一支香烟插进嘴里。到底是要吸了。不,他把烟吐掉了,好像那烟上有屎,他好像吃了屎,他嘴里好像有屎,他呸呸地吐着唾沫,好像吐着屎。后来他把手里拿着的烟也扔在地上,嘴里发出嗷嗷的野兽般的嗥叫,他在那烟卷上狂跳着,用他的两只穿着麻底草鞋的大脚,把烟卷踏成粉末,之后,他又把那些碎烟屑踢起来,沙尘弥漫,笼罩着他污汗斑驳的面孔。小老舅舅退出十几步远,蹲在地上,抱着肩头,胆怯地看着高大的黄胡子腾跳叫嚣。

　　黄胡子趴在地上,像死去一样,只有一声两声小孩子般的抽泣从他那高大的身躯和大地之间发出时,才说明他还活着。马牙山背后是碧波万顷的大海,水汽升发,凝聚成白色的云团,像一座座高大巍峨的城堡,缓缓移动到草地和河流上方,把绿油油的阴暗影子投下来,使绿草发黑河水发绿红马发黄,黄马垂首凝立,观赏着倒在河水中的自己的鲜明影像。小老舅舅这时注目在黄胡子的两只大手上,黄胡子变成了红胡子,红胡子的两只大手插进沙土里,十指像从沙土里露出来的植物根茎。那个怪物又在静静吮吸黄胡子的脑浆了,云中响着生锈齿轮转动的嘎嘎声响,宛若天国里的开门声。云影之外,阳光灼目,青草新美如画,庭院醒目的一圈粉墙闪烁着扎眼的光芒。梨花开放,群蜂劳作、嗡嗡嘤嘤声里,玫瑰甘美如饴,玫瑰玫瑰香气扑鼻。

好久好久好久,小老舅舅说,他才从地上慢慢爬起来。他爬起的动作逗人喜爱,天真纯洁一如半岁婴孩。他先把腰弓起来,然后同时往后收胳膊往前收腿,只有膝盖和双手着地,宛若一只大青蛙,憨态可掬。不好!他突然又趴下啦,肚腹和头面重重地趴在地上。我看出来他心里有真正的痛苦,不是假装出来的。孬好我跟他同睡东厢房,共同闻着红马的粪便味道。孬好我要叫他爹,我胆怯地走上前去,拉住他的坚硬的大手,说:"爹,我们该回家啦。"

他顺从地站起来,用冰凉的、沾满泥土的大手把我的小手攥住,有气无力地问我:"我要把你娘杀掉,你难过吗?"

小老舅舅脸色灰白,心里好像并没难过,眼泪却突然流到了腮上。

二

"黄胡子,你怎么才回来?"支队长站在正房门口,手持着左轮手枪,瞄着南边粉墙上用墨笔画出的靶子,看到我和黄胡子牵着红马归来,他垂下枪口,不满意地问。

就是那天下午,红马开始交了好运,黄胡子像侍弄亲儿,我像侍弄亲爸一样侍弄它,小老舅舅说。那匹红马到底是匹骒马还是匹儿马?梨花里飞进一只黄雀,黄雀把花瓣啄下来,墙外嗖喽一声响,一粒弹子击中黄雀后穿花而过,落在房后去,黄雀垂直落地,掉在我和小老舅舅之间,雀睁着一只眼,嘴里吐血,绿羽里翻出黑毛,数十片梨花飘飘降落。这些枉杀生灵的小杂种!小老舅舅寡淡无味地骂了一句。我捡起黄雀,欣赏着它纤细精巧的小脚爪,听着小老舅的话:谁还记得清是匹骒马还是匹儿马!反正是匹天上难找地下难寻的红马!一匹红马……小老舅舅灰色的眼珠流溢出心驰神往的色彩,空气中突然充溢着马牙山顶上融雪的味道,越过颓圮的旧墙,马牙山顶白光闪烁,雪水下泻,汩汩地灌溉着草地。河沟里,浑浊的雪水奔腾。真是一匹骏马。我的心也受着马的濡染,"皮寒"消退,浑身疲乏无力。

黄胡子牵马伫立,双眼盯着地面。小老舅舅说我猜想那怪物又在吸食他的脑浆了。支队长仅仅是不满,似乎并没动怒、甚至还有几分惭愧的意思。后来他发怒是因为他看到了马嘴上被勒破了的地方,他即使发怒也是温文尔雅,嘴里没有半个脏字。

"怎么搞的?黄胡子!你成心整治它?"支队长的明亮马靴跺得青砖甬道橐橐地响,"肚皮上的死毛也没扫掉?"副官从上衣口袋里掏出用金链子拴着的金壳怀表,脸色苍白,挂着几粒白色虚汗的鼻尖上有软沓沓的味道,"一点钟拉马出去,四点钟拉马回来,黄胡子你搞什么鬼名堂!"他举起枪来,对着白墙上的黑圈圈开了一枪。左轮枪响声不大,但清脆得很,四壁回音,天空布满玫瑰云。小老舅舅抖了一下,黄胡子的头却垂得更低了。

外甥,我活了五十好几年,还从来没见过像支队长那般俏丽的男人,他活活就是个女扮男装的小媳妇,那眉那眼都会说话,衣服又贴身合体,人是衣裳马是鞍。皮靴皮带皮枪套,金表金牙金镏子。皮鞭皮手套。金笔金眼镜。还有一手好枪法,一枪就崩落碗大一块墙皮!

我睡眼蒙眬地望了一眼那道将倒未倒的墙,苦涩地打了一个呵欠。

春日里暖风怡人,花香浓郁,容易犯困,小老舅舅提醒我:大外甥你可别睡着。

支队长又开了一枪,自然又打落了碗大一块墙皮。他把冒烟的手枪插进枪套,伸伸懒腰,踱到黄胡子面前,小声说:

"黄胡子,你是骑不好这匹马的,这匹马生来就是让我骑的,你也别生气,当然啦,我也不会亏待你就是了。"

黄胡子抬起头来，嘴咧开，自然龇着黄牙，鼻孔里的那两撮黄毛又点点颤颤起来，那怪物又吸食他的脑浆了。

支队长从口袋里掏出厚厚一沓绿色纸币，递到黄胡子眼前。那时候的钱珍贵着哩，一张纸币就能买一匹马，支队长递给黄胡子那两沓子钱，足可以买个马群！

黄胡子用肥厚的舌头舔着开裂的嘴唇，小老舅舅个头矮，目光平视过去，恰好看到黄胡子牵着马缰的手像一只小老鼠样抖动着，黄胡子的另一只手紧紧地抓住裤子。

支队长往前跨了一步，把那沓子绿币塞到黄胡子口袋里，悄声说："想开点，有了这个就不愁那个，花完了再跟我要。"说完话，支队长吹着口哨进北屋去了。他走到我身边时，还用手拍了拍我的头顶，小老舅舅说，支队长的手保养得好极了，滑滑溜溜，像上等的绸缎。他眯起灰眼，好像在回忆绸缎的感觉。春天里百花盛开，唯有玫瑰最美丽，玫瑰玫瑰！

香气扑鼻，从北屋里溢出。一阵明朗的欢声笑语过后，万物都静息了。西斜的大红日头戳在林梢上，乌鸦入巢，喜鹊在青色的树影里盘旋。北屋里京胡响起，果然拉得有板有眼，支队长手上功夫不凡。黄胡子牵着马走出庭院，小老舅舅拖着一柄竹扫帚跟在马后。日头把那马照得像块火炭一样，马尾散开，宛若一匹抖开的好绸缎。

伴着京胡的板眼，我看着黄胡子扫马。小老舅舅说，你睡着了吗，大外甥？

三

"马无夜草不肥，人无外财不发。"这话是一星半点也不错。红马就是那时交了桃花运,两个月就胖得像根红蜡烛一样,黄胡子是养马的专家。小老舅舅不满意地嘟哝着,金豆大外甥,你还想不想听啦?我说得满嘴冒白沫,你却打起呼噜来了!当然了,也怨我把事情讲得没根没梢。

早年,支队长没来那时,我还在你外婆肚子里,也许还早,我连你外婆的肚子都没进,马牙山上雪水融化,墨水河里浊浪翻滚……小老舅舅,小老舅舅……你跑到哪里去了?眼前飞舞着雪花般的梨花,杏花般的雪花,马牙山上白雪融化了。

马牙山上白雪融化……直到这时——那生满暗红触角的怪物也吸食我的脑浆的时候,小老舅舅那犹如梦呓的闲言碎语,还是强制性地进入我的耳道,又完全无效地从我的嘴巴里溢出,消逝在阳春天气正午、蓝色的氧气和紫色的光线里。连乌鸦都知道,长句,是文学的天敌;恋爱,是杀人的利器。最该歌颂的是母亲,如果,母亲对不起爸爸呢?你果真就要睡吗?金豆,我的大外甥?我似乎感觉到小老舅舅黏黏的手指戳了戳我的脸,我努力睁开眼:马牙山上的积雪融化,草地上流淌着冰凉的雪水,但青草毕竟绿了。山顶上的云,真如牡丹花开,河道里雪水湍急,冲动沙堤陷落,跌宕处深旋如斗,一株枯树,半卧在滩上,黑黑的,吓人,因它像煞吃人的鳄鱼。一个憔悴、瘦弱的少妇在浊流滚滚的墨水河对岸徘徊着,脸上满是忧愁,眼睑上和嘴角上,留着堕落过的烙印,好像一个被欲望的钝齿咀嚼良久又吐出来的女人。谁说梦是无颜色的?她下身穿一条黄色的、印满了眼睛图案的肥腿裤子,上身穿一件红色的、系满绒线小球的蝙蝠衫,有几分像盛唐长安人物,高髻云鬟,长眉细眼,额上贴满花黄。我与她隔河相望,河水滔滔,虎啸猿啼。脚下的沙滩一块块往河水中坍塌。她脚下的沙滩也在坍塌,我发觉了,她却浑然不觉,而且走得离水边很近。她脚下的沙崖被水淘空,悬空部分已现出下倾,沙粒簌簌下落,水面于大波浪上显出细小涟漪,但俱是随生随灭。我为她害怕,为她焦急,欲高叫提醒她时,却因喉头闭锁失音。我听到我的发不出的吼叫被憋在胸腔里,变成一阵阵的肠鸣。我用力挣扎着,想让声音冲出喉咙,使对岸那个秀色可餐的女子免遭险境。河里确实,有无数,黑物漂游;它们的身躯,时隐时现,一直露着的,是长长的头。鳄鱼!它们都张大了嘴,群集在危险沙崖下。它们的嘴里,布满了,尖利的牙齿。在澎湃的浪涛声中,间或响起鳄鱼们的焦灼的叩牙声。未等到咀嚼食物它们就开始流淌眼泪,可能是它们闻到了肉的气味。玫瑰玫瑰香气扑鼻!这来自极其遥远的回忆,又仿佛,从古老的墓穴里发出的一串叹息。你看那女子,还是那样浑然不觉地在危险沙崖上走着,她甚至在随时都可能坍塌的危崖上跳起舞来。手之舞之,足之蹈之,典型的民族风格,全身上下都是弧形的线条。"世界有文化,少妇有丰臀",危在脚下者,不知是何人。我还是尽力挣扎,手脚都暴躁地大动,但喉咙被紧紧箝住,休想走漏半点信息。那女子比唐壁画中描绘的丰臀高乳的女子要轻俏灵动得多,仅仅是服饰类似,又不尽似,终是梦中人物,形影不定,变幻莫测,几如白云苍狗,令人又恨又怜。她团团旋转着,但动作不疾不促,既舒缓又轻盈,看看就让人赏心悦目,经久不敢忘怀。鳄鱼们呼唤她,似乎都哑了歌喉。隔河的女子竟然唱起来,歌词多暗喻男女之私,令人心猿脱索,意马开缰,但都是肃然默立,拖着铁链缰绳,静听那女子歌唱,如听天籁。鳄鱼眼泪流进了河。河里漂木挤成一排排,与鳄鱼们混杂一起,顷刻难分鱼木,都纷纷顺流而下,但也有漂出几十米又溯流而上者,在水边上爬出半截身躯,后肢的绝大部分和尾巴的全部还浸在河水里。它们的眼睛像雾蒙蒙的毛玻璃,射出浑浊、暧昧的光芒,使我周身发硬。当然,鳄鱼身上最名贵的还是皮,我早就听留学在金沙萨的表姐说,她拎的那只像巴掌般大的小包是用鳄鱼皮制作的,真正鳄鱼皮,绝非冒牌货。其实我并不是十分讨厌鳄鱼,鳄鱼下巴下的浅黄色皮肤神经质地颤抖着,造成一种疯狂迷荡的感觉。就如同被人搔着脚心而发不出呼啸声,我只能扭动着身躯,这不是痛苦也不是幸福,也许就是极度的痛苦与幸福,隔河相望,就是如此。她依然舞蹈之,歌唱之,但其跳舞的节奏渐慢,身腰与腿臂柔若无骨,衣服的颜色溻散,中和,呈一种浅淡的金红,整个人宛若一匹绸缎在溪水中浣洗。其歌唱声渐入凄凉之境,长歌当哭,我于是知道她心中定有大悲痛。那突兀悬空的危险沙崖一刻也不停息地倾斜着,下落着,起初是只有散粒的沙子把波浪打得簌簌有声,现在,大团大团跌落河中的沉沙溅起一簇簇大雪浪,发出轰轰的响声。鳄鱼们的耐性,等同于蛇的耐性,它们像一段段朽木,僵卧在水边的沙砾上,只有那下颌的浅黄色的颤抖,向我透露着它们的忍耐。我多么想高声吼叫,但我的喉头闭锁,发不出一点声音。只是到了末日来临时,她才停止舞蹈歌唱,背南面北,意味深长地对我莞尔一笑,如有一把牛耳尖刀剜破了我的心,潜藏心中数十年的旧感情源源不断地流出来。我早就认识你,不仅仅是似曾相识。玫瑰玫瑰! 我终于喊叫了出来,但脚下一声巨响,犹如山崩地裂,我竟不知自己的脚下早已是危崖,那些鳄鱼也如箭镞般射水而来。

外甥,你的脸色为什么像死灰一样?

疟疾折磨我,小老舅舅。

四

我对你说实话吧,金豆子,黄胡子不是我的亲爹,我的爹很可能也是一个吃青草的人。小老舅舅说,黄胡子对我一点也不疼爱,他生气时就要骂我:你这个吃青草的杂种! 你这个青蛙配出来的杂种!

多少年来，我总想到河那边去找我的亲爹，去吃一把青草，去探看一下那些手指间生着蹼膜、游泳技术惊人的兄弟们，但我总是过不了河。我手指间尽管也生着透明的蹼膜，但我对于水却有一种天然的恐惧，别说见到河水，只要是嗅到了河水的生猛的气味，我就头晕眼花，双腿抽筋。我常常在梦里见到我的亲爹，他像驴骡一样吃着青草，他像大鱼一样在水里游动着，当他在水中举起手臂时，手指间的蹼膜就像镜子一样反射光线……小老舅舅眼里闪烁着心驰神往的电光，比阳光还强烈。庭院里那一树如雪的白梨花像一团浮云，经常遮断我们的视线，梨的味道和形象在花的背后闪烁。

传说，你姥姥也遮遮掩掩地对我说过，她是从河那边逃过来的，似乎是为了躲避一次严厉的惩罚。这些事，你娘没对你说过？她是女的，你姥姥不便对我说的话，可能都跟你娘说了。小老舅舅脸上似有怨恨和嫉妒之意。我连忙解释，为了澄清母亲也为了安慰小老舅舅。没有没有，俺娘对俺姥姥家的事只字不提，我每每要问时，总是挨她的骂。

雪水融化之后，河水暴涨，黄胡子在河边放马，看到对岸一个大肚子的女人跌跌撞撞地向着河水扑过来，但她刚到水边就跌倒了。他不顾雪水寒彻骨髓，游过河去，把她背过来。黄胡子虽然手上无蹼，但泳技超群。他只手牵着女人，只手分拨湍流，头脑冷静，临危不惧，躲闪着鳄鱼状漂木的冲撞。过河之后，她躺在绿草地上，衣服都紧贴着皮肉，好像没穿衣服。吃青草的女人都生着又高又尖的乳，黄胡子用手轻轻地按了按它们，好像要辨别一下真假。她的肚子也是凸着的。黄胡子把手按在她的肚子上，感觉到了胎儿的跳动。

这是不是真的呢？小老舅舅，外婆生前没明告你，你的爹，果真是一个吃青草的、指间生蹼的男人吗？

这种事，只能猜，不能问。

黄胡子把她从河对岸背过来是真的。

她在河对岸吃草家族的领地上就怀了孕是不是真的呢？

难道这种事也是你该问的吗？再说，河对岸有吃青草的人，也有不吃青草的人，何况，还有一群兵。

总之，她是来路不明的女人，怀着孕，可见不是个正经女人。

说这话你该进拔舌地狱！

过了河，他和她一个躺着一个坐着，一直等到日光晒干了衣服才开步走。绿草刚没马蹄，草间雪水汨汨，泥泞不堪。那时尚未建造庭院，村子也不能叫村子，几架草棚里，躲着黄胡子这一类的人。

泥泞遍地，黄胡子把她背起来。一步步往前走。她始终未说话，脸上的肌肉都硬邦邦的，好像结着冰。

黄胡子背着她走过雪水泛滥的草地，小老舅舅说。一阵邪恶的痛苦咬着我的心，逝去的景象在脑的沟回里迅跑。

河沟里雪水泛滥，山脉舒缓起伏，无尖锐的突出，十分柔和。漫坡与平地，俱覆盖着绿草，紫色和白色的小花朵星星般点缀在像幽蓝天幕般的草地上。远处一群马，近处一群羊，都像生长在草地上的斑斓植物，似乎从来没有移动过。ma！ma！ma！我的心嘶鸣着，照样不能把心里话喊出口。虽有雪水润泽，但远处的沼泽里，仍有泥炭在地下三十米处燃烧，青烟缭绕直上，愈上愈稀薄，如绫如纱，与远处白头的黛色青山浓淡相遇。我们鼻孔里充满生活气息。水的气味，羊的气味，马的气味，燃烧泥炭的气味，青草和鲜花的气味，还有，苦涩的恋爱的气味。

ma！ma！ma！我的心一阵阵地吼叫着。

下一幕与上一幕惊人的相似，她被他背着穿越泥泞的草地时，我也背着一个女人跋涉在被雪水浸透了的草地上，如同做梦。我的赤脚早被雪水麻木了，心也凉得像冰，但思想如炉，精神如火。当我的脚踩在鲜花上时,心里很惊悚,固然我的脚跟装在我腿上的假脚差不多。小老舅舅,我无法告诉你,女人忽然从我背上消失,唯有马群尚在,它们聚集在我周围,愉快地吃着草。那匹唯一的红马,俨然是马群里的领袖。它的睿智的方形头颅上镶嵌着两只巨大的眼睛,从那里边,两泓清水里,我看见了白云和天空,高山和草地,羊、马、牧人,还有我苍老的面容。

我背着你穿越草地时,你的屁股,像两只苹果,膨胀在我手里。其实并无一丝一毫异样的感觉,杯子破了,水漏光了,感觉也漏光了。一块蓝色的玻璃碎片在青草丛中闪烁。

小老舅舅,她凸起的肚子压在他的背上时,你有什么感觉?如果那凸起的就是你的话。

我看你也该抽支美国烟,省得犯困、走神、说胡话,小老舅舅剥开烟盒,对我说。外甥,我也不知道你听明白了没有,这事情的开始,这故事的开头。你猜想的都对,一点也不错。

小老舅舅和黄胡子下了大力气侍弄那匹红马。他们从粮秣处领来黄豆、麸皮。黄豆炒焦后,又拿到碾子上辗成碎渣。谷草铡成一寸,黄胡子还嫌长。小老舅舅坐到铡刀边往刀口里入草时,黄胡子不断地提醒他:"短点,短点,寸草铡三刀,无料也上膘!"

红马眼见着就胖了,马眼里有了勃勃生气。支队长更是欣喜,小老舅舅记不清有多少次,支队长骑马归来时,对接马去遛的黄胡子,不但口头嘉奖,且有物质奖励。

"黄胡子,有你的!这马跑得好极了!"支队长拍着黄胡子的肩头,说,"简直就是一把小胡琴!"

黄胡子牵着马,咧咧嘴,干笑两声。

支队长掏出烟来,自己叼上一支,递给黄胡子一支,黄胡子接了,按着金打火机,点着烟,两人鼻孔里都冒着青烟,在雪白的阳光下,像兄弟俩一样。

"黄胡子,好好喂它。六月里要赛马,跑第一名赢来高司令那枝'夜来香',丢他的脸!我不会亏待你,老哥儿!"支队长拍着黄胡子的肩膀说。

小老舅舅,你还能记起支队长奖励给黄胡子一些什么东西吗?除了那叠绿钞票,那盒绿纸烟。

小老舅舅搔了几下头发,说,大件的东西不多净些零七碎八的玩意儿。我记得支队长送给黄胡子一个金子打火机光灿灿的,挺稀罕人。支队长给黄胡子好多钱,差不多半个月就给一次,但都不如第一次给得多。黄胡子最稀罕的还是那个金子打火机。

夜深人静,小老舅舅说他躺在炒马料炒得滚烫的炕上,怎么也睡不着。北屋里欢快的京胡声和玫瑰香气扑鼻的歌声早停息了,他和她的鼾声夹杂在树枝树叶的摆动声中传进来,风在遥远的马牙山的阴暗的松树的影子里漫游,松鸡啼声响亮,发人深省;墨水河的浪潮拍击沙滩,喋喋不休,像一个老人追忆往昔……草地上的小动物都在求偶,青草生长,野花开放,小老舅舅被火炕烫得睡不着,便想象夜的草地。红马嚓嚓地吃着草料,蚊蝇在黑暗中嗡叫,炒黄豆的香气与干草的香气,马粪的气味,马的气味把黑暗填满了。红马不时地顿着蹄,甩动着尾巴,喷着响鼻,也许是草料进了鼻孔吧?小老舅舅想象着红马的眼睛。

黄胡子一直坐在炕前的凳子上,吭哧吭哧地喘着粗气,北屋里又拉又唱时,他坐在凳子上吸烟,北屋里熄灯睡觉时,他还坐在凳子上吸烟。他每隔两顿饭工夫就给马添一次草料,小老舅舅说,马扬着头,把铁链子抖得哗哗响,马焦灼地喷着鼻子,料叉碰撞得石槽响,马嘴插进槽里抢食豆料,被打退。馋鬼!等不及了,光吃豆料是不行的,马是吃草的动物,不吃草就要得胃病。黄胡子坐定之后就开始玩打火机,那个黄灿灿的金子打火机。"啪嚓"！打火机燃起了一股绿色的火苗。厢屋里的黑暗被驱除出去,墙壁上伏着苍蝇,梁头上挂着蛛网,壁虎嗖嗖地爬行,火苗动摇不定,屋里的一切也都动摇不定。红马的皮肤发出温暖而神秘的光泽,马眼像水晶一样。打火机灭了,一切都黑暗了,但光明的印象还残余在小老舅舅的脑里眼里,他感觉到马的红光在黑暗中隐藏着,好像与红马分离,变成一只狡猾又可爱的小兽。"啪嚓",打火机又亮了,适才出现过的一切再次出现,苍蝇、壁虎、红马,红马高大而辉煌,比白天威风好多,根根马尾,都像金丝线一样。打火机把黄胡子也照亮了,小老舅舅偷偷地看着他：一蓬黄胡子,也像乱糟糟的金丝线,两只大眼,露出绿幽幽的光芒。小老舅舅一见黄胡子的眼睛出绿就想腹泻,就如水牛见到明月而喘息。打火机灭了亮了、灭了、亮了……屋里的一切都在光明与黑暗的交替中向前流逝,夜晚其实并不安静。夜晚,黑暗里,玫瑰开放。

黄胡子的打火机终于打不出火来了,起初还冒火星,后来连火星也不冒了。小老舅舅听到黄胡子站起来往院子里走去,他很想爬起来跟踪黄胡子,但一阵困意袭来,早忘了炕热,呼呼睡去,梦中咬牙切齿,不知玩什么把戏。

小老舅舅,你骑过那匹红马吗？

没有！小老舅舅坚决地否认着,好像被我揭露了隐私一样；他的脸阴沉着,显得极不高兴。

我笑了笑,伸出缠着截疟布条的手,触了触小老舅舅的手背。小老舅舅,黄胡子骑过那匹红马吗？

大概……骑过吧……他狐疑不定地说着,然而,他又马上抵赖了,我不知道,我不知道我那会还是个孩子,一黑天就摸不着炕头,黄胡子经常夜半三更出去,不过好像从来没牵马。

白天呢？白天他没骑过吗？

也许骑过一次吧,我不知道,你也别问,我想,你一定想知道黄胡子挨打的事吧?那也是红马倒霉的日子。

支队长每天上午都是骑马出去的,到草地上去练骑术,有时也去办公事。黄胡子挨打那天,支队长回来得很早,他骑马进了庭院,按照老习惯,高叫:"黄胡子!"

那时你在什么地方?

我躲在厢房里听动静呢,小老舅舅说,我哭得满脸是泪。

支队长焦躁起来,连声高叫:"黄胡子,黄胡子!"

这时,就见黄胡子弯着腰,满脸焦黄,从北屋里跑出来。

支队长冷笑一声,扔下马,提着皮鞭,走进北屋。北屋里吵嚷一阵,啪啪几声鞭响,随着,传出低低的抽泣声。

黄胡子拉着马缰,在院子里立着,像根木桩一样,但他的目光是绿幽幽的,十分吓人。

支队长提着马鞭走出来,他白净的脸发了红,嘴角挂着冷笑。

黄胡子咧咧嘴,脸上浮起的好像是傻笑。

"王八蛋!"支队长逼近黄胡子,恶狠狠地骂了一句。

黄胡子嘟哝了一句,好像是回骂。

支队长抡起马鞭,猛地打下去。马鞭打在黄胡子的脸上,发出一声湿润的闷响。立刻就有一道紫红的印子在黄胡子脸上出现。黄胡子呻吟了一声,眼里淌出浑浊的泪,但那绿幽幽的眼光着了泪水的滋润,不但没有消逝,反而更加邪恶。

支队长退后一步,又高举起鞭子,但这一鞭并没落在黄胡子身上。支队长对准斜伸下来的梨树枝打了一鞭,一簇毛茸茸的小梨子和着几片油亮的梨树叶子飘落下来。

"我买了,就是我的!"支队长压低嗓门说,"你这条癞皮狗,懂吗?"

黄胡子像呆子一样，只把一双厚唇哆嗦着，两只绿眼死盯着支队长。

支队长用鞭子轻轻捶打几下马裤，从兜里又掏出一叠绿钞票，递到黄胡子面前，说："等赛过马，你领着儿子走了吧，我给你的钱，足够你安家了。"

黄胡子全身的僵硬线条突然消失、软疲疲的，整个人仿佛矮了几寸。他没有接钱，回转身，拉着马，一步步走出庭院。

等到支队长进了北屋，我从东厢房里溜出来，小心翼翼地穿过庭院，我听到支队长在北屋里怒吼，她在号啕大哭，我真想也哭。我追着黄胡子跑去。外甥，告诉你吧，我想起来了，黄胡子骑过那匹红马。一进草地他就飞身上马，他上马的动作是那么熟练，漂亮，身轻如燕。我站在草地边缘，看到红马迎着太阳向东南方向飞驰而去。黄胡子怪叫着，用拳头捣着马用脚后跟踢着马。他还用嘴咬马哩，后来我看到马耳朵上流着血，黄胡子嘴上沾着马血和马毛。红马飞奔，一望无际的草地上没有羊群也没有马群。我看到从马蹄下惊飞的鹌鹑，还有，沿着马蹄上的距毛甩出去的黑色的泥土，还有，被踏断的接骨草，牛蒡子，三棱草，鹅不留行，婆婆丁，老鸦芋头，苦菜花，红莓白莓。草地上漾开花草茎叶断裂后发出的新鲜浆汁的气味。马像一团滚动的火，马尾散开，像一匹绸缎。后来，红马焦躁地尥起蹶子来，蹄铁闪烁，宛若电光。黄胡子一头扎在草地上。

这时候我飞跑过去。

黄胡子呸呸地吐着嘴里的泥土，吐完泥土就破口大骂。红马远远地站着，低头啃了几棵青草，嚼嚼，又吐掉。我这时看到马耳朵上流着血，看到黄胡子嘴角上的马血和马毛。马肚腹上肿起一个个鸡蛋大的包包。马十分愤怒，这是一眼就能看出的。黄胡子叫嚣着往马前扑去，马昂起头，鼻孔翕动着喷气，马嘴咧开，露出雪白的马牙。

黄胡子被马的愤怒逼住,只是立着叫骂,却不敢前进一步了。

五

ma！ma！ma！我是不是在呼唤一匹马？我难道是在呼唤母亲？我莫非得了腹语症？小老舅舅,并不是外甥被疟疾折磨糊涂了,多少年来,我常常听到这种呼唤,一种非常遥远的呼唤。我常常听到它响亮的、渐去渐远、渐远渐近的蹄声,ma！ma！我常常感到她温存的抚摸,她有时好像在咬我、掐我,ma！ma！我心里很难受,小老舅舅,我们食草家族的恶时辰早就来临了,红蝗的再次来临就是一个明确的证明。ma！ma！你当真没有骑过它？你没有想过要骑它？夜深人静的时候,玫瑰的香气扑鼻,你在梦里也没有骑过它？

我起初以为是在飞行呢。人们都不相信人会飞,没有翅膀怎么会飞？我也不相信人会飞,所以,分明当我飞起来的时候,分明当我俯卧在一团云上,飞速地掠着林梢滑行时,我竟不敢相信自己。高压电线上的电火花刺激着我的肚皮,公社屠宰场里的猪嚎叫着被抬到黑血模糊的案板上,屠夫挽起袖子,白刀子进去,红刀子出来。腥血上溅,杨叶上都滴血。你一定是疯了！小老舅舅说,你老发高烧,把神经烧毁了。王八蛋！外甥,你怎么又骂人呢？多少人都劝你:不要骂人,要走正道,可你总是骂人！我从来没有骂过人呵！小老舅舅我是说:王八的蛋！完了,你这孩子,入了旁门左道,没有出息了。你当真没骑过它？你看着我,我不相信！我不相信。草地在我肚腹下旋转,房顶上跳出一群又一群纸扎的小孩。奇花异草,珍禽怪兽,在地上开放生长奔逐嬉戏。马牙山的积雪早就开始融化,山那边是食草家族世代居住之地,外祖母就是从那边来的吗？那为什么又把母亲嫁过去,这不正应了婚姻上的大忌:"骨肉还家"吗？金豆,你谁都可以骂,但不能骂支队长,这件事甭我啰嗦你也清楚。过了山,是一片茂密的松林,松林是黑松林,林梢挂雪,不知是什么季节,雪的冰凉气息直扑我的鼻翼,飞得高看得远,飞得高自然也跌得重。只要能高飞,哪怕跌得粉身碎骨! ma! 我发现,黑松林是呈圆环状的,它包围着、环绕着、藏匿着、狼吞虎咽着一块草地。草地上玫瑰盛开! 玫瑰玫瑰香气扑鼻! 玫瑰通通是粉红色,花朵都大如绣球千瓣万瓣,重重叠叠。在那花丛中,竟有一个暗红色皮肤的少妇在徜徉。她头上梳着高髻、面孔瘦削、颧骨很高,嘴唇丰满,眼睛是凹进去的,很大很黑,额头凸出,光洁,像半扇葫芦瓢。我惊异于在这融雪的天气里,空气清洌,她竟穿着一件短裙,不及膝盖,裙子的材料非绸非缎,像一种麻布,看起来很硬,如蜻蜓类昆虫的翅羽,裙色暗红,有一条条黑条纹均匀地生在她的裙上。她在玫瑰丛中走着,时而抚摸抚摸花朵,时而扯扯玫瑰的黑叶,一副百无聊赖的模样。她光着的脚上,被玫瑰的刺划出了一道道伤痕,她似乎无痛觉。小老舅舅,你对我说实话,你真没有骑过它? 我把脸埋在醉人的草丛里我又听到了那遥远的呼唤声: ma! ma! ma! 分明有一个纯黑的裸体男孩骑在一匹高大的红马上,绕着那一大片玫瑰花奔跑,绕着她奔跑。玫瑰花繁盛如云絮,沉甸甸地下垂着,花瓣都如冰一样冷。我一只手抓着一大朵玫瑰花,一阵犯罪般的感觉涌上心头,我忽然想放声大哭。玫瑰花竟然没有香味,不由我暗暗惊诧。但她却唱道:

"好一朵玫瑰花,好一片玫瑰花,满园花开香不过它,我有心摘一朵戴呀,只怕被人骂。"

歌曲的旋律熟悉极了,但歌词总有点别扭,哎哟! 想起来啦,你唱错啦,应该是,我歌道:

"好一朵茉莉花,好一朵茉莉花——"

她用她那深凹的深奥的洞穴般的深湖般的黑的漆黑的眼睛瞟着

我,约有半秒钟,然后,半握空拳对准一朵碗大的玫瑰花深红色的玫瑰花猛擂了一下,赌气似的唱道——分明与我做对头——她唱道:

"好一朵玫瑰花,好一朵玫瑰花——"

她咕嘟着嘴,嘴唇深红像个即将开放的玫瑰花苞。那朵挨过她的拳头的玫瑰花摇晃着,像个沉甸甸的头颅。

我唱一句:"满园花开谁也香不过她!"

她唱一句:"满园花开谁也香不过她!"

她唱完了,恶狠狠地盯着我的嘴,好像只要我再敢张口,她就要扑上来咬死我,我的身体逐渐矮下去,透过犬牙交错的花枝上的黑刺,我看到她乌黑的小腿上那一条条白的红的痕迹。

ma！ma！ma！我呼喊着,只有呼喊着,马才能飞跑起来,适才还为一丝不挂而羞耻的我,现在伏在了光滑又温暖的马背上被遮掩了,但是屁股上还有凉意,我更紧地骑在你的背上,我用双手紧紧地抱住你的脖子,ma！ma！ma！你的绸缎般的鬃毛缠在我的脖子上,你四蹄腾空时,像一道流动的彩虹,我仿佛在飞行,马,你的感觉就是我的感觉,你肌肉的愉悦和紧张,全部传导到我的身上,你嘴里喷出我嘴里的青草味道,炒豆和麸皮的味道。ma！ma！ma！你的蹄飞起时我的脚掌银光闪烁,你身上流汗我周身汗湿,浸在微咸微酸的汗渍的味道里,我马。马我。展开优雅的弧线,我们,尾巴招展,像一匹华彩的绸缎,我马！ma！ma！ma！但依然能感觉到大腿和臀尖被撞击的神奇力量,你的嘴冰凉我的冰凉的唇有一股豆麦的香气一条顺流而下的扁舟,我马听到了那遥远的呼唤看到了那火花,ma！阳光在臀上闪烁,短小的羽毛,厚而韧的皮,有皮无毛,我们,我们。还有玫瑰的眼睛,沉甸甸的,头颅般大,是玫瑰的花朵,重浊厚道地打击着臀部,玫瑰的花粉像沙子,沿着我们光滑的皮肤流淌,远处是马牙山的积雪的闪烁,松脂芳香。

你分明是骑过它的,小老舅舅!

你胡说……小老舅舅哀鸣着,好像一条被打伤了的狗。

夜晚,当马的皮肤在星光下闪烁时,你能不动情?马身上那股亲切的味道你能不依恋?

ma! ma! ma! 小老舅舅也用这样的声音狂叫起来。

我马马我在奔驰着,流光溢彩,像彩云追月,像高胡独奏,像《彩云追月》,她漫步花丛,她有玫瑰一样的颜色,"她有丁香一样的芬芳",她在那一片迷宫般的玫瑰花里行着,阳光强烈时,玫瑰花都变成墨绿色了,残雪的银光令人胆战心惊。她的红裙也变成墨绿色了,裙口开张,露出锁骨,脖子优美而细长。风刮起了,无尘土,风的颜色雪白,好像一道道银光射进玫瑰花丛,玫瑰的叶子摩擦着,玫瑰的花朵碰撞着,玫瑰凋零。

后来,当她走出玫瑰花丛时,那匹马便跑到她的前边拦截她,马用牙齿啃着她的肩头,马用前蹄拍打着她的臀。最令人惊异的是,她好像是昏倒在玫瑰花丛旁边的草地上时,马来来回回地,不停地跨越着她的身体,飞过来飞过去,马腰身矫健,鬃毛翻卷,尾巴飞扬,像一匹绸缎。我忽然忆起,她弯腰去嗅玫瑰味道时,她的裙里光明进去黑暗消逝,她的鼻子触到花蕊上,玫瑰玫瑰香气扑鼻。

六

赛马的日子就要到了,梨树上的梨子已有酒盅那么大,支队长烦躁不安。不是烦躁不安,他是跃跃欲试,想到赛马场上施展身手的意思,对吗?小老舅舅?就像盼望日久、准备日久的那种大事即将来临前夕那种既兴奋又紧张的心情,对吗?小老舅舅。

支队长每天上午都到草地上去跑马,他的骑术精良,我这辈子再也没看到过第二个人能像支队长骑得那样好,小老舅舅无限感慨地说着,一眨眼几十年就过去了。他骑着红马跑来跑去。支队长在草地上骑马奔驰的景象如一道道闪电,夜以继日地掠过小老舅舅的脑海。早晨,太阳刚刚出山,雄鸡开始啼鸣,黄胡子把马拉出厢房,拴在南墙里侧的拴马桩上,小老舅舅也爬起来萎缩在门槛上,搓着眼屎看黄胡子扫马,红马的皮渴求抚摸渴求搓擦一旦着了扫帚的蓬松的枝条,它便舒服得直弹蹄子。马眼闪着蓝光,阳光照耀红马像一团熊熊燃烧的烈火。小老舅舅你难道真没骑过这匹马?连想都没想过?这不可能,狸猫枕着鲜鱼能睡着觉吗?如果狸猫枕着鲜鱼能睡着觉那么我相信你连想都没想过要骑它。

梨子一转眼就像酒盅那么大啦。草地上清晨总是笼罩着淡薄的白雾,百鸟鸣啭,草梢上露珠点点。红马鞍鞯鲜明,尾巴弓着,蹄子发痒,盼望着奔腾。支队长一只手扶着梨树干,一只手刷牙,满嘴里喷吐着白色的泡沫。黄胡子不错眼珠地看着支队长的嘴。

小老舅舅说,支队长拉马走出庭院,飞身上马,只在马臀上象征性地打了一鞭,红马就像电光一样射进了草地。

支队长骑马出走后,小老舅舅回忆道,庭院就被阴云笼罩,黄胡子一边清扫着厢房里的马粪,一边高声詈骂,这种语言据说是具有高度污染性的,小老舅舅虽然像背书一样背诵给我听,但我不敢摘录片言只语。

马粪和被马尿浸渍的泥土被盛在一个筐子里,黄胡子命令小老舅舅把筐子拎出去,他挂着铁锹,愤怒和哀伤的表情齐集脸上,小老舅舅虽然心有不平之意,但也不敢违忤,只得弯腰驼背,提着那臭烘烘的筐子,一点一点往外挪。

支队长在草地上打马奔驰,他身体略略前倾,屁股与马鞍似接非接,穿着高筒马靴的双腿紧紧夹住马腹,红马在这样的骑手胯下,只有飞跑。

连红马也知道,比赛的日子来临了。

赛马那天,你去了没有?

去啦,我去了,黄胡子也去了,那天早晨,梨子都像鸡蛋般大了,天刚亮,支队长就起来。他是从来不到东厢房里来的,但是赛马前头天晚上他却钻到厢房里来了。厢房里点着豆油灯盏,灯火如豆,像杏子一般黄。支队长伸出手摸摸红马的头,又后移两步拍拍红马的臀部,红马愉快地摇动尾巴晃着脑袋,缰绳上的铁链哗哗啦啦响着。蚊虫飞动,艾蒿燃烧,冒着喷香的烟雾。

"老黄、黄胡子,"支队长亲切地说,"好好喂马,明天,咱一定要赢,赢来高司令的'夜来香',我把她白送给你。咱一定能赢,是吧,一定能赢!"

黄胡子埋头在膝盖上,一语不发。支队长亲自往马槽里倒进几瓢香豆,拍着马的头说了几句话,然后,走出厢房,皮靴咯吱咯吱地响到北屋里去了。

但很快听到皮靴声响到厢房门口,支队长把头探进来,叮嘱道:"黄胡子,你检查一下鞍子和肚带,免得出差错。"

皮靴又响进了北屋,北屋里传来哗啷哗啷的水声,和她……说话声。

黄胡子抬起头,脸放在豆油灯的黄光里,好像金子一样。他闭着眼似乎在倾听着北屋里的声音,又似乎高僧入了定……

你是中了邪了吧?小老舅舅有些恼火也有些诧异地问,马自然是匹好马,可好马就人人都想骑吗?你知不知道好马还要好骑手?人生有三大险:骑马坐船打秋千!骑不好筋断骨折,丢人现眼,并不是闹着玩的！马有龙性，犯了性子人如何能治服？被它咬一口就比感冒拉肚子厉害。

但我无法平息这强烈的愿望，这愿望本来就是一种病，任何愿望都是远比感冒腹泻厉害的病症。愿望有点像恶性疟疾，可以致人死命。那种遥远而神秘的呼唤仿佛从我心里的一个空洞里传出，发出一波又一波的回音。ma！ma！ma！

她在这一大片玫瑰丛中像幽灵一样究竟要徘徊到什么时候，狂风暴雨日，电闪雷鸣时她都在这里徘徊，她唱过那支歌子后再也不说一句话。一朵一朵碗口大的玫瑰花低垂着头，花瓣儿卷曲，花上凝结着忧悒的表情，但那表情立刻又狂荡了，低垂的头颅缓缓地、也有的是迅猛地高扬起来。我看到她伸出一个破碎的指尖，轻轻地抚摸着玫瑰们的脸，苍白憔悴的脸，玫瑰的叶子簌簌地抖动起来，花瓣并拢，包住了花蕊。花瓣包住了手指。又后来，暴雨倾盆抽打着玫瑰，空中亮着一道又一道飘忽不定交叉纵横的瀑布，一道闪电，竖起耳朵静候着雷鸣。雨水哗哗地响着。雨水，冲洗着红马光滑的厚皮。ma！光滑更光滑。你在飞跃，穿过一道道水帘，你身上的红光，如一道道闪电。竖起耳朵，静候着雷声灌耳。玫瑰凋零。她的翅羽般的裙子贴在了腿和臀上。她的头发缠绕在颈上，什么都被冲洗得干干净净。她不时地捏起裙子抖抖，但一松手，裙子又贴在腿和臀上。你不冷我遍体鸡栗。金豆！金豆大外甥！大外甥！你又犯了病？别抖。小老舅舅脱下满是虱子的破棉袄，披在我的肩头上。究竟是谁骑在马上？小老舅舅，那时候，你躺在滚烫的火炕上果然就一点也不动心？你闻着它身上热烘烘的汗酸味儿，难道半个梦都不做？梦里也没骑过它？那么赤裸着身体的黑孩子究竟是谁？是我？是你？我们骑在它的滚烫的背上，随着它奔驰。我们看到她站在玫瑰花丛里，雨珠儿沿着她的面颊缓缓地往下流。雨过天晴，山河清新如画，空气清凉洁净，使人不忍心呼吸。花瓣上的雨水结成了一层浅蓝色的冰,花朵更加沉重。她也被冰冻在一层薄薄的透明冰甲里,连香气都禁锢住了。红马戴上了眼镜,鼻子冻得通红、唇边的硬毛上结满霜花、鼻孔里喷出一股股白色的热气。阳光在这里格外绚丽,冰里的玫瑰鲜红若滴。红马蹒跚着,绕着玫瑰花蹒跚着,地上的薄冰被马蹄践踏,发出啪啪的破裂声。在运动中,马身上的冰甲也在破碎,一片片往下掉着,掉在冰地,再响再破碎,冷啊,太冷,马儿,红马,请你飞跑,让我飞跑,我们一起飞跑。我们在电线上飞跑。我们在地平线上飞跑。我们在光线上飞跑。我们在白色的、颤抖不止的神经上飞跑。我们在拱形的彩桥上飞跑。我们在五彩的虹霓上飞跑。雨过天晴,一道彩虹飞架半天,墨水河在草的原野上盘旋曲折,也像一匹巨大的绸缎。唱起歌、跳起舞,马儿骑着我、马儿骑着你,幸福的人儿、苦难的人儿歌舞几婆娑,泪水几婆娑,南无阿弥陀佛,南无阿弥陀佛……似乎是很久很久以前,玫瑰盛开的时候,突然下起了鹅毛大雪。所有的玫瑰都被大雪掩埋了,只有一朵像婴儿的头颅那么大的玫瑰还露着头,花朵是紫红的,映红了一片白雪,一只焦黄的蝴蝶屏翅僵立在花瓣上,好像一片枯叶。她站在花前,依然穿着那条咖啡色的短裙,上身赤裸着,只戴一件碧绿的乳罩。她的裸露的肌肤上鼓着一个黄豆大小的疙瘩,冻疮。她脸上凝结着一层浅浅的微笑。她就这样微笑着立在玫瑰花前,好像一位守护神,还好像,一根黑木桩。马,你快些跑!红马在雪地里艰难地跋涉着,雪深数尺,雪面贴着马腹。每前进一步都十分困难,马,ma!你快些走。马说,我走不动了。它眼睛里流出两滴琥珀一样的大泪珠,像子弹般钻进雪里,雪被烫得吱吱叫。走不动也要走,我们要战胜感官的永不满足的奢望,奔向,理想的海岸,那里,飞禽走兽都与我们亲善,灰蓝色的温暖海浪懒洋洋地舔舐着黄金的海岸。马,你不要哭。男儿有泪不轻弹,只因未到伤心处!雪羁绊着我们的脚,我们飞跑的意识焦灼地吼叫,可是雪羁绊着我们的腿脚,我们拔蹄不畅。我无法忘记挂铁掌时的幸福。马掌匠腰扎油布,友善地抱住我一条腿,我的蹄子搁在一条厚木高凳上等待着。马掌匠用胳肢窝夹着一柄锋利的铲形刀,一上一下地,修理着我的蹄子。刀切蹄片时的咝咝声令我陶醉,我昏昏欲睡。也有那样的傻瓜拼命挣扎结果被绑住嘴唇高吊起来,细绳把嘴唇勒得像粒紫葡萄。他举起锤子把蹄铁钉在我的蹄子上,那一下下的打击仿佛打击着我的心。马穿上新鞋啦!我听到一个白胡子老头说。一个孩子拾起从我蹄上切下来的废片。一人说:此物可用来养花。可以养玫瑰吗?什么花都可以。我多么想飞跑,可是雪羁绊我的蹄腿。我焦灼。我永远也离不开这株血样的玫瑰,雪中的玫瑰,玫瑰旁的她,她在一秒钟内变得比上帝还可怕……金豆!金豆!你怎么啦?你哭什么?

七

赛马那天,是百里挑一的好天气。半上午光景,从地里冒出了成群结队的人,簇拥在草地上,踩碎了不知道多少窝小鸟和野花。蜥蜴惊惶失措,在人的脚缝里乱窜,吓得女人中胆小者吱吱哇哇地叫。一彪人马从草地边缘跑来,见垂杨柳就拐弯,马脖子上的铜鸾铃叮叮当当响着。

他们是不是从河那边来的?

你是说他们是从食草家族居住的地方来的?

我只是这样猜想。

收回你的猜想吧。他们不是从河那边来的,他们是沿着河边跑来的。

他们是一支什么部队?归谁领导?

你问我还不如问那棵梨树！小老舅舅冷漠地说，从我记事那天起，他们就骑着马跑来跑去的。他们都戴着眼镜，都镶着金牙，都会唱歌。

他们跟食草家族居住地的那支队伍是一个系统？

也许吧。鬼知道。我反正不知道。

马呢？马都是抢了老百姓家的？

不知道。问我还不如问那堵墙。我出生时早就有了那堵墙。

我看着眼前那堵当年刷着白灰现在白灰早已剥落干净摇摇欲坠的破墙，想象着那根拴马桩的模样。

红马拴在桩上，晃动着宛若一匹绸缎的尾巴，这个比喻你用了几十遍了，好话说三遍连狗也不听，好好好，下不为例，红马晃动着宛若一匹绸缎的尾巴，拂赶着捣乱的蚊蝇。它的蹄子由高手匠人刚刚修整过，马蹄油光光的，刚涂了一层蜡。马弹着蹄，亮出青色的新蹄铁，像儿童向同伴炫耀新买的鞋子。黄胡子持着一柄铁丝刷子，一遍又一遍地梳理着马的皮毛。马愉快地哼哼着。小老舅舅你还是蹲在门槛上吗？马的鞍具也都新上了蜡，木质的部位刷了桐油，一片杏黄色。支队长在北屋里说着什么，她好像在哭。后来支队长的嗓门高了起来，他的话清楚地传到院子里，黄胡子只顾擦着马，马只顾愉快地哼哼。

"你一定要去！"支队长说。

"我不去！"她抽抽搭搭地哭着，"你把我当成什么东西啦？"

"高司令的'夜来香'也去，你不去怎么行？"

"她是她。她是个什么东西？你把我和她看成一样了……"她又抽抽搭搭地哭起来。

"难道你们不是一样吗？"支队长怒冲冲地说，紧接着又轻声慢语好言抚慰，"行啦行啦，宝贝疙瘩，别哭了，把粉都哭去了。"

"肚里的孩子可是你的……"

"管他是谁的呢?"支队长有些不耐烦起来,"再说,我们一定能赢。这匹马越来越灵,你瞧黄胡子把它收拾得多漂亮!像个要上轿的大闺女。"

小老舅舅发现,黄胡子不停地斜眼看着挂在墙上的鞍具,斜眼偷看,他鼻孔里那两撮红毛一伸一缩,我知道,那怪物又开始吸食他的脑浆了。

黄胡子斜眼盯着那崭新的马鞍子,他鼻孔里那两撮红毛颤抖着,我知道,你知道什么?你什么都知道还要我说干什么?真是!啊,啊。头天夜里我就知道。锅里炒马料,炕热得像鏊子。支队长走后,我翻来覆去地睡不着。黄胡子也睡不着,他坐在炕前的凳上玩了一阵那个金灿灿的打火机,后来就把打火机扔到马尿里去啦。

一灯如豆,照着幽暗的马厩。红马在灯影里显得高大威武,马的大影子在伏满壁虎的墙上晃动着。小老舅舅睡不着,但也不敢翻腾,怕惹得黄胡子动怒,只好把身体使劲贴到墙壁上取凉,壁虎生有吸盘的脚在他身上爬行着。他看到黄胡子的两只眼像两粒火星一样,疲倦地闪烁着。那两只大手,巨大的手在灯的影里哆嗦着,一支纸烟笨拙地夹在指缝里,烟灰有一寸长了,还迟迟不落。黄胡子一动,烟灰落了,小老舅舅看到黄胡子站起来,还以为他要上炕睡觉呢,便赶紧把身体使劲往墙壁上贴,一只壁虎受挤,伸出舌头啄了小老舅舅一口,便箭一般射向墙壁高处,黑暗中壁虎爬动的沙沙声传进小老舅舅的耳朵,发出嗡嗡的回声。红马咀嚼草料的咯嘣声被突然放大了几十倍,马的长屁像军号一样悠长洪亮,一股腐草的味道扑鼻。黄胡子没有上炕,却掀开了炕席,拿出了几叠绿色的票子数起来,在灯影里,什么都飘忽不定,恍如幽灵,形影混淆,难辨真假,黄胡子的脸大如团扇,两眼放出的光比灯火还要亮。他用手指数绿钞票,数几张就把食指放到嘴里沾点唾沫继续数。起初小老舅舅还跟着黄胡子的手指悄悄数,数着数着就乱了套,其实黄胡子也数乱了套;后来,小老舅舅愈数愈迷糊,渐渐要入睡的光景,一团亮光把他耀醒了。他看到黄胡子手里擎着一张燃烧的绿钞票。钞票在火中弯曲着,火光照着黄胡子的脸和眼,他鼻孔里那两撮红毛抖动着。我知道那怪物又开始吸食黄胡子的脑浆了。火苗舐着黄胡子的手指,发出一股熟肉味。火灭了,那片卷曲的纸灰还有暗红未尽,噼噼地响着,往地上落去。

"我们一定能赢的,你瞧,红马都有点着急了,黄胡子也着急了。"支队长说,"你好久都不出门啦,今儿个也该出去散散心。"

黄胡子斜眼看着鞍具。

"黄胡子,备马吧!"支队长从北屋里跳出来。

她也跟出来了。

黄胡子垂着头,只有鼻孔里……他好像谁都不看,双手托着马鞍,轻轻地放在红马的背上。

支队长本来就俊,从北屋跳出来时更是拔尖的俊,真是个天上难找地下难寻的出色的好小伙子。他腰扎宽皮带,大热的天还戴着一副白羊皮手套。在梨树下,他抬手撕下一个小梨子,咬了一牙就扔掉了。

你说过那天你是去看过赛马的,小老舅舅。

你就是性急。

不是我性急。

你见过一等的好马鞍子没有?

没见过。

那怎么给你说呢?

黄胡子又点燃了一张绿钞票,火苗子,红绿相间的火苗子像小蛇一样沿着钞票的角飞快地往上爬,又烧着了他的手,墙上的壁虎都抖撅起来。

"走吧,今天都去。黄胡子,你甭克搐脸,我亏待不了你,"支队长看看坐在门槛上的小老舅舅,说,"小杂种,你也去。"

支队长携着她的手在前,黄胡子牵马在后,我在最后,黄胡子鼻孔里……吸食脑浆,不啰嗦了,狗都不想听了。

厢房里一股烧钱的味儿,烟把蚊子都呛跑了。

那彪人马是与我们同时到达比赛集合点的,人好久不见,见面感到亲热,马也是一样。你信不信? 信不信都由你。

我怎么敢不信呢?

高司令坐骑一匹黑马,这也是一匹龙驹,通体像煤炭一样,只有四只蹄子是白的,号称"雪里站"。这匹马远近闻名,年年比赛跑第一。支队长的红马咴咴地叫着,高司令的黑马和高司令的随从们的马也都咴咴地叫起来。

草地上早就扎好彩棚,是用苇席扎的。你怎么老是要刨根问底呢? 我怎么会知道苇席是从哪里买的呢? 你管这些闲事干什么? 高司令叫高什么? 你混蛋! 我知道他叫"高什么"? 他就叫高司令,大家伙那时都这样叫,到如今我难道还能给他变个名字不成! 他又不是我的儿,我怎么知道他的名字。就是儿子又怎么着,儿大不由爷娘,叫狗叫猫叫野兔子都是他自己的事……

小老舅舅,您得理也要让人么,我不问啦还不行吗?

高司令是个矮胖子,满脸黑油,与他的坐骑仿佛一个娘养的。矮归矮,胖归胖,但他上马下马却轻捷便当得很。他人也不难看,别看黑胖,人家黑得匀称,胖得瓷实,人家天生是当官享福的材料。高司令穿一身黑军装,戴一副黑手套,一嘴黑牙齿,像铁铸的一样。他说话声若巨钟,喜欢放声大笑,还喜欢跟小孩子逗趣,口袋里装着花花纸裹着的洋糖,见了长得好看的小孩就给糖吃。这不跟日本鬼子一样吗？怎么会跟日本鬼子一样呢？

几十个兵们聚在一起，握手寒暄着，都张着嘴，金光交叉扫射。所有的植物都不遗余力地把气味喷吐出来，草地上蒸腾着使人头晕的腥味。

高司令的宝贝儿"夜来香"骑在一匹黑骡上，黑骡背上搭着大红猩猩毡，两个兵把她架下来，可能是两个兵架她下骡时碰到了她胳肢窝里的痒痒肉，她咯咯地笑起来，所有的人都循着笑声看她。

支队长偷眼斜视着她，"夜来香"。

"夜来香"不高不矮，不胖不瘦，皮肤很白，眼睛不大，但水汪汪的像两粒葡萄。她的奇妙处在屁股，她的屁股使劲往上翘着，放上颗鸡蛋也难滚下来。

"宝贝，"高司令摸着"夜来香"的下巴说，"你愿意我赢还是愿意我输？"

"夜来香"抿着嘴，直瞪着满脸赤红的支队长说："我愿意你输！"

高司令抬手拍了"夜来香"一个嘴巴子，半假半真地骂道："臭嘴娘们，嫌俺老高长得丑？你愿意我输，我偏要赢！"

"老弟，看俺老高怎样摘你的玫瑰花。"高司令打着哈哈，转到玫瑰面前，玫瑰躲到支队长身后。"小美人，还娇羞娇羞的呢！待会跟着俺老高去吃香的喝辣的！"

支队长和"夜来香"用眼珠子打着信号，那群兵都抽着烟，打着哈哈，马儿们戴着铁嚼子，困难地啃着青草的梢儿。看热闹的百姓们都远远地站着，一个个瘟头瘟脑。被毒日头晒的。

黄胡子低垂着头，立着，拉着马缰，像一根拴马桩。他鼻孔里那两撮红毛抖动着，对，吸食脑浆。现在想起来，那群瘟头瘟脑的百姓们不知道怎样笑话黄胡子没出息呢。

红马背驮着油光闪闪的鞍鞯，轻轻地晃着尾巴，两个青铁马镫子悬在肚腹两侧轻轻摇晃着。远处,垂杨树上,有一只喜鹊在叫。

"夜来香"和玫瑰被供在席棚里,好像两件闪闪发光的珍宝。玫瑰玫瑰泪流满面。

玫瑰流泪多半是小老舅舅这个小杂种引起的。那天,他蓬头垢面,破衣烂衫,赤着脚,上唇上挂着两道清鼻涕,蹲在黄胡子身后,灰白的眼珠子惊讶又迷惘地看着坐在席棚里的人。赛马就要开始,小老舅舅占住要路,被一个兵扳着脖子投出去好远。

兵们都拉着自己的马退到后边去,只剩下高司令和支队长并马而立在起跑线上。一匹红马如火炭,一匹黑马如煤炭,一个黑人,一个白人。一个兵站在一侧,手里擎着一支小手枪,迟迟不动。两匹马都十分焦急,昂头顿蹄摇尾,急欲奔跑。草地一望无际,并无跑道,只在几百米处并排着几道架起的木杆,这是马儿要飞越的障碍。

有两个兵骑着马先跑向前去,那擎枪的兵看着那两骑,等到千米之外传来嘟嘟的哨响,擎旗的兵高叫一声:"预备——"

"啪!"一声枪响,黑马和红马几乎同时蹿了出去。

起初,马儿跑得还不是很快,能辨清蹄腿的移动,跑出几十米光景,马便铺平了身子,人在马身上也立了起来,腰往前弓着,马鞍空着,马尾张开,马身突然长了许多。红马像一条红线,黑马像一条黑线,贴着草梢往前飞。飞越障碍时,红马像一张红雕弓,黑马像一张黑雕弓。所有的人都看痴了。小老舅舅,这时,你想没想过要骑它?

ma! ma! ma! 我飞快地跑着,其实不是我在跑,是蹄子和腿自己在跑,是马的思想在跑。风贴着尖削的耳呼啸着,青草的芳香使我醺醺欲醉,我在我的脊沟里飞跑。飞越障碍,飞,四蹄腾空,白色的,硬木横杆,越,横杆被我的鼻尖触着,伸展腰肢,犹如一道流水缓缓飘落,障碍,飞过障碍,蹄子又触着了清香扑鼻的草地,弹性是那般丰富,奔跑是这样好,四蹄滚滚但有条不紊。我绷紧了。什么都在飞动。ma！马，你的背痛不？我的背被他的屁股蹾了一下子，一种针刺般的感觉沿着我的脊椎像电一般传开。

直到这时，两匹马还是齐头并进。

昨天夜里，黄胡子把鞍子拆开，红马愤怒地喷着响鼻，豆油灯上结了个豆大的灯花，迸然炸开，满屋油香，满屋烧钞票的味道。小老舅舅偷觑着黄胡子的举动。只见他从墙缝里掏出一个纸包，小心翼翼地剥开，剥出四根红锈斑斑的大针。烧钞票已令小老舅舅惊诧不止，黄胡子拿出大针，小老舅舅已是恐怖难忍了，他悄悄地把身体再往黑影里缩。黄胡子提着针，显得犹豫不决的样子。他把针扎进马鞍的棉皮夹层里。ma！红马在黑暗中顿着钢铁的蹄子，院子里的树木婆娑而响，有一个幽灵在黑暗中游荡。黄胡子警觉地竖起耳朵，听着院子里的动静。听一会动静，又低头看马鞍。小老舅舅看到他把针插进去拔出来拔出来插进去的良久不止，好像要用马鞍上的棉布擦拭针上的红锈，那四根针上的锈其实也被擦掉了不少。这种单调乏味的动作，无疑是催眠的良药，小老舅舅不知何时睡着了。醒来见一切如常，竟怀疑自己做了一夜噩梦。

双马跑到尽头，又绕着那两个骑马桩立的士兵窜了回来，这时红马黑马还是齐头并进。

席棚里，"夜来香"与玫瑰并坐，玫瑰脸色难看，脂粉被泪水破坏。她闻到"夜来香"身上有一股艾蒿的香气。

黄胡子蹲在席棚一侧，眯着眼，看那从遥远处滚过来的两匹马。眼见着红马领先了一个马头，看客们发出兴奋的嚎叫。黄胡子蹲着，像一块黑石头。

小老舅舅，据你猜测，黄胡子是希望支队长赢还是希望高司令赢？见鬼见鬼！我又不是他脑子里的虫子，他想什么，我怎么能知道？我们飞越障碍。黑马落在我的身后，我的屁股感受到它喷出的热气。飞越。飘落。有尖利的针扎在我的背上。落地时他的屁股猛蹾在鞍子上,尖锐的痛楚使我痉挛起来,全身拘禁,四蹄杂乱无章。黑马呼啸而过,它的尾巴像一把黑扫帚在我眼前晃动着。他用皮鞭抽打着我的臀,他的臀也开始用力来蹾我。

红马的突然落伍使看客们大惊。兵们狂呼:"玫瑰!玫瑰!输了玫瑰!"

玫瑰掩面抽泣。

黄胡子蹲着不动,像一块黑石头。

啄木鸟笃笃地敲着树干。

红马烦躁地尥起蹶子来,支队长的身体前仰后合,他手里的皮鞭像雨点般落在红马的臀上。

ma!天可怜见!最后一根横杆就在面前,黑马载着高司令一下子就蹦了过去,马,红马,我失去了勇气,但一股强大的力量催着我飞跃,不容我从杆下穿过去,不容许我绕过去,但这道横杆我是注定飞不过去了。

小老舅舅看到红马愚笨地跳起来,跳得很高,支队长横长在马背上,小老舅舅感到眩晕,急忙眨了一下眼,眨眼的工夫,红马从空中跌下来,连草地都震动啦。

高司令骑着黑马跑到终点。越过终点往前跑了好长一段,他才把马弯过来。他跳下马,双手高举,呼叫着:"我赢了!我赢了!玫瑰归我啦!"

红马跌落之后,黄胡子站起来,伸颈往落马之处张望,这时他听到席棚里一声尖叫,玫瑰晕倒了,也没人去救。"夜来香"气愤地骂起来。

几个兵向横杆下跑去。

你没近前看看?小老舅舅。

我也去了。红马躺在地上,浑身哆嗦着,深蓝的眼可怜巴巴地看着我。满眼里都是泪。ma！ma！ma！两个兵把支队长拉起来,他脸色像泥土一样,额上流着血。站起来后,他懵懵懂懂地转着圈,嘴里嘈嘈杂杂地骂着。他的腰弓着,浑身颤抖,满脸皱纹,好像突然老了几十岁。马的蓝眼里满是泪水。

"啊哈哈哈！"高司令挺着胸脯,扬着鞭子走过来,他大笑着,脸色如着釉的黑瓷,"老弟！你输啦！哈哈！你把玫瑰输啦！"

支队长掏出手绢揩了一下脸上的汗,拿掉手绢后,他的脸涨得通红,他用马靴踢了红马一脚,说:"妈啦个巴子,见鬼啦！"

这时她苏醒过来了。高司令就走上去抱她。她挣扎着,哭叫着。

高司令亲切地说:"宝贝儿,俺老高不会亏待你。"

"夜来香"气汹汹地嘟哝着,自己爬到黑骡上,用脚后跟踢几下骡肚,骡子转一个圈,慢吞吞地走了,沿着草地的边缘,见垂杨柳也不拐弯。

这时无人理睬瘫倒在地上的红马了。大家凑上去,围成一个松散的圆圈,看着高司令费神费力地想把玫瑰弄到黑马上去。

"宝贝儿,别哭啦,上马吧,上马,"高司令亲昵地说着,"上马,你看咱的小黑马,雪里站,是匹活龙驹,咱俩骑一匹马,俺抱着你,保你不落马。"

高司令拖拉着玫瑰,在拖拉过程中,他的胖胖的小黑手不断地摸着拧着她的脸和胸。她尖厉地哭叫着,抓着,挠着,她的指甲把高司令的脸皮抓破,留下几道粉红色的痕迹。

高司令有些恼怒,他用手摸着脸,脸上渗出的蛋黄色的液体沾在他的手上。他说:"你不走？老子毙了你！"

高司令把手按在枪把子上。

玫瑰惊惶地后退着。

高司令挥挥手,说:"捆起她来,这个臭娘们!"

那些兵走过去,拧住了玫瑰的胳膊。

玫瑰哭着,呼唤着支队长的名字。

小老舅舅,她毕竟是你的亲娘,她那样哭叫,你一点反应都没有?

小老舅舅说,我反应什么? 支队长和黄胡子都不反应,我反应什么!

小老舅舅蹲在红马身边,看着红马的眼睛。

你当时心里想什么?

我能想什么? 我只能看马的眼。

马眼里汪着泪水。墨水河里流着浑浊的水。十几天前刚下过几场大暴雨,河边上的沙土被抽打得坚硬如石,有的地方留着泻水的痕迹。沙里淤积着几只死去的小鸟,连日日头晒,鸟早臭了。马牙山上积雪几个月前就化尽了,山石和松树一种颜色。到处都是鸟叫声,草的腥香使人恶心。小老舅舅想吐。他的头皮刺痒,红马的肉一阵阵哆嗦着。它的脊梁骨扭断了吧。马的皮上一片片闪光的汗水,有几线红血从鞍子下流出来。ma! ma! 支队长的屁股蹾在鞍子上,蹾一下,那四根大针就下扎一点,终于扎进了我的脊梁。

支队长走到高司令面前,说:"这次不能算数!"

"什么?!"高司令发怒了,吼叫,"你他娘的是个男人还是个女人?"

"这次不能算数,"支队长胆怯地说,"因为我的马出了毛病。"

"狗屁!"高司令骂道,"不会凫水赖那玩意儿挂藻菜!"

"确实是我的马出了毛病,"支队长哑着嗓子,"本来我是跑在你前头的。"

"少跟我啰嗦!"高司令拍了一下枪套,"你要是认输,求情,没准我还把她还给你,跟我耍赖? 我杀了她也不给你。"

"把她捆上,弄回去!"高司令跳上马,夹夹腿,黑马开走,他又在马上回头,对着支队长啐一口,说,"你们他娘的军部里都是一群混账东西!"

高司令打马飞跑了。玫瑰被弄在一匹马上,四周被马兵们簇拥着,跟在黑马后跑起来。

玫瑰的哭叫声把马蹄声都盖住了。

那彪人马云团般飘走,见垂柳就拐弯。玫瑰的颜色在树林子闪烁着,一会儿就不见了。

草地上的看客也渐渐散去,只留下三个人和红马。

支队长六神无主地徘徊着,咕噜咕噜地说着话,听不清他说的是什么。

你还守着红马一动不动?

我还守着它。ma!ma!

小老舅舅看到支队长往红马这边走过来了。他的两条腿又细又长,微微有点瘸,一定是从马上掉下来摔的。他蹲下,察看着红马。

他突然跳起来,提着马鞭向黄胡子扑过来。他骂着,跳着,把蛇皮马鞭抽到黄胡子的脸上,脖子上。

黄胡子喉咙里忽然发出一声长啸,很像老虎的叫声。你听过老虎的叫声吗?你为什么又哆嗦?支队长惊怔着,停下马鞭,看着黄胡子的脸。黄胡子龇着牙咧着嘴,眼珠子通红,鼻孔里红毛乍开,一步步逼上来。支队长伸手掏出左轮枪时,黄胡子像墙壁一样倒在他身上。支队长被压在地上。两人喘着粗气,翻着滚着撕着咬着,把草地都压平了一片。

你赶快上去呀!

支队长总想掏那支左轮枪,精力不集中,吃了大亏。黄胡子瞅个空子,一口就把支队长的耳朵咬掉了。支队长丢了耳朵,更不济了。

黄胡子卡住了他的脖子,死命地往地下按,把骨头都捏碎了,把支队长的舌头都挤出来了,紫红紫红的,要多吓人就有多吓人。

后来,黄胡子站起来,他一站起来就晃荡,晃荡,晃荡,一头栽到草地上……

大外甥,挣你盒烟真是不容易,舌头都磨起了泡!啊,你真糊涂还是假糊涂?玫瑰肚里那个孩子就是你的娘,支队长,自然是你的姥爷。

第 三 梦
生蹼的祖先们

一

有一天,我送儿子去育红班学习。回来时,因为追赶一只大蝴蝶,我们冲进了红树林。在树林里,看到了很多有趣的事物。

我要先讲一些发生在红树林外边的事情,然后再带领大家进入红树林。

我儿子是个喜欢折磨小动物的怪孩子。他曾把小鸡抓住,摔死后,再用两只胖胖的小手扯着两条小鸡腿,用力一劈,小鸡就裂成两半。小鸡的五脏六腑流出来,热乎乎的腥味隔着老远就能闻到。他把大雨过后到地面上来呼吸新鲜空气的白脖蚯蚓抓住,用玻璃片切成碎段。白脖蚯蚓淌绿血。去年,老绵羊生了三只蓝眼睛、银卷毛的可爱羊羔,他看到羊羔就咯咯吱吱磨牙齿。我担心他发坏,时时注意防备,但终究还是被他钻了空子,把三只羊羔咬死了两只。他在进行上述的残酷行为时,脸上的神情是骇人的。我对他怀着敬畏。我们全家人都对这个不满三岁的漂亮男孩怀着深刻的敬畏。

有一天,因为他咬破了我侄儿的"小鸡子",弟媳找上门来,骂我娇纵。我忍怒不住,打了他一巴掌。他抱住我的腿,在我膝盖上咬了一口;裤子破了,膝盖上流出了血。咬罢,他用舌头舔着锋利的牙齿,冷冷地瞅着我。我的"父道尊严"受到很大的伤害,便顺手抄起一柄炝锅铁铲,对准他的头颅——他头上蓬松着一大团小蛇般的红发,宛若燃烧的火焰——劈下去。他应声倒地,四肢并用,在院子里滑动着。他滑行得飞快,手脚上仿佛都安装着滚轴。后来,他从地上蹦起来,面对着我们,眼睛瞪大,嘴巴张开,吼叫了一声。我浑身一颤。他咬牙切齿地、用嘶嘶哑哑的苍老声音说:

"你敢打我,

我就咬你;

你用铲子劈我,

我就让草垛着火。"

他的话音刚落,老杏树下那个陈年积月的柴草垛里就发出了哔哔剥剥的细微声响,几缕白烟从柴草缝里袅袅地升起来。我们目瞪口呆。母亲浑身发抖,两股黑血从鼻孔里蹿出来。儿子冷冷地笑着。白烟由袅袅变为熊熊,终于发出一声巨响,蓝色和黄色的火苗夹杂着,升腾到两米多高,把杏树上的绿叶和黑枝都引燃了。嫩黄的"瓦罐虫"纷纷跌落,在火焰中跳舞。烧得半熟的刺猬和黄鼬发出扑鼻的香气,翻滚着从火堆里逃出来。黄鼬成了黑丝瓜,刺猬成了黑倭瓜。面对此情此景,我们还能说什么呢? 我们都不说。在强劲的火焰里,碧绿的杏叶哆嗦着,卷曲着,燃烧着,爆响着。炝锅铲子从我手中脱落,缓慢地跌在碎石铺成的甬路上,叮当响了一声。儿子对着我微笑着。风随火生,火苗又被风吹得啵啵乱响。他头上一绺绺的红发飘动着,好像在海水中飘动的藻类。母亲慢悠悠地坐在甬路上,眼睛里湿漉漉的,眼球极有光彩,宛若浸泡在碧水中的雨花石。我的弟媳满脸的惊愕,扭动着丰满的屁股,急匆匆地逃走了。儿子对着她的背影,用那种嘶嘶哑哑的苍老声音说:

"长舌头老婆,

快去给'团结'(我侄儿的名字)的'小鸡'搽药。

你要再敢告我的状,

我就叫你家房子起火。"

弟媳慌忙转回头,双手抱在胸前,作着揖说:"好侄子,小老祖,婶婶再也不敢了。"

儿子找了一柄粪叉,叉着一只刺猬,擎到火里去。他的小胳膊竟能端起一柄沉重的粪叉和一只大刺猬,也属奇迹。热浪在院子里翻腾着。我们离着火堆很远,尚且感到皮肤发紧,奇痛难挨,可儿子站在火边,无事一样。我老婆纳着鞋底子从屋子里走出来。她脸上挂着恬静的、贤妻良母式的微笑。她先用粗针锥在厚约两寸、坚若木板的鞋底上攮出一个眼,然后,把引着的大针递过去,再把麻绳哧楞哧楞抽紧。为了增加润滑减少涩滞,她不断地把针和绳往头发上蹭着。我老婆说:

"青狗儿,你在那儿胡闹什么?"

儿子乳名青狗儿,是我老婆的姑妈给起的名字。我当初曾坚决反对用"青狗"命名我儿子,但我老婆哭啦,哭得很厉害,说是谁敢违背她姑妈的意思绝没有好下场。我一想,反正儿子也不是我自己的,叫什么还不行?再说,名字就是个符号,如若不好,长大后再改就是。于是我儿子就成了"青狗儿。"

青狗儿对着烈火和浓烟,眯着相对他的脸庞来说是巨大的眼睛,小巧玲珑的鼻子上流着汗珠。

我老婆又问了一声。

青狗儿说:

"娘,我烧刺猬呀!"

"烧刺猬干什么?"

"吃呀!"

"烧刺猬给谁吃?"

"我吃你吃爸爸吃,爷爷吃奶奶吃叔叔吃,不给婶婶吃,姑吃姨吃舅舅吃,不给姥姥吃。"

"就那么只小刺猬,你分了多少人?"

"我吃肉你吃皮爸爸吃肠子,爷爷吃心奶奶吃肺叔叔吃爪子……吃了不够再烧只。"

"行了,别烧了,天要下雨啦。"我老婆仰起脸来观察了一下天空,说。

空中的乌云骤合起来,利飕的东风送来了红色沼泽里的腐臭气息。几道暗红的闪电划破天空后,远处滚来沉闷的、持续不断的雷声。一片片灰白的大雨点子落下来,火舌嗞嗞地响着,也许是雨点嗞嗞地响着,院子里回荡着温暖潮湿的腥风。我们掀起被葫芦蔓和干海草遮住的门洞,钻进屋子里避雨。

我最先钻进屋子里,为了表示对长辈的尊重,我站在门洞旁边,用手撩着葫芦蔓和漫长柔软的海草,好像撩着珍珠串做的门帘一样。我老婆把麻绳子缠在鞋底上,把针和针锥插进麻绳和鞋底之间,把鞋底夹在胳肢窝里,腾出手来,把遮住另一半门洞的葫芦蔓和海草撩起来。我们夫妻二人傍在门洞两边,好像两位彬彬有礼的服务员。

像影子一样飘忽不定的父亲依附在母亲的臂膀上,率先钻进门洞。父亲的胡须上结着一层五彩缤纷的冰霜,双眼像冰冷的玻璃珠儿,滴零零地转着。门洞里走出一位身材窈窕的女子,年方二八,粉脸丹唇,细眉修目,纤细的手指犹如雪亮的蛇蜕,一只沉甸甸的鸭蛋青色玉石镯子套在长长的腕子上。她高举着一支火把。金黄的火苗轰轰隆隆响着,青烟袅袅上升。生满青铜色苔藓的墙壁上,伏着一些肥胖的壁虎。它们每五只为一组,都把宽阔笨拙的嘴巴凑在一起,身体呈放射状散开,构成光芒五射的图案。而这一组组或曰一簇簇的壁虎又构成一幅更大的图案,好像一支巨大的纺锤。火把金黄的影子在墙壁上晃动着,壁虎们凸出的眼睛发射着粉红色的光芒。它们有时集体吐出枝杈状的舌头,舌头也是粉红色的。火把上燃烧的油滴不断地下落;空气咝咝的叫声随着垂直下落的火线响起。

我和妻子相视一笑。她的嘴巴在微笑中总是呈现出一种妩媚又凄楚的倾斜状态。她的微笑使我微微眩晕,这感觉,与多食红茎薇菜的感觉颇为相似。

地面上布满光滑的卵石。卵石大小一致,好像是精心挑选出来的。母亲小心翼翼地走着,一副生怕跌跤的态度。父亲则显出惊惧不安的样子,好像惧怕火光,也许是惧怕那些遍体疣瘤和鳞片的壁虎们。

很多熟悉的面孔从我和妻子面前滑过去,我们来不及打招呼,只好频繁地点头示意。也有一些不熟悉的面孔,但我们知道他们都是我们的本家或是亲朋,都不是无缘无故地出现在我们的面前,所以,我们对他们表示了同样的热忱。

最后,竟然有两只头上生着赘疣的大鹅也冲进了门洞。它们高扬着细长的脖子,沙哑地鸣叫着,从我们面前跑过去。我老婆抬起脚去踢后边那只白鹅肥腴腴的屁股,滑脱的鞋子疾速地射进门洞里去,碰到那位举火把的姑娘膝部。姑娘无动于衷。我妻子羞羞答答地只脚跳过去,把鞋子穿上。葫芦蔓和海草瀑布般地掩住了半片门洞。

院子里大雨滂沱,火焰的颜色在灰白的雨幕上变得暗淡。青狗儿还站在火前,挑着那只刺猬烘烤着。雨珠儿落在他的头发上,似乎都立足不住。我呼唤他进门洞避雨,他答应着,挑着那刺猬,嘻嘻地笑着,跑了过来。妻子赶紧把葫芦蔓和海草撩起来,迎接青狗儿进门洞。适才的奇迹留给我的深刻印象尚未消除,所以他从我面前跳过时,我稍微有点儿胆寒。

现在院子里只有利箭般的急雨和即将熄灭的火焰了。水中的火烬吱吱叫着,白色的炽气在地上缭绕,浑浊的流水表层漂浮着草木灰,翠绿的鸳鸯鸟从墙外飞来,落在甬路上,成双成对地依偎着,互相用稚拙的嘴巴蘸着肛门里分泌出的油脂,涂抹着羽毛。一阵阵疾风刮过,把雨的帘幕撕破。鹤的尖厉叫声从云端里传下来,因为云雨的阻碍,已变得柔和暗淡,失去了夺目的光彩。我猜想附近发生过龙卷风。几百株完整的荷花随着暴雨倾泻到院子里,有的落在甬路上,有的落在甬路两旁浑浊的积水里。鸳鸯受到了惊吓,扑棱棱低飞起两只,彩色的羽毛在灰白的雨幕上闪烁着,色彩湿润。有一股水生植物的滑腻的腥气。肥大的藕瓜被雨水冲洗得干干净净,结节处蓬松着杂毛。荷叶翻卷,狼狈不堪。花瓣浸在水里,幽淡的清香几乎被汹涌的水腥浪潮淹没,非用力难以辨别出来。一群大小不一的鲫鱼在水里挣扎着。积水不深,小鲫鱼尚能直立游走,画出一道道豁然开朗的水迹;大鲫鱼只能侧歪着身体拍水。

  我老婆卷起裤腿,从墙上摘下一只尖顶斗笠,扣在头上。雨水里洋溢着腥冷的凉意。她走时腿脚高抬慢落,像一只在雪地上行走的母鸡。我默默地注视着她。什么也不说,什么也不想;什么也不愿意说,什么也不愿意想;没有什么好说的,也没有什么好想的。凌乱不堪的风雨声震荡着我的耳膜,倦怠和麻木接踵而至。夏季的雨日里,所有的声音和味道都有强烈的催眠效应……炕席是黏腻的,空气是浑浊的,灵魂浑浑噩噩……她双手按住一条宽大肥厚的鲫鱼。鱼尾波波击水,水珠溅起时竟然变成明亮的珍珠了。鲫鱼吱吱地叫着。我深刻地理解着鲫鱼深刻的悲哀。

  她双手紧紧地攥着那条大鲫鱼,站在我面前,好像刚刚犯了严重错误的小女孩一样。我模模糊糊地意识到她祈求我说一句话,无论是什么话都会让她心安理得。我不能说。珠光宝气的鱼鳞开始脱落,有的沾在她手上,有的落在她赤裸的白色脚上。这是个令人终生难以忘怀的时刻：在我们身外的广大天空里，射下了一道极端辉煌的、血一样颜色的、血一样浓厚的阳光。急雨依然如故，荷花们乱纷纷昂起浸淫在污水中的头颅。我听到她呻吟了一声。鲫鱼颤抖着尾巴，墨绿色的鱼卵从她的指缝里哎哎哟哟地挤出来。她扔掉了鲫鱼，把沾着鱼卵的手往衣襟上擦着。那条鲫鱼跌在甬路上，呱唧一响，发出响亮的水的声音和肉的声音。一摊鱼卵弥漫在甬路上。它可怜地弓身跳跃着，终于入了水；水面立即漂浮起一层银光闪闪的鱼鳞。鸳鸯们摇摇摆摆地踱过来，它们的体态与神情和野鸭子毫无差别。

　　妻子对我笑了。她脸上的肌肉有轻微的痉挛；那笑容也就显得勉强、僵化、表里不一。我也只好回报她一个类似的笑容。这与前面的"我和妻子相视一笑"是一回事，她的嘴巴在凝固的微笑中不可避免地又呈现出轻微的、令人不忍正目而视的倾斜状态。

　　我们好像依傍着，但实际上隔着很远，就这样钻进了门洞。葫芦蔓和海草立即垂挂下来，遮掩了门洞。风风雨雨被抛弃在身外，只有那嘈嘈切切的雨声和屋顶上击鼓般的轰响，唤起我们对历史的一些杂乱无章的回忆。脚下的卵石湿漉漉的，水在地下流动，叮叮咚咚的清脆水声上达地表，在空空荡荡的门洞里回响着。水声使火把映照出的奇异景象更加迷人。持火把的女子用大而无当的眼睛盯着我们。她身上散发着浓重的樟脑的味道，我暗暗猜想，也许是从她那些飘飘袅袅的衣服上发出来的樟脑味道吧？火把上滴落的油火流淌在她裸露的腕子上，烫得她的皮肤嗞嗞乱叫，我心中恻隐发动，便说："姑娘，您回去吧，我们摸索着也能找到要去的地方。"

　　我老婆弯腰捡起一块卵石，猛烈地砸在灯影辉煌的墙壁上。激起的声音竟和鲫鱼跌在甬道上的声响那般相似。我看到一根惨白的神经抽搐着、颤抖着，把两个声音联系在一起。尽管它们拼命挣扎着，好像要摆脱命运般地挣扎着，但毫无结果。一根光滑的、烫着松鹤图案的长木杆子把那根联接着两个声音的神经挑起。它们收缩着、颤动着,宛若盘中蒸熟的蹄筋。木杆用力一甩,它们流星般射走了。起码有三只壁虎被石头砸死,它们随着卵石落下来。墙壁的根处盘踞着一些猩红的植物,叶片不像叶片好似一些大张开的嘴巴。壁虎落到那些叶片里,随即无影无踪。幽暗中响起一片吧嗒嘴巴的声音,我悟到那是植物们发出的声音。墙壁上的纺锤图案变化很快,好像质量低下的国产电视机屏幕上的图象。在这变化过程中,数不清的壁虎尾巴急雨般落下来。猩红的植物欢欣鼓舞,叶片齐鸣,好像一群孩子在欢笑。

我老婆又捡起一块更大的黑石头,意欲掷向墙壁,被我拦住了。我捏住了她的手腕子。她恨得咬牙切齿,用另一只手奋力抓着我的胳膊。我寻找到她肘部那根麻筋,轻轻一拨,她全身便酥软了,黑石头掉在地上。

那位持火把的姑娘嘴角上挂着一根血丝,站在我们前边迎着我们。门洞的深处有一个洪大的声音在呼唤着我和我老婆的乳名,一声紧似一声,容不得我们再有丝毫怠慢。

待到我们离她有三步远时,她倏忽转身,高举着火把,引导着我们往前走。事实上她放出的樟脑味就足以引导我前进,何况还有像金子般温暖和明亮的火把呢!

卵石上踞伏着一些鸡蛋大小的蜗牛,促使我们不得不像跳舞一样,寻找没伏蜗牛的卵石落脚。不知什么缘故,我老婆突然弯下腰呕吐起来。她伸出一只胳膊,好像要扶住什么东西。墙壁是断断不可扶的,卵石堆里也没生出可供扶援的树木,万不得已,我伸出一只胳膊,架住了她伸出来的胳膊。看别人呕吐比自己呕吐还要难受,这话一丁点都不假。她的呕吐声在门洞里盘旋飞舞着,像一堆绞在一起钻来钻去的黏蛇。我被她那两只闪烁着绝望之光的眼睛触动,怜悯之情犹如长江大河滔滔滚滚而来。我用空闲的手拍打着她的脖颈和脊背，祈求着她把该吐的东西全吐出来，解放我也解放她自己。潮湿的水边处处可见的那种红色的小线虫成群结队地爬上了我的腿，已到达膝盖之上，它们还在继续上爬。脚上奇痒怪痒。它们越往上爬我越感到难过，我简直不敢想象它们在我的生殖器官附近爬行时，我的精神是一种什么样的状态。她撕扯开了衣扣，袒露着胸膛。有一个鸡蛋大小的东西凸起在她的双乳之间——与咽喉成一线——上下滑动着，她的呕吐就是因为这物。我盼望着她能把它吐出来。它的确勾起了我的好奇心——人总是对自己身体上的奇异之物和他人身体上的奇异之物表现出一种病态的、因而也就十分强烈的兴趣。我想帮助她，把这滑动的怪物挤出她的喉咙，但她决不允许我的手抓住那物。她越不允许我越想抓住它，于是我们就纠缠在一起，半像打架半像游戏。

  这场游戏足足持续了有半点钟，几乎耗尽了我的精力。她的呕吐也许从我想触摸它而她竭力保护它时就停止了。红色的线虫正往我的肚脐里和肛门里钻着，奇痒难挨。我顾不上她，松开她，用手掌频繁地打击着下肢和腹部。持火把的女人目光炯炯地盯着我，迫使我不得不忍受着痛苦而暂时放过身体某些部位为害剧烈的红线虫。我整整衣服，竭力装出一种温文尔雅的骑士风度来——一种一口唾沫就能啐破的虚假的骑士风度，与我老婆相傍着，用手挑着她的巨臂，昂首挺胸往前走。持火把女人的樱桃小嘴两边浮起一些非用尽心思就难以发现的嘲讽的微笑。我仿佛在大庭广众里被撕掉了最后一块遮羞布，战战兢兢，头晕眼花，差点儿栽到卵石上。栽到卵石上的丑态是无法形容的。这要特别感谢我老婆，她在急急如燃眉的关头拉住了我的胳膊。

  我们终于又能道貌岸然地往前行走了。道路渐渐高起来，顶上的穹隆也渐渐高大明亮了,脚下的卵石也大而干燥起来,两边的墙壁也比较光洁了。墙壁上有着云团般的水迹,我猜测这里的一切都被大水淹没过。

持火把女人引导着我们攀登一道道又高又陡的台阶。台阶是用石头砌成的。石头的种类很杂,有火成岩,有沉积岩,也有地壳大变动之前早就形成的、最最古老的岩石。但不管是哪类石头,都凿得平整光滑,长短与厚薄相等,宛若一个模子浇铸出来的产品。石头上附着一些干燥的苔藓,脚踏上去就化为呛鼻的绿烟升腾起来。

起初我还默记着石阶的级数,借以排解、减缓红色线虫为我制造出来的千丝万缕的痛苦。数到一千零一级时,一个杂念——阿拉伯《一千零一夜》的故事冲进了我的脑海,它们争相向我诉说它们这些年来遭受的磨难,我好言抚慰着它们,好像一个接待来访农民的、恪尽职守的县长。就这样,我把台阶的级数给忘记,欲待重数,既不可能,又毫无意义了。

在台阶上行走着,我感受到一种巨大的压抑,这压抑本来是属于一步步下到地下宫殿里的人的,但它却不合时宜地出现在我身上。我是一步步往上爬行着啊!我是一步步走向光明啊!可我每时每刻都感觉到、触摸着它。

终于,台阶中断了,我们拐进了一个装饰着五颜六色贝壳的小房间。贝壳镶嵌在描着龙和凤的塑料贴墙纸上,构成两个纺锤形的图案。地面上铺着一块方方正正的地毯,真正的羊毛地毯不是伪羊毛地毯。脚踩上去,仿佛踩着柔软的淤泥。地毯上织着金黄色的纺锤图案。地毯的基色是墨绿色的。小房间通往里面有一个很大的门,门口上悬挂着用紫苏子珠串就的帘子,轻轻一碰就发出吐噜吐噜的响声。隔着珠帘,我看到里边的大厅和大厅里影影绰绰的人物,杯盘刀叉碰撞,多少人窃窃低语,好像在开一个重要的会议。火把女郎用

嘴巴示意我不得窥视大厅里的情景,我点头表示道歉。我老婆怒吼着:

"这房子是我们的,凭什么让你们霸占?"

有两个身材魁梧、身穿橘黄色号衣的女人从珠帘后钻出来,也不说话,一左一右,把我老婆夹持起来。左边那位腰里鼓鼓囊囊的,我担心那里藏掖着一件能置人于死地的法宝。果然有法宝。她掏出了一个用天鹅绒包裹着的、用名贵的紫檀木精心制成的纺锤对准我老婆的后脑勺子轻轻一击,我老婆就像堵墙壁一样倒在地毯上。她们把她翻转得仰面朝天。右边那位黄衣女人掏出一张伤湿止痛膏,剥开,用嘴巴哈哈,然后像往锅沿上贴饼子一样,把伤湿止痛膏贴到我老婆的嘴上。我惊愕得不能动,眼睁睁地看到她们把我老婆抬到一个房间里去了。

铺地毯的小房间里只剩下我和手持火把的女郎。她的眼睛被火把映照得宛若珠贝。她对我点点头,然后转过身去,往前走几步,墙壁上一扇暗门豁然开启,门里黑乎乎的,不知道有什么名堂。女郎看着我,举着火把走进门去,我迷迷糊糊地、不知不觉地跟着她往黑暗里走。火把高擎,把半圆形的房顶照亮,一根鲜润如翠玉的丝瓜从上边垂下来,丝瓜的尾巴上还悬挂着黄花,黄花过于漂亮,好像用绢做成的。很久之后,我才想到,为什么只有结黄花的丝瓜而没有丝瓜叶子呢?为什么只有白色的蛱蝶在丝瓜间翩翩起舞,而不见金色的蜜蜂采花酿蜜呢?女郎把火把插在墙壁上,拿出一根火绒,点燃了十九根粗大的蜡烛,周围立刻辉煌无比。墙上渗出的水珠像珍珠一样。她单薄如蝉翼的衣裙被烛光照彻,里边的肉体如同裸露。她看着我笑,我羞愧得无地自容。她摸了一根红粉笔,往一块石板上写字,她写了些什么字呢?她写了些这样的字:

我是你的老姑奶奶!

我羞愧得无地自容,她看着我笑。

她扔掉粉笔,推开一扇门,显出一个房间。房间地面上铺着雪白的瓷砖,正中有一个贮满热水的大浴池。水里有一股浓重的硫磺味道。她把我推进房间,自己也跟进来,顺手把门关上。房间的天花板上射下一片橘黄色的柔和光线,热气升腾,变成彩绸般的云雾。她也不管我,自己脱了衣服,纵身跳进池水,把热水溅起不知有多么高。我摸着腮上被热水烫得麻酥酥的地方,心烦意乱地看着她在池水里游泳。她游泳的技术娴熟优美,确实不可多得,我看得有些发呆。后来她仰在水面上,眯缝着眼对我微笑着。那些水从她皮肤上流过来流过去,她的皮肤好像有一层油脂,水无法濡湿它。

我的身上又有了被线虫骚扰的痛苦。她好像早就知道,举起一只手,招呼着我。我犹豫了一下,便开始脱衣服。脱最后一件时,好像在犯罪。但终于脱掉了。我纵身一跳,便进了池子。水烫得我几乎要窒息,我本能地想跳上池去。她飞身一跃,像一条大银鱼,扑到了我身上,抔着我的脖子,把我按到水下去。她用手抓我,用脚踢我,用牙咬我。后来,她放了我。我筋疲力尽地爬上池子,坐在冰凉的瓷砖上,垂头丧气,无声地哭泣着。

门外有人在走动,紧接着响起敲门声。她举起一只手,示意我不要轻举妄动也不要哭出声音来。我全部照办。她按着池边,缓缓地把身体从池水中拔起来。因为胛骨高耸,她的背上显出一条沟。水珠从她的修肩上流到那条沟里去。她的臀和腿也出了水。一切都显得美妙无比。敲打门板的声音愈来愈急促和响亮。她站在池子对面,背对着我,静默三分钟。突然间她转过身来,正面对着我,脸上是那般神秘的、诡奇的笑容。她这种笑容人世间难寻找,一见如故,终生也难以忘怀。保持了这姿势几分钟,她。门板的巨响好像无法进入她的耳。她从一个地方拿起一节蜡笔状物,然后仔细地涂抹着乳头。她的两只乳房笔直前挺,乳头微微上翘,这在有着巨大吸引力的地球上,简直是不可思议的奇迹。她把一只乳头涂成粉红色,宛若一颗水灵灵的樱桃。她开始涂抹另一只乳头时,我吃惊地发现:她的手指之间生着一层粉红色的、半透明的蹼膜。她的脚趾之间也生着同样的蹼膜。这是怎么回事呢?我想,人为什么要生蹼膜呢?我感到恐惧,跳起来,抄起衣服,向门口逃去。她的一只滑腻的手搭在了我的肩膀上。我无法不回头。她的脸姣姣如中秋月,嘴里喷出如兰如麝的气息。她用硬邦邦的乳头蹭着我的皮肤,蹭着我的皮肤蹭着我的皮肤。

她是我的老姑奶奶。

我的生蹼的祖先。

这个似梦非梦的情景到底意味着什么呢?我说不清楚。

有一点我可以对天发誓,我没有犯乱伦罪。她手脚上的蹼膜造成了我的巨大心理障碍,使我免于陷进罪恶的深渊。她的手尽管温暖如棉,但她按着我的肩膀时,我感觉到的却是彻骨的寒冷。

她轻轻地叹了一口气,吹拂着我耳朵后边的茸毛。忍不住回过头去,我看到了她眼睛里流露出的凄凉景象。我说:

"您不要悲伤,这不算什么事,到医院去,找外科医生,做个蹼膜切除术,您就会成为天下最美丽的女人。"

她被我的话吓得哆嗦起来,嘴唇都盖不住牙齿,双手袖到背后,用屁股遮掩着。我低头去看她的脚。她发出一声尖叫,跳到池水中去了。

我匆匆穿好衣服,拉开门。妻子在门口怒目而视。她的嘴上还贴着那张伤湿止痛膏。敞着怀,她,那只鸡蛋大小凸起的异物在双乳之间滑行着,上升到喉咙啦!我伸手揭掉她嘴上的膏药。她紧紧地捂住嘴巴,逃命般地跑了。门内的池水里,有嘡嘡啷啷水声,沉在水声之下的是低低的哽咽。

我的心一点都不轻松,但我能说什么？又能帮助她做点什么呢？

我沿着我老婆的气味往前走。低垂的丝瓜不时被我的脑袋撞晃。蜡烛泪水涟涟,并且每支都结着大烛花。火把早已熄灭,只余一点余烬。我摸摸索索地往回走着。灯光之外,有一些调皮的手伸出来抚摸我,每一只都生着蹼膜,被灯光映照,呈现温暖的暗红色调。渐渐地习惯了,我对这些抚摸我的手报以嘴唇的轻轻接触。灯影之外响起一片感动的唏嘘之声。

生蹼的祖先们在哭泣。

掀开草珍珠串成的帘子,我一步闯进了灯火辉煌的大厅,这里果然正在举行一个严肃的大会。开会前照样先由技艺惊人的艺术家表演各种节目。有歌舞,有斗兽,有耍蛇,有杂技,还有隆鼻蓝眼的外邦人表演的幻术。孔雀在座椅之间徜徉着,过道上摆着一盆盆名贵的黑色丁香花。我儿子从一只倒在地上的大木桶里钻出来。我惊讶地问:

"青狗儿,你怎么也在这儿?"

他问:

"俺娘跑到哪里去啦?"

我说:

"她被人抓走啦。"

他说:

"你这个狼心狗肺的东西！你一定把俺娘给卖啦！"

二

我不是跟你说我跟着我儿子冲进了那片红树林吗？这是一次迷

误的旅程,想起来就让人痛苦万分。关于那片红树林,说法极多,互相攻击,自相矛盾,也就等于什么也没说。我爷爷在世时,不知多少次警告我:千万不要到红树林里去。每逢夏日,树林子里就放出令人闻之醉倒的香气,十分诱惑我;我是爷爷的好孙子,一直恪守着祖训。

爷爷死啦,死啦有多少年啦? 在座的人无一能数算出来。

四老爷和九老爷相继死去之后,爷爷就成了族里的首长,因此,他的葬礼是很隆重的。阖族的男女老幼都来啦,还来了一些外乡的亲戚。有一位个子矮小、患有哮喘症的人是从河对面凫水过来的。正值夏季,河里洪水滔天,水势湍急,他居然能凫过来,是半个奇迹。母亲让我称呼这个人为小老舅舅。我从来没到过外婆家,对这个小老舅舅的真实性半信半疑。他身背两个去年的完整大葫芦,手里握着一束鲜红的玫瑰,一束七枝,每朵花都如海碗口大,花瓣层层叠叠,散发着醉人的怪香,无疑是珍奇的种子。母亲接了那束花,触到鼻子下嗅着。小老舅舅把葫芦摘下来,挂在鸡爪树的斜枝上。母亲进屋去找来一杆十六两为一斤的旧秤,把那束花挂在秤钩子上称了称。七枝花总重量三斤八两,母亲对我说:

"儿子,算算,每枝花重多少?"

我从口袋里掏出圆珠笔和算术演草本,想列一道算式。我有个很好也可能很不好的习惯,不论计算什么,都要把数字附着在形象上;我不善于抽象运算。有了这习惯,如要进行哪怕是十分简单的运算,也要先编出一道应用题。我开始编应用题,编题之前先告诉你一件事。不是事。是一首歌谣。也不是歌谣。是一个口诀。画扑灰年画的口诀:

哗哗哗,一溜栽花;胡萝卜缨子芥菜疙瘩。大笔挥舞,小笔勾画,要想活快,就用扫把。

你一定认为我是在胡诌八扯对不对? 我们都奇忙怪忙,别啰嗦。

这是形容我编应用题的速度惊人呀！我是如何编的呢？这样：

有一天晚上，月亮还没升起来，星星早就出来了。蚊子们嗡嗡地叫着，屋子里刚刚掌起灯。俺爷爷蹲在丁香树下一块光溜溜的石头上。俺娘、俺姑姑都在这块石头上捶布。爷爷吃了一个小银瓜，然后说：

"你们都给我过来！"

我们都过去，围绕着他站着，像众星捧月一样。这时月亮升起来，一群星星围上去。母亲问：

"爹，您老人家有什么事？"

爷爷暂时不回答。他双手抓着丁香树，使劲晃了三晃。黑色的丁香花粉升腾起来，宛如浓烟暴尘，把我们淹没了。好久我们才挣扎出来，重新见到清凉的月光。我鼻孔发痒，头晕；抬起一根手指挖挖鼻孔，响亮地打一个喷嚏。大家一起打喷嚏。唯有爷爷不喷嚏，我的喷嚏最响亮。两只紫色的大鸟拖着绶带一样的长尾巴，从屋子里飞出来，在丁香树上空盘旋着，鸟的尾巴翻来覆去地飘扬着。爷爷松开摇晃丁香树的手，一抹晚霞照亮了他的两只眼睛。

母亲说：

"爹，您老人家心里一定有事。'眼睛是心灵的窗户'，您心里的事从您的眼睛里流出来啦！想瞒也瞒不住！俗话说，'纸里包火藏不住，头上三尺是青天'！"

爷爷悲悲凄凄地说：

"孩子们，还记得我爷爷的爷爷是怎样把皮团长送到红林子里的吗？我给你们说过多少遍的！"

记得。

记得。

他把皮团长放在青石牛槽里，用放了硫磺、雄黄、朱砂的温水冲洗得白白净净,然后抱到牛皮褥子上,晾干了。我们看到皮团长时,皮团长穿着黄呢子军装,马靴子锃明瓦亮耀眼明,全身捆绑着青草和鲜花。他用一把生锈的镊子,专心致志地拔着皮团长脸上的毛。什么眉毛、睫毛、鼻孔毛、嘴巴毛,见毛就拔,拔得一根也不剩。后来又扎了十六个磨盘大的鹞子风筝,选了个刮和风的黄道吉日,齐齐放起来。风筝们没命地往云端里钻。每只风筝都拖着一条长长的红绸飘带,飘带上用黄金丝线绣着"革命"字样。满天"革命"飞舞。风筝的线连系着皮团长的身体。大家击鼓呐喊,眼见着皮团长就升腾起来。升到五十米高处便不再升高,悠悠地往前、往红林子上空飞翔。这时他从腰里拔出枪来,把风筝的连线统统打断。风筝们栽下来。皮团长也栽下来,大头冲下,双脚冲天。军帽脱头,滴零零旋转如飞轮。皮靴亮晶晶。鲜花啦绿草啦一律下垂。鲜花啦绿草啦一律上指。就像一颗璀璨的大流星。皮团长腆着一个大肚子,肚脐眼犹如一眼深深的井。他用丝瓜瓤子蘸着温水把皮团长擦得干干净净,然后为他穿戴上黄呢子军装。军装上缀着镶嵌金丝的肩牌,肩牌上悬挂着丝线流苏。流苏下垂,在鲜花与绿草当中十分显耀。那天,插遍皮团长一身的,是一种珍异的蓝眼睛花,粉红的花瓣上镶着耀眼的蓝边。这种花据说红林子深处才有。他为了装饰皮团长,难道进过红树林?他把一束束蓝眼睛花插到皮团长的口袋里、钮扣与钮扣之间的夹缝里、军装领子与脖子的夹缝里、马裤与马靴的夹缝里;花束与花束之间连络着柔软的绿草。蓝眼睛花下垂着,有的脱落出来,在空气里漂流着。皮团长垂直落在红林子深处,一点声音也没有。一群金光灿灿的小鸟从林子中弹射起来,好像重物砸在淤泥之中溅起来的泥巴。风筝们也挂在树枝上。不知不觉到了晚霞绚丽如火的时刻,那些树枝一如浅海里的珊瑚,美丽,坚硬,轻轻地呼吸着。温暖的沼泽风吹拂着风筝的飘带:革命革命革命……革命在晚风中飘扬。他把放风筝前缠线的牛膝骨纺锤抛进红林子里,砸在树枝上,啪啪地响。送葬的人都呆呆地立着,枯木朽株一般。那只白鹤向着晚霞深处飞去,终于变成了一个极小的紫点,又终于连紫点也望不到。众人一直延颈张望,状若鹄立,到了晚霞消失、一钩弯月挂在了山尖上的时候。

母亲用戴着玉石戒指的手指,指点着环绕在丁香树周围、环绕在爷爷周围的我们,朗朗地说:

"爹,有什么话您就说吧,这里没有外人,都是您老人家繁殖的后代。"

爷爷叹息一声,说:

"你们睁大眼睛!"

我们睁大眼睛,黑色的丁香花粉在我们面前飞舞,鸟的长尾在花粉里搅动,爷爷的眉毛上沾着一层花粉。

他把紧攥着的双手捅到我们面前,笑眯眯地说:

"你们猜猜看,我手里握着什么?"

我们都摇头晃脑,表示猜不出来。

爷爷对我说:

"你来猜。"

我说我也猜不出来;爷爷让我瞎猜胡猜。

我说:

"您手里握着金条!"

"还是这个大头的孙子聪明!"爷爷夸奖着我,把双手张开,说,"我手里有十根金条。"

他手里什么都没有。

母亲笑着说:

"爹,您是逗着我们玩呢!该吃饭啦,绿豆汤,贴饼子,还有油焖虾子,都是您老人家愿意吃的。"

"你们看！睁大眼睛好好看！"爷爷执拗地命令我们。

爷爷双手空空。

母亲说：

"您手里屁都没有一个，哪里来的金条！"

爷爷哈哈一笑说：

"你们果真看清楚啦？我手里什么都没有？"

我们都感到有些蹊跷。

"那么，我要死了！"爷爷平静地说，"我死了之后，你们要想法把我弄到红林子里去，活人万万不可进去。用风筝吊皮团长的办法万万不可再用。这个任务就由这位大头的孙子来完成。"

说完话，爷爷仰面朝天倒在丁香树下，众人急忙上前去搀扶。爷爷已经咽了气。

母亲率领我们哭起来。大家清一色干嚎，无人落泪。我重任在肩，更是无心哭泣。

怎么办？怎么办？谁给我智慧谁给我胆？爷爷说死就死，大热的天，尸体搁久了要腐烂发臭，万一引起传染病，更是了不得。我心急如焚。母亲安慰我：

"孩子，别着急，慢慢思想。俗话说，'车到山前必有路，船遇顶风也能开'；'蜂蛰入怀，解衣去赶'；'眉头一皱，计上心来'；'世上无难事，只要肯登攀'。今天夜里，你就坐在这丁香树下，想一个把你爷爷送进红树林子的办法，为了防止你不专心，我吩咐人把你捆在树上。"

母亲说：

"阿毒，把你大哥捆在丁香树上！"

阿毒是我的三弟，幼年时受过我的欺负。他提起一根荨麻草编成的粗绳子，毫不客气地反剪了我的双臂，把我和树干紧紧地捆在一起。

母亲令人点起一盏宝贵的红灯笼来,阖族人排成大队,到树林子边上去放爆竹,哭泣。明月当空,万籁俱寂,蟋蟀吱吱鸣叫,红树林里香气荡漾,与丁香花的香气混合在一起。大河里洪水滔滔,母亲她们举着红灯笼,对着河对岸齐声高呼:

"腊八老爷仙逝——腊八老爷仙逝——腊八老爷仙逝——"

河里水声很响,灰白的浪花像活泼的小兽一样疾速奔跑。

长嘴的蚊虫叮咬我。我冥思苦想。爷爷站起来。倒背着手,在我面前踱来踱去,很像一位监考的老师。也是情急智生,一条妙计上心头,我说:

"有了!爷爷,我们去雇架直升飞机把您吊进去!"

爷爷摇着头说:

"不好!不好!我怕汽油味!"

"您还真难伺候,爷爷。"我不高兴地嘟哝着。蚊虫欺我手脚被绑,大模大样地吸我的血。

"那么,用榴弹炮把您打进红林子,可是好?"

"孽畜!"爷爷虬须如虿尾根根幡然上翘,咬牙切齿地骂我,"亏你想得出!把你爷爷当成了肉弹!"

"放开我吧!"我胸有成竹地说,"孙子已经想出了一条万全之策,保您老人家舒服、快乐、满意!"

爷爷看着我的眼睛,片刻之后,他点点头,赞赏道:

"孙子,你是个彻头彻尾的天才!爷爷死也无憾啦!"

爷爷躺在地上,又一次死去。

我挣脱开荨麻绳子,感觉到胳膊上火辣辣的,荨麻的毒刺扎进了我的肌肉。母亲她们从河堤上回来了。看我喜色满面,母亲知我想出了办法,也高兴起来。大家就着灯影,在丁香树下开饭。为了庆贺我这么快就解决了重大问题,母亲亲手炒了一盘山蝎子,让我喝酒。

山蝎子又焦又香,在我嘴里嚓啦嚓啦响着。爷爷在黑暗中吧咂嘴唇,听动静馋得厉害。母亲说:

"爹,甭吧咂嘴啦,想吃就起来吃!"

爷爷灰溜溜地爬起来,羞羞答答地蛇行到桌前,挺不好意思地说:

"活了一辈子,还从来没闻到过这么香的东西。"

母亲有些不高兴,说:

"爹,您好没记性!这山蝎子,您吃了没有二百斤也有一百斤,活着时您夸孝子夸贤孙,一死了,就翻脸不认账,扒出您的肠子来看看,只怕还有一窝蝎子没消化完哩!"

爷爷脸上没光彩,吞了十几条蝎子,一句话不说,走到黑影里,再次死去。

一只橘黄色的鸽子扑棱棱地在我们头上打转。母亲说:

"河北来信了。"

斜眼的九姑举起一只手,让鸽子落在她的手掌上。她把它托到灯光里。鸽子挺着一个圆溜溜的球胸,咕咕地低语着,双眼像两颗金星。

母亲从鸽子腿上解下信来,展开,就着灯光阅读。我刚把头凑上去想看看信上写的什么,母亲却把信放在灯火上点燃了。信纸变成了灰烬,母亲说:

"你姥姥家来信,明天,你小老舅过河来吊丧。"

爷爷在黑暗中插嘴道:

"真是好亲戚!"

母亲说:

"爹,没有您说话的资格!"

爷爷不言语啦。母亲喂了鸽子几只山蝎子,拍拍它的球胸,鸽子箭一般向夜空中射去,皎皎的月光里,传来一阵卢卢的鸽哨声。

一夜无话。有话也不多。大家都睡觉,爷爷一人耐不得寂寞,每隔一个小时就来敲一次我的窗户,名义上是与我商量明天的事,实际上是无话找话,弄得我无限烦恼,忍不住对他发起了坏脾气。爷爷悲凉地说:

"俗话说得好,'死知府不如只活老鼠',果然不假。活着时是爷爷,死了是孙子!"

想想爷爷的话,也觉得有道理。我暗下决心,要是爷爷再来跟我谈话,我一定跟他耐心交谈,决不用恶言暴语冲撞他。但爷爷再也没有来。我在半睡半醒中,听到他在院子里整夜出溜,还把丁香树摇晃得哗哗啦啦响。

天一放亮,小老舅就来了,就像前边说的一样,他患有严重的气管炎,哮喘不止,嘴唇青紫,目光呆滞。两个大葫芦一前一后搭在肩头,他是借助了葫芦的浮力才泅渡过来,河里洪水滔天,漩涡都如斗大,水里还有很多凶狠的老鳖,而且他还有严重的恐水症,所以他能过来是很不容易的。因此我们把小老舅舅奉为上宾。我们让他坐在爷爷尸体旁边的楸木杌子上,给他喝开胃驱寒的茴香酒。他也毫不客气,喝了一碗又一碗。母亲称赞他带来的那七朵特大玫瑰花。河对岸的玫瑰为什么这般大?河对岸的玫瑰为什么这样红?为什么这样红?红得好像燃烧的火。七枝花总重三斤八两,十六两为一斤,试问:每枝花重多少斤?

3 斤 8 两 = 56 两

56(两) ÷ 7 = 8(两)

8 两 = 半斤

答:小老舅舅从河对岸带来为爷爷插尸的玫瑰花每枝平均重半斤。

我严肃地告诉母亲:

"娘,每枝花重半斤!"

母亲吃惊地伸出了舌头。

三

我安慰着暴怒的儿子,生怕他一冲动就干出令人吃惊的事情来。青狗儿,青狗儿,你娘迟早会回来的。儿子又钻到木桶里去玩儿,我在大厅的边角上寻找到一个空位子,坐下,轻轻地舒出了一口气。可能是我喷出的气使她反感吧,前边坐席上那位头上插菊花的女人回过头来瞪了我一眼。我恍惚记得她是我六老爷爷的女儿,应该叫姑奶奶的。没及我张口,她就把脑袋扭转回去。她头上的菊花放出淡淡的忧伤,不是忧伤是幽香。我儿子滚着桶,嘎啦嘎啦响。舞台上开始表演舞蹈,正中有一团火,人们围着火跳舞,跳舞者都手持着一个牛骨纺锤。跳了一顿,好像累了,都溜边坐了,嘴里嚼着草。舞台边缘上生着一蓬蓬千头菊,白色居多,偶有红、黄。有人掐下花来,插到傍坐的女人头上。后来皮团长出来了,他腰佩双枪,嘴角上叼着烟袋。他说:

"革命啦! 革命啦! 你们懂不懂? 从今之后,凡手脚上生蹼者,一律阉割。有破坏革命者,格杀勿论!"

皮团长一招手,几个人把一个男子推到台上,皮团长举起枪,像木匠吊线一样瞄了半天准,然后一扣扳机,噗哧一声,那人的脑浆子就喷出来了。舞台下的人齐声欢呼。也有把菊花抛到台上去的。我儿子蹦到舞台上,把那些菊花收拢起来。他抱着菊花,对我憨笑。

又该讲给爷爷送葬的故事啦。我吩咐兄弟们拉来了三匹高头大马,全是火炭一样的颜色,眼如铜铃蹄若覆盆。又吩咐叔叔们用柏木板钉了一架拖车,拖车的底板用刨子刨光,擦上蜂蜡。叔叔们砰砰啪啪干活的时候,马儿在一旁吃草料。草是青谷草,料是炒胡豆。马儿们吃得香甜,肚子渐渐圆溜溜,眼睛也更加光彩。最重要的工作是为爷爷洗浴装殓。皮团长曾用过的青石马槽是断断不能再用啦,尽管那物还全毛全翅地存在着。找来一口大铁锅,锅里注满清水,加上明矾和夜明砂,给爷爷剥光了衣服,爷爷一身硬骨头,弯弯曲曲地把爷爷抬到大铁锅时,锅里的水沸沸流流地溢出来。当年擦洗皮团长时用过丝瓜瓤子,这次也断断不能用了。就用笤帚疙瘩吧,我说。我们用笤帚疙瘩搓洗着爷爷的身体。这时拖车也做好了。我们把爷爷晾干后,抬到拖车上。爷爷是不能穿呢子军服的,穿中山装又不伦不类,就让他穿上长袍马褂,脚上却是一双三接头的牛皮鞋,擦拭得很亮。首先把小老舅舅赠送的七枝玫瑰插到爷爷身上,然后,以白菊花为主,以山丹丹为辅,还有大把大把的萱草,爷爷简直变成了一条花草繁茂的丘陵。当然,七枝玫瑰高高在上,永远是花草中的翘楚。灵车装饰完毕,为了防止滑脱,我吩咐兄弟们用荨麻绳子把爷爷牢牢地捆在拖车上,又在爷爷的手里塞上一把用坚硬的红枣木刮削成的尖刀,这把木刀有三尺多长,任何人握着它都会显得英武或是孔武。紧接着就是套马。马的挽具也是天下难再好的挽具了:一色的生牛皮编织,又用上等的桐油浸泡过。在马的挽具上,女人们插上了很多的菊花。到处都弥漫着菊花的幽香。

现在,大家可以放声痛哭啦。

女人们带头嚎哭,男人们跟着哭。

爷爷神态安详,一句话也不说。我猜想到他对葬礼是十分满意的。

礼仪刚刚开始,好戏还在后头哩!

我站在拖车的后尾,我的脚尖碰着爷爷的脚心。手扶着一根横木,我命令大家不要哭啦。对准马儿的屁股,我戳了一竹竿。马儿们跑起来。众人紧随在拖车后,频繁地挪动着腿。

三匹马并着肩,起初跑得并不快,后来快起来。马尾巴张开,宛若一匹绸子。我们在田野里飞驰,油燕贴着草地飞翔是为了捕捉被马蹄惊起来的飞蛾。有一些褐色的飞行物好像是蚂蚱,其实不是蚂蚱,而是马蹄溅起来的泥土。后边的人飞跑,用尽全力,也追不上骏马。我听到了她们的叫骂声,便用尽平生之力,拉住了马缰绳。马头三只高昂,前蹄举起;半张的马嘴里发出嘶哑的咆哮,马唇上沾着泡沫。惯性又使油滑的拖车在草皮地上滑行了十几米,才停下车。我跳下拖车,回头张望,见草地上出现了一条平坦的道路,路上全是被拖车压倒的绿草和黄花。

送葬的人气喘吁吁地追上来。小脚女人们很可怜;患哮喘症的小老舅舅更可怜,脸黄了,眼绿啦,唇紫着,张着黑洞洞的大嘴,辅助鼻孔喘气。

小老舅舅颇为幽默地说:

"干巴金豆大外甥噢——噢——噢——好像一场马拉松噢——噢——噢——鬼子还没进村哪噢——噢——噢——慢点跑马中不中噢——噢——噢——"

我说中中中,小老舅舅您可以骑到马上或是坐到车上,路途还远着呢到达红树林子。

小老舅舅既不坐拖车,又不骑骏马;人各有志,不得勉强。为了不使他这远来的贵客喘死在路上,我拉住马缰,控制着速度。马儿因不得随心所欲奔跑而情绪烦躁,身体扭动,步伐凌乱。蜜蜂追随着我们飞舞,鸟儿在我们头上盘旋。有话即慢,无话即快,简短地说,马拉着拖车已经来到红树林子边缘。

这是个低洼的地方,四面八方的水都往这儿汇集。我们猜想茂密的树林深处,一定有着积水的大淖子,因为树林子深处经常有袅袅的水汽上升，汇集成华盖般的云团，然后就落雨，清冷的、腐败的水汽随风荡漾到草原上，向我们传达着鱼鳖虾蟹们和大量莫名其妙的水生植物的信息。红树林子究竟有多大？谁也说不清。有好事者曾想环绕一周，大概估算出红树林子的面积，但没有一人神志清醒地走完一圈过，树林子里放出各种各样的气味，使探险者的精神很快就处于一种虚幻状态中，于是所有雄心勃勃的地理学考察都变化为走火入魔的、毫无意义的精神漫游。这且不说，还有一些迷误进树林深处、永不出来者，每逢阴雨天气，空气湿润，气压陡增，我们常常能听到这些迷途者发出的呼救声。

这片富有神秘色彩的树林子，知道者不觉为奇，不知者更不为奇。近年来，为了脱贫致富，县政府里组织一些人进树林子去调查资源，准备把这里开发成旅游区，广泛招徕中外游客。我们对此是不欢迎的。万幸的是，那支三男三女的县政府资源考察队，进了红树林子之后就如泥牛入海，再也没有消息。想想也是可惜的，那六个人，除了一个五十多岁的半老头外，其余五个俱是风华正茂的青年。那三位女人，一个赛一个的风骚，真可惜真可惜。男的死了也就罢了，那三个女的应该留给我们当老婆，为我们繁殖肌肉丰满、头脑发达的后代。她们是在一个早晨走进红树林子的，当时的情景历历如在眼前……马儿们不安地弹着蹄子，因为载着爷爷尸体的拖车已经停在红树林子边缘。一溜倾斜的大顺溜坡，那些红色的柔弱枝条在霞霭中摇摆着。戴着毛冠的美鸟在枝条上打秋千就暂且不提了，提请你们注意的是我们司空见惯的小"话皮子"，这是一种比黄鼠狼略小、比鼹鼠略大、猫面鼠身、颜色金黄、伶牙俐齿善作人语的、极端可爱的小动物。查遍动物学的大小辞典，也找不到这种小动物的条目。我们呼它们为小话皮子。它们会说人话，哼哼嘤嘤的，像小耳机子一样。它们经常趁着月夜跑到村子里去，在树枝上、墙头上婆娑而舞。玩到高兴处，它们就嘻嘻哈哈地笑起来。我儿子跟小话皮子有一种特殊的感情——他虐待小动物，对小话皮子却特别友好。小话皮子也不提了。马儿们腋下钻进了吸血的牛虻，它们烦躁不安。我也很焦急，那些前来送葬的人竟然漫步在草原上的香花毒草之间，好像春游一样。忍不住我怒吼起来：

"喂——快点走啊！你们安的什么心肠？是不是想耽误我爷爷的好时辰？"

她们又飞跑起来，终于气喘吁吁地聚在了拖车周围。我发号施令，让她们统统跪在地上，毕恭毕敬地为我爷爷叩了三个头。最隆重的仪式开始了。自从把皮团长送进红树林之后，再也没有过隆重的葬礼。战乱年代，死人如麻，哪有许多讲究？爷爷死在太平岁月，风调雨顺，庄稼十成，丰衣足食，人体康健，所以才有此财力和鉴赏死亡仪式的优雅态度。

人们跪在地上不肯起来，我喊：

"礼毕！"

她们才极不情愿地站起来。

我把埋藏在绿草与鲜花之间的三串大鞭炮摸出来，命令与我同辈的也就是堂叔兄弟：

"八十、秋田、玉钱，每人一挂鞭炮，拴到马尾巴上去。"

他们三个很兴奋，从我手里接了鞭炮。马儿嘶鸣起来，都张着大嘴龇着雪白的长牙，斜眼睥睨着我的三位黑不溜秋的堂叔兄弟。

"快拴！"我毫不客气地催逼着。

他们的兴奋变成了胆怯，捧着鞭炮的手瑟瑟地抖着，畏畏缩缩不敢近前。但到底是在一寸寸地向着马儿尾巴靠近。马尾都夹在双腿之间，嘶鸣声愈演愈烈。秋田的手刚刚触到马尾，那匹马就暴躁地扬起蹄子来，把含着芒硝的林边浮土踢腾起，一团咸酸苦辣的烟雾迷住了众人的眼睛。爷爷在拖车上扭动着身体,看样子十分焦急。

我更是焦急,因为,如果此计不成,整个计划就泡汤,丧失了我个人威望事小,执行不了爷爷的遗嘱事大。三个堂叔兄弟畏难如虎,捂着眼睛避到上风头去。我不由恼怒起来,正想怒骂时,恰好看到一个十八岁的妹妹掩口而笑。正应了福至心灵的话,我大声命令三个最漂亮的堂叔姐妹,掩口胡卢那位首当其冲:

"牡丹、蔷薇、芍药,你们三个,快快上去,每人抱住一个马头,把嘴贴到马耳朵上,随便说点亲热的话。"

"好啊!"三姐妹欢呼着雀跃着,宛若三团彩色的、香气扑鼻的小旋风,扑到三匹马的头上。马儿们唊唊叫着,弹动着轻松愉快的蹄子,与我的姐妹们耳鬓厮磨着。我对三个堂叔兄弟打了一个暗号,他们心领神会,弯着腰跑上去,把鞭炮拴在马尾上。三姐妹与三匹马玩得高兴,我让她们继续玩。我吩咐几十个男人排成两行,都手持利器,犹如皂役排衙,非逼着马儿们向正前方——红树林子的方向前进不可。

我跳下拖车,手持电子打火机,匍匐到马尾后,嚓嚓嚓连续打火,打火机连个火星也不冒,真让人六脏如焚。只好扔掉打火机,爬出来,向送葬的人们讨火种,只讨到半根白头火柴和一块擦火纸。又爬进去,用袖子遮掩着,点着火,飞快地点燃三串爆竹的引信,一个滚出来,高叫:

"姐妹们,放了马头快快逃跑!"

她们竟然与马儿恋恋不舍,缠缠绵绵很有感情的样子。鞭炮在马腚上爆炸了,硝烟滚滚,纸屑横飞,爆炸声尖厉刺耳。三匹马同时昂起头,她们吊在马脖子上,马拥拥挤挤往前翻滚。

"快松手,滚出来,你们这些混蛋女流氓!"我跺着脚吼叫。

手持利器的人们嗷嗷地叫着。马拉拖车往前冲,两个姐妹被甩回来,像绣球一样在草地上滚。一个妹妹被卷在马蹄下,就是掩口胡卢那个,她叫牡丹。牡丹必死无疑啦,谁是杀人凶手?她的娘——大耳朵八婶,绝不会善罢甘休,我感觉到灾难的威胁。老天保佑,拖车过后,她站起来,身上毫毛无伤,朝着我掩口胡卢而笑。这个浪货,压死你也难解我心头之恨!

马儿们腾云驾雾般向红树林子冲去。"惊马如电,歪船似箭",又是大下坡,拖车上蜂蜡与草皮摩擦生热熔化,滑到不能再滑。马儿腾云拖车驾雾,鲜花和绿草都向着我们倾斜,好像眷恋我们。马鬃飞扬鞭炮响,拖车和爷爷通通呼啸着,直飞进红树林子中央去啦。

红树林子里哈哈啦啦一阵巨响,然后是十分的沉静。良久,才有一只黄鹂鸟梦呓般啼叫起来。

我哭啦,因为,这样轰轰烈烈的大事,每个人一辈子不太可能干出第二件。

四

枪声在大厅里回荡着,四壁尤其是角落里和穹隆上发出的回声最大。一扇用轻薄光滑的桦木板精制成的百叶窗无声无息地张开,十几道狭窄的月光均匀地筛下来,照耀着那只在铺着化纤地毯的过道上滚来滚去的木桶。女孩不时地从桶里把头伸出来,瞭望一下又赶紧缩进去,活像一只寄生在螺壳里的螃蟹。紫红色帷幕缓缓落下,音乐声大作,幕两边的白布字幕上打出幕间休息的字样。在音乐声中,无数的壁灯和吊灯大放光明,人们乱纷纷地离了座,闹嚷嚷地挤出太平门。

电铃催人入座,又是一阵闹嚷嚷。灯灭,月光再次均匀而狭窄地照耀着木桶。音乐声起,鼓声如磬。大幕徐徐拉开,一束强烈的红光

打在全副武装的皮团长身上。灯光渐渐涣散,辉映着整个舞台。皮团长说:

"通过代表大会的反复讨论,我们决定:今后凡有生蹼者出生,一律就地阉割;本族男女,有奸情者,一律处以火刑;若干年后,红头发的洋人必来修筑铁路,到时,我们要跟他们血战经年,凡有贪生怕死、通敌叛变者,一律斩首。这三项决议,将镌刻在石碑之上。"

舞台上许多黄脸大汉和白胡子老头唯唯诺诺,有一群小红孩跑上舞台,向他们敬献鲜花。舞台上谁人得花最多?气宇轩昂皮团长。

一个小红孩站在舞台的边缘上,拿腔拿调地说:

"演出暂告一段,谢谢各位光临!"

音乐声大作。灯光大白。幕急落。

五

黑暗的夜幕垂了下来,天上落着冰凉的雨滴,蟋蟀们躲在温暖的锅灶里呻吟着。儿子蹲在窗台上,往院子里看,看什么我说不清楚。我的头很痛,冻雨打在干枯的植物上,发出肃杀的声音。我睡不着,突然间感觉到瘦小的身体竟变得如此臃肿肥大,行动困难。儿子拍着窗棂骂道:

"该死的老天下冻雨,月亮哪里去了?月亮月亮你出来,我给你缝件花衣服。"

乌云消散,一轮圆月上了天,皎洁月光把白窗纸照得通亮,蟋蟀们的叫声也由凄凉变成了愉快。

儿子的小朋友——小话皮子们来了,它们在院子里奔跑着。儿子撕开封窗纸,对着院子喊道:

"你们好!吃饭了吗?还是吃的水糁草籽吗?"

小话皮子们齐声回答：

"你好,青狗儿！我们都很好！我们现在已经不吃水椮草籽啦,五儿在红树林子里发现了一种小白蘑菇,味道好极啦,我们现在每天都吃小白蘑菇。"

"我知道月亮一出来你们就会来找我玩,所以我就把月亮叫出来啦。"

"是的,月亮一出来我们就跑到村里来了,你们家里有一股马粪味,好闻极了。"

"你们想吃马粪吗？"

"我们不要吃粪,留着马粪喂你爸爸吧,我们就是想闻马粪的味道。"

儿子叹一口气,说：

"那可就没有什么好吃的招待你们啦。——哎,你们吃不吃松子？油炒的！"

"太硬,我们的牙咬不动。"小话皮子们回答着。

它们都穿着红色的小褂子、绿色小裤衩,头上都戴着一顶条绒布缝成的鲜红小帽,模样调皮又可爱。

小话皮子们说：

"青狗儿,你别费心思啦,我们都是吃饱了才来的,你出来吧,我们一起玩老鹰抓小鸡的游戏。你瞧瞧月亮多么好！"

那晚上的月亮确实特别好,因为那晚上极有可能是中秋节。我儿子把祭月亮的糖果和月饼用铜盘端出来,招待他的小朋友们。无论多么严酷的父亲,对孩子通神入玄的超常行为也是不敢过多干涉的,何况我是一位慈爱的父亲。我儿子对小话皮子们说：

"你们等等,我把俺爸爸灌醉。"

他从窗台上跳下来,拿着一根玻璃吸管,从酒坛里吸了一管葱绿色的酒,注到我嘴里。这酒十分香醇,咽下去后余香满口腔。

院子的西边有一盘石磨。儿子把糖果月饼什么的摆到磨顶上,小话皮子们手登脚攀爬上磨顶,坐着磨沿它们自然形成一个圆圈,都把细长的小腿耷拉下去,一边吃糖一边呜呜啦啦地唱歌。我儿子站在磨旁边,挥动着胳膊,俨然一个出色的指挥。我儿子也穿着绿裤衩红小褂,头戴一顶小红帽。

吃罢糖果月饼,小话皮子们跳下磨台,围着我儿子乱嚷乱叫。后来他们就玩起老鹰捉小鸡的游戏来了。我儿子当老鹰,小话皮子们一个扯着另一个的小褂子,联结成一大队,装成小鸡的模样。院子里一阵阵欢声笑语,令人心旷神怡,感觉到生活无限美好。

天亮之前,雄鸡啼叫,月光也暗淡下去,小话皮子们与我儿子告别,说声再见,一窝蜂似的跳过墙头,不见了。儿子在院子里愣了一会儿,然后,跷腿蹑脚地走进屋子。我听到他在堂屋里摸到水瓢,从瓮里舀了凉水,咕嘟咕嘟喝着。喝凉水闹肚子,但这条规律对我儿子适用吗?我不吱声,装睡。儿子爬上炕,用毛茸茸的小爪子试试我的鼻息,然后钻到炕角上,趴着,撅着屁股,呼呼地睡去啦。

十五的月亮十六圆,所以第二天晚上月光更加皎洁。这一夜,小话皮子们和我儿子拉着石磨呼呼隆隆转了一夜。天亮后,我出去看,磨台上落着一层红色的面粉,不知他们粉碎了什么植物。我用手捏了一点红面粉放在舌尖品咂着滋味,腥腥的,咸咸的,好像是乌贼骨的味道。我把面粉收起来,用一个木盒盛起来,将来也许会派上用场。

青狗儿睡到日上三竿才爬起来。他毛毛楞楞地跳下炕,胡乱洗了一把脸,吃了两只虾子,抬起腿就要跑。母亲说:

"这么大的孩子啦,一天到晚在野地里乱窜,将来会有出息吗?"

"不乱窜又能干什么?还能用铁链子把他拴起来?孩子又不是狗猫。"我老婆揭起一角贴嘴的胶布,阴森森地说。

母亲说：

"你这人说话好难听！我让你把他拴起来啦？又不是我养的孩子，关我什么事！"

我说：

"青狗儿，你给我回来！"

青狗儿提着一只死耗子的尾巴走回来。一只猫头鹰在梧桐树上凄厉地鸣叫。他站在我们面前，捏着死耗子尾巴，把死耗子抡得团团旋转，一副艺高胆大、满不在乎的蛮样子。我特别想一巴掌把他打翻在地，然后再踏上一只脚，叫他永世不得翻身。可儿子头上的绺绺红毛像蝎子尾巴一样卷起来，这是他暴怒的象征。我和颜悦色地说：

"青狗儿，你已经六岁啦，到了读书识字学知识的年龄啦，建议你到育红班里去学习。"

青狗儿把死耗子扔进锅里，愤愤不平地说：

"我知道你们全不是好人！你们都想谋害我。"

"青狗儿，不上学怎么能行呢？没有文化的人是睁眼瞎，是愚蠢的人……"

"胡说！"青狗儿说，"你也别磨嘴皮啦，我去上育红班就是。我要看看你们葫芦里到底装的什么药！"

我牵着青狗儿的手，送他去育红班。育红班开设在红林子边缘上的一栋木头房子里，木头房子被一圈粗大的圆木包围在中央。我牵着儿子从一个低矮的小门往里钻。儿子一下子就钻了进去，可轮到我往里钻时，小门变得十分狭窄。我钻进头和胸，肚子却被卡住了，欲进不能欲退也不能，一群孩子在旁边拍着手笑。圆木顶着我的腰，又重又痛。我感到血液涌到脸上，头胀得有柳斗般大。我用双手按着地，地上全是一些弯弯曲曲既像蚯蚓又像面条的东西。难道我的末日就要来临了吗？难道这就是我干坏事的报应吗？我闭上了眼睛,悲哀地哭泣着。

不知过了多久,眼前红光一闪,一阵香气扑鼻。青狗儿用脚踢着我的脸说:

"爸爸,醒醒,这是俺梅老师,她来看看你。"

我吃力地抬起头,看到飘飘袅袅的纱裙里亭亭玉立的梅老师的肉体。梅老师说:

"你儿子挺聪明,就是没有数的概念,教起来比较困难,希望您辅导辅导他!"

我说:

"梅老师,先别说这些了,请您赶快找柄斧子来,劈开木门,把我救出来。"

梅老师为难地说:

"这件事我也做不了主,劈开木门要得到团长批准。"

又是这个该死的皮团长,他简直无处不在。

我无可奈何地说:

"那就请您快点,我卡在这里足有两个小时啦!"

梅老师俯身上来,观察着我被卡住的情况。她伸出一只手!天!一只生着粉红色蹼膜的手摩挲着我的脸,一阵阵寒冷的味道从她手掌上放出,进入我的五脏六腑。我的全身收缩起来,像只紧缩成球的蚂蟥一样,滚进了育红班大院的草地上。我静静地伏在梅老师脚前的草丛里,观察着她的脚。她的脚趾并拢着,伏在一双白色的塑料凉鞋里,那些粉红色蹼膜从脚趾缝里挤出来。

梅老师很不高兴地撇撇嘴,转身就走啦。她的屁股在透明的纱幕里扭呀扭呀的,使我忘掉了她是生蹼的人。我跳起来,追上她,与她并着膀在育红班大院里漫步。我们有时走得很快有时走得很慢。大树上垂下来的鸟萝弯弯曲曲,犹如悬蛇。地上有一丛丛灰色的灌木,枝丫间结着鲜红的小球,欲待伸手去摘时,小球的颜色会突然变紫,好像是愤怒的情绪导致了颜色的变幻。

灌木丛旁边摆着大理石的桌凳,我们对面而坐。梅老师把双肘拐在桌面上,双手捧着下巴,怔怔地望着我。她的脸白若羊脂,双眼忧悒而圆大,眼皮上有好多层皱褶,睫毛也是双层的,毛茸茸的交剪在一起。她的嘴非常生动,好鲜的嘴味飘过来,宛若仙风一缕吹拂着我的心。这时,我感觉到她用一只赤裸的脚在轻轻地摩挲我的腿肚子。她的脚好像一只有独立意识的小兽。我一阵阵地痉挛着。她忧悒地望着我,把一只手递给我。我对蹼膜的敏感逐渐减弱,其实她的手非常温暖也十分好耍。我特别温存地抚摸着那些弹性丰富的粉红色蹼膜。她的脸泛起红晕,双眼里水汪汪的。她娇滴滴地说:

"你别摸它,你一摸它我就想……"

我疑惑地望着她。她把一只手盖在我的眼上。我透过她手上的蹼膜看到了天上的太阳。太阳像绿玉带一样,射出的光线是弯曲的。

"走吧,我们到荼蘼架后去……"她灼热,身腰酥软。

我抱着她,感触着她温柔的胸脯。刚刚走进荼蘼架,就听到身后一声冷笑。冰凉的汗冒出来。发出冷笑的是我的儿子。他吃着鲜红的小球说:

"你们干吧,我给你们望着风!"

梅老师掩着脸跑掉了。

我儿子追着她的背影说:

"跑了和尚跑不了庙,皮团长早晚要烧死你这个浪货!你这只母蛤蟆!"

我也感到无地自容。儿子说:

"爸爸,从今以后,不许你再管教我,你没有资格!你背着俺娘干的事我都知道。好便好,要是不好,揭老底,俺娘可不是一盏省油的灯!"

"青狗儿,爸爸错啦,请原谅。"我低声下气地说。

梅老师换了一条藕荷色的裙子,袅袅婷婷地走过来,离我三步远时她站住,抿着嘴对我笑。她嘴角上有两个十分好看的肉涡涡。我把嘴伸过去,差一点点就吻上时,青狗儿把我拖回,他严肃地说:

"你刚才怎么说的?马上就忘了!"

我不敢抬头,梅老师对着我吹气。

"同学们,上课啦!"梅老师站在讲台上说。她穿着一条淡绿色的裙子,头上戴着一顶卷檐小草帽,光点在她脸上滑动着。几十个孩子倒背着手坐在椴木桩上,都挺得笔直。梅老师用黄粉笔在黑板上画了一个纺锤状的图案,然后,扔下粉笔就走了。我紧紧跟随着她,跟随着她走进一片长满硬刺的蔷薇里。蔷薇枝上繁花如缀,而且都是少见的黑花朵。梅老师离我好像只有三五步远的距离,但我无法追上她。她的身体被纵横交错的花枝遮掩着,我只能看到她的被花枝分割得支离破碎的身影。连这身影也是不久常的,一闪念间,她便消逝了,犹如鱼儿游进了深海。我眼前横着严肃的黑蔷薇。

教室里鸦雀无声,孩子们保持原状,直逼着黑板上那个纺锤图案看。

梅老师穿着一件黑色连衣裙,翩翩而来。她说:

"下课!"

我儿子最先冲出课堂。梅老师推开黑板旁边的一扇小门,走进去,关上门。我推门,发现里边上了锁。哗哗的水响,在小门里还有噗噗的含水喷吐的声音。

院子里静悄悄的,连个人影也没有。一只乌鸦蹲在高大的木栅栏上,缩着颈,一动也不动。

吸取了教训后,我不从小门洞里往外钻,转着圈寻找大门。找到大门走出去,发现竟然又走进了教室,黑板上那个黑色的纺锤图案灿烂生辉。洗浴声还很响亮。我低声呼唤着:"梅老师!梅老师!"

小门大开,一盆热水劈头盖脸浇过来。我像只落水鸡一样逃出教室,见到门就钻,钻进来钻进去,最后,糊糊涂涂地站在了一堆光滑的卵石上。回望育红班,能看到一圈高大的棕色大栅栏。院子里的蔷薇从栅栏里探出头:碧绿的叶子,漆黑的花朵,在遥远里召唤着我。

六

有一天,我送儿子去育红班学习。回来时,因为追赶一只大蝴蝶,我们冲进了红树林。

那只蝴蝶是蓝色的,蓝色的翅膀上镶着金子一样的黄边。我们一钻出育红班的木栅栏就看到了它。是儿子看到的。我因为反复品咂着黑板上那个纺锤图案的味道、反复回忆着有关梅老师的一些情况,所以后于我儿子看到蓝蝴蝶。我儿子惊叫之后我才看到蓝蝴蝶从一蓬蓝眼睛花上起起伏伏、忽忽闪闪飞起来。我儿子看到它前它伏在蓝眼睛花上,要不是它翅膀扇动它简直就是一朵肥大的蓝眼睛花,要不是它翅膀扇动我儿子也发现不了它。

这只蝴蝶有海碗口那么大。看起来它飞得很慢,其实比我们跑得还要稍快一些。它的翅膀不像一般蝴蝶的翅膀那样轻薄,它的翅膀厚墩墩的毛茸茸的有肉感有质感绝非一般蝶翅可比,这也是我们追赶它的主要原因。

我们没有注意到脚下的蓝眼睛花逐渐茂密起来,地势也越来越低洼。蓝蝴蝶不紧不慢地飞着,像一块钓人的诱饵。它还不时地落到蓝眼睛花上,为我们制造希望和幻想。因为它伏在花上时,我们的心脏立刻紧缩起来,别别地转跳,血液流动的声音像遥远的潮汐,在我们耳朵深处回响。儿子弯着腰,在半米高的蓝眼睛花丛里绕来绕去,向蓝蝴蝶逼近。时当正午,阳光照耀着蓝瓣金边的花朵,焕发出迷人的光彩。儿子翘起做成钳形的手指,悄悄地伸向蝴蝶的翅膀。我分明看到儿子的手指已经捏住了蝴蝶的大翅,但蝴蝶却翩翩地飞走啦。每次都是这样。每次他都遗憾地撕下几个蓝眼睛花瓣,填到嘴里去。我效仿他撕食蓝眼睛花瓣。花瓣异香扑鼻,香得我脑袋都昏昏沉沉起来。我提醒儿子:

"青狗儿,这种蓝花可能有毒,不要再吃啦。"

青狗儿斜着眼说:

"你嘴里有毒!"

我因有把柄留在他手里,不敢相争。自我安慰地叹息一声,人活到被黄嘴小儿欺负的地步,还不如死了好。

"你愿意死就死!谁还舍不得你不成!"他一眼就望穿了我的心思,恶狠狠地激我。我想了想,人没有点阿Q精神也不能活,被儿子欺负强似被外人欺负,立刻便心平气淡,跟着儿子追击蝴蝶去了。

等到我醒悟过来时,我们已经置身于红树林子之中。

成群结队的蓝翅金边大蝴蝶围绕着我们飞舞着,那只引我们进来的蝴蝶混进它的族群里,再好的眼力也难以分辨出来。这是一个蝴蝶的王国。如果蝴蝶想咬人的话,不出半分钟我们就会被咬死。我们在外边看到的红树好像也并不是什么树,而是一些介于动物和植物之间的东西,但也绝对不是珊瑚。我还是希望它们是植物而不是动物。我愿意它们是树。它们有女人胴体一样光滑的枝干,光滑而明亮。它们有章鱼腕足一样的枝条,轻软又流畅。水生植物特有的腥味从它们身上焕发出来,它们的颜色瞬息万变。儿子肯定地说:

"爸爸,我告诉你,这就是阿菩树。"

"你怎么知道这是阿菩树?"

他诡秘地笑着说：

"那你就别管啦，反正这是阿菩树。"

我胆怯地去抚摸那些柔软如肉线的枝条。它们暴躁地飞舞起来，好像鞭梢一样啪啪地脆响。有几根枝条同时抽中我的脸，我的脸火辣辣地痛。阿菩树瑟瑟地抖着，好像发怒的巨人。处在这种怪树的包围之中，我的胆都要吓破了。儿子很老练地抚摸着那些柔软的枝条，嘴里发出"啰啰"的声音。阿菩树的颜色由青紫渐变为嫣红，狂舞的枝条平静了，只做波浪式的舒缓运动。四周都是浓重的水腥，但地面上并没有水。潮湿的地上除了生有一丛丛的蓝眼睛花之外，还生有一种金黄的细草，这种金黄细草填补了树间的空白，覆盖着地面。我们的每一步都踩在这种金黄草上。草柔软富有弹性，胜过了用优质羊毛精心编织成的地毯。

现在我们已失去了捕捉蓝色蝴蝶的兴趣。因为几乎每一丛蓝眼睛花上都立着几十只大蝴蝶，只要想捕捉，伸手即可捕捉。它们的翅膀一闭一张，它们的触须一伸一屈。氧气在它们的肚子里流动着，使它们透明的肚子变成了水晶般的物质。

我随着儿子往红树林子深处走。愈往里进美景愈不胜收。我心里有些忐忑不安。儿子兴高采烈，看不出有些许畏惧。他是我的领袖，在这种神秘的地方。

后来，我们的面前突然出现了一片湖水，太阳和月亮同时在湖上留下它们的倒影。湖水呈浓厚的橘黄色，水面纹丝不动。阿菩树的枝条直伸到水里去，宛若无数根吸管。出现湖水之前，我们的脚下很松软，仿佛水就在脚下。植物也比初进树林时繁茂稠密，各种各样的藤萝像肉红色的灌肠横牵竖连，使我们每行动一步都很困难。常常有半米多长的肉棍子擦着我的面颊横飞过去、竖飞过来，激起簌簌的风响。据儿子说，这叫飞蛇，有剧毒，被它抽伤，皮肉腐烂，见骨而死。

不过万物相生相克,只要是吃过蓝眼睛花的人,飞蛇就不敢近身。我马上回忆起,好像很久之前,我学着儿子的样子,撕食香气浓郁的蓝眼睛花瓣的故事。可见这个孩子早就存心,我进入红树林子是他精心安排好了的。当时我很有些愤怒,直逼着他的眼睛看。他一眼就望穿了我的心思。笑着,露出几颗被虫子咬得千疮百孔的牙,他说:

"你冤枉我啦!你要走你就走,谁也没拦你。我要在这里好好玩一玩,这里多好呀。"

橘红色的湖面上倒映着阿菩树的影子,也许水底就生着阿菩树呢。如果仔细观察,可以看到,在水下的阿菩树影中,游动着一群满身刺翅、色彩斑斓、状如气球的美丽怪鱼。它们穿行在阿菩树垂直的腕足之中。如果耐心地蹲着等,会看到它们换气时的情景:它们浮到湖水的表层,这时它们的身体膨胀到最大,色彩也最鲜艳。静止一会儿。哧哧的喷气声响起,每条美丽怪鱼的身体上都有四个孔往外喷气,在水中冲激起四股疾速的水泡。与此同时,美丽怪鱼像皮球一样在湖水中团团旋转。几百只、也许是几千只美丽怪鱼在湖水中团团旋转着。湖面上奇光散射,水珠迸溅,喷水声汇成优美的音乐。一些蓝色的小飞虫飞过来,纷纷掉进湖面上这些闪烁着奇光异彩的小漩涡里。美丽怪鱼泄了气,变成了瘪皮囊,慢慢地沉到湖底。县政府资源考察队的那位戴眼镜的陈姑娘告诉我:这是鱼类中一个从没被发现的新种,世界珍贵稀有鱼类。她们把这种鱼命名为:高密东北乡彩球鱼。这种鱼的生存过程就是一个不间断地充气泄气、浮起沉下的过程。她们认为,彩球鱼浮到水面于泄气的同时散发奇光异彩的行为的目的是捕食与交配。

在湖边上,与县政府资源考察队的邂逅使我们欢欣鼓舞。我们轮番拥抱着,兴奋得流出了眼泪。

掐指一算,她们最后一天住在红林子外边的白色帐篷里,弹着琵琶在帐篷外跳舞的情景,距今已有三年。那时我是她们帐篷里的常客,她们逼着我给她们讲述有关高密东北乡食草族的历史和有关红树林子的神秘传说。我其实并无讲故事的兴趣,我的兴趣是跟那三位女考察队员接近,接近的方式是讲故事。那三位女考察队员一个赛一个的风骚,我已经坦率地说过一次。其实也不见得就是风骚,我所谓的风骚是指她们文化高相貌好,不拘小节,爽朗脆快,令人开心。她们在帐篷里光着脊梁,只穿一条小裤衩:三个女考察队员只穿着三条小裤衩,一条红裤衩,一条绿裤衩,一条黑裤衩。裤衩都紧紧地箍在她们的大腿根上,愈显得六条腿修长油滑,好像六条大鳗鱼。听我讲故事时她们出神入化,六只大眼锃亮,像六盏电灯泡子。那三个男人,一个帐篷外烧开水,一个持笔往本子上抄写什么东西,另一个用录音机录我的故事。这里没有男人的嫉妒心理也没有不健康的情欲。如果有一点点情绪的骚动,那并不是她们的肉体引起,而是那三条色彩强烈的裤衩引起。后来她们就脱掉了裤衩,我穿着衣服反倒局促不安起来;我不脱掉衣服就是对她们的侮辱,于是便赶紧脱掉衣服,大家都赤身裸体,无牵无挂,犹如初生的婴儿。我把我知道的全讲了,一边讲一边整理拔高。她们对我的评价很高。她们说我所讲的每一句话都增强了她们进红树林子考察的信念。临行那天,我赶到帐篷边为她们送行。但帐篷没有了,地上只留下篝火的余烬和一堆空罐头盒子,一群黑蚂蚁在抢食罐头里残余的鱼肉渣滓。但我坚信她们是进红树林子里去啦。

　　一个瞎子弹着三弦在县城的青石板道上坐着卖唱,石板缝里生着一些顽强的毛谷缨,蜥蜴在他腿缝里休憩。他唱着一个小马驹的故事,也唱着一个考察队员在红树林子里漫游的故事。

　　她们邀请我们到帐篷里去休息,吃东西。我正好感觉到既疲乏又饥饿,她们的邀请正合着我的心意。

儿子嘟着嘴,好像很不高兴的样子。因为碰到了这些朋友,我的孤独感减缓,对儿子的依赖感也减轻。我的腰杆有些硬,说话的腔调里又渗出了家长和主子的味道:

"青狗儿,姑姑们叫我们去帐篷里去休息、吃东西,你去还是不去?"

青狗儿捡起湖边那些有着刀锋一般利刃的花花石片,愤怒地打击着湖面上那些陀螺般团团旋转、激起雪白水花、焕发奇光异彩的彩球鱼。他打得很准,每一块石片都注定要把一只彩球鱼打成两半。破裂的彩球鱼的腔子里泄出花花绿绿的鲜血,漶在水面上。一股股腥甜的味道随着破裂彩球鱼的增多而浓烈起来。

"你去还是不去?!"

"去干什么?去看你们剥成光腚猴子耍流氓?呸!"青狗儿鄙视地说。

我分明记得,我与她们赤身裸体讨论历史时,青狗儿还是个吃奶的孩子,他何以得知?

青狗儿冷笑一声说:

"要想人不知,除非己莫为!"

我的脸涨红了。我无法否认,生养出这样一个儿子是天大的不幸。

"你想捏死我?晚啦!"青狗儿紧逼着我的思想说。

他继续着残酷的行为:用尖利的石片把浮到湖水上交配的彩球鱼打成两半。

一位冗长脸儿修长眉毛嘴唇娇艳肥大的女考察队员跑过去,拦腰抱住青狗儿,把他举起来,说:

"这是珍奇鱼类,比钻石还宝贵,要保护,不许杀害!"

青狗儿在她怀里,瞪着眼说:

"这鱼是你们家的?"

"这是国家的珍宝!"

"狗屁!"青狗儿出言不逊,骂道,"我杀了你这个臭婊子!"

青狗子举起石片,在考察队员脸上剐出了一条大口子,哗哗啦啦往外流血。

女考察队员举起青狗儿,掷到湖水里。一群彩球鱼包围上去。我嚎叫了一声。要不是两位女考察队员拽住我的胳膊,我一定跳到湖里去啦。她们说:

"这样的破孩子要了干什么?"

她们像绑架一样把我拖到架在湖边的帐篷里。那位脸上受伤的女考察队员跟着我们进了帐篷。她的脸上还流血。两位女考察队员一个劲地揉搓着我的手,焦急地向我打听着县里的情况,我说我通通不知道。受伤的女考察队员打开保健箱,找出一块长条形的橡皮膏,贴到伤口上。血不流了,但她的嘴巴被橡皮膏牵扯,呈现出温柔的倾斜状。我马上回忆起若干往事。

三个女考察队员不由分说地剥掉了我的衣服。她们自己也飞快地剥掉衣服,她们说:

"穿着衣服,总是妨碍说话。"

我确实有这样的感觉:我们赤裸裸地坐在一起,我的心境立刻就变得异常宁静而温馨,逝去的往事像源源不断的流水涌到了我的嘴里,话语自动地跳出来,根本用不着我费尽心思去寻章找句。

正说得热闹,青狗儿浑身流着水站在帐篷门口,手里提着一条用阿菩树的肉质枝条拧成的鞭子,阴鸷地冷笑着说:

"臭婊子们!臭大粪!我就知道,你们只要钻进帐篷就要装神弄鬼!"

我又羞又恼,抄过一件汗衫就往头上套。青狗儿拦腰打了我一鞭,几乎把我打成两截。

"今天,我要替俺娘报仇雪恨!"他咬牙切齿地说,鞭子在他手里扭动着,由绿色变成红色,由红色变成紫色,由紫色变成蓝色……

"青狗儿,我没干坏事啊!"

"丢人!"他一鞭把我手捧着的那件汗衫打成两片,像用剪刀铰开一样齐的茬口。

"你睁开眼睛看看,这是谁的汗衫?"青狗儿嘲笑我。

我一只手拿着一片红色的汗衫,汗衫上洋溢着受伤的女考察队员丰满乳房的气味。

"你穿上衣服。"儿子命令我。

我穿上衣服。我一穿上衣服,女考察队员就显得局促不安,红晕上了脸,连乳头都涨红啦。她们也慌慌张张地找衣服。

儿子笑着说:

"爸爸,你看看我怎样教训这些臭娘们!"

他抡起毒蛇般的鞭子,疯狂地抽打着女考察队员们。一鞭一道血痕,一鞭一声巨响。女考察队员们被抽得遍地翻滚,鬼哭狼嚎。

我跪在青狗儿面前,替无辜的女考察队员们求情。

他把鞭子缠到腰上,余恨未消地说:

"滚起来吧,要不是我爸爸下了跪,我非把你们的屁股打成八百六十瓣不罢休。"

女考察队员们都把头埋在金丝黄草里,她们的脊背肿胀,红道紫道,赤身裸体就跟穿着花格子衣服差不多啦。

我转眼看着腰束毒蛇鞭子、戗立着一头乱发、小妖一般的儿子,心里汹涌着两种感情:一种是对儿子的仇恨;一种是对女考察队员们的深深的怜悯。我想,一个人要是丧失了人性,哪怕是个孩童,也会干出比野兽凶残百倍的坏事。

"对你们必须这样!"儿子愤怒地驳斥着我的想法。

他不但监视着我的行为,而且监视着我的思想。早知如此,何不——

"你休想!我早就跟你说过了,你休想!"他拍拍腰间的鞭子,又补充道,"用李大妈的话说就叫做:'同志,晚啦!'"

女考察队员们搂抱在一起,互相舔舐着身上的鞭痕,那一道道鞭痕就像彩色的奶油一样被飞快地舔光啦。

她们美丽光洁的肉体重新展现在我的眼前,还是一个赛过一个的体态风骚、容貌姣好。

"阿姨们,你们快穿衣裳,我爸爸动了邪念啦!"青狗儿调皮地说。

女考察队员用鲜红的舌尖抿着嘴唇,慢腾腾地穿衣服。穿了小件穿大件,好像总也穿不完,好像要把全世界的衣服都套到身上一样。

她们的态度转变与我儿子的态度转变都让我迷惑不解。儿子在她们怀抱里窜来窜去,摸摸这位的乳房,亲亲那位的脖子,好像儿子见了娘一样。我孤零零地站在一边,感到从没有过的尴尬。

在离帐篷不远的树丛里,停泊着三位男考察队员的尸体,他们的尸体用一层层树皮包裹着,翘首翘尾,好像三条小船。

我们跟随着女考察队员们寻找那种白色的小蘑菇时,发现了男考察队员们的尸体。不唯我大吃一惊,连女考察队员们也大吃一惊。据她们说,进了红树林子的头一天,她们就与他们走散了。当时她们三人哭得死去活来,感到塌了半边天。她们费尽心思寻找他们,自然没找到。几天后的一天,一架直升机出现在湖面上空灿烂的阳光里,螺旋桨扑扑棱棱地旋转着。直升机缓缓地降低高度,机器掀起的彩色狂风吹皱了湖水。三个女考察队员都清清楚楚地看到失踪的三位男队员坐在直升机里。她们兴奋得哭了起来。直升机落地支架上绑着巨大的浮筒,看样子准备在湖面上降落。

"后来呢?"我焦急地问。

腮上贴着胶布的女考察队员叹息一声道:

"直升机扎到湖水里去了。"

"人哪?"

"飞机都扎了下去,人还能跑了吗?"

"可是他们的尸体是谁打捞上来的?又是谁用树皮把他们包裹起来的?"

"打捞他们尸体的人包裹了他们,包裹他们尸体的人打捞起来他们。"

没想到脸上贴胶布的女考察队员如此巧妙地回答了我提出的问题。事情确实并不如我想象的那般复杂。

儿子跟女考察队员的关系已经十分融洽。他在她们身边穿来穿去,拍拍屁股抱抱腿,搂着脖子亲亲嘴,全是孩子的鬼把戏。

我弯下腰去,逐一观察着三位男尸的脸。树皮色如松香,虽然很厚,但光线能透进去。这三个人无疑成了三个巨大琥珀的内核,千年万年都难以腐烂了吧?难道这会是树皮吗?不是树皮那些清晰的纹路如何说明呢?他们的神色都很平静,看来被包裹之前他们并未遭受太多的痛苦。我用指头弹弹,他们的外壳坚硬,发出清脆的响声。

我们从阿菩树下采了许多像大拇指那般大的洁白小蘑菇,放到一只钢精锅里,点燃了火。女考察队员们用的火柴是她们自己制造的,火柴头是硫磺颜色,火柴梗好像是阿菩树的细枝做成的,充当木柴的,是包裹男考察队员的那种像树皮的东西。蓝色的火苗舔着锅底,一点烟也没有。我们嗅着香喷喷的火味。鲜蘑菇的味道从锅缝里溢出来。

太阳又大又红,贴近了湖水,成群结队的天鹅从高空下降,落到湖里。血红的湖水和太阳的红光交相辉映,把天鹅们都染红了,它们的脖子像一根根弯曲的红肠。远远近近的阿菩树也都鲜艳夺目。彩球鱼浮到水面上,喷气,旋转。我生来还是第一次目睹这样美丽辉煌的景色。

一位女考察队员操着一架高级照相机,选取着不同角度,拍摄着落日、湖光、美树、奇鱼与梦幻般的大鸟。

太阳刚刚落进湖里,月亮紧跟着就升起来了。月亮也大得出奇,红得出奇,连月中的桂树和楼阁也被红色淹没了。

白蘑菇的鲜美味道随着月亮的出现愈加浓重起来,差不多万籁俱寂,我们听到的只有白蘑菇在锅子里翻腾的声音和间或响起的天鹅用葱绿色的嘴巴搅动湖水的声音。

一点点风都没有,阿菩树的枝条垂直吻地。渐升渐亮的月亮泻下一派银辉之后,万物都失去形体,变成若有若无的样子。阿菩树赤色金属般的影子。湖水里天的影子和天上湖的影子。天鹅们仿佛冷凝成了玉石,白影子印在红琉璃上。

一片薄云遮了月亮的时候,我们促膝坐在帐篷前的茸草上,女考察队员给我和儿子讲她们碰到的许多奇异而美妙的现象。我听得入迷,儿子却以连续不断的恶作剧打断女考察队员的话。

那群我熟识的小话皮子们跳出来了。它们的打扮一如既往:红帽红褂绿裤衩。它们用尾巴拄着地,团团包围着煮白蘑菇的锅子。

一个小话皮子抽着鼻子说:

"好味好味真好味!"

小话皮子们齐声喊叫着:

"好味好味真好味!"

一个小话皮子说:

"白蘑菇好吃锅烫爪!"

青狗儿从女考察队员膝盖上跳起来,喊着:

"我来啦！找根棍子捅翻锅！"

小话皮们一见我儿子,高兴地舞蹈起来。也难怪,他跟它们是老朋友啦。

儿子捅翻了锅,圆溜溜的小蘑菇遍地翻滚,小话皮们蜂拥而上,抢着蘑菇,烫得吱吱乱叫。

儿子说:

"爸爸,我跟小话皮子们玩去啦。"

一转眼,小话皮子们前呼后拥着青狗儿,隐进茂密的树木与花丛,消逝了,从此之后便无影无踪。

儿子在时,我们嫌他碍手碍脚;他走了,我们却乏味起来。

第二天早晨,我告别了女考察队员们,去寻找青狗儿。女考察队员们合伙写了一封信,托我有朝一日得到进县城的机会,转交给县政府办公室。我生怕丢掉信,就把它牢牢地记在心里——万一丢了信,我可以把她们的信背诵给有关方面听。

钻进红树林子不到五分钟,我就迷失了方向。阿菩树那些密密匝匝善发脾气的肉质枝条就够我受的了,地上竟又拥拥挤挤地生长出叶片如刀剑般上指、边缘上排生着白色硬刺的剑麻般植物。尽管它们不是剑麻,但既然像剑麻,就以剑麻呼之吧。这里的一切动植物都需要命名,也许是我见少识狭,少见多怪。剑麻的叶片比刀锯还要锋利,我尽量避开它们走,躲避剑麻时阿菩树暴怒的枝条就抽打我的脑袋啦。我伤心地哭起来。空气不流通,阳光射不进来,四周都是腥冷的气息,茂密的植物里不知隐藏着多少危险和秘密。左冲右撞了一阵,我绝望了,蹲在地上。听着地表之下淙淙的水声,我更加感到儿子的可贵。

"青狗儿,你在哪里?"

"青狗儿,你在哪里?"

有人在学我的声音。

突然想起我的衣袋里有过一包烟。果然摸到一包烟。过滤嘴都脱了,烟丝也揉搓漏了不少。火柴没有三根,只有两根。我划火时很紧张。第一根废了,第二根着了。

吸着烟,我翻来覆去思索着一个古老的问题:

"我们看到一朵花,红色,有香味,大家都这样说。难道这朵花果然就是红色,果然就是有香味吗?"

为了节省火柴——说错啦,没有火柴啦,烟还有十几根——一根未熄便引燃又一根。正吸得迷迷糊糊,就听到头上一声巨响,仰脸去看,发现了两扇展开的宽阔翅膀。大鸟把我抓起来,用力一甩,我翻着筋斗着了地。

这里又是一番景象,稀稀的树木中间,搭着一些低矮的窝棚,窝棚的洞口都用宽阔的大树叶子密封着。我小心翼翼地爬起来,穿行在树缝里,逐个窥听着窝棚里的动静。每个窝棚里都有低语声,议论的内容莫名其妙,好像与我无关,又好像与我有些牵连。女考察队员们托我带给县政府的信在我口袋里唧唧地响着,我急忙伸手按住了口袋。

窝棚口上的树叶同时被掀到一边,每个窝棚里都发出了令人胆寒的喊叫声。我没有哲学头脑,凭着下意识撒腿就跑。我在一圈震耳欲聋的喊杀声中瞎碰乱撞,犹如一只无头的苍蝇。

喊叫声不绝于耳,好像虚张声势。一冷静,满脑子里沸腾着活命哲学、流氓哲学、寄生哲学,等等,很多很沉。我抱着头蹲在地上,看样子好像是在进行哲学思考,实际上是吓瘫了。

持着枪刀和棍棒的人从窝棚里陆续钻出来。他们围成圆圈,慢慢收缩,枪刀棍棒和他们的眼睛都闪烁出寒光来。为了避免不必要的牺牲,我仰面朝天躺在地上装死。传说中老虎是不吃死尸的,好汉也不打躺在地上的人。我坚信围上来的人是一群好汉,我祷告、祈求一切在空中和地下遨游的神鬼,保佑我遇到一群好汉而不是一群癞皮狗。

他们的腿高大粗壮,密密麻麻排列着,好似栅栏。

"死了吗?"一个苍老的声音自言自语着。

"没死。"我说着,折身坐起来。

他们用皮绳子把我捆绑起来。有一位大汉用迟钝的刀背锯着我的脖子,摩擦生电,电流在我的脊椎上飞窜着,我不由自主地弓腰缩颈,嘴里放出怪声怪气。

他们哈哈大笑起来。

"你们要杀我吗?"我胆怯地问。

"走吧,去见首长吧。是杀你还是放你,我们说了也不算。"

这时我才有心思去观察他们。他们穿着草绿色的制服,跟人民解放军的服装有些相似,但绝对不是人民解放军的服装。前边有一个大汉子引着路,后边一群人簇拥着我,迤迤逦逦往前走。我们一直走在稀疏的林子里,脚下经常被倒木磕碰着。看得出来,这林子曾经十分茂密过,之所以不茂密了是遭到人的砍伐。倒木的旁边总是蹲着一些半人高的树桩子,树桩的茬口上生长着团团簇簇的红木耳,远看和近看都像鲜润的花朵。这且罢了,还有一些葱绿色的兔子蹲在树桩上津津有味地啃木耳呢。

我也不知道究竟要走到哪里去。这样的不知目的长途跋涉每个人的一生中总要经过几次吧?早走晚不走,所以我心平气和,一边走一边欣赏眼界里的风景,何必自寻烦恼呢?

我有理由认为行走到松林里啦,而且有理由认为天已到了正午。强烈的阳光从稀疏的树间直射下来,空气中溢着浓烈的松油味道。汗水洇湿了前头带路的大汉的绿制服,我发现绿制服经汗浸湿后,颜色深厚凝重,质地也像人民解放军团以上军官的杂毛料制服一样,但绝对不是人民解放军团以上军装的杂毛料制服。林子深处有笃笃的声响,是不是啄木鸟在树上凿洞呢?

前边出现了一个高大的土堆,好像一个大坟墓。我耳边有一个善良的声音说:

"孩子,别哭丧着脸,就要晋见首长啦,你应该面带笑容,装出十分幸福、十分欢乐的样子。"

这一席话很耳熟,我确信这是真理,放之四海而皆准。是啊,为什么要哭丧着脸呢? 你难道不幸福吗?

近前了才发现,这个巍巍峨峨的大土疙瘩是一座暗堡,周围种着树,土堡上插着草木伪装,那些像老鼠洞一样的窟窿分明是对外射击的枪眼。

暗堡上开着一个拱形的门洞,门洞两侧立着两株小松树——其实是两个持枪直立的哨兵,他们伪装得太像啦。

远处,黑色的树冠收拢着上耸,宛若一股股静止的黑烟。

引路的汉子对我说:

"立住,你!"

他弯着腰钻进暗堡里,再也不见出来。待着好久,跳出了一个穿红色号衣的小男孩,他说:

"请你们进去呢!"

我们一个挨一个钻进门洞,小男孩举着火把为我们引路。地下布满湿漉漉的卵石,卵石之间爬动着寄生蟹和蜗牛。淙淙的水声仿佛在头上响。生满苔藓的墙壁上,壁虎们排成纺锤图案。好像一柄利斧劈开了我混沌的头颅,我忍不住叫了一声。

一只粗糙的大手捂住了我的嘴巴,一个人对我耳语:

"委屈点,这是为了你好!"

然后他们把我抬起来。他们抬着我飞跑。跑得很不平稳。举着我跑,我的额头摩擦着门洞的墙壁、墙壁上的纺锤、构成纺锤的壁虎、壁虎癞癞疤疤的皮肤。

进入一个灯火通明的大厅,他们把我摔在地上,像摔一条死狗。

"报告团长,我们把奸细抓来啦!"他们齐声说。

"每人赏黄金一两,到财会处领去吧!"

我抬起脸,惊喜地看到,端坐在大厅正中央太师椅上的,竟是在梦中见过千百遍的、像太阳一样照耀着食草家族历史的皮团长。与过去唯一不同的是:他的上唇上生出了两撇尖儿上翘的八字胡须。

"皮团长,您好啊!"我献媚地说。

"我好不好关你屁事!"皮团长冷冷地说,"剥掉他的衣服,严格搜查!"

几位彪形大汉从两边的站台上跳下来。他们首先为我松了绑。那根皮绳子一离了我的身体便紧缩起来,缩得只有手指头那么大。然后他们粗野地剥我的衣服,剥得我一丝不挂。皮团长身体两侧的那两位半老徐娘死盯着我,使我很不自在。

一个大汉搜出了那封信,递给皮团长。皮团长紧皱着眉头,读完那封信,愤怒地骂道:

"这三个黄毛丫头,站着撒尿的母狗!满纸荒唐言,拿去烧掉。"

左侧那位女子接了信,走两步,就着一支火把引燃。信纸燃烧完毕,化成一只灰白的蝴蝶,飘飘摇摇落在地上。

"检查他的手脚!"皮团长发布新令。

两个大汉把我按倒,一个掰着我的手指,一个掰着我的脚趾,认真地看。

我心里很烦,但又不敢反抗。

"报告团长,手上没发现蹼膜!"

"报告团长,他的左脚第四和第五脚趾间有蹼膜粘连!"

我赶紧看左脚,果然发现左脚的两根指头被一层粉红色的皮膜粘连着。这是怎么回事?

"抬到外边去,阉掉他!"皮团长说。

明白了皮团长命令的本意,我大声嚎哭起来。黑大汉用手捂住我的嘴巴。我挣扎着,咬着黑大汉坚硬的掌心。

"放开他!"皮团长命令。

我跪在地上,捣蒜般磕着头,说:"皮团长,您高抬贵手,饶了我吧。我早就施行了结扎术,决不会制造生蹼的后代啦!"

刚刚与我分别不久的爷爷从一道屏风后转出来,向皮团长求情。

提着青铜鸟笼的九老爷也转出来,向皮团长求情。猫头鹰在笼子里对我瞪眼睛。

许许多多我熟悉的人都转出来向皮团长求情。

皮团长呷了一口酒,沉思片刻,说:

"我的心告诉我,不应该阉割你。此地不可久留,但考虑到你来到这里不容易,就让你看几天风景吧!"

彪形大汉帮我穿好衣服。

皮团长吩咐右边那位艳若桃花的中年妇女:

"霞霞,你带他走吧。"

霞霞牵着我的手,拐了九九八十一道弯才钻出暗堡。太阳当头悬挂,天还是正午,门口戴着伪装的哨兵和远远近近的松树依然像一股股静止不动的黑烟,在强烈的阳光里。

七

霞霞是和善而美丽的女人,她牵着我的手,一句话也不对我说。

我几次鼓起勇气想问她个究竟,话到嘴边,却吐不出来,凭感觉我知道她的手指间也粘连着粉红色的娇嫩皮膜。因为自己脚趾间也生出了这种东西,所以,对蹼膜的厌恶几乎消逝干净,甚至竟有了一种对蹼膜的神秘好感。它传导给我温暖,传导给我欲望,传导给我暧昧晦涩的感情。

我反过来把她的手捏紧了,她轻微地呻吟着好像要向我表现她的痛苦和愿望,美丽而忧悒的笑容像轻纱一样蒙笼着她的真实面孔。

她轻轻地说:

"你轻点,弄痛我了。"

我顿时感到极度的羞愧和惶恐,一群小话皮子在树上哧哧地笑着。它们从树上摘下一些红果子抛打着我们。红果子饱含浆汁,溅到身上,好像鲜血。

霞霞扬起脸,骂道:

"你们这些小畜生!"

小话皮子学着她的话:

"你们这些小畜生!"

霞霞拖着我疾走,绕过一道高大的树木屏障,眼前显出一个用花朵和松枝装点起来的、巍峨庄严的大门。门口有两个身材魁梧的汉子,右边那位手持梭镖,左边那位抱着一柄雪亮的大刀。枪头下翘着红缨,刀柄环里悬着红穗。

霞霞跟他们说我是皮团长的客人,岗哨不太满意地嘟哝着什么,放我们进了大门。

迎面就是一个纺锤形的大花坛,花坛里不但有艳丽的花朵,还有青翠的香草。花坛后边立着一尊高大的塑像,细细辨认才能从塑像的脸上看出皮团长的一些模样。

后来就渐渐走下坡路,没感觉到进入了地下,理论上也进入了地下。眼界还是很开阔,一块块大石碑上都刻着歌颂皮团长的文字。这些东西对我并不陌生,可能我的脸上显出了厌倦的表情。

霞霞捏我一下,说:

"累了吗?"

她把我揉进了一个小门,然后关上门。房间里流动着温暖的黄光。

我竟然不自在起来。她很宽容地说:

"我没有那个意思。"

我羞得满脸流火。然后我们紧傍着坐下来。她用手拍拍墙壁,我们面前便显出了一片方阔的田野来。田野里有各种作物和镜子般明亮的水泊子。男女老少活动在庄稼地上,其中最引人注目的是一对青年男女。他们一起劳动一起唱歌。歌声美妙动听,洋溢着纯真的爱情。每逢他们唱歌时,就有一些目光阴沉、年龄很大的人躲在植物的阴影里偷听。

"她们好像是坏蛋!"我说。

霞霞把一根手指压在我嘴上,示意我不要随便说话。

日出,日落;月圆,月缺。风雨雷电。植物飞速地生长。水泊子近在我们眼前,水里的草、花、游鱼俱清晰可见,新鲜的水味直灌我的咽喉。这一会儿是出奇的热,蝉和螳螂在柔软的树枝上搏斗着。两个年轻人拉着手来到水边,来到我们面前。我惊愕得想出声,霞霞捂住了我的嘴。她松开我的嘴后,我连呼吸都小心翼翼。

他和她没发现我们,尽管近在咫尺,尽管我的心跳声十分响亮。他和她眼睛对着眼睛。女的眼睛里有泪水旋转时男的眼睛里也有泪水旋转,男的眼睛里溢出幸福时女的眼睛里也溢出幸福。

这是在恋爱吗?是恋爱,冒着巨大的危险,这是一个流传很久的故事,有出奇之处也有一般化的东西。两人紧紧地搂抱在一起,互相咬着脸咬着耳朵咬着脖子,女的哼哼唧唧地、摇摇晃晃地瘫下去了。一男一女躺在柔软如毛毯的水边草地上,静止了一会儿,就打起滚来,把草地都压平了。乌鸦呱呱地叫着。碧绿的青蛙争先恐后地跳进泊子里,水面上泛着涟漪,红日压住树梢,傍晚十分温暖。他和她背对着我们脱衣服,脱光了,两个流光溢彩的裸体挽着胳膊,朝泊子里走去。

  我发现,他和她的手脚上都粘连着粉红色的蹼膜。他们在泊子里嬉戏,把一串串的水珠撩起来。他们游泳,水性好极了,自然是沾了蹼膜的光。他们在水里打滚,搂在一起翻滚。日出,日落;月残,月圆,田野里的高粱收割了,秋天到了,泊子里那些喜欢在夜间开放的白莲花消逝了。白莲花在明朗月光下坚挺着象牙一样的花瓣,在闪烁的星光下如同白色的幻影。印象。白莲花虽然消逝了,但白莲花的印象不断地在我脑海里复活。她挂着水珠从泊子里走上来,我发现她的小腹凸了起来,原先紧绷绷的乳房也肥大松弛了,乳头周围有一圈难看的黑晕。她怀孕了。她用树叶子擦着肚子上的水珠,一道明显的红线从她的肚脐直上胸口,好像合缝的痕迹。她用细草擦着头发上的水。一群穿着草绿色制服——绝对不是军装——手持棍棒绳索的男人们从植物的阴影里钻出来。她惊慌地捂着肚子。绿制服们一拥而上,把他和她打翻在地,然后横一道竖一道地绑起来。这事多吓人。白莲花在月夜和星夜里的印象。他和她被分别拴在两棵植物上。他的眼里喷射怒火时她的眼里也喷射怒火,他的眼里流露绝望时她的眼里也流露绝望。八个黑轿夫抬着一乘黄顶大轿,到了我们眼前。轿夫嘴里的青草味儿喷到我的脸上。轿前是两头驴,驴上驮着两个干瘦的小老头,轿后紧跟着一群五色斑杂的人,有一个瘦猴身躯斗鸡眼小男孩,活活的像煞我们的以训练猫头鹰说话为后半生主要任务的九老爷。轿子打住,一人上去打起轿门上的帘子,身穿呢子军装、军帽上插着一根高高飘扬野雉翎的皮团长弓着腰从轿里钻出来。皮团长一出轿就从腰里拔出一管枪,对着草地放了一响,打起一蓬泥土,把所有的人吓了一跳。皮团长掏出一张告示来,足足念了有四个小时。他从一千个方面来论证火刑的必要性。听得我昏昏欲睡。傍晚时,众人遵命往泊子边搬运高粱秸秆,垒成一个留有空隙的秸秆的高台;为了便于引燃,高粱秸秆都淋上石油。那两位赤身裸体的恋爱者被松了绑。他和她活动着被捆麻了的肢体,面色红润,情绪稳定。抬来了两块木板,命令他和她躺上去,他和她相视一笑,顺从地躺上去。提来两桶黄牛油,往他和她身上涂,翻来覆去地涂,涂了一层又一层。他和她积极配合,偶尔看到他和她的眼睛,眼睛里溢出掩饰不住的幸福。月亮升起了,泊子像一面巨大的铜镜。白莲花宛若象牙的花瓣,印象,罩着一层缥缈的薄雾。皮团长坐在一把藤椅上,射击着草地上的鼹鼠取乐。把他和她架到秸秆堆上,吹响了唢呐,腮帮鼓得如皮球。四下里点火,风随火生,风助火势。月光暗淡,看客的脸都如炉中即将烧透的钢铁。白莲花的印象笼罩在一片粉红色的缥缈雾里。火势冲天,连天都烧白啦。都憋着一股劲,屁都咽下去啦。小话皮子们欢呼雀跃,在火光映照的草地上唱:

　　好味好味真好味,
　　加上茴香更好味,
　　加上蒜瓣去腥味,
　　还要捏上一撮盐!

　　皮团长对准小话皮子们开了一枪。小话皮子们连滚带爬地逃窜啦。

　　火熄灭了。一缕缕白烟在银色的月光下飘来飘去。人群像被一阵大风卷走,顷刻消逝得无影无踪。

霞霞用生着蹼膜的手拍着我的腮帮子,拍得呱唧呱唧响。我满脑子都是火蛇飞窜,火,印象,与白色的莲花,梦,印象,交织在一起。被阉割的男孩发出吱吱哟哟的声音。

皮团长坐在藤椅上,把枪抛起来。枪在他头上旋转着下落,落到胸前时,他便抓住枪把子,对着草地放一枪,用嘴吹散枪口逸出的硝烟。吹得净尽,再把枪抛上去。

泊子边放着两块血迹斑斑的门板,两个五大三粗的黑汉子每人手持一把寒光闪闪的牛耳尖刀,神色严肃,伫立在门板旁。黑鸦鸦的头发乱蓬蓬的,犹如两柱黑烟。

远处,来了两支驴队,渐渐走近时,两队驴合成一支驴队。每头驴驮着两只偏篓,五十头驴驮着一百只偏篓。每只偏篓里盛着一条男孩,一百只偏篓里盛着一百条男孩。男孩们的母亲跟在驴队后边,嚎啕大哭;哭声震动天地,黄桷树的叶子在萧瑟的金风里嚓嚓啦啦地摩擦着。女人们个个蓬头垢面,破衣褴衫。泪水冲洗着她们满面的尘土。她们与驴队保持着一定的距离。她们跌跌撞撞地跑着想缩短与驴队的距离。

押送驴队的男人们都穿着黄制服,双手抱着白木托子土枪。当追赶驴队的女人们逼上来时,他们就用枪托子胡捣驴腚,捣得驴们驮着孩子飞跑。孩子们在偏篓里蹿跳着,发出各式各样的哭叫声。女人们都直着眼,张着血盆大口,呼唤着自家孩子的名字。男人们都站定,威逼着她们不许再前进;女人们也站定,哭着嚎着,要索回她们的孩子。有胆大的冲上来,被黄制服男人用枪筒子戳回去。有一个女人双手攥住了一杆枪筒子,死劲往下按。不知怎么捣弄走了火,呼通一声响,草地上腾起一阵烟雾,把夺枪的女人和持枪的男人都罩住了。

女人听到枪响,撒腿往回跑,跑出一段,回头看看没事,又哼哼哈哈地哭嚎着追上来。

男人们把那个夺枪女人拴在树上,回头飞跑追赶驮着孩子的驴队。驴们被枪声惊扰,乱了营,噢儿昂儿长鸣着,驴蹄跑得密集宛若雨点儿,地上飞腾起滚滚的浊尘。女人们又发疯一样追上来。

到了泊子边缘,驴队自动停止,聚集成一团,都举着脖子,夹着尾巴,耸着耳朵,口嚼着白沫,呼哧呼哧喘粗气。

皮团长命令一部分男人排开散兵线,阻挡住那些哭天抢地的女人;一部分把偏篓里的男孩抱出来,放在泊子里把腔上的屎尿洗干净。

这些男孩都是五岁左右,有胖的有瘦的有黑的有白的有俊的有丑的,相貌各不一样。但有一点是共同的:他们的手脚上都生着粉红色的蹼膜。

孩子们在水里嬉闹着,活像一群生下来就会凫水的小鸭子。他们闹着,不愿上岸。黄制服男人硬把他们提拎上来塞进两道用棘针条篱笆夹成的胡同里。在胡同里,男孩们自然而然地排成了一队。棘针条篱笆的两边和两头都站着岗哨,岗哨很密,一个个枪筒里装足药,食指摸着枪机,如临大敌。

皮团长端坐着发布命令,阉割开始啦。他玩弄手枪的游戏继续进行。

两个男人把一个男孩从篱笆胡同里拖出来。

两个男人把一个男孩从篱笆胡同里拖出来。

关闭篱笆胡同。

关闭篱笆胡同。

男孩哭。

男孩不哭咬男人的手。

拖到一扇门板旁,把他按在门板上,一个按住胳膊,一个按住腿。

拖到一扇门板旁,把他按在门板上,一个按住胳膊,一个按住腿。

持牛耳尖刀的男人弯下腰。

持牛耳尖刀的男人弯下腰。

神情麻木。

神情呆板。

一刀旋掉两只卵,很利索。刀子非常快。

一刀旋掉两只卵,很利索。刀子非常快。

撒上一把黄土止血。

撒上一把黄土止血。

包上大树叶子,用四根绳子兜住树叶,绳子上端挂在脖上。

包上大树叶子,用四根绳子兜住树叶,绳子上端挂在脖上。

用刀尖把树叶剜一个洞,排尿洞。

用刀尖把树叶剜一个洞,排尿洞。

孩子哭着,两男人抬着孩子,走过散兵线,掷在草地上。一个女人扑上来,把孩子抢走了。

孩子哭着,两男人抬着孩子,走过散兵线,掷在草地上。一个女人扑上来,把孩子抢走了。

老婆哭孩子叫。

老婆哭孩子叫。

重复五十次。

重复五十次。

据霞霞说,这种为杜绝生蹼现象的集体阉割连续进行了四年,每年阉割一百人,四年共阉割了四百人。

我汗流浃背,嘴里一股血腥味道。

当然,她说,单单依靠阉割男孩并不能根本解决问题。为此,皮团长是有长远规划的,但战争的爆发破坏了皮团长的计划。先是内部战争。后是与洋人的战争。

八

　　我们亲眼看到那四百名被阉割过的男孩飞快地长大了；树上的叶子由黄转绿由绿转黄由小到大等等。遍地落满蠕虫般的阿菩树的花絮，槐花的闷香从遥远的地方飘来，地上的绿草柔软而稠密，正适合打滚。我躺在柔软而稠密的绿草地上打着滚，耳旁模模糊糊地有人问：几点啦？

　　十八点的太阳温暖如火，色彩如血，湖、树、草地新美如画，犹如迟发的爱情，浓烈而凄凉。我们打着滚，渐渐长大。我们吃掉碰到嘴边的一切植物，逢草吃草，遇树吃树。吃饱了就在柔软而稠密的草地上打滚，骨头、肌肉不间断地膨胀着。我们生长着。那童年时代遭阉割的巨大耻辱像一道永远难以愈合的深刻伤痕，铭刻在我们的记忆里，一旦回忆起来就感到怒火冲天。这种情绪导致我们逢佛杀佛、遇祖灭祖，连天老爷都不怕。

　　一转眼我们都长大了。我们从别人的容貌上发现了自己的容貌，我们没胡须，我们无喉结，我们声音尖细，我们目光邪恶，仇视着那些男人和女人们。

　　转眼又是春天，四百个身高体壮、不男不女的青年人躺在湖边的草地上酣睡。我们在梦中听到黄莺挑逗春天情思的撩人鸣叫，阿菩树的柔软枝条犹如芳唇，吻着我们的脸。睡梦中我们怒火填膺，连肺都气炸啦。

　　四百个人不约而同地跳将起来，大家都在进行着极端痛苦的回忆，那一刀的锋利感觉在胯裆间冲突着，宛若一股冰冷的旋风。大家彼此观望着，每一张脸上的表情都是相同的：狂妄又惆怅。赤金般的目光移到湖面上，莲叶卷成胡哨形状，高挑出水面，鸭状的水鸟漂浮在水面上犹如官履。目光又各个注视着同伙们的脸。湖那边,被华丽的树木掩映着的宫殿里传来了斗鸡走狗的喧闹声。

到了产生领袖的时刻了。

领袖是怎样产生的?

领袖是这样产生的:当四百个阉人怒火满腔、满腔的怒火郁积成一股滚热的岩浆时,我福至心灵地高喊了一声:

"弟兄们,报仇去!杀死皮团长!"

我的话喊出口,大家停止了呼吸,用滚烫的眼睛盯着我的脸——这简直就是一群红了眼睛的饿狼,好像要扑上来活活吞掉我。雪白的牙齿在四百个口腔里交错着,放出咯咯吱吱的脆响。嘴唇因为恐惧变得笨拙,我呜呜噜噜地再次说:

"受苦受难的弟兄们……你们不要这样看我……你们这样看我我心里怯……我们共同的仇敌是那个肥胖的皮团长,是他把我们变成了这等模样……男不男女不女的模样……"

大家都把拳头攥紧,高举到头上,挺直的胳膊上凸现着一棱棱的肌肉。一片肉的森林燃烧起明亮的火焰,好像是。如此矫健。如果振臂一呼,群起响应,揭竿为旗,折木为兵,那革命的形势就成熟了,革命爆发了,领袖就产生了。因此领袖是革命的产物,革命是形势的产物,形势是阉割男孩觉醒。如此等等,难以尽述。

我被群情所激奋,目光明亮,喉咙清新,肺部没有阴影,压抑不住的热情化为冰冷的汗珠滚滚而去,我说:

"饱受凌辱的弟兄们,几十年过去了,过去得这般快,犹如一股青烟。我们的肉体虽然不流血了,但我们的心还在流血。那血腥的场面仿佛就在眼前,那血腥的味道撼鼻可闻。我们的传家之宝被浸泡在盐水里,日日垂挂着或是浮悬着细如毛发的殷红血丝。这是亘古未有的奇耻大辱。就是因为我们多生了一层蹼膜吗?这是人种退化的标志吗？"我大胆地举起手掌,迎着阳光,果然,那层连络着五指的膜像轻薄的红绸一样把阳光透过来。蹼膜上蛛丝般的细微血管根根毕现,交织成复杂的网络图。"这是人种的进步！这是人类的骄傲！亲爱的生蹼的兄弟们！它赋予我们征服大海的力量,我们的同族兄弟已走向大西洋！要知道,当贪婪的人类把陆地上的资源劫掠净尽后,向海洋发展就是向幸福进军！"我把停滞在空中的手用力挥了挥,巴掌像扇,扇起一股风,我庄重地吼叫："皮团长是个刽子手,向刽子手讨还血债的日子终于到了！"

群众嗷嗷地叫着,簇拥着我,向湖对岸冲去。我们涉水过湖。弟兄们的蹼膜轻巧地劈开水面,水声响亮,湖上飞溅着一簇簇洁白的水花。

在温暖的湖水里游泳是绝顶的幸福。水浮力很大,轻软的水像鸭绒一样摩擦着我们的肉体。我们不是用肉体游泳,而是用精神游泳,我们用意念游泳。我感到溜滑的水面触着我的肚皮,我们在水面上滑翔。一群群蓝色的蟾蜍惊讶地看着我们。

很快就到达了湖的彼岸。众人经过这一番愉快的水上游戏,心中的火焰明显减弱,从眼睛里可以看出来。我煞费苦心地鼓吹着,唤起大家的造反精神。

范碗儿帮助我组织队伍。他是一个圆脸的高大青年,嘴角上挂着愚蠢野蛮的笑容。实际上他聪明过人,他结结巴巴的讲演极富煽动性,他说：

"弟兄们,你们看到那些哭丧着脸的骡子了吗？它们就是我们的倒影！是谁把我们由人变成了骡子？是皮团长！"

"打倒皮团长！"

"剥他的皮！剜他的眼！点他的'天灯'！"

一片褚红色的胳膊森林在我周围树起来。喊声震天动地,复仇之火熊熊燃烧。

我跳到一个高土坡上,不知羞耻地说:

"弟兄们!子曰'名不正则言不顺',俗谚曰'鸟无头不飞,蛇无头不行'。群龙无首即为乌合之众,乌合之众不堪一击。为了造反胜利,我们必须推举出领导人。大敌当前,刻不容缓,我毛遂自荐为阉割造反军的司令官。"

群众齐声欢呼。唯有范碗儿脸上似有不悦之色。我暗中一笑,挥手平息群众的呼声:

"我任命范碗儿为副司令官!"

大家又是一阵狂呼乱叫,范碗儿嘴角上的愚蠢笑容又出现了。

我命令大家就地折断树木,武装自己。一个小伙子在木杆上绑了一根红飘带权充旗帜。

我们鼓噪呐喊着,向树林子深处冲去。一群群在地上寻找白蘑菇充饥的小话皮子惊惶地蹦到树上去。它们蹲在颤抖的树枝上,用黑豆般的黑眼珠看着我们。冲进树林约有一箭之地,我们就摧毁了一个用黄茅草搭成的窝棚,两个看守窝棚的士兵被群众乱棍打翻,也不知死活。窝棚里有一排生满锈的铁刀铁矛,还有一支盒子炮、一管双筒鸟枪。刀、矛武装了群众;范碗儿得了双筒鸟枪;我把盒子炮插进腰带里。

我命令造反队员们猫下腰,免得中了皮团长队伍的飞弹。范碗儿对我的命令不以为然,他在我背后咕哝着,大意是人类应该挺直腰板,不能像猩猩一样弓着腰。我凶狠地把盒子炮举到他的眼前警告他,如果不听命令就枪毙。他啐了我一口,隐身到树的阴影里,不见了。

皮团长的宫殿就在眼前了。树林由稀疏到一马平川,宫殿门前的开阔地上兀立着一些粗大的、边缘上生着木耳的树桩,每个树桩后都蹲着一名士兵。他们的马步枪架在树桩上。一簇簇的蓝眼睛花包围着焦炭般的树桩,也包围着穿黄制服的士兵。景色真漂亮。皮团长没有踪影,只有一个小头目站在士兵们后边。他穿一身黑制服,没戴帽子,蓬松着黑头发,好像一炷黑烟。他的手里握着一支黑色小手枪,枪口朝天。

我的队伍有些畏缩,队员们狡猾地原地踏步走。互相看着眼睛,眼睛里都冒出黑色的鬼气。

"不许怕死!"我喊叫着。

他们干脆就地坐下,有的捡草棍剔牙,有的捉肥胖的白蚂蚁填牙缝。这群贪生怕死的王八羔子!临到关键时刻,全部装了狗熊。我用枪苗子敲着他们的脑袋,一敲就响。他们龇牙咧嘴,但屁股不动。范碗儿在树影子里冷冷地笑。

我顿时明白了:都是这小子在背后捣鬼。非给他点颜色瞧瞧不可!我提着枪逼近他,他端着枪逼近我。眼睛对着眼睛,枪口对着枪口。我胆怯了,但表面上还是很强硬。

"范副司令!"我讽刺道,"你本领不小哇!"

范碗儿掀着鼻子,轻蔑地哼哼着:"杂种!你有什么资格当司令官?司令官应该由我来当!"

我被他的厚颜无耻激怒,对准他那张贼脸开了一枪。子弹出膛,被他一枪筒子拨到一边去。他嘻嘻地笑着:"就凭你这点本事也要来指挥我?你被阉过吗?你她妈的根本就没阉过,你是混进来搞阴谋的狗特务!"

他一枪就把我打翻了。他的枪口喷出的黑烟像乌贼鱼喷出的浓黑墨汁一样把我淹没啦。

在稠密温暖的黑暗里,我苦苦地思索着:我究竟被阉割过还是没被阉割过?是仅仅从精神上被阉割了还是连肉体加精神都被阉割了？现在我痛苦地回忆起一个梦境：有一天傍晚，两位手持白色剪刀、身穿鸭蛋青色服装、分辨不清是男还是女的人，把我骗到一张弹簧床上，用粉红色的、好像驱蛔宝塔糖一样的药丸喂我，把我喂醉了，他们就下了毒手，把我给阉割了。我至今牢记着那剪刀咔唧咔唧绞肉皮的可怕声音和可怕的、巨雷滚滚的疼痛。

我相信这两个穿鸭蛋青色服装的人是皮团长一伙的，而且无疑是皮团长的亲信。他们的技术麻利透顶，非久经实践是达不到这般炉火纯青的技术高峰的。

范碗儿取代了我的位置，指挥着大队向前方冲去。那些树桩后的持枪人悠悠地呼吸着，并不开枪，好像在等待什么。

他们在等待什么？皮团长被一群面容姣好的女人簇拥着走出宫殿。他对着我们看，鼻孔眼里的黑毛伸出来，翘着，像山蝎子的尾巴一样。他从腰里拔出信号枪，对天放了三响，枪声很闷，噗哧噗哧的，幽蓝的天上飞速滑行着三个焦黄的火球，火球拖着白烟，弯弯曲曲如蛇蜕。

一阵枪声，几十名阉勇栽倒了。没倒的打着滚翻着筋斗逃走了。皮团长率领着大队人马追了一程，就打道回营了。

这次起义就这样简单地被镇压了。准备起义像开玩笑，起义被镇压也像开玩笑。我简直不敢相信那些弟兄们就死啦。一枪打中，一头栽倒，蹬崴两下腿，有的连腿也不蹬崴就死啦！

夜里我们趁着星光去偷运弟兄们的尸体。大家已经把范碗儿打了个半死，挂在树杈上晾晒着。他指挥失误，不懂战争规律。领导这支队伍的重担天然地落在了我身上。我第一感到高兴，第二感到紧张，第三感到胆怯，第四感到忧虑。造成这四大感觉的原因千头万绪，不允许啰嗦。星星的微光落在纤细的金丝小草上，亮晶晶的，煞是好看。我们一绕过湖边的蓝眼睛花丛生之地就四肢着地往前爬行。大家白天见到了同伴的下场,所以都小心翼翼,不敢抬高身体,生怕中了枪子儿。

草地上爬行着很多鼳鼠,它们身上有金色的细毛,毛尖上噼噼地放射着火星。有时它们兴奋,就飞腾起来,把幽暗的夜弄出一条条耀眼的光道。

早就该爬到死人的附近了,但没见死人的踪影。借着鼳鼠的光明,我们看到了一片凌乱的大脚印和倒在脚印里的细草,还有洒在草尖上的血迹。死人被搬走了。周围很安静,湖水安详地旋转着,鱼儿在水底啁啾。

突然就见一轮金色的圆月高高地挂在宝石一样的天幕上,花树的倒影比花树本身更迷人。我们不由自主地站起来,心里充满凄凉。远方的一片熠熠汩汩的银色亮光里,放出呜呜咽咽的悲声。我们垂着头,顺着臂,泪水浸湿了睫毛。这究竟是怎么回事?

那里的光明如燔,呜咽之声不绝如缕,像河里缓缓流淌的水。头戴花翎的大鸟在呜咽声中翩飞如舞。我们跪在地上,放声痛哭起来。我们心里空空的,一种空空洞洞的悲伤使我们放声大哭。什么都没有,心里什么都没有,不哭又能干什么?

趁着我们哭得神魂颠倒的时机,皮团长把我们全部俘获了。

他命令把我们押到一道沟边上,全部枪决。

突然又说不枪决了,要改为绞刑。

好多人举着火把,在地上栽绞架。都板着脸,无一丝笑意,想想也是应该如此,哪有刽子手面带微笑的呢?

绞刑架竖起来了,一大溜绞刑架一眼望不到边,都像高大的秋千架一样。这会儿脱不了死了。唉!我们都悲伤地叹了口气。连手执粗绳套的刽子手也唉声叹气起来。

突然又说不用绞刑啦,改为活埋。

我们对皮团长的多变的命令感到愤怒又感到好玩。

那些人弯着腰,流着汗,呼哧呼哧挖窟窿。挖出了一溜大坑,一眼望不见底的深。跳下去就跌死啦,哪里还用活埋?

又说不活埋啦。我们烦透啦,一窝蜂朝前冲,想跳进窟窿里跌死算啦。那些人打着坠坠把我们拖回来。

我们活着,比死了还要难受。

他娘的皮团长,猫戏耍耗子好残忍!

皮团长说:"洋鬼子要来修铁路,抢我们的好宝贝,我们要团结起来,共同对敌。"

他命令一个老头把我们带到一个窝棚前,发给我们每人一管红缨铁扎枪。

然后,一声呼哨,我们就呐喊着冲上去,与腿如鹭鸶的洋鬼子肉搏起来。

洋鬼子逃跑我们追赶。洋鬼子放枪我们中弹。子弹头冰凉冰凉,死劲往我们肉里钻。

我们通通死在旷野上。

夜色多美好。我不愿这样躺着,地下的潮气令人难过。跳将起来,往前就跑;腿脚轻捷,想跑多快就能跑多快。我疑心这一切都是虚假的。但什么是真实的呢?这个世界上什么是真实的呢?

高密东北乡神奇的湖泊里,充足了气的彩球鱼在金光闪闪的水面上飞速旋转着,彩色的蝶群波浪般翻滚着。

女考察队员们在月光下工作,她们唱着歌:

翩翩飞舞啊一群蝴蝶
孤孤单单啊一只蝴蝶
飞进蓝眼睛花丛啊独自彷徨

寻寻觅觅啊暗暗忧伤
凄凄凉凉遍地月光
袅袅婷婷阿菩成行
薄烟如幛路途断绝
不知在何方啊我的故乡

我无论如何也要死去了,即使是上帝伸出生满金鳞的手挽留我,也动摇不了我的决心。

我又一次躺下,躺得很舒适,仰望着上方的星月。

儿子率领着那群可爱的小话皮子们来啦。他们采集鲜花装饰我。花朵像山一样压在我的身上。

儿子问：

"爸爸,你还有什么话要说吗？"

小话皮子们一齐学舌：

"爸爸,你还有什么话要说吗？"

我问：

"青狗儿,你知道你娘的下落吗？"

青狗儿嘲讽地说：

"新鲜新鲜真新鲜！你还能想起俺娘。俺娘来啦。"

我从花的缝隙里,看到我老婆穿着一身破衣服站在我的尸体旁。她满面怒容,在月光下宛若一块微红的钢锭。你这个丧尽天良的反革命！她骂道,你忘恩负义,抛下一家老小,化蜂化蝶,到处拈花惹草,死了都寻不到家门,真是苍天报应。地里的野草长得比庄稼都高了,栏里的牛羊瘦得像鱼刺一样啦,房顶上的青苔都比铜钱厚啦,院子里净是野兔子。你不管不问,要你这样的丈夫还不如要条狗！嫁你这样的丈夫还不如嫁匹猫。

我感到了深深的内疚。

"青狗儿,梅老师怎么样啦?"我问。

"爸爸,你临死都不忘风流!"青狗儿说。

梅老师手持教鞭,站在我的尸体旁。她用教鞭挑开花朵,忧伤地看着我的面容。看一回,叹口气,扭身就走啦。

我感到了难以排解的孤独。

我想起了女考察队员们托我带给县政府的那封信,便大声吼叫起来。

青狗儿问:

"爹爹,你咋呼什么? 见到梅老师你又后悔死去了是不是?"

"不是! 有一封信,应该托梅老师带给县政府!"

青狗儿说:

"那封信早在报纸上登出来了,你临死都在梦里!"

我被儿子打击得就想撒手而去啦,但一句话梗在喉头,不吐不快,便说:

"青狗儿,好儿子,你通仙入魔,古今中外,天文地理,色色都知晓,请你告诉爸爸,纺锤是什么?"

"纺锤就是纺锤。"

"还有,人为什么要生蹼呢?"

"人为什么不要生蹼呢?"

他再也不搭理我,率领着那群小话皮子们到阿菩树下采集蓝眼睛花。他们飞快地挪动着小腿,形状滑稽可笑。他们要用花朵埋葬我。

花朵越集越多,月光渐渐消逝了,清凉的夜风中洋溢着的湖水味道消逝了。伴随着我的是黑暗和令人窒息的花香。

我挣扎着往外钻。钻呀钻,用力钻。终于把脑袋伸了出来。

小话皮子们惊呼着：

"青狗儿，爸爸钻出来了！"

青狗儿说：

"人都是不彻底的。"

我认真思索着他的话。人都是不彻底的。人与兽之间藕断丝连。生与死之间藕断丝连。爱与恨之间藕断丝连。人在无数的对立两极之间犹豫徘徊。如果彻底了，便没有了人。因此，还有什么不可以理解？还有什么不可以宽恕？还有什么不可以一笑置之的呢？

我儿子是个了不起的好孩子，我真为他骄傲！

第四梦

复仇记

一

湖水动荡不安,在碧绿的月光下,翻腾着一道道田塍般的巨浪。他们逃出村庄,仓皇如丧家之狗,在绵密的、生满倒钩和硬刺的灌木林里盲目地冲撞着,在陷没膝盖的泥泞里挣扎着。后来他们穿越了洼地里茂密的芦苇,到达湖边。湖水因为翻腾,湖底的淤泥和水草泛起来,所以有腥与臭的味道。月光下,湖里浪花呈现一种浅浅的蓝色,不知因为什么原理。他们不约而同地在湖边停下来,两颗心合着同一的节奏跳跃,两张嘴用同一的频率喘息,至少我认为是如此。如此这般,月如冰霜,他们紧紧缩着脖子,湖里溢上来的气味涂在他们的感觉上,好像油漆一样。

芦苇在他们背后翻滚起来,前边的弯下腰,后边的直起腰——此起彼伏——宛若追逐着的长浪,好像要把他们驱赶到湖里去。

我也不清楚是谁把我揉到芦苇地里去——几秒钟前我还在《生蹼的祖先们》里和手上生蹼的梅老师搂着脖子亲嘴呢,怎么一眨眼就进了芦苇地?墨绿色的芦苇高大粗壮,"和尚"鸟纺织精巧的草窝窝一排排悬挂在芦苇的茎叶上,羽毛未丰的鸟雏张着金黄的大嘴,等待着食物。有几条竹节般的细蛇沿着芦苇的秆儿往上爬,它们很笨拙,爬到距鸟窝不远的地方就跌下来,跌下来再往上爬。爬不上去,誓不罢休。这景象令我胆战心惊。我分拨着芦苇,像摆脱噩梦般地往外逃跑;芦苇冰凉黏腻,如同毒蛇。四周响起咯咯的鸣叫,是毒蛇在鸣叫还是和尚鸟在鸣叫?

我的童年时代,原来并没结束。仅仅因为迷途,我就痛哭失声。一道道凛冽的月光照耀着芦苇,芦苇上盘缠着的毒蛇都昂着头,张着口,嘴里叉舌飞快地点着,像一束束灼热的小火苗子,蛇嘴里冰凉潮湿的气息喷吐到我的脸上,不由我不哭。

但我毕竟从芦苇地里钻了出来,回头观望,那弯曲的长蛇因为愤怒通体发了亮,好像扭曲的火舌,映照得每一株芦苇纤毫毕现。我本能地向着站在湖边的两个人靠拢过去。我看到他们的眼睛凝视着湖上凝结了的奇异浪花,不由地眼睛也发直:浅蓝的浪花缓慢地翻腾,沉闷如雷的呼隆声在水底翻滚着,让人感到湖面上随时会腾起冲天的浪柱。

沉默片刻,我用一个指头轻轻地戳了戳一个人的腰,但两个人同时飞快地转过身来,好像我把他们吓了一跳似的。四只金黄的大眼惶惶不安地盯着我。我的身高不及他俩的膝盖,可见他们身材高大,犹如两株挺拔修长的芦苇。

"你们是谁?站在这里干什么?"我胆怯地问。我胆怯的问话一出嘴竟然气势汹汹,好像在审判这两位高大的青年。

他们转动着金黄的大眼看着我,麻木着脸,好像没听懂我的意思……

二

在我的记忆里,他们的衣服又短又瘦,扣子把扣眼撑得很紧,随时都可能脱落。半截生着纤纤细毛的胳膊从袖子里伸出来,四只大手,一阵阵哆嗦着,像四只傻乎乎的小动物。我还记得他们头上生着柔顺的黄头发,唇上生着柔软的黄胡须。总之在我的印象里这是两个处处显示出局促不安、心事重重的青年。

那时候我重复着上边的问话。

声声逼得紧,他们是非回答不行了。

"我是大毛。"

"我是二毛。"

"我是二毛的哥哥。"

"我是大毛的弟弟。"

"我们是双胞胎。"

"母亲一胎生了我们俩。"

"她一生下我们就死了。"

"我们父亲这样说。"

"是不是母亲一生下我们就死了?这仅仅是个传说。"

"也可能没生我们时她就死了?这仅仅是个传说。"

"她可能被人给强奸啦。"

"她可能被人给暗害了。"

"现在我们站在这里看湖里的风景。"

"湖里的风景很好看。"

"看完了风景我们要到湖那边去。"

"我们要游到湖那边去。"

"我们的爹昨晚死啦。"

"他死啦还睁着眼睛。"

我听说他们俩经常处于一种如醉如痴的状态。你对我说过,从他们刚刚能站立行走那天起,他们的眼前,就周期性地出现一个陌生的女人的身影。她披散着头发,脸皮紧紧地贴在颧骨上,好像轻轻一划就会绷裂。这个女人站立在黑暗的墙角上,悲悲凄凄地注视着他们。有时候她还会发出一声奇怪的抽泣声:咯——咯——咯——,好像患胃溃疡的病人在饥饿时发出的声音。每逢她站在黑暗里若有所思地注视着他们时,寒冷便如潮滚滚而来,使他们的牙齿不由自主地叩击。她是个什么人呢?随着年岁的增长,兄弟俩猜测到这个女人就是他们的母亲。她有时候敞着怀,胸脯上的一道道抓痕触目惊心,血腥味焕发出来,令他们的恐怖更加深刻。

三

在一个温暖的夏夜里,金黄的月光从破烂不堪的窗棂间射进来。月光涂在乌黑的墙壁上,墙壁上伏着一只翠绿的大肚子螳螂。它高昂着头,高举着蜷曲的前腿,一动也不动。后来月光又转移到房梁上,梁头上悬挂着一只紫红色的、落满灰尘的纺锤。院子里的野草梢上,蝈蝈们发出凄婉的叫声,肉足的小兽在野草之间行走,走出沙啦沙啦的声响。我听他说那一夜兄弟俩同时从睡梦中惊醒,那一夜他们刚刚过了九周岁的生日,虽然他们的身高体重都超过了与他们同龄的男孩,但他们的心灵则较之同龄男孩要脆弱要单薄要幼稚。那个女人的魔影死死地纠缠着他们,恐怖压迫了他们的心灵。他们同时惊醒是因为他们同时感觉到一只凉凉的手抚摸他们的面孔,是因为他们同时嗅到了那只手上的、像青蛙肚皮上的又冷又腥的气息。

他们一骨碌爬起来,身体往后收缩着,缩到炕头上后,两个赤裸的身体紧紧地贴在一起。那个女人站在炕下,月光照着她青色的脸,好像磷火在燃烧。她冷冷地笑着,还噘起嘴,把浸入肌肤的冷风喷到他们脸上。

他们几乎同时啼哭起来,那女人的影子褪入月光照不到的朦胧地带,消逝了。

他们的爹把房门推开,走到屋里来。爹从墙壁上的窟窿里摸出火镰、火石,噼噼啪啪地打着火,火星四溅,瑟瑟有声。一盏豆油灯点亮,月光立即黯淡了。兄弟俩啼哭不止。他们的爹有些不耐烦地说:"半夜三更,不好好睡觉,嚎什么!"

兄弟俩胆怯地望着门后的暗影,他们分明感觉到,那个女人就避在那里,只要一灭灯,她就会走出来,用那只仿佛生着潮湿蹼膜的手,抚摸他们的脸。他们鬼鬼祟祟的目光引起爹的注意。他猛地把门拉动,兄弟俩惊叫一声,他们看到那女人的身体像一张薄纸一样,紧紧地贴在门板上。

他们的爹却什么也没发现,骂他们几句,吹熄灯,爬到他们身边困觉。

"爹,她摸我的脸!"

"爹,她的手凉,黏!"

"谁的手?"爹说,"狗东西,谁的手?快困快困。"

那女人又站在月光里冷笑着,青色的脸犹如一团鬼火。但是,他们的爹,已经呼呼地打起响鼻来。

后来,他们把那女人的事告诉爹,爹沉吟一会,说:"你们梦到了,你们的娘……"

我听说这兄弟俩对亲娘的感情十分淡漠,他们怕她,腻味她,想摆脱她,她却无孔不入,无处不在,好像一股阴冷的风。

他们问:"爹,俺娘是怎么死的?"

"你们的娘是病死的。"

四

我还听说他们的爹是个黄眼睛的人,村里有古谚曰:"黄眼绿珠,不认亲属。"他们的爹是个阴沉、邪毒的人。他们的爹把粮食换成白酒,每日都醺得半醉,嘴里咿咿呀呀地唱。他们十几岁时,听到村里的人喊他们的爹:"四疯子,学声狗叫吧,给你两毛钱!"

他们像狗一样长大了,谁也不知道他们的衣服是从哪里买的,他们俩五冬六夏都穿着一样的杏黄色衣裳,尽管衣裳上抹着污七八糟的脏东西,但依然是杏黄色。

有一天上午,他们的爹抓到了一匹老猫,拴在院子里一棵苹果树伤疤累累的树干上。爹说:"你们好好给我看着它,要是让它跑掉,我就剥掉你们的皮!"

爹提着一只筐子走啦。他们开始观察那匹老猫。他们同时感受到老猫的阴森森的精神和它对人类的难以消解的仇恨。它蹲在树下,眼睛里的瞳仁忽而变长忽而变圆,跳蚤在它的身上乱纷纷爬动着。它用破碎的爪子抓搔跳蚤,往往把毛撕下来,往往把脸抓破,却于跳蚤无损。后来老猫伸出舌头舔背上的毛时,他们同时伸出舌头舔嘴唇,他们同时产生了舔舔猫背上油光腻腻的杂毛的强烈愿望。僵硬的舌头在他们嘴里笨拙地运动着,舌尖上漾开一股子香喷喷的药味。他们互相打量着,但眼珠一碰,便清楚了,他们之间的感觉完全相同,产生的疑惑也完全相同。他们往前移动了一步,离老猫近了一些。苹果树上挂满青黄叶片的枝条笼罩着他们。老猫眯缝着眼睛,没有显示出一丝一毫的惊慌,也好像没有不愉快的情绪。他们大着胆子又前进了两步,猫睁圆了眼睛,凄厉地嚎叫了一声,吓得他们腿如弹簧,腰似风标,飞一般逃出苹果树的阴影。喘息甫定,香喷喷的药味又吸引着他们向老猫逼近。老猫暴躁起来,向他们扑来。它的每一次疯狂跳跃都被拴在颈上的链子给彻底粉碎,它在地上翻滚着,它用牙齿啃着那条铁链。猫的背毛直竖着,香味从那儿来,诱惑也从那儿来。

他们找来两根干槐树枝条，远远地站着，戳那猫的背，猫的愤怒到了极点，咬铁链子、抓地、嚎叫、拉尿，但都无法制止这两个黄头发男孩的恶作剧。他们把粘着猫毛和猫毛之油的槐枝抽回来。他们同时伸出舌头，贪婪地舔着槐枝上的猫的油腻，舌头渐渐柔软啦。——这两个男孩喜欢舔猫背的事村里人人皆知。我听说他们的这种癖好之后，感到很惊讶，找人去问为什么，谁也不能回答我——他们把那只老猫戳得半死不活的时候，他们的爹回来啦。

爹挎着筐，筐里盛着胡椒、花椒、桂皮、茴香、芫荽、葱、姜、蒜等佐料。看到他们戳猫，爹竟然没发怒，只是用眼睛斜了他们几下子。爹找出蒜白子，把调料捣碎。然后，爹走到苹果树下，对准猫头，用包着猪皮的大鞋尖，猛力一踢。猫被踢飞起，在空中翻了两个滚；猫跌落在地，在地上翻了两个滚。仔细一看，猫头破裂，猫眼珠迸出，猫胡子上挂着血珠。他们的脊上有一股凉意，宛若小蛇在爬升。

爹把猫挂在树杈上，进屋里去了。兄弟俩趁着这机会，飞扑过去，伸着鲜红的舌头，舔着猫身上的毛。他们枯黄的小脸变得红润又鲜艳。爹站在背后，好奇地打量着这两个黄毛小子的怪异举动，狐疑之色浓重地罩着他的脸庞。

"你们要干什么？狗娘养的！"他终于怒骂起来。

感受到来自背后的威胁，他们恋恋不舍地离开猫，四目晶亮地惊恐，注视着爹的脸。爹脸上的肌肉不自然地抽搐着。他们的嘴唇则细细地哆嗦着。

爹举起一把生满红锈的牛耳尖刀，尖声喊叫："我宰了你们俩狗爹弄的、狗娘养的王八蛋！"

他们同时感到了疑惑。自从舔了猫背上的油腻之后，他们的脑袋就像刚灌注了润滑油的机器一样快速地运转起来，他们想：狗爹弄的？爹是狗吗？

"你是我们的爹,你是狗吗?"

"你弄的我们,你是狗吗?"

问完话后,他们望着他,大大的眼里放射着狡黠而凶狠的光彩。

爹高举着刀子的胳膊有气无力地垂下来,嘴里低沉地、飞快地咕哝着什么。

他们第一次感觉到伤害了成年人的欢娱,所以,尽管爹在他们的屁股上各踢了一脚,他们还是感到惶惶不安的兴奋。

爹把刀子放在磨石上蹭,刺棱刺棱的磨刀声使他们牙碜,口水从牙根里往外冒。

爹磨快了刀,开始开剥猫皮,猫的尾巴像旗杆一样竖起来,猫身体悠来荡去,爹无奈,又用拳头把猫头乱擂一阵,直到猫尾像条死蛇一样垂挂下去才罢手。

他们看到爹把猫的内脏从腹腔里拖出来时,感受到了翻胃的痛苦。爹提着猫皮和沾着血迹的刀子,站在离他们三步远的地方。爹把猫皮抡起来,让猫皮上的热血和猫皮上的味道淋漓在他们脸上。

"你们这两个狗娘养的,想舔猫皮吗?"爹阴毒地笑着问。

他们咧着嘴,龇着牙,都把左脚半抬起,用脚尖敲点着地皮,显出了一副焦虑不安的怪模样。

爹抡着猫皮转圈,越转越快,越转越快,然后一撒手,猫皮挟带着腥气,飞越房脊,落到河里去了。他们想着猫皮砸破青琉璃一样的水面、激起淡蓝色浪花的情景。猫皮旋转着往河底沉去,血迹飞速下降,犹如一根根血线,直戳到金色的河沙里去。青背的河鳖隐身在沙土中,只露着两只秤星般的小眼睛,死死地盯着那缓缓下沉的庞然大物。爹手里的刀也滑脱出手,叭一声钉在了门框上,薄薄的刀刃在门框上抖着,发出铮铮的声响。

他们被这情景吓得要命,一抬头就跟赤裸裸的猫尸打个响亮的照面,猫眼里射出的灰白光线与他们跳荡如豆的目光相碰,他们畏畏缩缩地倒退着,一直退到背后是墙壁时才不得不停止后退。他们的身体在墙上蹭着,蹭得墙壁掉渣。鸡窝在香椿树下,离他们比较近,一群老鼠在鸡窝里蹦跳着,好像在欢欣鼓舞。

爹把猫尸放在剁菜的板子上——板子中心凹下去,成了一个坑——找出一柄大斧,剁着猫尸,剁得大一块,小一块;迸得东一块,西一块。爹脸上粘着猫的骨髓。后来爹又洗芫荽、切姜,往锅里添水,加佐料,盖上锅盖点着火。爹命令他们蹲在灶口续柴烧水,爹说要是烧灭了就宰了他们两个狗娘养的。

爹坐在门槛上,攥着刀子监视着他们。

灶里的火焰发出噼噼剥剥的响声,好像燃放鞭炮一样。柴草潮湿,白烟从灶口一团接一团突出来,屋里弥漫着厚重的烟雾。兄弟俩趴在地面上,呼吸着新鲜空气,听着爹在烟雾里吭吭咯咯地咳嗽着,不免有些担忧。他们手脚着地,慢慢地往屋外爬。刚爬过门槛,就听到爹在骂他们。等到他们爬到阳光明媚的院子里,直腰站起来时,爹已经狞笑着站在他们面前。

爹赏给他们每人一个响亮的耳刮子,然后拃着他们细长的脖颈,像老鹰抓小鸡一样把他们提拎起来,先摔大毛,次摔二毛,大毛二毛相跟着,跌在了锅灶门口。爹说:"烧不开锅就把你们填到灶里去,狗杂种两个!"

浓烟弥漫,屋里什么也看不见。他们一个往灶里续草,一个噗噗地往灶里吹气。爹在院里迈着大步走动,嘴里骂声不绝。他们同时想到,应该往锅里加点什么,加点什么呢? 四只手在地上同时摸索着。大毛摸了一把土,二毛摸到了一块干燥的牛粪。他们互相看不到,但却非常清楚地知道对方在干什么。大毛揭开锅盖,把土撒到锅里;二毛揭开锅盖,把牛粪扔在锅里。他们的脸上都浮现出愉快的笑容。

"干得好!"一个女人的声音在说。

他们非常恐惧地听到烟雾里有一个女人咬牙切齿地夸奖他们。

他们还感觉到那只熟悉的、冰凉潮湿的、有一股青蛙肚皮味道的手在拍打着他们生着稀薄黄毛的头皮。他们恨不得把脑袋缩进肚皮里去,来逃避这可怕的抚摸。

这时锅里的水沸腾了,猫的破碎尸体随着水浪翻腾,骨头茬子擦着锅边,发出嚓啦嚓啦的声响。

猫肉的香味从锅盖与锅沿的缝隙间溢出来,他们同时抽动着鼻翼,吸溜吸溜的,好像感冒了。

爹揭开锅盖。铜钱般大小、金黄色的油花子浮在水面上团团旋转。爹把切成寸段的芫荽梗子抛撒到锅里,刷刷地响。芫荽梗经开水烫了,变成惊人的翠绿。

浓烟渐渐消散,显出黝黑的墙壁和流油的房笆。爹脸上油汗淫淫,眼睛里浊泪汪汪。

爹喝酒,吃猫肉。他们俩坐在灶口,胳膊搂着赤裸的膝盖,下巴搁在胳膊上,呆呆地看着,他们的肠胃吱哟吱哟地鸣叫着。

爹把一块块啃得不干不净的猫骨头扔到他们面前,用焕发神采的眼睛看着他们,好像在期待着什么。他们冷漠地看着惨白的猫骨,肚子里吱吱地响。

那个妇人的身体紧紧地贴在墙壁上,愁苦不堪地望着他们。这是多年前的事。

五

"你们的爹死了,为什么不在家守灵?你们慌慌张张跑到这里来,身上带着一道道伤痕,可见跑得非常急,有豹子追赶你们吗?"

他们频频地点着头,好像对我说,确实有一只五彩斑斓的大豹子追赶过他们。

"现在你们要到哪里去?"

"我们要到湖那边去!"

"我们要游过湖去!"

"湖那边有好吃的鲜果。"

"湖那边有好看的风景。"

说完话,兄弟二人便往湖水里走去,湖水开始仅仅淹到他们的膝盖,他们的腿抬得很夸张,宛若两只在雪地上行走的公鸡。水面绽开一朵朵浑浊的浪花,但无声无息。

水越来越深,淹到他们的臂膊了,站立行走,已经很吃力,他们随时准备伏下身去凫水前进啦。

"等等我!"我呼叫着,背后芦苇地里浪潮般涌来的巨大恐怖推着我,"等等我,我跟你们一起走,我也是个,无家可归的人。"

已离开湖岸十几米远的两兄弟停下来,同时扭转脖子,瞭望着站在岸边、身体前倾的我。我听到他们俩低声交谈了几句,看到他们向着我举起他们的粘连着粉红蹼膜的手——这突然的发现使我心如刀绞,一股温暖的血把全身的皮肤都烤热了。我不顾一切地冲进湖水。冲过去,插在他们之间,由他们的左手和右手搀扶着,我们往前走了几步,当湖水浸到我的脖颈时,我们齐齐扑倒,湖水立即托住了我们的肚皮。我们在水中很凄凉很幸福,弹性丰富的鱼嘴巴唧巴唧地啄着我的那个凸起物,使我的感觉在那儿形成了一个焦点。

半夜时分,我们站在湖对岸柔软的草丛里,任凭着身上的水珠吐噜吐噜往下滚动,我们的身体上焕发着辉煌的釉彩。阔大的棕榈叶子,在晚风中微微摇摆着,暗影婆娑,恍若美人。回望湖对岸,一片淡青色的迷雾从芦苇丛中升起,并逐渐往湖面罩过来,芦苇外边,也就是迷雾屏障的后边,传来咣咣的狗叫声,那里就是我们的村庄。

我们手挽着手,沿着湖边徜徉。究竟要干什么?为什么到这里来?我完全不清楚。我只是感到夹在这两个高大健壮的肉体之间,是安全,是屏护,是一种终极的目的。

我们漫游到天亮,身体变得像冰一样凉。东方红时,他们的身体哆嗦起来,他们的哆嗦通过紧抓住我的手传导到我的身上,我也哆嗦,合着他们哆嗦的节拍,在哆嗦中我们变成一个整体。

对岸的狗狂吠不止,锣声急急,枪声如尖刀划破挺括的绸缎。我真切地感受到了他们的畏惧心理,知道他们急欲寻找避身的场所。

一道壁立的悬崖,从半腰里垂挂着一大幔开着星星点点黄色小花的藤萝,我们犹豫了一会儿,直着眼观察那些黄色小花。它们在薄曦中闪烁着,好像一堆眼睛,一股淡雅的幽香,从容不迫地侵入我们感情深处最黑暗的地方,把那里照耀出昏黄的光晕。

撩起藤萝,不怕尖硬的刺儿扎手,我们钻了进去。这是个巨大的岩洞,像天方夜谭的境地。黑暗中有咻咻的鼻息声,一群群蝙蝠在洞里飞舞着,肉质的薄翅振荡空气,发出哗哗的风声。

他们点燃了松明——松明插在墙壁上。火焰抖动,像艳丽野鸡的尾巴。一切都准备好了:用干草搭成的铺,磨得锃亮的切菜刀,盛着五颜六色粉末的瓶瓶罐罐。洞壁上悬挂着一些死人毛发般的植物,空气是潮湿的,洞顶下垂着的奇形怪状的钟乳石上,缓慢地形成着大滴的水珠。洞壁上稍微平滑一点的地方,都有用粉笔画出的符号,也有一些歪三斜四的汉字掺杂在符号里,不用心看是看不出来的,用心看是能够看出来的:全是些咬牙切齿、恨入骨髓的刻薄歹毒话。

我们坐在铺上,随随便便地坐着,肌肉却紧张得像钢条一样。阳光从洞口的藤萝缝隙里射进来。洞外嘈杂声起,人声,狗叫,狗颈上的链条索落落地响,枪声像爆竹一样。

"是来抓我们的。"

"是老阮的狗叫。"

"是老阮的枪响。"

"老阮带着狗和民兵来搜捕我们。"

"他想斩草除根。"

"爹临死时是怎样说的?"

我听到他们在回忆着爹临死的情景:

前天晚上,爹摇摇晃晃地走进家门,一跨过门槛,便栽倒在地。血从爹嘴里咕嘟咕嘟冒出来了。我们从睡梦中醒来,我们从栖身的草堆里钻出来,把爹抬到炕上。爹身上的臭蒜味道熏得我们头晕眼花。我们讨厌爹身上的味道,我们讨厌爹黏腻的肉体,我们感到这个爹与我们格格不入,我们与他之间仿佛有着难以排解的宿怨,无恨不结父子,无恩不结父子,无仇不结父子!爹是什么呢?拳打脚踢,臭气熏天,深仇大恨,爹和儿子是这种可耻的关系,我们为什么还要抬他?我们把爹抬到炕上,我们厌恶地看着从他嘴里滚滚涌出的、腥臭如同虾酱的黏血,其实是束手无策、无可奈何。爹临死也不忘仇视我们,用他的大黄眼珠子仇恨地斜视着我们,一贯的奸邪笑容挂在他的脸上。一个人的肚子里究竟有多少血?其实是无穷无尽,这是爹用他的实际行动告诉我们的真理。血的潮流汹涌,从爹的嘴巴里涌出,涌出涌出略有间断继续涌出,炕上血泊,咣当咣当响,好像一辈子的深仇大恨,都在涌出。随着涌出涌出涌出,爹的脸由蜡黄渐渐化为雪白,好像一只屙尽了腹中屎、生就了全腹丝,准备上簇的大蚕。他弯曲着昂起头,三昂方起,他说:

大毛、二毛,你们两个听着,十八年前,老阮把你们的娘强奸了,这个仇，我报了一半，剩下的一半由你们去报。狗操的你们。你们要去把老阮干掉！你们要是不干掉他，他就要干掉你们。你们过来……你们过来……把你们的头伸过来……

我们胆怯地把头伸过来，他嘴唇上的血沾到我们脸上，沾到我们脸上，永远洗不干净的耻辱沾到我们脸上……他用他的锋利的指甲，在我们脸上狠狠地剐着，剐破了我们的皮肉，流出了我们的鲜血……他一仰脖子死啦……这时我们看到了老阮那张脸，那张挤扁了的脸，那张像水蛭的吸盘一样的脸……我们夺路逃跑……我们听到老阮在喊：孩子们，别跑，我不会害你们……我喜欢你们……他可能要吸我们的血……是的，他想剥掉我们的皮，把我们的心肝挖出来，用刀子切成小方块，撒上盐粒，拌上蒜泥，加上姜丝，当酒肴……我们快逃，我们感觉到湖这边是平安的……

狗叫、狗脖子上的锁链抖响、枪声、杂沓的脚步声，又到了洞口外，老阮哑着嗓子吼叫：大毛二毛，别怕，我想给你们找点好事……你们的娘是个好女人……

六

我听说有一年冬天，将近春节吧，天气十分的寒冷，连日鹅毛大雪，后是零星小雪，然后又是鹅毛大雪，地上积了厚厚一层，村东头苹果园里，树冠积雪重重，都像大馒头一样。树枝喀巴喀巴响着，寒风在河道里呼啸着，冻结了的河里，冰块响亮地崩裂。那年夏天，上级号召"大养其猪"，老阮派人去九莲山区买回了九百头瘦猴一样的野猪，关在苹果园外那一排土坯房里饲养。他们的爹被老阮派去养猪，那群野猪从买回来关进土坯房第二天就开始死亡。有时每天死一只，有时两天死两只。如果有一天不死，第二天必定会死三只或四只。土坯房旁边新盖了三间砖屋,砖屋里安着两只大锅,垒了一铺大炕,炕上睡着三个饲养员。那年头当饲养员是美差。他们的爹能被老阮——阮书记从全村一千口人里选来当饲养员,可见阮书记对他们的爹印象很好。秋天开始不久,黄豆收割了,红薯也挖出来啦。大垛的黄豆就垛在砖屋旁边,大堆的红薯就堆在黄豆垛旁边。

深秋的傍晚,垂死的秋虫在枯草丛里唰啾着时,村里的军号声就响起来了。军号声像牛叫一样,吹军号的小伙子名叫沫洛会,个子矮小,一脸疤癞,出身贫农,跟在阮书记身后,像个小警卫员一样。沫洛会的军号斜挎在膀子上,军号脖子上的红缨络垂到他的膝盖,忽闪忽闪,很是好看。沫洛会跟在阮书记身后,肩上扛着一杆铁扎枪,扎枪脖子上的红缨络忽闪忽闪,很是好看。

每到晚上秋虫叫起来时,大灶里的火就噼噼啪啪地燃烧起来。灶膛里的火影子投射到墙壁上,像灰蝶一样扑棱着,很是好看。他们蹲在墙根上,目不转睛地盯着灶膛里的火。灶膛宽大,烟囱高大,天高气爽,金风浩荡,火势很旺,灶里的火燃出一派风声,屋里一点点烟都没有。灶里塞着干透了的桑树疙瘩,烧桑木的味道实在是好闻极了。

锅里煮着,如果不是黄豆就是红薯。他们蹲在那里,等待着不是吃黄豆就是吃红薯。

猪们在土坯房里嚎叫着。有一只猪嗓门凄厉,叫起来跟女人哭老公完全一样。这只猪的叫声像锯子一样割着他们的心。

是的,每天夜里,十点多钟光景,他们用红薯或黄豆填满了肚皮时,阮书记就晃晃荡荡走来了,沫洛会扛着红缨枪跟在后边,很是好看。这时候,也注定是他们依偎在灶门口,昏昏欲睡的时候,灶膛的余烬烘着他们赤裸的背,舒服极了。另一个灶膛里的火熊熊燃烧起来,灶膛里燃烧的除了桑树疙瘩还会有什么!干枯的桑木被烧得嗞啦嗞啦冒白油,偶尔也会有一只桑螵蛸被烧焦,扑鼻的香味淡淡薄薄地散开,很是好闻。愈是夜深,那火焰愈旺,那火光愈亮,他们的小脸膛像金子一样,眼睛像宝石一样,好看极了!他们听到风在烟囱里呼呼地响着,他们看到暗红的火星从烟囱里蹿上去。

锅里的猪唧唧咕咕地叫着打滚,好像活了一样。阮书记进了砖屋后就坐在那张专为他摆设的凳子上,沫洛会抱着红缨枪倚着门框站着。

老阮脱掉鞋袜,将两只弯曲的像鸡爪子一样的脚放到灶口烤着。

他们的爹笑嘻嘻地问:"阮书记,您见天烤桑木火,脚痛一定轻了不少……嘻嘻嘻……"

"轻个屁,越烤越痛!"阮书记骂道。

身材高大、白胡须、练过武功、学过中医、会捏骨顺筋的王先生说:"阮书记,您只管烤,《本草纲目》上写着:手足风湿痉挛用桑木火烤之,百烤百验!"

"烤猪蹄!"

"烤猪蹄了!"

"这两个狗杂种!"阮书记恶狠狠地骂。

"这两个狗操的杂种!"他们的爹恶狠狠地骂着,好像他比阮书记更恨他们,"狗杂种,驴日的,什么王八蛋做出了你们这两个东西,快去,舔舔阮书记的脚后跟去!"

他们看着阮书记那张油光闪闪的大脸,心里充满仇恨,爹用粗糙的大巴掌扇着他们光溜溜的头皮,逼他们去舔阮书记的脚,他们心中的仇恨更重。

他们爬到阮书记脚下,伸出舌头舔着那两只臭烘烘的脚。阮书记舒服地哼哼着。——从此之后,他的脚就痒,奇痒难挨,只有他们两个舌头舔过,他的脚痒才能忍受。

冰天雪地使村庄的暗夜增添了无数的情趣,增添了无数的神秘气氛。黑暗在积雪之上悬浮着,猫头鹰躲在积雪的树冠里呼啸着。他们一如既往地把背靠在桑木火的余烬里,抱着膝盖。

阮书记带着沫洛会,准时出现。一进屋,老阮就抖动肩膀,跺脚,他的皮靴子上沾着污浊的雪泥。他们看着那两只熊掌般的大脚,目光穿透皮靴,鼻孔里记忆复活,心里满是臭烘烘的味道。

"这个婊子养的!"老阮跺着脚骂,"这个不系裤腰带的婊子!"

屋里的人都不吱声,静静地、仔细地捉摸着阮书记骂语里的味道。

爹的双眼血红,嘴唇哆嗦着,犹犹豫豫地、异常阴毒地骂道:"该把这个婊子的×剜下来,把那婊子招得嫖客的×旋下来,扔出去喂狗!"

老阮脸皮红了红,打着哈哈说:"老哥,你发什么狠?你知道我骂什么?我是骂这下雪天哪!"

王先生从大炕上摸过一把磨秃了的笤帚疙瘩,殷勤地掸打着阮书记肩头的积雪,说:"他骂那头母猪哩,它起圈啦,那家什肿得像颗红桃子,引逗得那些骟去蛋子的猪都把'钻头'伸出来啦!"

老阮笑啦,说:"赶明儿找头种猪给它配种就是!"

爹说:"这个婊子,我用树枝子戳烂了它!"

"老哥,那可不行,你要担破坏'大养其猪'的罪名!"老阮说。

土坯房里的猪嚎叫起来,简直不像猪叫,简直就是野狼嗥。他们倾听着猪叫,脑子里连续地出现一些不连贯的画面,宛若一蓬蓬水草,宛若一尾尾鳗鱼,宛若一条条裤子,宛若一根根裤腰带,宛若一簇簇鱼尾撩起的浪花。

"外边还下雪?"王先生巴巴结结地问。

"唔。"阮书记魂不守舍地说着,他的眼睛里迷蒙着一层薄雾。

爹的眼睛里也迷蒙着一层薄雾。他们感受到了这层薄雾的性质,他们看到这两个男人在回忆着同一件往事,一件与他们哥俩密切相关的往事,他们又一次感到恐怖。

"瑞雪兆丰年呵!"王先生颇有幸福感地说。他揭开锅盖,用一柄铁叉戳煮在锅里的死猪的肉。铁叉戳在猪的腮帮子上,嗞嗞地响,拔出铁叉,血水冒出来。

"还不烂。"王先生说,"你烤着脚等一会吧。"

阮书记说:"急什么!老长的冬夜,慢慢煮着吧。"

王先生忘了盖锅盖,死猪在锅里微微抖着,热水翻着浪花,猪耳朵浮着,像荷叶一样。

阮书记脱掉鞋袜,把两只大脚凑近火焰,烘着烤着,那痒就钻了心。

"儿子们,来给干爹舔脚啊!"老阮说。

他们实在厌恶老阮脚上的味道,畏缩着身体往后退,想逃避这苦差事。他们的爹拧着他们的耳朵说:"狗日的杂种,快去舔吧!"

爹的坚硬的手指像铁钳一样夹着他们的耳轮,毫不客气,一丝一毫不放松,他们歪头咧嘴——一个嘴往右上方咧,一个嘴往左上方咧。

他们跪在阮书记脚两边,伸着娇嫩的红舌,呱唧呱唧地舔着臭脚。泪水在他们的眼眶里打着转。

后来,他们渐渐适应了老阮脚的味道,舔脚的时候不恶心啦,眼里也不噙泪花啦。那味道充斥脑海,像彩云般涣散开,形成金色的、流着香油的诱惑。像在梦里一样,他们不约而同地张大嘴巴,狠狠地咬住了老阮的脚背。

老阮嚎叫着,从座位上弹起屁股,站直身体——痛楚又坠弯了他的腰。屋里的人呆呆地看着这场戏。他们的爹在油灯昏黄的光辉里甜蜜地微笑着。

老阮晃动着身体,试图把两条腿拔出来,但他们紧抱着,紧咬着不放。老阮歪歪扭扭地跌坐在地上,痛苦把他打倒了。

沫洛会猛醒,用枪杆子把他们打开了。

他们又紧紧地靠在一起,四只眼睛亮晶晶的,好像鬼火一样。

老阮的脚背上鲜血淋漓。他呻吟着,坐在板凳上,脸上的表情好像要哭。

沫洛会用红缨枪的铁矛头敲打着他们的与瘦身子相比显得庞大的脑袋。他们本能地举起手遮护脑瓜子。枪头打在他们的手巴骨上,咯嘣咯嘣响着。

王先生脸色灰白,山羊胡子哆嗦着,说:"啊咦!啊咦!这两个不懂事的毛孩子……"

爹悠闲地抱着膀子,看着双脚流血的阮书记,看着正遭受着沫洛会毒打的孪生兄弟,完全是一脸微笑,好像一切都与他没有关系。

阮书记盯着爹的脸看,双眼像锥子一样。

爹噘着嘴唇,一副超然姿态。

忽然,阮书记拎起一只沉重的皮靴子,对着爹的脸掷过去。爹抬臂,轻轻一拨,那只皮靴子便落在沤满了青绿地瓜酱的猪食缸里。阮书记把另一只皮靴子掷过去,它也落进了猪食缸,打着滚翻着筋斗。

"王八蛋!"老阮骂道。

"王八蛋在那里呢,"爹指着挨打的孪生兄弟说,"这俩都是驴日的王八蛋!"

爹的眼闪闪出绿光,逼着阮书记;阮书记的眼闪闪出红光,逼着爹。红光碰绿光,迸溅出仇恨的火星。好像两只冤恨深重的狗在一条狭窄的小巷子里迎面相撞。他们僵持着,僵持着。红光渐渐减弱、下垂,啪嗒一声落在地上,紧接着消逝啦。绿光喷射一阵,终于也消逝啦。

阮书记和气地说:"够了,沫洛会,你打他们干什么?你打死他们,能抵命吗?混蛋!"

沫洛会停住手,委屈地看看阮书记,退到墙边立着去啦。

他们的头火辣辣的,耳朵里嗡嗡地响。血越过眉毛,涂在眼皮上,流过睫毛,流进眼睛,血里的盐杀着他们的眼球,很痛,他们的眼前物都是鲜血一样的淋漓。

阮书记命令沫洛会跑步到村里去叫"赤脚医生。"

沫洛会挟着红缨枪跑啦。

王先生抓起一把桑木灰烬,要按到老阮的伤口上,遭到老阮一顿臭骂。王先生唯唯诺诺地退到墙角上,半天没敢吱声。

爹用一根光滑的白木棍把阮书记的两只沾着酸臭猪饲料的皮靴子挑出来,扔在方砖地上,威严地说:"你们两个狗杂种,把靴子上的猪食舔干净!"

他们面面相觑,满脸苦相。

爹又怒吼一声:"听到了没有?狗操的你们两个杂种!"

他们哆嗦着,哭着,好像两片残留枝头的寒冬腊月的枯树叶子。

爹高举着劈柴对他们扑过来了。他们尖厉地哭嚎着,在房子里逃窜着,甚至避到了阮书记的背后,想逃避舔靴子的痛苦劳动。

爹隔着阮书记的身体用劈柴去砍他们时,阮书记攥起拳头,猛捅了爹的小腹。爹扔了劈柴,双手捂住小腹,倒退着、呻吟着,一腚蹲在地上。

"你——畜生!"阮书记骂道。

"我打你的儿子了?"爹脸色蜡黄,额上渗出细小的白汗珠,但奸邪的笑依然挂在紫黑的唇边,"我打这两个狗日出来的杂种你心痛啦?"

"混蛋!王八蛋!……"阮书记暴怒,阮书记简直要放声大哭啦。他抓起灶边的劈柴,没头没脸地乱摔着,爹阴森森地笑着,拉开门,到院子里去了。

一阵清凉的、潮湿的寒风突然灌满了房屋。挂在墙壁上的煤油灯熄灭了,一点灯芯在发红,煤油的味道在上升。灶膛里柴火更加旺盛,映照着阮书记肥胖的、沉甸甸的大脸。锅里的死猪在翻腾:扑棱棱、扑棱棱、噗噜噜、噗噜噜……猪肉的香味随着一缕缕的蒸汽,从锅里溢出来了。

他们看到了门外边积雪的光芒。爹在苹果树的间隙里走着,他脚下的雪发出嘎嘎吱吱的叫声。猪在土坯房里嚎叫。猪停止嚎叫,进入沉沉的梦乡。夜安静馨香,干巴巴的寒冷里竟透出几分润泽的温暖来,田野里的麦苗在厚重的积雪下沉沉大睡,肥厚的、硫磺色的云团把星星与大地的联系切断了。他们同时陷入冥思苦想之中,脑的眼穿透云层,观看着万千星斗旋转翻腾,天空犹如沸水,煮着日月星辰。他们胆怯地把目光投到门外清冷的夜里,恍惚看到爹与一群周身生着绿色绒毛、额窄嘴阔的毛人们在一起嬉闹,毛人们用弯弯勾勾的手爪子,挠着爹的腋窝。他们扭动着上肢,感觉很不舒服。

王先生起身去关门,阮书记说:"别关!"

王先生缩回墙角坐下。

他们听到爹用棍棒敲打苹果树冠的响亮声音。树冠上积压日久的雪成团成团地落下,扑簌扑簌响。后来声音愈加响亮,他们清晰地感觉到,结着一层薄冰壳子的苹果树枝在棍棒的打击下跳跃着,哭叫着,冰壳破裂,乱纷纷跌进松软的雪粉里去。裸露的苹果枝条呈鲜红鲜红的颜色,他们同时想:大雪天,好冷,苹果枝条都冻红啦。

爹一边棒打苹果枝条一边骂着,骂杂种、骂狗日的、骂鳖羔子。

他们同时想:爹,你骂谁呢?你骂阮书记?你敢骂他?你骂我们?那不等于骂你自己吗?

不知道什么缘故,一时间他们心里很是酸楚。他们感到孤孤单单,无依无靠,只有灶里的余烬才能给他们一些温暖,于是,他们就把赤裸的脊背使劲往灶口挤。

"这两个钻锅灶的瘦猫!"王先生悲凉地叹息着说,"春狗秋猫,性命难逃!"

王先生站起来说:"阮书记,还是把门关起来吧,要不就把这两个瘦猫冻死啦。"

阮书记不置可否地呜噜了一声。

"这头犟驴,活活地疯了!"王先生说。

爹敲打树枝,叫骂,那条破嗓子更破了。

正在这时,沫洛会领着赤脚医生闯了进来,寒冷充斥房屋,沫洛会随手关起门,王先生用一个破旧的齿轮打火机,噼噼啪啪地打着火,点燃了煤油灯。

初起的灯火显得格外明亮,他们因为眼睛疼痛便眯缝起眼。

沫洛会说:"书记,好不容易我才把她叫起来。"

"没听到……睡沉啦……"赤脚医生有些不好意思地说着,把一件棕色麻绒领子的黑大衣脱下来,到处找地方挂,终究没地方挂,便抖几抖,小心翼翼地折叠起来,放在灶外的劈柴堆上。

她穿着银灰色底、点缀着黑色麦穗状花纹的罩衫,两排黑色的鸳鸯扣直贯脖颈,少妇才有的膨胀乳房鼓鼓囊囊的,把鸳鸯扣两侧撑得绷绷紧。他们紧紧地盯着她,目光灼灼,像狼一样。他们看着她解开包裹着脑袋的深咖啡色大围巾,露出了两片红彤彤的腮。

她把药箱从肩上摘下来,用手提着,挪到阮书记眼前,弯下腰,羞答答地问:"阮书记,伤在什么地方?"

阮书记盯着她,神鬼地笑着,并不说话。

"不是告诉你啦吗?阮书记伤了脚!"沫洛会端着红缨枪,恶声恶气地说。

她放下药箱,蹲在阮书记面前,说:"沫洛会,你把灯端过来照着,这样我看不清楚。"

沫洛会却吩咐王先生:"王老头儿,你端着灯给她照明去!"

她微微一笑,洁白的牙齿露出来,闪烁着珠贝般的光芒。

"真他妈的,小懒支使大懒,大懒支使老懒,老懒不愿动弹!"阮书记慈祥地骂着,"放下你那杆破扎枪,把油灯端过来。"

沫洛会无奈,只得把枪靠在墙上,用两根手指捏着油腻腻的灯盏靠过来。

她打开药箱,拿起一把镊子,夹着棉花球,蘸着酒精,清洗着阮书记脚上的伤口。阮书记咝咝地吸着凉气。她抬起头,大睁着两只惊愕愕的眼睛,去探询阮书记的脸。

阮书记伸出很厚的手,摸着她的头发,油油地问:"小毕呀,快过年啦,想家啦吧?"

他们看到她黑油油的滑溜头发在阮书记的指缝里哆嗦着。

"我也想放你回城去看看你爸爸妈妈,可是,村里离不开你呀!"

黑油油的滑溜头发在颤抖。

"你好好干,明年推荐你去念大学……"

这时响起了碰门声。

"谁?!"沫洛会声色俱厉地喝问。

砰砰砰,砰砰砰,有东西在碰门。屋里的人一时都变得木呆呆的,看着颤抖的门板。

他们看到她在想:有一个漆黑的夜晚,我刚刚洗完脚钻进被窝,就听到单薄的门板砰砰砰地响起来。砰砰砰!砰砰砰。谁呀!谁!砰砰砰!砰砰砰。声音执拗而顽固,好像命运一样。

黑油油的滑溜头发在肥厚的手掌压迫下颤抖。

他们看到沫洛会在想:那天夜里,天也是这么黑也是这么冷……

京汉铁路一万多工人都罢了工……我正在灯下给你爷爷缝袜子,就听到砰砰砰!砰砰砰……这时闯进一个人来,左手抱着一个婴儿,右手提着一盏号志灯……他浑身是血,到处是伤,一进门就跪在地上:师娘啊……师傅和师兄都牺牲了,从今后你就是我的亲娘,这孩子就是你的亲孙子……奶奶……呜呀呀呀呀……

他们看到王先生在想:那秀才独坐案前,秉烛夜读,正在得趣时,就听到砰砰砰!砰砰砰。响起一串打门声。秀才问:何人扰我?门外响起一个女子咻咻的笑声。秀才说:谁家的女子,深更半夜,到此何干?快快离去,免得玷污了俺读书人的名誉。秀才正哆嗦着,就听到那门吱呀一声,豁然开朗……

一条脊梁上戳着雪花的瘦狗夹着尾巴溜进来。冷风突进,灯火乱点,沫洛会赶紧伸出一掌,罩住那灯火,免遭了熄灭。阮书记喘了一口粗气说:"原来是这个狗东西!"

王先生从鬼狐梦里醒来,颠着蹲麻了的腿脚去踢那瘦狗。瘦狗挨着踢,嘴里哼哼着,眼里流露出可怜相,把身子扁扁着,往墙旮旯里挤。

阮书记说:"算了,让它在屋里吧,快把门关起来!"

王先生哈着腰,关了门,回头往灶膛里加了几块劈柴,便重回他的墙角,搐着脖子做梦去了。

她用纱布包扎好阮书记的脚,站起来,打了一个哈欠。收拾好药箱,伸手去柴堆上拿大衣。

阮书记一探身捉住了她的手。他们感觉到肥厚的大手把小手淹没了,嗓子眼里粘着黏糊糊的痰,怎么咳也咳不出来。

"你不要走!"阮书记说,"锅里煮着肉,等吃过肉再走。"

她低着头,耷拉着眼睫毛。他们感觉到她的小手冰凉冰凉,好像死了一样。

就这样不死不活地僵着,那两只肥滚滚的白奶子上爆起了一层疹子,像褪了毛的鸡皮一样。这感觉令他们害怕。

阮书记松开手。她立了几秒钟,咧开嘴灿烂一笑,轻轻地说:"我听您的吩咐。"

就那样她倒退着坐在一捆雪白的劈柴上,脸皮像雪白的劈柴,又白又硬。

"王先生,看看肉好了没有。"阮书记说。

王先生一跃而起,出奇地轻捷,立在锅旁,挪动着腿。他用一根筷子戳着猪的头说:"烂啦烂啦稀糊烂啦!再不吃就化掉啦。"

阮书记说:"肉烂在汤里喝汤就是。"

萎缩了的猪的破碎的尸体被训练有素的王先生一块一块地捞到一个缺沿的破瓦盆里。锅里汤还在沸腾。

"吃吧,来,快些吃!"阮书记招呼着她。

她坐在那里好像一匹警觉的母猫。

阮书记用筷子拨拉着,挑选着,最后插定了一颗黑色的猪心,挑起来,还哩哩啦啦地淋漓着热汤,心头上连接着一块白黑的东西,像橡皮筋一样,阮书记伸手去撕,很热,嘴里吸啦吸啦的,烫得。一撕一拉一缩,终于撕下来,放到鼻子下嗅嗅,说:"糊心脂,吃了糊涂,给狗吃了吧!"顺手就撇给了狗,狗感动地跳起来,眼里夹着泪珠,烫得直龇牙,死活不顾地吞了下去。弓起腰,脊梁上的毛支棱起来,融化的雪变成亮晶晶的水珠,在毛尖上挑着,狗尾巴却死劲夹在双腿之间,好像为了防备公狗的奸污。阮书记把猪心挑到她面前,暖洋洋地说:"大冷的夜,把你弄起来,该慰劳慰劳你!吃吧,这是猪身上最好的东西。"

她张着手却不知如何去接。阮书记寻了一块干净劈柴,把心放在劈柴上,托着,让她接,她接了过去,双手端着一颗似乎微微抽搐的猪心，不知如何下嘴。

阮书记吹着从盆里涌起来的团团热气，侧着头，用筷子噼楞噼楞地拨拉着。他找到猪的大肠头——连接着猪肛门的那一截，夹出来放在劈柴样子上；他找到了两扇猪耳朵，从猪头上撕下来放在劈柴上。阮书记说："王先生，拿我的酒来。"

王先生忙不迭地跳到里屋，从不知哪个地方摸出阮书记的酒瓶子。他们看到她看着那个白玻璃的酒瓶子想到这只盛过葡萄糖注射液的瓶子里泡着一根弯弯曲曲的黑树根一样的东西想到这物是鹿鞭即公鹿的阴茎很恶心猛然一惊难道是妊娠反应怪不得他像匹种猪一样整夜折腾肚皮好像要着火一样一股墨绿色的胃液与胆汁的混合物慢悠悠爬上她的咽喉他们清清楚楚地看到从这时刻起他们获得了洞察别人五脏六腑的能力。

阮书记嘴对着瓶子口咂着那黯红色的液体，然后把粘着一层白脂油的大肠头塞到嘴里去，他的舌头搅拌着被牙齿嚼得烂糊糊的猪肠子，黑色的猪粪的气味喷进了她的嘴里，她又一次恶心。难道怀孕了？不可能啊，事后我吞了一把避孕药片，赤脚医生竟然被人搞大了肚子，真是笑话。这头老公猪。他们看着那些被唾液调和成糊状物的猪肠子滑行进他的胃袋里，他的胃像个大刺猬一样，鼓鼓涌涌地活动着，很是吓人。后来他们看到他双腿之间有一股灼热的气流，散发着浓浓的腥咸味道。

阮书记津津有味地、咯嘣咯嘣地嚼着猪耳朵上的脆骨，少胡须的下巴上涂着一层明晃晃的猪油，他挥挥手，说："你们还傻看着干什么？笨蛋，快吃啊！"

王先生扑上来。

沫洛会扑上来。

王先生搬起了半个猪头。

沫洛会拽下了一条猪腿。

猪油表层虽冷,但里边还是奇烫。王先生的腮帮子被猪的腮帮子烫红了。带皮的肥肉在他的口腔里打着滚难以下咽。他搬着半个猪头,流着浑浊泪水的眼睛却死死地盯着热气腾腾的盆,沫洛会每咬一口猪腿,王先生的身体便扭一下。王先生痛恨破烂的牙齿,把没嚼烂的肉咽下去,抻着脖子硬往下咽。他们看到那团肉堵住了王先生的咽喉,王先生的咽喉处有一个弯,那团肉就卡在弯那儿。

现在,除了沫洛会之外,大家都看着王先生啦。王先生抻脖子,王先生翻白眼,王先生憋死了,瘦鸡爪子一样的手还死死地抠着那半个猪头。

"憋死这个下作的老狗!"沫洛会痛骂着。

"给他捶打捶打!"阮书记命令沫洛会。

沫洛会加快了撕咬猪腿的速度。

"你听到没有?"

沫洛会塞满猪肉的嘴呜噜着。他腾出一只手,攥成拳头,对准王先生的胸脯,狠狠地捅了一拳。王先生腔子里咕噜一声闷响,一团肉喷出来,在地上乱鼓涌,像刚出生的小兔子一样,那条瘦狗冷不防窜上来,把那团肉吞了。

王先生醒过来,先看看盆,然后啃猪头。

阮书记瞥一眼捧着猪心无语的女赤脚医生,脸上泛起红晕。

"你们两个,也来吃!"阮书记招呼着孪生兄弟。

他们胆怯地透视着阮书记的大脑和胸腔。那满满一壳子白豆浆一样的脑子蠕动着,蠕动着……一幅幅模模糊糊的图像在深蓝色的帷幕上飘荡着。忽悠忽悠,忽忽悠悠,要有所依附,又无所依附。炎热的夏夜……点燃的艾蒿……点燃的捆成把子的艾蒿摆在炕前地下,冒起缕缕青烟,香气扑鼻,蚊子避在阴暗的角落……飘舞的窗前树影。一个皮肤雪白、面孔黝黑的年轻女人一丝不挂在炕上翻滚着……两只沉甸甸的奶子——ma！ma！他们叫唤着——每只奶子都如同棍棒一样敲打着他们的脑袋，使他们耳中轰鸣，心跳加速，热血往脸上冲……一个肥大的影子罩在那女人的身上……他们看到，一种缅怀逝去好光景的甜蜜又凄凉的情绪从容不迫地爬进了他的脑海……

阮书记轻轻地叹息着，用怜悯的目光扫着他们的脸，说："来呀，大毛、二毛，过来吃……"

他亲自动手，选了两块最好的瘦肉，用手托着，招呼着他们。

他们你看我我看你，都听到对方的饥肠在肚皮里辘辘地响。那个裸体女人的形象执拗地在他们眼前晃动，有时就在阮书记的脸上晃动。她一只手托着一只奶子对着他们微笑着，奶子上净是青紫的瘢痕，肚皮上也是瘢痕。ma！ma！之声轻轻地冲击着他们的嘴唇。他们明白了，这个女人就是他们在家里无时无刻不看到的女人。他们想起了爹的话：她就是你们死去的娘！

他们好像在看着阮书记的脸，但实际上在看着他们的凄凉地微笑着的娘。

"这两个小子，被折磨成痴子啦！"阮书记同情地说。他把两块精美的瘦肉扔在盆里。

沫洛会的手和王先生的手飞快地向那两块瘦肉扑去。

"混蛋！"阮书记怒骂着，"吃着盆外的盯着盆里的！"

阮书记抄起劈柴对那两只手砍去，他们缩手飞快，劈柴砍在盆沿上，发出喀吧一声脆响。盆边上砍出了一个豁子。盆里上冲的蒸汽已经很微弱了，盆沿上凝结了一层白色的猪油。灶里的火已成黯红的余烬，满锅明油，微微地波动。夜已很深了，没有风，河里的冰在破裂，田野里深埋在雪褥下的生命鼻音浓重地嘟哝着。

房门被撞开,寒气猛烈冲袭,使人精神爽朗,头脑清晰。爹直挺挺地戳在门当中,脸色青紫,满面都似愤怒,嘴上却绽着一朵梅花般的冷笑。

他们在爹的冷笑声中颤抖着,身体使劲挤靠,恨不得融为一体,恨不得缩进尚有余热的锅灶里去。

还是阮书记说:"你要进来就进来,要出去就出去!屋里就这么点热乎气,全给你放跑啦!"

爹斜楞着眼看阮书记。

阮书记说:"伙计,你认为我不敢动你的毛梢吗?"

沫洛会骂道:"快你妈的进来!你装什么疯癫!狗日的!"

你们看到爹缩起脖子,脸皮上浮起了一片倒霉相。沫洛会揉了爹一膀子,然后,一脚把门踢上。

爹的眼绿光灼灼,迅速地打量了屋里的情景。他径直走到盆前,抓起那两块精肉,死命往嘴里捅着。

"这是阮书记给你儿子挑的,我们都捞不到吃!"沫洛会愤愤不平地说。

"呸!"爹把一根肉里的筋络吐到沫洛会衣襟上。爹的一句话消融在满口的烂肉里,他们分辨清楚,爹骂的是:"少来狗仗人势!"

阮书记摇摇头,侧脸对女赤脚医生说:"这样的爹也算个爹?"

爹却说:"我不算他们的爹谁算他们的爹?你说,谁算他们的爹?是你吗?"

他们的爹怒气冲冲地嚷着,嘴里的碎肉渣子喷到了阮书记肥厚的脸上。

王先生吓得够呛,语不成句地说:"老四,老四……你发什么癫狂……"

阮书记宽厚地笑着,说:"你快吃吧,没人抢你的儿子。大毛二毛是你的儿子,没人抢你的,只不过,碰到你这样的爹,他们也算倒了霉。"

"你心疼啦?"爹鬼鬼祟祟地笑着。

"我心疼个屁!"阮书记说,"我不跟你啰嗦!你也该让他们吃肉!"

他们的爹撕了一块肉扔给卧在墙边的狗,狗兴奋地呜呜低鸣。

阮书记说,"老四,你要知趣,不是看在两个孩子面上,你狗日的捞不到这差事!你爷爷那辈子干过多少坏事?你爹也干过黄皮子!有多少贫雇农都在冰天雪地里喝西北风!你小子蹲在这儿大块吃肉!你仔细着点!"

"大毛二毛,快过来吃肉!"阮书记喊着。

他们抖抖索索地站起来。好像两架骷髅。脚上是破草鞋,腔上是破单裤,赤着背,肋骨一根根凸出,心在肋骨间胡蹦瞎跳。

他们站在盆边,两个肚子一齐鸣叫。

爹看着他们,竟然叹了一口气,说:"吃吧,狗杂种……"

得到爹的许可,他们伸出鹰爪,不择粗细肥瘦,抓起肠子吞肠子,抓起蹄子啃蹄子。满屋里响彻他们因激烈进食发出的喘息声。

他们的肚子眼见着就鼓起来,鼓得很大很圆。

女赤脚医生说:"不能让他们再吃了,胃要撑破的。"

其实盆里也只剩下了骨头。他们抱着骨头到灶边,用斧子把骨头砸破,然后歪着头吸骨髓,吸得吱吱叫,好像吹笛子一样。

连骨髓都吸光了,就用铁勺子撇锅里的猪油喝。最后,他们把手上黏糊糊的油擦到肚皮上,擦得肚皮明溜溜的,像紫皮西瓜一样。

他们心满意足地蜷缩在灶口,眯缝着眼睛,听着肠胃积极工作的声音,几乎同时张嘴打哈欠。

夜更深了,屋里也渐渐寒冷起来。所有人的眉眼也渐渐模糊了。

"这两个小子,将来会有出息的!"阮书记坚定地说。

沫洛会说:"这两个货,长大了也是个下三烂!种不好!"

他们看到爹没有生气,甚至重复一句沫洛会的话:"种不好!"

"你不许折磨他们!"阮书记说,"否则我就毙了你!"

他们没听清爹呜噜了一句什么,便紧紧地依偎着,香甜地睡过去啦。

七

"我们知道村里好多人都议论我们。"大毛有些不高兴地说。

"议论我们过去的事,谁说了什么我们全知道。"二毛有些不高兴地说。

"谁想什么我们也能猜到一半。"

"原来是什么样子我们也能猜到一半。"

"本来我们能全猜到的。"

"后来我们发疟疾他给我们吃了毒药。"

"一种红色的小药丸。"

"吃到嘴里甜丝丝的。"

"毒药都是甜丝丝的。"

孪生兄弟你一句我一句地对我说着同样意思的话。他们嘴里有强烈的野蒜的味道。他们倒在草上,又要睡去,我晃醒他们,问:"你们打算怎么办?"

他们揉着眼睛,不高兴地说:"困觉困觉,困觉起来再说。"

他们一歪头又睡过去了。

我夹在他们中间,睡不着,就仔细地听他们一唱一和地说梦话:

那天夜里,他们认为我们睡着了——其实我们没睡着,哥,我们是吃肉吃累了——我们吃肉吃醉啦,坐着歇息哩——肉在我们肚子里唱歌——我们的肚子像石磨一样忽隆忽隆响着——一咕嘟一咕嘟的没嚼烂的猪肉爬到喉咙里来,我们舍不得浪费,呜呜啦啦地嚼几口,又咕咚一声咽下去啦,这时候满嘴里都是黏稠的猪油——老阮的目光在我们身上转悠着。照到哪里哪里亮。弟弟,唔,哥哥。——无边无沿的可怕可厌又诱人有一股腥腥的甜味好像煮熟的大对虾一样的景象在我们的面前游荡着——像一层薄云,丝丝缕缕,透出湛蓝的底色,有时破一个洞,洞里出现清晰的图景,黑红的心脏在洞里急一阵慢一阵地跳动着——这是谁的——还出现过粉红色的、表面布满针鼻大小水泡泡的肺,它像不像浮在海面上的蠢蠢欲动的海蜇皮——这是谁的肺——哥哥,唔,弟弟。我们听到了属于我们死去的亲娘的叹息声。我们看到娘像只斗笠大的黑蝙蝠在众人的头顶上飞翔着,我们确切地感觉到肉翅膀扇起来的阴凉的风。可他们全都不知不觉,这群混蛋!弟弟,我们那时候是有如此之神吗?是的,哥哥,那时候我们就是那样神。娘吱吱嗷嗷地叫唤着。对,叫声很尖,直扎耳朵眼里。我们的心被那叫声扎得一拘紧,连着又一拘紧。拘紧拘紧又一拘紧。拘紧的滋味可真是难熬难挨。娘娘娘可怕的亲娘。娘娘娘可怜的亲娘。寒冷的冬天把她冻坏了……他们悲楚地叹息着……夏天,她是多么丰满,翅膀厚墩墩的,像海带菜的颜色,明晃晃,如同涂了一层牛油……娘在夏天里牛皮哄哄,蚊虻蛆虫不能把她来阻挡……娘在夏天的夜里从来不穿衣服……夏天的夜里我们看到她时她总是赤身裸体……像个熟透了的香瓜……像只刚生下来的小猪……俩奶子像俩小狗崽子,哼哼唧唧地叫唤着,逗着我们,吸引着我们……ma——ma——ma——我们的心发出这样的叫唤……哥哥,我很难过……弟弟,我也很不好受……吸溜——吸溜——吸溜溜——我们多么想扑过去,坠在亲娘的奶子上……我们哭了……很伤心,鼻涕流到嘴唇上……这时候娘走过来,娘从梧桐树上摘了两片大叶子,轻飘飘地飞到我们眼前……娘变成了一只大蝴蝶,梧桐叶是她的绿翅膀。她用翅膀为我们揩鼻涕……她在众人的头上飞舞着,把一层又一层的坏运气覆盖在他们头上……我们看得清清楚楚……对对对,在那个寒冷的夜晚,冰雪覆盖着那几间小屋,灶膛里重新塞满了劈柴,明亮的火舌舔着锅底,小屋里温暖如春天,我们集中精力消化着腹中的猪肉,肉汁渗入我们的血液,变成我们的肌肉、骨骼……火在烟囱里呜呜叫,风在烟囱里呜呜叫……他们都痴痴迷迷地看着灶膛里的火,王先生身上的虱子蠢蠢欲动,他痒得抓耳挠腮,忍无可忍便解开裤腰带,把一把一把的虱子抓出来扔到灶膛里去。火暗了一刹,紧接着又明亮起来,灶膛里噼噼啪啪地响着,是虱子们在爆炸。一股奇异的香气弥漫开来,他们都紧张地抽着鼻子……阮书记骂王先生是个老狗东西胡闹竟然烧虱子,王先生挨了书记的骂显得很高兴,哈哈地笑着,连山羊胡子都哆嗦。他从里屋里抓了一把"六六六"药粉撒在裤裆里,沭洛会说老贼当心把老鸡巴头子药烂了。他们都笑了,龇出漆黑的牙齿。只有她不笑……她脸上没有血,嘴唇的颜色像干枯了的桃花瓣儿的颜色,眼睛冰凉冰凉,很黑。很白。黑的多。白的少。不是一团漆黑。还有几线白,精细细儿。不好好看也就是一团漆黑啦。挺像两块浸在凉水里的黑鹅卵石。更像两只明盖的屎壳郎。我们看到了她的心。她的那只奶头上生着一颗小豆粒那么大的瘤子,奶子遮掩着她半个心。不跳啦她的心。又跳了她的心。她的心停停跳跳跳跳停停,像小狗走道用嘴巴东嗅嗅西闻闻,还跷起后腿借着墙角啦树根啦什么的胡乱撒尿。你说是只小牙狗子?她是母的呀,小母狗怎么撒尿你也不是没见到过。我们不是说她的心吗?不是没说她吗?难道说人是个母的,心可以是个公的?可以是个小牙狗,为什么就不能是个小母狗呢?弟弟,我们不要争啦!好哥哥,我不和你争啦……她双手端着那块白劈柴,劈柴上放着那颗已经乌黑了的猪心。她为什么不吃……她的头脑子一团糨糊……阮书记笑着说你发愣怔快把它吃啦不用愁什么都不要发愁一切有我给你做主入党啦回城啦上工农兵大学啦一切都包在你阮大叔也就是我老阮的身上啦……她的几乎一团漆黑的眼睛里突然放出了水淋淋的光彩;这光彩是房檐上冰凌子的光彩,很凉很凉……真难过……好难过……她低下头,咬了一口猪心。我们亲眼见她咬了一口猪心。她的嘴里填着猪心真难看。她的左边的腮帮子鼓起来,嘴巴随着向左上方歪去;右腮帮子鼓起来,嘴巴随着向右上方歪去。就这样就这样突然间突然间她眼里咕嘟咕嘟涌出了泪,泪水是黄的,好像是马尿色,沿着她鼻子两边的沟流进了她的嘴里……我们看到她光着腚和老阮在床上打滚,披头散着发,骑着大白马……她又咬了一口猪心……图像在她头上三尺活动着,闭着眼也能看到……她捂着嘴跳起来,拉开门冲出去……冷气吹着我们的肩膀……她站在门外的雪地里,弯着腰,哇哇呕吐着。她把吃下去的黑东西吐在洁白的雪上……像臭狗屎一样。明天早晨我们看到啦,确实像臭狗屎一样……她的呕吐声那么响亮。因为是静极了的深夜,野兔子在五里外的雪上困难地爬行,累得呼哧呼哧喘粗气。我也听到啦。是只公兔子。耳朵缺了一块。像老王奎家的细腰狗咬的。明天我们去捉它吗?——她好像要把自己的心也呕出来。呕出来被狗叼走啦?——爹的嘴又撇起来啦!看到啦。阮书记起身出去,把她搀回来啦——按着她的肩让她坐在劈柴上——我该回去啦,她掏出一块叠成方块儿的手绢擦擦眼睛和嘴巴,然后站起来穿大衣——沫洛会抱两捆劈柴,我们一起走,老阮说,要尽心饲养,不能让它们全死光!说猪呢。猪在土坯房里挤成了堆,只有那只怪诞的母猪站在一旁,歪着颗母狼一样的头。——一行三人:女赤脚医生背着药箱昏昏沉沉在前走,连两个大奶子都为呕吐时冻得变成冰凉。阮书记瘸腿跟在她腚后嘴里絮絮叨叨,抱着两捆劈柴胳肢窝夹着红缨枪的沫洛会跟在最后边有些瞌睡脚下发滑摔在雪窝里啃了一嘴雪。

我们被沫洛会给逗笑啦——这两个小杂种做了什么好梦啦?瞧他们笑的,王先生说。

阮书记一行人走了,房子里只剩下王先生、爹、我们。

王先生顶上门,往灶里塞柴,让火着得旺旺旺!狗东西啊狗东西!大公鸡大公鸡!把一村的母鸡都踩遍啦!王先生说着。

王先生用一根铁条插着女赤脚医生啃过两口的猪心,伸进灶膛里烤着,猪心吱吱地叫。

他奶奶的,她不吃咱吃!起身从窗台罐子里抓出一撮盐,放在劈柴上。猪心蘸着盐末就咬,一嘴黑货,又说:喝口书记酒!喝了几大口,几大口,吃着蘸盐猪心,脸上渐渐泛出桃花红,嘴里滔滔不绝都是话。这老家伙,老驴鸟。

知道不?老四,老阮他娘,媒婆,早年间,有名的"四大":嘴大、奶大、腚大、脚大。她爱吃一口:黑驴鸟!

王先生咬了一口猪心,先蘸了盐末后咬,咂一口酒,继续说:每逢羊栏集,老阮婆子——就是阮书记的亲娘!一大早就起来,搽胭脂抹粉——她的脸比腚还白——收拾好了,挎上了二升小箢箅,翘翘的,元宝形状。箢箅里蒙一块蓝包袱,包袱下一个碟子,碟子里几撮盐末。扭呀扭呀,一路和地痞流氓二赖子打闹着上了集。上集直奔东头驴肉铺。肉铺伙计狗旦子龇着黄牙朝她笑。"四大"来啦。她板着脸,对准狗旦子的脸啐一口唾沫。狗旦子嬉皮涎脸地猴上来,伸出沾满驴油的手拧着她的胸脯。干娘,摸摸大奶奶……多大的儿啦,还要摸你娘的奶子。她眯着眼。把一口口的唾沫朝着狗旦子脸上啐,身体却死不动弹,任由着狗旦子摸够了,揉搓够了,她才长吁一口气,说:儿呀,把你干娘馋死啦,快把那个东西给我。什么东西?狗旦子挤乞着眼问。装你娘的傻!那根东西!什么东西?呸!你爹那根东西。这时候,来买熟驴肉的、看热闹的闹闹哄哄挤满了铺面,都来看老阮婆子买驴鸟——这是每逢集日的好节目——狗旦子把那煮熟了玩意儿用块纸包得黑一块白一块的,作腔作势地咋呼着:干娘,你可小心攥紧了,别让它跑啦!老阮婆子一把夺过那物来,袖在袄袖里,嘴里骂着:放你娘的臊辣屁!扭着屁股就走。走出铺子,把袖子往小菀菀里伸伸,把那物上蘸上盐末,趁着众人不提防,从袖子里伸出来,"哄咚"就咬一口。——听她说那物香得不能再香。那物也叫"钱肉"——中空外圆,片片切来,可不就是铜钱形状……

王先生"哄咚"咬一口猪心,滋哑一口酒,脸色愈红,眉眼渐渐有些麻糊,眼角上漾出黄眵,舌头也肥胖起来,说出来的话呼噜呼噜的,眼见着他是醉啦。他前仰后合地站起来,模样古怪,一脸神情难分哭与笑……咱喝了书记的酒……也就算半个书记……常言道一醉能消千种愁啊——儿行千里母担忧喝了书记的酒咱就哪学几脚书记的走——晃晃悠悠悠悠晃晃恰如那金丝鸟儿站在高枝头——吃不愁来穿不愁二八娇娘伴俺睡在热炕头——

爹推了他一把,他就势跌倒,脖子扭几扭,我们认为他跌死啦,却早已鼻息如雷。爹把王先生搬起来扔到炕上。又往阮书记那瓶被王先生喝下去半截的酒壶里灌进了凉水。

我们闭着眼全都看到啦。

爹踢醒了我们,让我们撒尿,上炕去睡。

我们懵懵懂懂地爬起来,把尿滋到墙角的耗子洞里。噗噜噗噜地响着的是尿往洞里灌的回音。

我们爬上炕去,真的睡着了。

我们做了许多梦。

许多丢人的梦。我们的骨节咯噜咯噜地响着。

猪肉迅速地变成我们的骨头。我们的肉皮发胀。

猪肉迅速地变成我们的皮肉。

我们在梦中快速生长。

八

天黑啦。湖水中储存的热量开始挥发,于是湖面上笼罩着一层彩色的温暖雾气,于是我们赤裸裸地站在湖边就感到清凉的风严肃地提醒我们的脊背,温暖的热流亲切地抚摸着我们的肚皮。

"报仇的时候到啦!"

"到了报仇的时候啦!"

"我跟你们一起走,"我说,"我也痛恨这个阮大头、阮大公鸡、阮大肚子!"

他们兄弟各按着我一只肩头,说他们不理解我的话。我大声地叫嚣着,以至于刚吼了两声喉咙就嘶哑啦。匆匆忙忙、吃力地嘟哝着,我,向他们表示我对阮书记的深仇大恨。

"好,我们带你去。"

"你不要乱说乱动。"

我们把衣服脱下来,卷成一个球,用草叶捆起来,挂在岸边一棵垂柳树上。垂柳树的鲜红的枝条直垂进湖水。当我们把衣包挂上去时,所有的枝条都颤抖起来。我们望着它,费尽心思也不理解它的意思。

在微弱的光芒里,我看到两兄弟双腿间的肉棍子直挺挺着,呈鲜红的颜色,根部的毛儿绿油油的——宛若两支新鲜的胡萝卜,真真美丽又多情,机警可爱还透着一股愣头愣脑的傻劲儿。

他们说:"撒点尿撒点尿涂到涂到肚脐眼儿上肚脐眼儿上预防感冒预防感冒!"

他们玩弄着腿间的"胡萝卜"时竟然毫无羞耻之感。可我却拘谨得撒不出尿来。他们耻笑着我,等待着我,诱导着我。

他们是如何彻底消除了暴露肉体时产生的羞耻感的呢?

"水不凉,尿不出来就算啦吧。"

"尿不出来就算啦吧,水不凉。"

和昨天夜里渡湖时的情景相似:他们每人架着我一只胳膊,慢慢浸入湖水中,湖水淹到了我的脖颈淹到他们的心脏。湖里的水层次分明:上面是温暖的,下面是冰凉的。我们俯下身去。我感到十分惬意,像在云团上飞翔。他们的手掌划水时,我又看到了他们指间的蹼膜。

游到湖的对岸。身体乍一离水,竟是十分的恋恋不舍。芦苇地腥冷的空气侵袭过来,我打着哆嗦。

要到村里去,必须穿过这片芦苇地,芦苇地里是毒蛇悬挂如豆角的险地。我有些畏葸不前啦。

"你不要害怕,我们有办法。"

"你害怕不要,有办法我们。"

他们从一棵芦苇上剥下三条叶子,要我叼在嘴里一条,他们各叼一条。

"不管你吸气还是吹气,苇叶都会响。"

"只要毒蛇对着你举起头来,你就把叶子吹响。"

"只要叶子一响,毒蛇就会睡觉。"

我试验了一下,果然不论吸气还是吹气,苇叶就发出吱吱的叫声。

我们叼着苇叶钻进了芦苇地。芦苇好茂密啊多么茂密为什么这般茂密?它纠缠我摩擦我划破了我的皮肤。湖水消逝了,四边都是涩滑冷腻。当一只蛇头像弓一般翘起来,蛇眼呆漠晦暗如玻璃渣子,我听到了他们将芦苇叶子吹响了。吹出了悦耳的小调穿透了黑暗,村姑的稻草的颜色稻草的温暖稻草的甜酸酵味稻草垛一样的爱情一块块塌陷下来,撒满了芦苇的海洋。所有的毒蛇都如醉如痴,或盘结在苇茎上,或悬挂在苇叶上,发出甜蜜的梦呓。音乐还是音乐里包含的爱情使这千千万万的毒蛇的身体放出了金黄的光辉?使它们一贯冰凉的血液也发了热?

我的腿深深地陷在淤泥里。我的脚踩着芦苇们纵横交错的根系,被我们踩着根的芦苇在我们身体四周哗啦哗啦抖动着,好像一个被抓挠着胳肢窝的人发出叽叽嘎嘎的浪笑。我很笨,不能协调嘴与腿的动作:当我吹或是吸响苇叶时就忘了迈腿,当我想起了迈腿时就忘记了吹或吸响苇叶。——要不是孪生兄弟拖拉着我走,我早就被毒蛇们咬死啦——无论什么动物都有其讨人喜欢的时候,譬如这些青色的毒蛇身体放出温暖的黄光,嘴里嘟哝着大概与恋爱有关的呓语时,就不令人嫌恶,我甚至想用嘴唇去碰碰它们的身体,你说奇怪不奇怪?

走出芦苇地,进入低矮的灌木丛里。猫头鹰们捉田鼠。狐狸在追逐。我忘了那时候是不是狐狸们交配的季节。蓝色的大绣球一样的笸箩花在朦胧的星光下呈深灰色,当大半块黄色的残月升起来时,它就成了闪烁的紫色。大蝴蝶伏在花上,像死去了一样。这不太美好,可总不能不让它睡觉吧?蝴蝶蝴蝶睡觉吧,报仇的时候来到了。

报仇的时刻来到了。

我们在村头上一个稻草垛上掏了一个大洞,费去了大半夜工夫,因为孪生兄弟坚持一定要把这个洞搞得没有一丝一毫不满意的地方才罢休。我们钻进洞里,又用稻草堵了洞口。我们躺在稻草垛的心脏里,身上盖着稻草,只露着三颗圆葫芦一样的头。稻草的甜酸味儿多么好闻,像醋和酒和苇叶粽子,糯米大枣。金丝被身上盖,暖洋洋热乎乎,我的眼皮沉重得要命。蟋蟀在我耳朵边上鸣叫着,还用须儿挠我的耳朵垂儿。你别挠我!痒痒,我要困觉。不许困觉……报仇的时候到啦……我听到孪生兄弟在我的两个耳朵外边一唱一和地说。

"我们应该设一条智谋!"

"要干掉他还不留痕迹!"

"我有点困啦。"大毛打了一个哈欠。

二毛几乎与大毛同时打了一个哈欠,说:"我的眼皮也发沉。"

"我们睡一会儿,睡一会儿再起来定计?"

"我们早该睡一会啦……"

"不过……爹娘的深仇大恨还没报,怎么能睡觉?"

"我们问问爹娘怎么样?"

连我都看到那个赤身露体的女人从洞口的稻草缝里钻出来啦,稻草在她身后无声地、迅速地合起来,原来是什么样现在还是什么样。

她的眼皮上抹着一层红色。嘴唇上涂着绿颜色。

鬼……我想。

这个小毛孩子是从哪儿钻进来的?她问,我磨磨牙生吃了他吧!

把我吓得尿滋在稻草上啦。

她用指头——冰凉的指头——指头上生着铁一样的长指甲——戳着我的胸脯,自言自语地说着:膘还可以,生吃有点腥,还是用稻草烧熟了好吃,烧熟了,撒上盐,抹上酱,慢慢地品咂着滋味吃……

我的心脏早就不会跳了,手脚也麻木僵直,想动弹是万万不能够啦。但我的思想还在继续,我在回忆自己的历史,究竟是从哪里来?到底要往哪里去?越想越糊涂,就这样又糊糊涂涂地睡过去了。

一觉醒来时,昨夜的惊悸未消。躺着不动,不知是死还是活着。一线红光从稻草缝里射进来,想了好久才明白太阳出来了。孪生兄弟在我身体两侧仰着大睡,鼾声如雷,两根通红的"胡萝卜"从稻草里钻出来,傻不楞登的怪诞样儿,我喜爱,连姑娘们小媳妇们老大婶子们也会喜爱,流沙口子村那个半人半妖的神婆子也喜爱,她的事在后边就说。

天亮了,我撕着他们的耳朵吼叫。费了约有吃顿饭的工夫,我把他们弄醒了。

"干什么呢!小屁孩!为什么不让我睡觉?"

"小屁孩你破坏我们的觉,不让我睡,为什么?"

我说:"明了天啦。明了天啦。我们在稻草垛里困着啦。我还梦到了一个生着肉翅膀的女人,她自己说是你们的娘,现在明了天啦。"

"明了天啦?为什么明了天啦?"

"怎么回事就明了天啦糊涂人啦?"

这时候稻草的霉味香味温暖极了。公鸡的腥味从垛外渗透进来。我们听到了公鸡遍体红毛,眼睛金黄,尾羽高扬翠绿,昂首挺胸,在遍生酸枣的断墙上撕肝裂胆般鸣叫了一声。一阵难以忍受的寒冷渗进我的牙髓,金黄的棉絮般的团团浓烟膨胀起来,稻草在塌陷,眼前都是金黄都是金黄……这是一种什么病呢?……俩金毛大公鸡立在我的左右,歪着头,用神秘的目光盯着我。它们还用碧绿的油汪汪的短喙、三角形的短喙,啄着我的额头。笃笃笃!笃笃笃!宛若手指关节叩着一只干葫芦。我知道进入了多么幸福的如痴如醉状态——这种状态真美好,有的人精心修炼一辈子也体验不到啊——在这温存的、同时毕竟又有强有力的啄击的提示下,啄击声的启示下——公鸡的口腔里的类似刚用利刃剖开的鲜蛤蜊的味道——啄击味道的引诱下,我的体温渐渐回升,犹如遥远的潮汐声是我的血液在流动。我知道我昏昏沉沉似睡非睡。公鸡的眼睛野蛮但没有丝毫恶意,我真喜欢它们,那么多的肠子在蠕动,肺叶粉红,忽闪忽闪的也挺好看。

几乎是同时爆发的两声撕肝裂肺的鸡鸣把我惊动了。

我看到了他们俩在那儿玩耍着各自的肉棍棍儿,一点也不难看,他们也没有不好意思,只是说:"你别对旁人乱说不要长舌头这种事他们都干过我们的爹,爹逼我们当面表演给老阮看他说你看你的儿子我把他们教坏啦还是教好啦他捂着心口窝就蹲在草地上脸是焦黄色干牛屎像干牛屎一样我们的牛在草地上吃草……"

他们浑身软绵绵,躺在稻草上,歇了一会儿,就坐起来了。

大毛说:"唔,弟弟,我们怎么钻到稻草垛里来啦?我们是什么时候钻到稻草垛里来的?我们钻到稻草垛里来干什么?"

二毛说:"噢,哥哥,我也想问我们怎么钻到稻草垛里来啦?我们是什么时候钻到稻草垛里来啦?我们钻到稻草垛里来干什么?"

"还有这个狗小子这狗小子怎么也钻进来啦?他像只猫一样跟着我们干什么?"

"你是谁你是谁?"

我说我是我。

他们点着头说:呀呀,我是我,我们在这里干什么呢?西海里的老鳖精今日娶媳妇请了池塘里的老乌龟来当陪客,还请了河蟹、井蛤蟆、沙里蛤、泥中鳅、藻间虾去吃酒。酒有三瓶,一瓶是"五粮液",一瓶"雷副官",一瓶"二锅头"。菜有五道:一为红烧河蟹,二为清炖井蛤蟆,三为炮烙沙里蛤,四为油炸泥中鳅,五为爆炸藻间虾。还有一个汤:银耳乌龟汤。你说好笑不好笑……

一把大刀从塞住洞口的稻草缝里戳进来,刺棱一声响,吓我一大跳。他们继续说一些不着边际的鬼话,这时我已经很清醒啦。我把身体悄悄地往后移动着,同时戳戳孪生兄弟,他们却不满意,责问我为什么无缘无故地拧他们的肉。我示意他们看刀,他们好奇地问:"这是一条什么腿?"

那柄闪光的大刀恶狠狠地看着我——刀面上用红漆画着一只圆睁的眼睛,很大很明;双眼叠皮,很美很俊;睫毛茂密,很黑很壮。这是男人的眼睛还是女人的眼睛?没人能回答我,就不想再问啦。眼睛盯了我一会,眨眨,像开玩笑一样。只听到嚓一声响,大刀突然抽回去啦。

孪生兄弟又咕噜起来,说着公牛骑到母牛背上的事。先是一头母牛肚皮上带着一块白花它先骑到公牛背上的。两条小公牛才去骑她,又够不到她的尾巴根,气得她用角顶他们……

嚓啦!又一把大刀戳了进来。这次呢刀面上没画眼睛,画着什么呢?画着一张嘴,紧闭着,挺红,挺大。说不准是男人的嘴还是女人的嘴。一个声音说:可能是男人的嘴,因为男人的嘴一般比女人的嘴大。一个声音说:可能是女人的嘴,因为女人的嘴一般比男人的嘴要红,女人都往嘴上抹红颜色,没有红颜色就刷红油漆,没有红油漆就抹猪血。一个声音问:男人就没有红嘴唇的吗?一个声音问:女人就没有大嘴的了吗?他们说不吵不吵,说点正经的吧!后来他们想想,说:哪里有正经话好说呢!

一声锋利的冷笑从刀刃上发出来。——刚开始我还以为发出这冷笑的是孪生兄弟,可转动头颅左顾右盼,发现他们两个的眼神都散漫着,不知道看着哪方世界。也许他们在看着很远的过去吧,因为他们嘴里依然在嘟哝着母牛和公牛的事情呢。

这样我确信是刀面上的红嘴在冷笑。连刀刃都在它的冷笑中颤抖呢、都在呼啸呢!难道还能怀疑这是一把宝刀吗?于是我的脑子里闪电般地回想起听别人说过的,在下大雪的夜里,王先生讲过的,宝刀在鞘中鸣叫的故事。

王先生说:从前有一个人,买了一把刀,挂在墙上。黑夜里,那个人害打盹啦,就吹了灯上炕困觉。正麻麻胡胡地要困着又没困着的光景,听到墙上的刀唧唧地叫起来。起先头他还以为是耗子叫呢,细听听才知道刀在叫。他吓得够呛,紧搋着身子不敢动弹。听着那刀一阵接一阵地叫着,声越来越大呢。这时就听到一个女人在门外大雪地里破口大骂呢。这个人都快吓死啦。这时听到铮铮一声响,眼前一道白光闪。门外那女人鬼哭狼嚎着,一阵,就没动静啦。这时又听到铮铮一声响,一道白光钻进刀鞘里去,紧接着就没有动静啦。第二天早晨,那人起来,第一件事就是开门,出去一看,见雪地上一溜血迹。这个人呢也是贼大胆,就循着血迹往前走,曲里拐弯,曲里拐弯,净走些沟边、地角刺槐棵子、酸草丛,最后血迹没了,眼前一个坟,坟上一个大窟窿,往里一望黑咕隆咚的,不知道有几尺几丈深。那个人也不敢久留,就沿着来路回去啦。回去后从墙上摘下刀来仔细观看。看着看着就哭啦,哭着说:"爹啦!我的亲爹,儿今日替你报了仇啦……"

那人哭够了,把刀往脖子上一抹,把气嗓管子割断啦,咕嘟咕嘟冒热血,冒完了血,就死啦。

整整的一天,那刀拔出去插进来插进来拔出去,穷折腾,我也就不害怕啦。我说你这刀真是插插拔拔拔拔插插你也不嫌累,天要黑啦,快回家睡觉去吧,要不你娘找不着你该着急啦。刀点点划划地,嚓啦抽去,稻草垛外边铮铮一声响,再也没有动静啦。

村里有黄牛在叫,还有毛驴也在叫。毛驴的叫声比黄牛的叫声好听多啦。爱信不信,不信咱俩打个赌:你输了你就是小四眼狗,我输了我是小四眼狗。——上面的话我竟然不自觉地说出来啦,被孪生兄弟听到啦。黑暗的草垛里亮了四颗星,那是他们的眼睛在放光明。

大毛说:"弟弟,你听听这个小屁孩在说梦话呢!"

二毛说:"是说梦话。"

小屁孩！小屁孩！屁孩——屁孩——屁孩——屁孩——你醒醒！

我感觉到十分饥饿。在饥饿中发现他们比我的年龄要大很多，便以年幼为资本，放起赖来撒起娇来。我用头撞他们的胸脯、用手揪他们的耳朵、用脚踢他们的狗蛋子。他们用手护着身上要紧的部门，嘤嘤地哭起来。他们俩是身材魁梧的大汉子，被我打得嘤嘤地哭，眼泪滴在稻草上扑簌簌地响。我的心顿时软了，便停止踢打碰撞，陪着他们哭。

这是个奇怪的夜晚。阴风在草垛外边啾啾叫着，撕扯着稻草。村里的狗咬成一片，枪声不时响起、还有放手榴弹的声音。好像发生了什么惊天动地的大事。

我的心里感到无名的悲痛，不哭就憋闷，便放声痛哭。他们的感觉与我无疑是完全一致。他们哭得比我还要响亮，还要凄惨，还要动人。在他们的哭面前，我的哭显得有些虚情假义。他们嘴里还哭出一些悠长的字眼——因悠长都变了调——似乎是哭爹，又似乎是哭娘。

我们整整哭了半夜。这时村子里也安静啦。

他们抽着鼻子，哑哑着嗓子对话。对话大意是：哭完了心里觉得敞亮了许多，好像把该拉的屎拉出来一样轻松，如果不把泪哭干净，憋在心里就会得心脏病，现在好啦，该干正经事啦。只是有些饿。饿也得忍着计划复仇方案。

他们的头脑出奇的清晰，计划很周密。计划完了，他们带着我这个小屁孩从草垛里钻出来。

九

已经是后半夜啦，村子格外的静。按计划我们潜行到生产队仓库前时黄鼠狼和野猫正在仓库门口打架,猫眼发绿,黄鼠狼放臊,把猫打得在地上乱打滚。

仓库的门上挂着铁锁,我们进不去。按计划去保管家偷钥匙,保管家的小四眼狗很能咋呼。按计划去骡子棚里把老七头的光板子羊皮大袄偷来。骡子棚插着门。按计划我从狗洞里爬进去,从里边打开门。我们三个开始偷皮袄。按计划我们先用骡粪把老七的耳朵眼堵住,让他什么也听不到。按计划我们把煤油灯里的油滴到老七眼里,杀瞎他的眼,让他什么也看不到。摸着他的耳朵眼往里堵马粪时,他老打喷嚏,还骂娘。把煤油倒到他眼里,他呜呜地叫,从炕上滚下来,骂娘,摸索着到饮骡子的水池里洗眼去啦。按计划趁老七在水池边上洗眼时,我们就把他推进水池子里去啦。

我们大摇大摆地拿到了老七的光板子羊皮大袄。老七在水池子里打扑棱啦,咕咚咕咚喝水。

按计划我们来到仓库保管家门口,把羊皮大袄翻过来。羊毛在外,光板子朝里。大毛往身上穿,穿不进去。二毛子往身上穿,穿不进去。大毛二毛让把我皮袄穿上,我呼隆就钻进去啦。大毛二毛让我趴下装妖精。我真高兴,忍不住想笑。

仓库保管员家养着一只四眼子小母狗,听到一丁点动静就穷叫唤:昂昂昂、昂昂昂。

我趴在地,大毛二毛说往前爬,我就爬。我真高兴。嘴里学鬼叫。我身上长着黑毛黄毛红毛白毛,成了一头杂毛野兽。

小母狗听到动静就扑出来——保管员家土墙豁开,没有大门——昂昂昂!昂昂昂!狗叫。吱吱唧唧呜呜呀呀嗷嗷哇哇哼哼吭吭啊啊喵喵……我叫。一定要有明亮的月光,要不小母狗怎能看到我呢?于是月亮钻出云团,澄澈的月光洒遍大地,我明明白白地看着小狗,小狗也明明白白地看着我。我知道它是个小狗一点也不害怕,它不知道我是个小孩怎么能不害怕呢？小狗吓毁了，吓得说话的声音都变啦：原来是"昂昂昂"，现在是"哇哇哇"。它转身就往家跑，一头闯到房门板上。房门哗唧一声敞开啦。小狗蹦了一个高从半空里掉下来，蹬崴蹬崴腿，死啦。我把小狗活活给吓死啦。

保管员和他老婆听不到我们的动静？

我从地上站起来——我不愿意站起来，我觉着装妖怪比当小孩好玩多啦。小孩太不好啦，吃不饱，穿不暖，爹也打，娘也踢，哥哥姐姐当马骑——是大毛和二毛把我从地上提拎起来的。趁着皎洁的月光，利用小狗为我们撞开门的方便，我跟随在孪生兄弟身后，潜进了保管员的家。屋里连打呼噜的声音都没有，真静，怪吓人，蟋蟀的叫声像利箭一样穿透墙壁。

我看到大毛二毛蹲下啦，也紧跟着蹲下。蹲了一会儿，我们的眼睛都亮了，看到梁头上吊着一个人，光溜溜一丝不挂，上边郎当着一根大舌头，下边郎当着一根大黄瓜，你说可怕不可怕！

往炕上一看。保管员的老婆披头散发，满脸都是蓝颜色；一摸，黏糊糊；一闻，腥乎乎；才知道是血，炕沿上放着一把切菜刀。不知谁杀了她。

孪生兄弟每人捣了保管员一拳。我也捣了他一拳。

我看到他们两个翻箱倒柜，好像要找什么。找什么呢？找了一把大钥匙，仓库门上的。

按照原定计划我们打开了仓库门，偷出了一瓶子毒药。按计划我们应该把毒药倒进阮书记家的锅里，把他和他老婆毒死，可等我们走到阮书记家高墙外，扒开猪圈墙上的小洞，钻进他家的猪圈——没及往院子里走，就听到一只大公鸡哽哽起来。阮书记也咳嗽起来，那头母猪也用两条后腿站着，举着两条腿像举着两只小胳膊一样，对着我们扑上来，大毛把毒药瓶子扔到猪食槽里。二毛早钻出墙外。母猪扑到我身上,把老七的大皮袄剥去了。我钻出墙,大毛也钻出来啦。

然后跑哇跑哇,跑得上气不接下气,钻进了稻草垛里。

天又明啦。

十

我比那时候还小的时候就听说过:大队饲养场里的一头母猪成了精。每当夜深人静的时候,就用前腿扶着墙立起来,练习走路。很快就能够只用两条后腿在土坯房里扭扭捏捏地行走啦。像个小脚女人一样。脚上穿着高跟的粉红色小皮鞋。手上戴着乌黑光滑明亮的皮手套。猪们都羡慕地看着她。猪们卧在尿泥里冻得打哆嗦,她却气色良好,优雅地散着步。

孪生兄弟有一天夜里同时惊醒,同时想把睡梦中见到的奇异景象告诉对方。其实根本不需要开口,他们同时抓住了对方的手,惊喜的交流便电一样地开始了。后来他们轻手轻脚地下了炕,像俩灰白的暗影飘出砖屋,来到土坯房前,踏着砖坯,扒着窗棂往里瞅。

请月亮出来!要大,要亮,要像瀑布一样泻进土坯房,照得满室亮堂堂,好像戏台子一个样。

月光满室,亮得有些古怪。他们看到那头漂亮的、还没结婚的母猪正用嘴巴擦皮鞋,其他的猪嫉妒地看着她,有一头名叫"巴格郎"的阉公猪故意装出梦游的样,爬起来,抖擞着僵硬的鬃毛,走到她(约克霞)身边,撞了她一膀子,这还不算,还刺啦刺啦地往她的皮鞋上撒尿呢!

约克霞气哭啦。一串串的眼泪沿着又黑又硬的睫毛往下滚。她的身体雪白,比月亮更美好。她这一哭把巴格郎弄得很尴尬,连声赔着不是,回到尿泥里卧下去了。

约克霞梳妆完毕,站起来,在屋里来回走,脚步那么轻捷,屁股扭得那么活泛,小尾巴在两腿之间扭呀扭呀真好看。简直像跳舞。瘦得皮包骨头的猪,患了重感冒的猪,都用爪子敲地,表示赞赏,也打着拍子,还用嘴吹口哨,吱吱地响。连那两头得了猪瘟明天注定要死的猪,也坚持着把昏昏沉沉的脑袋抬起来,发出一声低沉的嘶鸣,为约克霞小姐喝彩。

约克霞跳累啦,回到她的铺着干草的床位上,坐下,从墙缝里夹出一条花手绢,揩着额头上的汗,她说:"朋友们,这是我为你们进行的最后一场表演啦,很快,我要去一个新地方,嫁给一个有权有势的人。"

猪们都流露出羡慕的目光,当然也有嫉妒的,但即便是嫉妒也不敢公开说出来,甭说是有权有势的人,就是有权有势的猪,也得罪不起呀!

第二天夜里,那头会说人话、能直立行走的小母猪就从土坯房里消失啦。

他们经常半真半假地看到,那条母猪穿着的确良布缝成的花衬衣,前腿上挎着一只小皮包,在大街上行走。又过了几年,她上街时腚后跟着一群穿背带式裤衩、滚瓜溜圆、活蹦乱跳的小家伙,可爱得不得了。

十一

漫长的、枯燥的白昼又开始啦。孪生兄弟与昨天一样,躺在稻草上沉沉大睡,嘴里咕噜着连串葡萄似的梦话。梦话的内容是与放牛放羊有关的事,掺杂着那头会说话的漂亮女猪的事。我仔细听了一会,猜想到他们曾经在年幼时跟随着一个生黄病的男人到大河滩里去放牧牛羊,那男人教会了他们胡闹。他们闹上瘾来差点送了小命。还有就是他们的爹曾与那头女猪相好的事。还有就是他们的爹逼他们与那女猪胡捣弄,故意让老阮书记看到,老阮捂着心口窝坐在地上。爹指着与猪胡捣弄的孪生兄弟问老阮:看看看,这两个狗儿子怎么样?老阮脸如黄金捂着心口窝蹲在地上,说犯了心脏病啦。沫洛会提着红缨枪去喊女赤脚医生。赤脚医生满脸红锈,挺着个特别大的肚子来了。他们说一眼就看穿那肚子里有两个小孩,都是女孩。弯着腰,盘着腿,抱着脑袋,闭着眼。

我又一次感到饥饿。孪生兄弟神神鬼鬼的可以不吃饭,我不吃饭可不行。我试图扒开堵洞的稻草出去寻点东西吃,刚要动弹,那把明亮的大刀嚓啦一声戳进来,不是我躲得急非被穿个透心凉不可。刀面上的嘴厉喝一声:"哪里逃!"

我哭咧咧地说:"你行行好,放俺出去吧,俺已经好久没吃东西,快饿死啦。"

刀上的嘴撇了撇,说:"快去快回——你这么讨人喜欢的一个好孩子,怎么舍得杀你?"

我从草垛里钻出来,跑到一块地瓜地里扒了两个地瓜生啃啦。肚子咕噜噜响,还不饱。跑到花生地里扒了一堆花生,剥着花生吃了。肚子咕噜噜叫,还不饱。跑到萝卜地拔了两个大萝卜,啃着吃啦。肚子不叫啦,饱了。刚要起身回稻草垛,从地道里钻出来两个民兵,把我活捉啦。

两个民兵,头上扎着一样的蓝白格子毛巾,正脑门上打着一个蝴蝶结,紫花布褂子,白洋布肥腿大裆高丽裤子,斜挎着黄帆布子弹袋,拦腰捆一根黑皮带,皮带里别着两颗木柄手榴弹,右手提着一杆黑色的汉阳造步枪。这两个民兵生得一般高低,一样的眉眼,连说话的腔调,走路的姿势都是一模一样,活活像一个模子做出来的。

他们用大枪指着我,虎狼般凶狠,命令我往前走。稍一迟疑,他们便用枪筒子戳我的屁股。戳得我好痛好痛,我不由地哭起来。越哭他们越戳。他们还吓唬我:"你要是敢再哭,我们就把手榴弹塞到你的腚眼里去,一拉弦,让你腔上冒白烟,脑袋上青天。"这句话可把我吓毁啦,再也不敢哭啦。

他们押着我走进一大片苹果林,鲜红的苹果、翠绿的苹果、金黄的苹果……果实累累缀满枝头。他们不弯腰苹果就会碰撞他们的头。熟透了的苹果被我们激起的气流吹得噼里啪啦地往地上掉。地上其实早已经铺了一层苹果,大多数都开始腐烂,发出一股酸溜溜甜丝丝的味道。

一群小黄鼠狼在树枝上蹿跳着,啃着苹果。

我瞅着机会,撒丫子就跑。

他们高喊:"站住!你这个反革命!再不站住就开枪啦!"

我猜想他们的枪一定是演革命样板戏时雕刻的假枪,所以放胆跑。跑着跑着,听到脑后啪——勾!一声枪响!在我脑后又一声枪响:啪——勾!这两个狗娘养的,拿着真枪呀!我一头栽到沙地上,啃了一口沙土,肚里的地瓜花生萝卜块子,涌到嘴里来,掺杂着一股屁味,连忙吐掉。枪声震荡,满园里的苹果往地上掉好像下冰雹一样。

他们攥着我的胳膊把我从地上提拎起来,骂道:"反革命!哪里逃?"

他们再也不敢松开我的胳膊啦。像拖死狗一样拖着我。刚走出苹果园子,就望到三棵高大的白杨树,白杨树下围着黑鸦鸦的一大片人。口号声震天动地,杨树上的乌鸦呱呱乱叫。

他们把我拖进人堆,扔在地上,向坐在一张八仙桌后的老阮汇报:"阮书记,我们抓到一个坏分子!"

阮书记还跟几十年前一个模样,通红的大脸上汪着一层油,连一根细皱纹都没有。他瞥了我一眼,不搭理的样子,随便说一声:"待会再说。"

"是!"他们回答。

"你说不说?"阮书记冷冷地盯着被反剪了双臂、剥光了衣服、跪在八仙桌子前的、饲养骡子的老七头。老七头今年六十一,大号叫做李欢喜,给生产队里喂骡子。骡子用坚固的大牙,咀嚼着谷草的结节,炒黄豆的味道直透我的肚皮,引起肠胃的痉挛。这是怎么回事?

"冤枉啊!阮书记!您老人家明察善断,不该我老头的事啊……"

"狡猾!"阮书记威严地说,"吊起来!"

白杨树上早安装好了定滑轮。

两个民兵拉着绳子,老七头吱吱哟哟升了空。人被吊起时,为什么要使劲低着头?人被吊在高大的白杨树上时,鼻子里为什么要蹿出黑色的血?

"你说不说?"阮书记问。

"冤……枉……啊……"

阮书记做了个手势。两个拽着绳子的青年民兵同时把手松开。

老七头掉在地上啦。

里格龙格里格龙……适才听得司令讲,阿庆嫂屁股害痒痒……参谋长为俺看了病,诊断结果是痔疮……里格龙格龙……这小刁一点面子也不讲,不由俺老胡怒满腔——摘自革命样板戏《沙家浜》第十二稿。

老七头掉到地上后,围观的群众便齐声高唱起上边摘录的戏文,连胡琴演奏的"过门"也由嘴哼出来。一时群情振奋,场面十分红火。

阮书记大声说:"你老实交代!"

地上没动静。一个民兵弯下腰去试试老七头的鼻子,直起腰来说:"阮书记,他已经断气啦!怎么办?"

阮书记说:"放到大锅里煮烂了,埋到苹果树下,上等的肥料。"

阮书记还说便宜了这条老狗。

抓我来的两个民兵向书记请示:"书记,这个小崽子怎么办?"

"他犯了什么罪?"阮书记问。

"他偷地瓜吃,偷花生吃,偷萝卜吃。"

阮书记冷冷地打量着我,又冷冷地说:"这样的小杂种,留着也是祸害,拉到白杨树下去毙了吧!"

群众欢呼起来,十几个小脚的老太太从人群中挤出来。她们一个个涂着胭脂抹着粉,嘴唇上刷了一层红漆。来到八仙桌前,她们就开始脱衣服,脱得只剩一条三角小裤衩,小裤衩都是用鲜艳的红绸子缝的。脱完了,每人腰里扎上一条红绸子,一手扯着一块绸子角。哐采哐采哐采……锣鼓响,好热闹!祖国大地红烂漫,好看好看真好看,这就扭起秧歌来啦。

我虽然死啦,但还牢记着若干年前这场好戏。老太太们有胖的,有瘦的,胖的一肚子脂,瘦的一身骨头。有的奶子像大水罐,晃荡晃荡的;有的奶子像空口袋,耷拉到肚脐下;有的奶子没了,只剩下两个大奶头子贴在肋条上。

我虽然现在早不活了,但还是知道这群跳舞为我送终的老太太后来都被饺子撑死啦!活该,谁让她们捞着不花钱的饺子就猛吃呢!

就在老太太们的轻歌曼舞中,两个民兵把我架到大树下,告诉我不许乱动弹,然后他们就走啦。等了好长时间,还没动静,我有些着急,转身回去,看到在离我五十米的花生地里,四个民兵正在挖掩体呢。抓我来的民兵高叫:"回过头去——不许偷看——!"

我面对杨树的粗干,研究着粗糙的树皮。越看越有趣,这些乍一看疤疤癞癞的树皮,原来都是美好的图画:山,水,鸟,狗,马,羊,眼,鼻子,房子……什么都有。树皮突然迸裂,露出了白茬子,纤维崩断,渗出了树汁。好久我才听到枪响。我下意识地转身,迎面就是一道夺目的蓝光,耳朵里嗡一声响。响声愈来愈尖愈细,像一缕蓝烟袅袅上升,升到高空中,汇合成一个团体,成为一个新的轻清的生命,我获得了自由,我获得了幸福,我获得了欢乐。在我周围,舒缓地腾挪着千万匹金黄色的天马。它们的脖子弯曲好像点水的天鹅,坚实的利蹄劈斩着轻清的烟雾……如果我跃上一匹天马,它就会把我驮到九重天上去,但我眷恋着地上的风景,想看看被灵魂抛弃的我的肉体是什么样子,挂念着还在稻草垛里说梦话的孪生兄弟。我坚决地坠落在地上,落到狂舞的老太太之间,她们竟然看不到我!这个发现使我欣喜若狂!

我揪住一个老太太的长奶子,用力撕了一下子。她叫唤了一声,嚷道:"谁撕我的奶子?"她转着圈寻找撕她奶子的人。我忍不住哧哧地笑起来。老太太抡起巴掌对准笑声打过来,我轻轻一歪身体就闪过去了。为了教训她,我对准她的屁股踢了一脚。她栽倒在地,爬起来,从跳舞队里退出来,飞一样地逃跑了。

那两个抓我的民兵英雄站在阮书记身旁,活像两根树桩子,我本来想去揍他们,但突然发现了我的尸体。天!我的脑盖都被炸子掀掉了,脑浆子溅到了树皮上,红红白白的,招来了一大群红头绿苍蝇。我的小腿还在抖呢!愤怒涌上了我的心头。

我蹦了一个高,扇了那个开枪打死我的民兵一个耳光子。

"谁打我?"他吼着。

旁边的民兵嘲笑他发了疯。

嘲笑别人是反革命的行为!我对准他那张嘲笑别人的嘴就捅了一拳。他捂着嘴嗥叫着:"呜呜……谁打我……"血从他的牙齿缝里渗出来。他的牙硌得我的手巴骨好痛。

又找到那抓我的民兵,每人赏了一耳刮子。

清脆的耳光声谁都能听到。

我该不该打阮书记呢? 即便做了鬼魂我也怕他。他的肥胖的身体里辐射出一股扎眼的紫线,我绕着他转圈,却不敢逼近他的身体扇他的耳光子。

"你们胡闹什么?"阮书记看节目正得趣呢,把民兵们臭骂了一顿。

我围着我的死尸转了一圈,便徜徉扬长向村子走去。

到了稻草垛边,我碰到了一个陌生的汉子,细看又有些熟识。他一脸血,牙也掉了。问我是谁,我说:"你管我是谁!"刚要进草垛,又有一个美人拉住了我的手。她是我的老熟人啦。我说:你是大毛二毛的亲娘,我是大毛二毛的好朋友,我们一起来为你丈夫报仇呢!

女人刚欲启齿说什么,那男人就扑上来了,抓住女人的头发,按倒在地,又抓又撕又踢又咬,一边蹂躏一边痛骂:"臭婊子! 臊母狗! 你为什么要让他弄你? 他弄了你你为什么还要瞒着我?⋯⋯"

女人掩面恸哭,遍体鳞伤,头发一绺绺掉下来。

我很可怜这个女人,便上前劝解。那粗鲁男人力气大极了,他扯着我的头发一甩,就把我甩到稻草垛后边去啦。

女人趁机逃跑,男人紧追不舍,一转眼就滚到沟里去了。

我听到沟里的动静很难听,探头一看:男人骑在女人身上,胡窜窜,手也撕,嘴又咬,啊咦,这个女人算是倒了血霉啦。

摇摇头,叹叹气,钻进了稻草垛——我像一股气一样灌进了草垛里。孪生兄弟正在诉说着他们的梦境:

弟弟,我看到那个小屁孩被民兵枪毙了——哥哥,我也看到了。他的脑浆子喷了一树,一群苍蝇在那儿吃——老七头跌死啦,这会儿正在锅里煮着呢——我闻到煮人肉的味道啦——我也闻到了,酸溜溜的，跟驴肉差不多——老阮的娘喜欢吃驴鸟。王先生说的，你还记着吗？——我记着，她还往上边蘸盐末子呢——王先生还给咱讲过宝刀的事——还说过报仇的事——天要黑啦——已经黑啦——小屁孩已经死啦，好像没死一样——我还能闻到他身上的味道呢——我能听到他喘气的声音呢——我们该去放火啦——是该去啦。

我本来想跟他们讲话，但不知为什么，只要我一动了跟他们说话的念头，嗓子眼里就有什么东西咬我。

这一夜孪生兄弟先去王德顺家盗来火柴，又去张德顺家偷来煤油。爬到阮书记家的猪圈里，被那头母猪咬了一口。但毕竟是点着了草垛。火苗燃起一尺高时，阮书记惊醒，吹响哨子，来了一群民兵，一会儿就把火救灭了。

民兵们打着灯笼、火把搜查纵火犯，孪生兄弟躲在墙角上。我把民兵们的灯笼、火把弄灭了，帮助他们跳墙逃走。

有刺客的消息使阮书记很不安，他让人在墙头上拉起了铁丝网，院墙上那个通猪圈的窟窿外边掘上了一个两丈深的陷阱，陷阱里栽着铁蒺藜、竹签子，掉下去就别想活。

这些情报，孪生兄弟都梦到了。

怎么办？弟弟，难道这杀父欺母的血海深仇咱就不报了吗？——哥哥，俗话说"君子报仇，十年不晚"，再说，爹活着的时候，也老是折磨我们——他再不好也是我们的爹，不报仇，人家会笑话咱们无能——我对老阮也不是太恨，他要是给我们当爹可能也不错——弟弟，你怎么啦？昏了蛋？糊涂啦？爹是什么？爹是咱的根、种……

孪生兄弟因为报仇受挫，第一次发生了争执，两颗永远步调一致的心灵出现了混乱。我看到二毛的脑子里有个地方不好，就对准那儿打了一拳。于是，争论消失，一条报仇的良策同时浮现在他们的脑海里。

他们到村里的白菜地里,每人拔了一颗大白菜,抱着,来到了村后的河边。河里究竟什么时候发下了大水我不知道。红柳丛里拴着一只小舢船。他们抱着白菜跳上船,他们把白菜放在船中央,每人抓起一把桨。我舍不得离开他们,虽然我已经死了他们还活着我也不想离开他们。我跳上小船,小船晃荡了一下。

小船小船为什么为什么晃晃荡荡??

我们我们的朋友朋友小屁孩小屁孩正在正在把船把船上……

船一出红柳丛,立刻就进入湍急的中流,一轮巨大的水淋淋的血红圆月从浩浩荡荡的河水中冒出来。河水往东流,流得激烈不平稳,小船被浪头催得颠簸。孪生兄弟骨骼巨大,肌肉丰满。大白菜两棵像大白腚丰满含着很多水。小船吃水很深,水面几乎接近船舷,浪花溅到裂缝的船铺板上。我死了抛弃了皮囊还有重量没有?这古怪的疑问跳进我的脑海。我跳到船舷上——船舷只有一扇蛤壳那么薄,除了我别人休想站稳。你站不稳他站不稳你娘站不稳他姨也站不稳。孪生兄弟笨拙得如同蜕毛的狗熊更站不稳——小船立刻倾斜啦,一个浪头响亮地砸在大白菜上。孪生兄弟愤怒地惊恐地吼叫起来:混蛋混蛋小屁孩不许你胡闹。我被他们着急的样子逗乐了,憋不住的笑声喷出来。他们吓唬我:小屁孩我们会凫水你不会凫水,弄翻了船先把你淹死!

他们一手握桨,举起另一只手让我看连结着他们手指的蹼膜。

我坐在白菜上,看着他们用力划桨。一下一下的很有板眼,好像受过专门训练似的。

小船是朝着东面方向涉过去,遥远的小河对面,有一个黑乎乎的大村子,狗在村中叫,隐隐约约的,朦朦胧胧的,好像梦呓一样。河水低沉地呜咽着,声音很大,但压不住船头豁开水面的声响,也盖不住船桨划破水面的声响。月光均匀地撒下来,但浪的平缓的峰是闪烁的金黄色,浪的舒缓的谷是闪烁的黛青色。往东一望,刚刚跳出水面的月亮比一个车轮还大,并不圆,似生着八个角。刚刚出水的八角大月亮把一道长长的大影子投到河面上,显出奔流的河水宛若月光在流淌,宛若血在流淌。我望见那一片茂密的红柳像彩色的云团一样,小船就是从那云团里划出来的。

我闲得无聊,就用手撩着水直泼到他们的脸上。他们说我如果继续捣乱就用桨把我扇到河里去喂鳖。

终于漂到对岸时月亮已升起很高了,升高了,变白了,团圆如一盘银,满河里白亮,水面上漂流着红花。

我们跳到岸上,把船拴在树上。树旁边立着一幢高大的钟楼,半截淹在河水里。钟楼上的大表盘里,分针像根巨臂,每隔一会,就往前跳一格,跳格时必定要咯嘣一声,很响。

孪生兄弟抱起大白菜,并着膀走,尽走些墙角旮旯,但显然走的是熟路,我有时跳到他们身前,有时跳到他们身后。

一定是后半夜了,因为天气有些凉。怎么拐弯抹角地绕到村外来啦?来到一道土墙前,隔着土墙望到三间草房。他们挟着大白菜,扶着墙头跳进去啦。我早就在墙头上跑了好几圈啦,看到他们落地时踩破了一扇葫芦瓢。一条小公狗冲他们摇尾巴。

他们敲窗户,压低嗓门喊:"九姑,给您送白菜……"

"谁……"炕上有个女人打着哈欠。

"大毛。"

"二毛。"

"是你们两个狗。"

九姑开门,点灯,关门。她披着一条毯子,老粗线织的,九块六毛钱一条,瓦灰色,镶着红边。毯子里她光着腚,进门时我早看到了。

九姑把孪生兄弟让进里屋,乜斜着眼,把光着腚的孪生兄弟从上看到下又从下看到上。

"狗杂种,来干什么?难道要来跟九姑困觉?"

"给九姑送白菜。给九姑送大白菜。"

九姑点着一支烟,插到嘴里鼻孔里冒青烟,眯着眼看那两棵肥胖的大白菜。

"实话说吧,找九姑干什么?"

孪生兄弟两张嘴启开,咕咕噜噜地说出一通话来。大意是要借九姑的法术报仇,取老阮魂灵。

十二

九姑把烟屁股一吐,吐得真俏;烟纸还粘在她的嘴上,烟丝儿四散。九姑说她也恨老阮那个老骡子,正要作法治他。但九姑说她饿了,命令孪生兄弟剁白菜包饺子。九姑找了两把菜刀,发给孪生兄弟每人一把。孪生兄弟就剁菜,剁得一片刀光。白菜味鲜美。又剁烂了一块腌肉。然后和面、包起饺子来。孪生兄弟一个烧火,一个擀皮。九姑包饺子,毯子披在肩上,露出两个雪白的奶子。我把九姑的毯子掀开,露出了九姑的白腚。九姑把毯子披上,我又给她撕掉。气得九姑跺着脚骂毯子。干脆扔到炕上不披啦。我对准九姑的腚打了一巴掌,呱唧!九姑蹦了一个蹦转回身,刚要骂,看到大毛蹲在灶前老老实实烧火,二毛站在板前低着头擀皮。九姑心里一定犯疑,她看不到我。我转到她背后,对准她的屁股又是一巴掌,呱唧!有鬼!有鬼!九姑从墙下摘下桃木剑,胡劈乱砍。呱唧!老妖婆!呱唧!让你砍!

大毛二毛笑起来。

龟儿,跟你姑玩什么猴儿戏。

九姑九姑别生气,不是我们是小屁孩。

小屁孩小屁孩你别捣蛋啦九姑包饺子给你吃。

饺子熟了,端到炕上。我吃了二十个就饱了。然后就跟九姑捣乱。把饺子扔到九姑的脖子上,放在九姑肩头上,搁在她的头顶上,扔进她的大腿里,烫得九姑吱哇乱叫。

孪生兄弟不高兴啦,我老实啦。

吃完饺子九姑就把孪生兄弟叫到炕上,说是要施法术了。九姑端着一个颜色碟子,碟子里有红颜色、黄颜色、绿颜色、蓝颜色、白颜色。九姑叫他们仰面躺着,闭着眼,一睁眼就会破了法术。九姑真有景:在炕上跳一阵唱一阵,用刷子蘸着颜色往孪生兄弟身上乱涂乱抹,红一道,绿一道,一片蓝,一片黄,鬼画符。他们的"胡萝卜头子"也给涂得花花绿绿,不像个人样子。还有些景我不愿意说啦……

天要放亮时,九姑命令他们起来,看她斩阮书记的灵魂。

九姑弄来一张黄表纸。平放在桌子上。

点起两支红色大蜡烛,火苗子晃晃,连人眼都冒蓝星星。

九姑在他们身上蹦蹦跳跳,用屁股蹾他们。蹾够了,在黄表纸上画了一个人头。

这就是阮大头呀呀呀……

九姑披散着头发,仗着剑,嘴里吐着白沫。喝一口碱水,喷到桃木剑上。然后运气,眼睛冒绿光,咿咿呀呀唱着:我是那黎山老母下凡尘……吃了饺子有精神……全心全意为人民……帮大毛二毛斩仇人……

她又喝了一口碱水喷到剑上。又喝了一口碱水喷到黄表纸上。然后,对着黄表纸上的头劈了一剑。

一会儿,纸上红殷殷一片鲜血!

九姑仰面朝天往后倒。

苏醒过来,九姑说:杀了一夜鬼,累死啦。

孪生兄弟问九姑,阮书记死了?

九姑说:他的魂死了!肉还活着,你们放心大胆地砍去吧,剁去吧。

天亮的时候,我们划船过了河。

十三

我还听说那个现在早烂成了泥土的王先生给孪生兄弟讲过一个报仇的故事。说朱元璋做皇帝之后,一天三顿尽吃好饭:饺子啦,包子啦,大白菜炖猪肉啦,粉皮大豆腐啦,反正都是好东西。人这种东西就不能吃饱了,吃饱了就寻思事。什么事?弄女人呗。有了昏君不愁奸臣。说有个奸臣名叫钱广,说起钱广这个奸臣,可不是个好东西!他是中国爹美国娘,蒜薹脖子一丈多长,双腿罗圈着好像弹簧。他是吃铁丝拉弹簧——一肚子弯弯肠子,满肚子都是坏水儿。他到处给皇帝找美女,胖的,瘦的,白的,黑的,一群又一群,皇帝都看不上眼。钱广见皇帝锁着眉毛、阴着麻子脸不高兴,急得好像热锅上的蚂蚁似的。说这一天钱广在北京城里胡转悠,皇帝说三天之内找不到好女人就要他的狗头。钱广想:万岁爷啊万岁爷,要是俺老婆中您的意,俺钱广也早就献上了,有好女人奴才还敢藏起来不成?钱广想着想着动了感情,两眼泪汪汪,看看那条护城河,想:跳下去自杀了吧,活着不能让万岁爷开心,还不如死了好。正要往河里跳时,忽听到一条小巷子里传出一个女子的歌声。那嗓子高得呀,尖子拔尖;那曲儿好听哟,直往肉里渗。钱广三步并做两步走,两步并做一步行,站在窗外,用舌头舔破窗户纸,单眼往里这么一瞅,啊咦俺的亲天老爷来!屋里站着一个奇俊怪俊的大闺女。钱广一步闯进去,拿出介绍信来,说明了身份,钱广问那女子愿意给万岁爷去当小老婆吗?女子说不愿意。钱广说你不愿意就活剥了你爹的皮。她爹早在外屋跪下啦,嘴里高喊谢主隆恩!钱广说你爹都愿意啦,你还拿捏什么?没有你爹你能从石头缝里蹦出来?女子说俺愿意啦。正说着呢,一阵奇香扑鼻,钱广抽嗒鼻子问:什么味?什么味?那女子红着脸不吱声。还是女子的爹说:不瞒上官,小女子每天能放九阵香气,每次十分钟。钱广拍手叫好说:好宝好宝,此宝除了万岁爷,谁配受用!钱广问:你们家有电话吗?老头说:有,在桌子上。钱广立即给皇宫里打电话。当天夜里就来了一乘大轿,吹吹打打把九香女抬走了。

说皇帝自从得了九香女后,恨不得放在嘴里含着,那恩爱比海还深。马上扶成贵妃,把原来的贵妃拉到南河边上毙啦。皇帝批了几个条子,让九香女的一家过上了富贵日子。钱广也提拔了好几级。

说这一天,九香女坐在皇帝腿上扭着屁股放香气。皇帝欢喜,被香味熏得晕乎乎地说:天下没有比你好的女人啦。九香女也是得意忘了形,她说:臣妾还不是最好的。龙眼圆睁,像两盏锃亮的电灯泡:还有谁比你好,快告诉寡人。九香女说:俺姐姐比俺还好。皇帝问:怎么个好法?九香女说:臣妾每天只能放九阵香气,臣妾之姐每天能放十阵香气。皇帝说:那不成了十香女啦?九香女说是十香女。

皇帝一把将九香女推开,喝令传钱广。

钱广小跑步登上金殿,扑地跪倒,口称万岁万岁万万岁。皇帝吩咐手下先打钱广四十大板,打得钱广叫哭连天,皮开肉绽。皇帝骂道:钱广,你这个杂种,竟敢蒙蔽寡人,把一等十香女藏起来自己受用,把二等九香女献给寡人!钱广磕头如捣蒜,说:万岁容禀,非是奴才藏匿一等好宝,只是因为这十香女已于两年前嫁给了当朝宰相。

皇帝沉吟不语。后来总觉着不甘心,就传令让宰相到冰山上去跑马。宰相不知道怎么得罪了皇帝,就回家问老婆。十香女也弄不明白皇帝的意思。两口子正纳闷着,小姨子打来了电话,说:姐夫好自保重,皇上对姐姐有了意思。宰相长吁一口气,与怀孕的十香女告了别,两口子哭了一阵,宰相说:君令臣死,臣不敢不死。就吞了一块金子自杀啦。十香女解下裤腰带拴在门框子上正要上吊,皇帝带着人马来把她弄到皇宫里了。

十香女成了皇后。但肚里的孩子眼见要足月啦,十香女知道皇帝有妇科知识,一算日子就知道不是龙种,为了斩草除根,必杀无疑。十香女就说:儿啊儿,为了给你爹报仇,你再等一年出来。那孩子果然又在十香女肚子里待了一年。这孩子一下生满嘴是牙。他是谁?永乐皇帝!所以呀,皇帝霸了人家的老婆,人家的儿子篡了朱家的江山。这个仇报得高明。

王先生说:皇帝也是贪心不足,不就差一阵香气吗?女人不都是那么个玩意?您说对不对,阮书记?

听说阮书记扇了王先生一个耳光子,第二天就把他撵回家去。不几天,王先生就喝了毒药死啦。

十四

渡过了大河。我们穿过厚厚的淤泥时看到那个被打死的爹和那个鬼女人在撕打,"婊子"、"母狗"之类臭骂不绝于耳,他们在淤泥里翻滚着挣扎着。我们把他们甩在后边,一反常态不躲躲闪闪而是大摇大摆,走在村中的大道上,沫洛会的军号又吹响。孪生兄弟赤裸的身体上五彩缤纷,吸引着村民的目光。那些耗子般的村民,都畏畏缩缩,不知道怕什么。他们俩大步往前闯,一句话也不说。

逼近阮书记家的漂亮住宅时,有一些抱着破大枪的民兵正懒懒散散地往响号的地方走。我们忽然听到喇叭里说:统治村庄四十年的阮大头被撤销了官职。他无恶不作,鱼肉乡里,欺男霸女,恶贯满盈。保卫他家宅院的民兵队即刻撤退,新任书记号召全体村民有仇的报仇,有冤的伸冤。

我们走进老阮家的大院时,满院子乱糟糟的人正在抄家。抄出了胡椒一麻袋,大蒜两千头,香油一瓮,绫罗绸缎不计其数。

老阮坐在一个方凳上,背靠着新用石灰刷过的雪白的粉壁,耷拉着眼皮,不言不语,任凭着人们把他的家财抢掠一空。

人们都撤了时,孪生兄弟才从墙角上跳出来。这么两个高大的光腚猴子突然出现,何况身上还五花八门,因此好像把老阮吓了一跳。

孪生兄弟身上的肉抖,好像是胆怯。

还是老阮先说:"儿子们,来得好!"

"大老阮!"

"阮大头!"

"找你来伸冤!"

"找你来报仇!"

"你强奸了俺娘!"

"你枪毙了俺爹!"

"我们我们要报仇报仇啦啦!"

老阮抬起大脑袋来,连声叹气,然后说:"儿子们,想怎么处置我?"

孪生兄弟面面相觑,拿不定主意。

两人商量了半天,才犹豫不决地说:"我们要砍断你的腿。"

"好好好,兄弟俩一人一条,换着来。"老阮和气地说,"大毛到墙角上把斧子拿来,二毛去厢房里把木墩子搬出来。"

他们乖乖地提出了斧子,搬出了木墩子。

老阮坐在地上,把腿放在木墩子上,点着一根洋烟卷,插在嘴里。

老阮说:"儿子们,看老子给你们表演杂技!"老阮的左耳里冒出滚滚的白烟来。

"奇事!"大毛看着二毛说。

"怪事!"二毛看着大毛说。

"他耳膜上有个窟窿眼!"我大声喊叫着。

"别愣着啦,谁先砍?"老阮催促着。

兄弟俩你推我,我推你,都不愿动手。

"笨蛋!老子下得虎狼种,生出了两块窝囊废!"老阮骂着孪生兄弟,探身抄过斧子,把裤子挽到大腿根,正要自己动手,忽然又说,"你们到窗台上去拿过笔和尺子来。"

孪生兄弟乖乖听令。

老阮把尺子横放在双腿膝盖下,摆正,用铅笔贴着尺边画,画出清晰的黑杠在膝盖下。老阮说:"砍齐了才好看,要不一条长一条短,叫我如何见人?"

他比量比量,一斧子剁下了左腿,放在身边立着。断口处的皮肉紧着往里缩,又一斧子又一斧子又一斧子砍下右腿,和那条左腿并在一起立着。两条腿如同两个小醉汉一样晃荡着。

"还要什么?儿子们。"老阮的腿桩子里,喷涌着箭杆一样的红血。他的脸蜡黄色,挂着一层大汗珠子。

孪生兄弟唯唯诺诺地倒退着。

"把你们要的腿拿走!"老阮叫。

他们撒丫子跑了。

不知过去了几年几月,我在村里游荡够了,正想趁着春天的气流去寻找出路时,听到一个高大洪亮的嗓门在街上唱戏。

街上有一个无腿的疯子在唱戏乞食。周围一圈人在看。

他的头脸干瘦,但庞大的骨骼上残留着当年曾经肥头大耳过的痕迹。双眼里往外流黄水,但凶光依然逼人。他的膝盖上绑着两块黑胶皮,手上扶着两只小板凳。小板凳的腿磨得很短了。

他唱道:好心的大娘婶子们,可怜可怜没有腿的人……

说他在歌唱,还不如说他在嚎叫。虽然他唱出的词儿表面像个可怜虫,但大家都感到暗藏杀机。我早死啦当然无所谓,活着的人心里却乱扑通。

有一个老太太端着一碗剩饭,蹒跚而来。众人为她闪开道路。她把那碗饭放在无腿人面前,菩萨般地说:"可怜的人,吃了吧……"

无腿人高扬起脸来,突发出一阵冷笑。老太太说:"你还笑?"

他笑得更冷,老太太颤抖起来,正待转身逃走,就听到无腿人说:"娇杏——!"

围观者知道老太太乳名"娇杏"的并不多,知道者都胆战心惊。老太太像僵了一样,连眼珠都不会转啦。

"娇杏,你拿出一碗冷饭,喂狗吗?"他抡起小板凳,把饭碗打得稀糊烂,"今天是什么日子?"

是啊,今天是什么日子,今天是寒食节,鬼节,连鬼都在这一天改善生活。

老太太走啦,走得风快。

当年她真是一只娇杏,胖乎乎的屁股,捏一把冒香油,两个奶子挺挺着,奶头通红,赛过大红枣……

老人回忆着,孩子们倾听着,过一会儿,老人叹息着走了,小孩子们用石块掷他。

疯子——疯子——老疯子。

寒食节啦,红柳树上绽出了米粒大的新芽,向阳避风的地方,桃花骨节咧开了嘴。肥胖的大围女小媳妇在荡秋千,男孩子们在草地上放风筝。

我观看着风筝的脸,我拧着大姑娘的奶子,我钻到小学校里去,趁红脸蛋儿梅老师睡着的时候搂着她乱亲。我还翻开她的被褥,抖开她的枕头,发现了两只避孕套,吹成大气球,绑住口,放到春风里。这一夜家家户户都不安宁,他们议论那断腿的人,他们在讲述一个报仇雪恨的故事。

　　他们说很古很古的时候,村里有过一对孪生兄弟,练就一身硬功……

　　他们说很古很古的时候,有两个精通法术的孪生兄弟,在这村里报了仇……

　　他们说孪生兄弟拉着手,高唱着歌儿,钻到村前那一大片芦苇地里去了……

　　他们说村后曾有过一堵白粉墙,墙上又是血又是脓,抹画得乱七八糟,也有人说墙上画着一只纺锤……

　　这一夜村里十分黑暗,黑暗中家家都有老人在讲述这吓人的复仇故事。

　　我早死了所以我告诉你:

　　活着的人永远被死去的人监视着。

第 五 梦

二姑随后就到

一

只要天上出现彩虹,我们就想到那条可怕的谚语,"东虹雾露西虹雨,南虹收白菜,北虹杀得快。"北虹就是出现在北方天际的虹。出现北虹的年头注定是杀人如麻的年头。那年的秋天高密东北乡出现过北虹。北虹与那年紧密相连。北虹是那年的一个惊愕的符号。那年的高密东北乡与二姑的两个儿子紧密相连。那年高密东北乡的历史是二姑的两个儿子用鲜血写成的。二姑的两个儿子一个叫天,一个叫地。直到如今,我们也搞不清楚是天大、还是地大,据说他们二位也为此争论不休。

天和地进入村子时,是八月里一个阴云密布的下午,当时,村里的人正聚集在街道上,仰首向北方,观看着那道鲜艳夺目的彩虹。

二

天身着黑色机织布制服。地身穿白色卡其布制服。天腰里别着一支德国造大镜面匣枪。地脖子上挂着一支俄造花机关枪。天身材高大、头发金黄、嘴唇鲜红,大眼睛蓝汪汪的,像滴进了几滴蓝墨水。

地个头矮小、驼背弓腰、五官不正、牙齿焦黄。英挺和猥琐是他们的不同特征。年轻是他们的共同特征。

正当村人们为天上的虹忧虑重重时,他们一高一矮、一俊一丑地从桥头上走过来。河是东西方向,桥是南北方向。桥头上修筑年久的高大门楼是进入这四周高墙围住的村子的唯一通道。天和地从北虹的方向走来。人们感到他们是从北虹里走出来的。

他们毫不犹豫地逼近了大爷爷。大爷爷不但是族长,也是村长。大爷爷生着一下巴钢丝一样的好胡须。

"二位是……"大爷爷迎上去,问,"二位是从哪里来的?"

天和地对视了一会,好像在用眼睛交流什么信息。人们都满腹狐疑地打量着这两个对比鲜明的怪客。

天从衣兜里摸出一张发黄的照片,递给大爷爷,说:"你认识她吗?"

地斩钉截铁地说:"你一定是我们的外祖父!"

天和地手上都戴着又薄又光滑的白绸手套,显得格外扎眼。

大爷爷打量着照片上那团模糊的人影,嘴里支支吾吾,说不出清楚的话语。

天说:"难道连你的亲侄女都认不出来了吗?"

地说:"俺娘可是被你们逼走的!"

大爷爷惊讶地说:"你们是二妞的孩子?"

天说:"是二妞的儿子,我叫天。"

地说:"是二妞的儿子,我叫地。"

大爷爷看着天腰间的匣枪和地脖子上的花机关枪,不由地心生畏惧,从皮肉里挤出来亲热的笑容,说:"啊呀呀,原来是两位大外孙到了,大喜!大喜!你们的母亲呢?"

天和地齐声道:"她随后就到!"

三

饱学多智的父亲对我们说：

那年我十五岁半,正是好奇、好动的年龄。听到你们二姑奶奶的两个儿子——我的两个表哥到来的消息,兴奋使我浑身哆嗦。由于谁也说不清楚的原因,我们这个在高密东北乡曾经盛极一时的家族,正在走向下坡路。我的十六个叔叔们,生出了四十八个女孩,与我同辈的男孩只有四个,除了我还算伶俐聪明,其余的三个,八叔的儿子德高是个黄眼睛的哑巴,二伯的儿子德重是个先天的瞎子,十一叔的儿子德强,是个活了十三岁没穿过一件衣服的痴呆儿——十一婶多少次为他穿上新衣,都被他即刻脱下撕得粉碎。相反的,那四十八个姐妹们,则一个个如花似玉,既聪明又伶俐。高密东北乡老管家的闺女,有一个算一个,个个都不差,这是方圆三个县都有名的事。我们家女孩太多,牡丹、芍药、月季、蔷薇、玫瑰、兰花、桂花、菊花……几乎把花名都用完了,才刚够为我的姐妹们命名。我们家是半个"百花园"。所以,我在这个家族里虽然比不上《红楼梦》里的贾宝玉珍贵,可也算得上是个"混世魔王"。跟姐妹们鬼混了十几年,纵然她们都是天仙,也令人腻烦。突然听说有两个表兄到来,我兴奋得浑身哆嗦就是很可以理喻的了吧。

你们老爷爷辈上,有亲兄弟七个,号称"管门七虎",他们的各种故事,我已经懒得讲述了,也许等我把二位表兄的故事讲完后若干年,再重翻历史旧账,把他们的虎皮抖擞出来让世人欣赏——将来的事难说。犹如一棵树,分成了若干枝杈,我们的家族虽是分家单过的日子,但由于我的特殊地位,在家族中处处受优待,即便是我的父亲与大爷爷的亲生儿子为了争地边子十分钟前打了肉搏战,十分钟后我到了大爷爷的家,大奶奶也会把她盒子里的酥焦茅草根拿出来给我吃。吃甜茅草根是我们家族的传统,这个传统是相当复杂的问题,我不想讲它。

听到二位表兄到来的消息时,已是掌灯吃晚饭的时辰。我不顾爹娘的阻挠,甩掉了丁香妹妹和桃花妹妹的纠缠,飞跑到大爷爷家里去。我们的家族其时已分裂成几十个独立的经济单元,但住房因为受祖先宅基地的制约而集中在桥头胡同两侧,大爷爷的弟兄们已经因为战斗和疾病死去了五个,活着的是老大和老小——这死法很有趣——二姑姑是三爷爷的女儿,三爷爷死了,所以我那两位表兄就理所当然地下榻大爷爷家。

我奔跑在街上,听到我们家族中的狗发了疯一样地吠叫着。那道令人惊异不安的北方之虹已经消逝,但北边天际上依然有一大片浓重的颜色,好像血溶在了水中。街上模模糊糊地行走着一些人,虽然看不清他们的脸,但从他们嘴里喷发出来的腐草味儿,证明着他们是我们桥头街管家的人,也许是八叔,也许是六叔,当然也完全可能是我的这位或那位婶娘。

在大爷爷家门口,我停住了奔跑,让喘息声减弱了,然后从衣兜里掏出一束火柴棍般长短的焦干茅草根儿,塞进了嘴中。大爷爷家门楼檐下悬挂着的玻璃灯放射出的昏黄光芒,照耀着我绿色的脸和不停顿地咀嚼着的嘴巴。那天晚上大爷爷家的大门虚掩着,影壁墙上常年架设着的那尊土炮也撤了。为了防匪,大爷爷把自己的家院修筑得像座碉堡,院墙上、房山上、影壁墙上,连茅厕的墙上,都挖上了方形的射击孔。大爷爷和大奶奶各有一支土炮,还有五支长短不一的前膛装药、打铁沙子的鸟枪。大爷爷和大奶奶随时都准备在他们的家院里展开一场保卫阵地的殊死战斗。当然,在我的记忆中,这种战斗从没发生过,那场二十年前的唯一的战斗,与我的二姑姑紧密相连。那场战斗初发时曾是我们整个家族的巨大耻辱,后来竟变成了整个家族的骄傲。毕竟我们高密东北乡老管家曾经出了一个敢于率领土匪攻打自己亲大伯的家院的女中豪杰,这样的女人并不是任何一个家族中都能随便出现的。正当豪杰的二姑姑愈来愈变成了传奇中的人物、她组织的那次小战斗变成了我们茶余饭后的辉煌话题时,她的两个古怪的儿子,突然出现在我们面前,仿佛从天而降、从血一样鲜艳的北方彩虹中走来,而且他们还宣布,他们的母亲随后就到——我们的二姑随后就到。有了上述的闲言碎语,我的兴奋简直是必然的、必须的。

那尊从影壁墙中央的大"福"字的中央伸出的红锈斑斑的土炮被戳在影壁墙后水缸旁边的软泥里,炮根朝天,显得十分狼狈。堂屋里射出的明亮灯光,把水缸旁边那株高过房檐的夹竹桃坚硬的叶片照耀得闪闪发出幽蓝的光泽,两只蓝色的夜蝴蝶在夹竹桃的树冠中翩翩地追逐着,它们时而与那些叶片混为一体,好像千万的蓝色叶片都在翩翩起舞,仿佛整株树都要拔地而起;时而它们又从那些叶片中凸现出来,叶片静止,宛若万千的坚挺翅羽,唯有两片柔弱得让人心痛的幽蓝宛转飞行在树中。大爷爷家那条老得几乎不能行走的黄狗是我从小的朋友,那晚上竟然对着我发出警戒的吠叫,这令我愤怒。它的叫声颇似耄耋老人的咳嗽,想威风也威风不起来了。

大爷爷家宽敞的堂屋原本是家族的议事厅,周遭十几把太师椅,围定一张沉重的楸木方桌,沿着四面的墙壁,还摆着一些狭窄的条凳。正北的墙上供着一张标注着祖宗名讳的画轴,轴下点着两支血红的羊油大蜡烛,烛火跳动不安,带动着画轴上的祖宗脸庞也跳动闪烁,画上的人儿仿佛在交头接耳,窃窃私语。

堂屋里坐着我的大爷爷、大奶奶、七爷爷、七奶奶,十六位叔伯中,只缺了我的父亲和十一叔,婶娘们有来的有没来的,也可能是来过了又走了。我的那三位堂兄弟,只缺了痴子德强,哑巴德高在,瞎子德重也在。我闯进堂屋,娇纵跋扈地吼叫着:"表哥在哪里?"堂屋里严肃的气氛让我吃了一惊。大爷爷、大奶奶、七爷爷、七奶奶坐在里圈的太师椅上,叔、伯、婶娘们坐在靠墙的条凳上。瞎子德重萎在墙角上,双手拄着高高的马杆,竖着耳朵听动静。哑巴德高站在德重身旁,一颗圆圆的头颅,像只拨浪鼓一样转来转去,两只大眼闪烁着魅力无穷的黄金光芒。我名叫德健,头脑清楚,感觉敏锐。德健一进堂屋立刻就感到气氛紧张,似乎有一股冰凉的空气,把屋里的热情包裹住了,就像蚌壳包裹珍珠一样。寻找表哥的热望顿时减弱,在这个家族中横行霸道惯了的德健第一次感觉到必须察言观色,谨慎言行。我在哑巴和瞎子旁边找到了自己的位置。瞎子居中手扶马杆而坐,左边站着哑巴,右边站着我。瞎子俨然一个深谋远虑的军师,我和哑巴则是他的左右侍卫。不必任何人介绍,我就看到了那两位表哥。他们俩紧挨着坐在两张紫红色的太师椅上,与大爷爷和七爷爷对着面。所有的人都在看着他们,几乎是阖族的男人们,在注视着这两个突然降临的我的表哥用膳。

我们都知道大奶奶是世界上最吝啬的女人之一,无论什么样的贵客上门,也难吃上她家一钱肉,顶多炒两个鸡蛋,外加一碟子虾皮。而今晚摆在两位表哥面前的,竟然是一只郭小手家的黄烧鸡、一盘酱炖的干带鱼、一大海碗虾米炒鸡蛋,外加一蒜臼子紫皮蒜泥,还有一摞至少二十张白面单饼,一把羊角葱。这样的一桌饭菜竟然摆在大奶奶家的方桌上,简直是王八蛋的破天荒。两位表哥旁若无人,正在心安理得地狼吞虎咽。对了,还有一瓶高粱烧酒、两只绿皮盅子摆在桌上。金发蓝眼的表哥左手捏着一只鸡头,右手卡着一张卷了葱的饼。不顾吃饼,他先在那儿聚精会神地啃着鸡头上那层浅薄的油皮。他的嘴唇因为沾了鸡油更显得娇艳如红杏,鲜嫩如樱桃。所谓的"面若傅粉,唇若涂脂",应该是专为我的这位大表哥(我们感觉他大)准备的真实写照。二表哥的吃相凶恶,没有一丝一毫大表哥的潇洒,他嘴里塞进了过多的食物,把两个腮帮子高高地撑起,我只能看到食物一团团地沿着他瘦长的脖颈追逐着下行,而看不到他的牙齿咀嚼食物,即便如此充盈了他的口腔,他还是持续不断地把一块块的鸡肉、一团团的鸡蛋、一段段的带鱼、一圈圈的单饼、一节节的青葱、一摊摊的蒜泥,没命地捣到嘴里去。

渐渐地,明亮的汗水布满了他们的额头。渐渐地,桌上盘盏中的食物被吞食干净。他们摘掉头上像铁皮一样坚硬的帽子,摔在桌子上,随后又解开衣扣,露出了洁白的洋布衬衣,甚至露出了大表哥生着黄毛和二表哥生着黑毛的胸膛。但是,枪,这标志着死亡与威严的符号,却始终挂在大表哥的腰间和二表哥的脖子上。我们高密东北乡的食草家族里也曾经出了几个爱枪如命的家伙,譬如三爷爷,譬如五爷爷,但也没爱到吃饭不下枪的程度。另一种解释是,这两个表哥,对在座的他们的外祖父们、外祖母们、舅舅们、舅母们、表弟们,保持着不信任的态度,因而也就保持着高度的警惕性。眼见着杯干盘罄,桌上狼藉着鸡的尸体残骸与食物的渣滓。大表哥用一根火柴棒剔着牙缝,态度安详镇定;二表哥置满嘴的鸡丝葱皮而不顾,摘下脖子上那支又长又大、枪筒上布满散热孔的俄式冲锋枪,用手指抵住枪托后部的压簧片,让一只小小的铁圆桶蹦出来。铁圆桶里装着枪油。他从衣袋里摸出一方白布,展开,用牙齿咬住一角,哧啦一响,撕下一片,然后,蘸上少许澄清的枪油,开始擦拭他的武器。这支花机关枪应该说有九成新,钢铁部分烧蓝未褪,放着幽幽的寒光。木托上的油漆呈现杏黄的颜色,显得既温暖又可爱。我的八叔是玩枪的行家里手,从他的脸上表情可以看出,二表哥这杆枪是真正的好家什。从擦拭枪支的熟练与专注上,连我也清醒地认识到,这位二表哥绝对不是个善茬子。二表哥不是善茬子,大表哥也不是盏省油的灯,尽管他并没有当众炫耀他腰间的德国造镜面匣枪,但这种匣枪的威力高密东北乡何人不知!玩匣枪要玩镜面的,玩手榴弹要玩花瓣的,马步枪要玩带盖的。镜面匣枪、花瓣榴弹、带盖步枪,都是同类武器中的翘楚,一流货色,值得骄傲与自豪。烛光有些黯淡,原因是烛芯结了疙瘩,大奶奶操着一把黑色的剪刀走上前去,剪掉疙瘩,火苗顿时大了,油气上升,光亮陡增,愈发映衬出二表哥怀中宝物的夺目光彩。这时候,在大表哥的脸上,绽开了一丝金黄的微笑,这微笑是那般地富有魅力,几乎勾走了我的魂魄。

僵局的打破全依仗着吝啬成性但又智勇过人的大奶奶。她端着一只黑色的漆托盘,向我的两位表哥敬献上两束一等一的焦香茅草。高密东北乡食草家族从来就没人剔牙缝,我们借助咀嚼茅草来清理牙齿。我们的人一个个都是牙齿洁白健康,这是食草家族的一大骄傲。茅草纤维细密,甘甜如饴,清喉润肺,资源丰富,掘开高密东北乡的每一寸土地,都能拽出一把茅草根。大奶奶托盘上那两束茅草,颜色焦黄、香气扑鼻,是大奶奶亲手制作,一般人无福享用。此草制作过程大致如下:先将初春的茅根褪去护节的糙皮、洗净晾干,使它们洁白如粉丝,然后用剪刀剪成寸余长的节,用盐水浸泡了再用糖水浸泡,晾干后喷洒白酒,最后放到瓦片上用文火烘焙,烘焙到颜色焦黄为宜。家族中制作茅草的过程基本如此,但每家的茅草各有风味,品味茅草,如同一般人品味烟草一样,是我们这个古老家族的一大乐趣。家族中的男女们,公认大奶奶制作的焦茅味道最佳,火色最好。我吃过大奶奶许多茅草——这老太太诸般吝啬,唯独请人吃草是例外——她的茅草香、甜、微酸、略带酒香,味道倒也罢了,难得的是她的火候:焦而不酥,纤维经口水浸滋后能恢复良好的弹性与韧性。而我母亲制作的茅草,入口便化成了草灰,完全丧失了咀嚼的乐趣。

大奶奶敬献茅草,看起来是礼待,实际上是考验。凡与食草家族有亲缘的人,当然应该知道这吃草的重要。所以,请你吃草,就变成了一次对你的身份的验证。终于有人说话了。终于让我听到了我的表哥的悦耳的外地口音。

"请吃草!"大奶奶阴险地说,"请吃草,两位大外孙!"

"什么?吃草?"二表哥手抱花机关,愤愤不平地说,"请我们吃草,难道我们是牛吗?"

大表哥用两个指头夹起一束草,放在眼前端详一阵,又放到鼻下嗅一阵,那模样、神情,一像老中医,二像洋鬼子。他终于从那束草中抽出一根,放到门牙尖上咬了咬,然后把那些许的草渣呸呸地吐掉。他微笑着问:"为什么要让我们吃草?"

大奶奶看看大爷爷,大爷爷看看七爷爷,七爷爷看看七奶奶,然后这几位老人又胡乱地扫视着周遭的晚辈们,狐疑的神情在每个人的脸皮上浮起,大家都在想:这是两个食草家族的冒牌外甥。至于他们的真实来历,他们冒充二姑的儿子来到此地究竟想干什么,我们并没来得及思索。

大爷爷威严地说:"你们的母亲没告诉过你们吗?"

他们俩互相看着,摇摇头。

"她什么时候回来?"大爷爷问。大爷爷所指的,自然是我们的二姑姑,这个家族的叛逆,但我的两位表哥竟然不明白——也许是真不明白,也许是装不明白。

"她是谁?"大表哥笑着问。

"你们的母亲!"大爷爷怒吼着,"她派你们来干什么?她什么时候回来?"

一阵爆豆般的枪声猛然在堂屋里响起了。开枪者是我们的二表哥。他端坐在桌前,身体几乎没有一丝一毫的移动。他的脸上挂着一种可以称为狰狞的笑容。我们首先看到十几颗金灿灿、亮晶晶的弹壳在房间里飞翔,然后才听到清脆、尖厉、猝不及防、震耳欲聋的枪响。声音与图象的时间差微小到难以觉察的程度,但我还是觉察到了。二表哥玩枪已经玩到出神入化的程度,他抱枪而坐,态度雍容,自然大方,谁也没有看到他是怎样迅速地把枪口对准了大爷爷的头颅又是怎样迅速地收枪,让枪口倾斜向上,散漫地指着屋顶。枪像他怀抱中一个正在吃奶的婴儿,像他的肢体的一个有机组成部分,是他的一条胳膊,或者一只眼睛,或者一张开合自如的嘴巴。白色的硝烟从他的枪口里袅袅地飘出,细弱的蛛网袅袅地下落,落到我们的头颅上,落到漫铺了青砖的地面上,落到二表哥瓦蓝的枪身上……他用擦枪布轻轻地拭掉那缕白色的蛛丝,然后,又用嫩绿色的沾油枪布,轻轻地擦拭着仿佛是椭圆形的枪口,像煞一个慈母,为进食完毕的爱子擦拭口唇。

在弥漫了全室、灌进了我们心肺、震惊我们食草家族古老而怪戾的灵魂的大爷爷独具一格的血腥味道中,我们——除了哑巴德高——都听到大表哥一字一顿地说:

"她——随——后——就——到——"

这无疑是一个庄严的宣告、一个严厉的警告、一个振聋发聩的提醒。从大表哥的声音里,我听到了对于食草家族的最后判决,像红色淤泥一样暖洋洋甜蜜蜜的生活即将结束,一个充满刺激和恐怖、最大限度地发挥着人类恶的幻想能力的时代就要开始,或者说:已经拉开了序幕。

四

父亲的二姑姑——我们的二姑奶奶究竟什么样子?乱纷纷的家

族传说并没人给我们这些晚辈描述清楚。没有人说她骑过黑马,但她在我们的脑海里骑着黑马驰骋,马的闪闪发光的蹄铁,在我们的脑海里闪烁,有时像天上的星光,有时像河中的水光。黑马的蹄声,经常清脆地把我们从睡梦中惊醒。我们感到心中痛楚,不知被什么东西感动得热泪盈眶。思绪超越现实,进入二姑奶奶的境界,进入黑马的境界。父亲说他经常嗅到那匹马的味道,听到它的嘶鸣,看到它的容貌:周身全黑,光滑如缎,双耳如削竹,一把垂挺的尾巴。奇怪的是,我不知道这匹马的性别,也许是因为雄雌对马无关紧要。没人对我们说过二姑奶奶身披大红猩猩斗篷,但她的斗篷总是如一团熊熊的烈火,在我们的灵魂中燃烧,在我们的骨髓里燃烧。那烈火是蓝色的。没人说二姑奶奶手使双枪,我们却总看到她腰插着或者手提着双枪——当然是德国原装大镜面匣枪——忽而飞身下马,忽而飞身上马,那足了份儿的潇洒,难以用语言形容。家里人都说二姑奶奶身材清瘦,瓜子脸儿,大眼睛,肤色黧黑;但我们总看到她面若银盆或者粉团,胳膊白嫩,赛过漂洗过十二遍的肥藕。她是两只细长的丹凤眼。她是丰腴得近乎肥胖的一个少妇。我们不断地修正着传说中的二姑奶奶形象并逐渐确立了我自己的二姑奶奶形象。在修正传说时,我感受到一种创造者的幸福。

父亲对我们说,他的二姑姑的双手上,生着一层透明的粉红颜色的蹼膜,这是属于我们家族的独特返祖现象。她更像我们的祖先——不仅仅是一种形象,更是一种精神上的逼近——所以她的出生,带给整个家族的是一种恐怖混合着敬畏的复杂情绪。据我的父亲说——我的父亲与二姑姑是同胞兄妹——我爷爷摆行第三——二姑姑一降生,就在血泊中挥舞起她的双手,哇哇地哭叫。接生婆为她结扎脐带时,看到了婴孩眼睛里闪耀着蓝色的虹彩。她虽然在啼哭,但却没有一滴泪水从眼睛里流出。她其实是在睁着眼鸣叫,那蓝色的射线带来的恐怖尚未消失,接生婆随即又看到了她手上的蹼膜。剪刀和布条跌落地上,接生婆萎软在地,好像被子弹射中了要害的大鸟。产房里乱成一团,奶奶只看了一眼血泊中女婴那高高举起的双手,便昏了过去,再也没有醒过来。

奶奶生产出带蹼婴儿的消息,迅速地传遍了整个家族。爷爷几乎是跌跌撞撞地扑进大爷爷的家。大哥,大嫂,爷爷说,大事不好啦,带蹼的又降生了!

可能是带蹼婴儿的每次降生都标志着家族史上一个惨痛时代的开始,否则爷爷何必那般惊恐?他面色惨白,下巴上的焦黄胡须像火焰中的茅草根儿一样卷曲着颤抖,颤抖着卷曲,高大的身躯摇摇摆摆,仿佛随时都会瘫倒,分裂成一堆垃圾。

哥,嫂子,想个法子吧!爷爷可怜巴巴地向家族中的最高权威也就是最高智慧求救。大爷爷面色深重,微微眯着眼睛,显然是在沉思。家族史上那些与蹼膜直接或间接关连着的鲜血和烈火淋漓在他面前燃烧在他面前,要不然他为什么下意识地哆嗦起来?哥、嫂子,快想个办法吧!爷爷软软地瘫在一把椅子上。大奶奶用一种怜悯的目光看着他,说:"老三,甭着急,先吃点草压压惊。"她递给爷爷一束焦黄的茅草,也顺便递给大爷爷一束。兄弟二人咀嚼着茅草,神色渐渐安定。大爷爷咳嗽一声,问:她娘怎么样?爷爷说:已经死了。大奶奶说:果然是个讨债的。大爷爷沉吟着:时代毕竟不同了,过去的酷刑不能再用。罢罢罢,怎么着也是条性命,我看,找块被单子,裹上二十块钱,扔到红色沼泽边缘那个蚂蟥庙前,兴许有不嫌的捡了她去。是死是活,就看她自己的造化了。爷爷求救似的看着大奶奶,大奶奶说:老三,就照着你哥说的去办吧,想来想去,这就是最好的法子了。

爷爷抱着二姑姑,越过围子墙,进入村南那辽阔无边的原野,抬眼望见半人高的黄草一浪逐一浪地滚到遥远里去,间或有狐狸和野狗在草间闪现身影。秋雁声声,金风飒爽,正是农历八月中的时令。一条灰白的道路延伸到红色沼泽附近。爷爷沿路往前行,很快就看到蚂蚱庙青色的瓦顶从黄草中鲜明、冷峻地凸现出来。他站在庙前,看着破烂的庙里情景,当年那金碧辉煌的蚂蚱塑像早已没了踪影,方砖铺就的地上,砖缝里挤出野草,野草上沾满鸟屎。二姑姑安静地睡在褪褓里。爷爷把她放在庙门口的枯草上,她照旧酣睡。爷爷打量着这个红扑扑的小东西,心里很不好受。狐狸在沼泽里鸣叫起来,野狗在草丛中狂吠。爷爷省悟到大爷爷定下的放生计实际上绝无一线生机。爷爷想:只要我一离开这儿,野狗和狐狸立刻就会包围上来,把这个手脚生蹼的女婴吃掉,连骨头渣儿也不剩。他犹豫着,但最终还是用理智战胜了感情,撇下女婴,一人独自离去。他的背感受到了沼泽里刮来的凉森森的霉变空气,心中忐忑不安。走出了几十步,他似乎听到了蚂蚱庙附近草梢晃动的声音,还有野兽们啾啾的喘息。他回头观看,见草梢波动如水,庙前寂静如初,沼泽的气息扑面而来,见只高大洁白的仙鹤单腿站在湿地上,女婴的褪褓鲜红地躺在黄草上,她连一点声息也不发出。

  爷爷回到家里,处理完奶奶的丧事,已过去了三天。他提着一杆钢枪,口袋里装着二十粒子弹,翻过围墙,往蚂蚱庙前走。他相信出现在面前的情景应该是:庙墙上溅满污血,被利齿撕碎的红布褪褓一条条悬挂在草梢上,狐狸十几匹,野狗十几条,分成两大阵营,犹如两团云,围绕着蚂蚱庙旋转。一团红云,一团黑云,追逐着似的围绕着蚂蚱庙旋转着寻找食物。活着的初生婴儿是野兽们的美餐。它们只吃过死婴,死人,变味了,馋了,鲜活的婴孩儿味道令野兽们馋涎三尺。爷爷想它们一定都血红了眼睛嗥叫着,龇着青色的白牙。爷爷想象着用钢枪把它们打翻在地的情景,心里感到为女报仇后的舒畅。

先把孩子送到狐狸和野狗的嘴边,让它们把她吃掉,然后开枪打死它们为女报仇,这正是最英明的政治家惯用的手段。在距离虼蜡庙半里路处,爷爷掏出子弹,认真地擦拭着,他擦掉了子弹屁股上的油腻,并把每一粒子弹的弹头放在自己头皮上蹭过。据说放在头皮上蹭过的子弹就变成了炸子,沾肉就炸,威力大增。他那杆钢枪是比利时国枪炮公司制造,弹仓里能压七粒子弹。中国人管这种枪叫"七连珠"。这是一种质量很好的枪,在爷爷的时代里,一杆"七连珠"价值一百大洋。爷爷压上子弹,拉开枪栓,把子弹推上膛,让"七连珠"处于一触即发的状态,然后英勇无畏地向前走。一轮朝阳从沼泽地里升起来,照耀得这个大汉满脸通红。渐近虼蜡庙,他把枪抱在怀里,变雄赳赳的走姿为小心翼翼的走姿。虼蜡庙前静寂无声,没有野狗,也没有狐狸。包裹过二姑姑的红被单子像一面鲜艳的旗帜,悬挂在庙门上。红被单子完整无缺,上面沾着一些黑色的胎粪,没有一牙一爪撕咬痕迹。婴孩哪里去了？爷爷站在虼蜡庙前茫然四顾,看到了红色的沼泽、青色的村庄、黄色的野草,一只孤独的仙鹤抻着颈子奋力向着太阳飞行,爷爷百无聊赖地对着它开了一枪,没有打中。又开了一枪,还没有打中。再开一枪,依然没有打中。这是爷爷射击史上的一大耻辱。他不再射击,盯着那仙鹤在阳光里变成了一个针尖大的光点,然后收回目光,眨眨酸麻的眼,大背了枪,垂头丧气地走回村庄。

爷爷走进大爷爷的家门,向大爷爷和大奶奶报告了虼蜡庙前的情况。大爷爷说:好好好,这个丫头命大,肯定是被人抱走了。大爷爷嘴上说好,脸色却很阴沉,爷爷知道他宁愿听到女婴被野狗和狐狸吃得骨渣不剩的消息也不愿听到手脚生蹼的女婴逃了性命的消息。

大奶奶又献上草来,爷爷扔一束进嘴,枯燥无味地咀嚼着。这时院子里狗狂叫,大门上的铜环哗啷哗啷响。大奶奶警惕地看了爷爷一眼,好像怀疑爷爷引来了虎狼。她挪动小脚,走到院子里,在影壁墙后摸挲着土炮后边的引火帽儿,大声问:"何人敲打门环?"

门外的人不回答,只是持续不断地敲打门环。节奏分明的门环声证明敲打者不愠不火,心情平静,不达目的,决不罢休。爷爷和大爷爷都来到院子里,示意大奶奶去开门。

来人一脸皱纹,下巴上生着一部白胡须,是个陌生的老者。虽然衣衫褴褛,但骨格清奇,颇有几分令人肃然起敬的丰仪。更重要的是,他的怀里,抱着被爷爷丢弃在虮蜡庙前的生蹼女婴。

大爷爷、大奶奶、爷爷,三个人目瞪口呆。白胡须老人走进大门,把怀中的赤子放在冰凉的湿地上,冷笑一声,转身便走。

大爷爷拦住老人的去路,装腔作势地问:"您这是什么意思?您把这个婴孩扔在这里是什么意思?"

老人道:"除了你们食草家族,谁家能生出这样的婴儿?"

大奶奶说:"你这人好不讲理,把这个野孩子扔到这里干什么?"

老人道:"弃杀婴孩,天理难容,国法也难容,管老大管老三,你们小心着点!"

老人从怀里掏出那一包洋钱,啪,扔在大爷爷脚下,冷笑着,格开挡道的大爷爷,潇潇洒洒地走了。

爷爷胆怯地看着赤身裸体的女儿,看着那张红扑扑的小小圆脸和那圆圆头颅上茂密乌黑的头发,心中不由地滋长起怜爱的感情。这是个相当结实、漂亮、生命力顽强的女孩,唯一的缺陷是手指与脚趾间那层粉红的蹼膜。这些蹼膜夹在她的指缝里,只有当她张开手时才能显出来。他弯下腰去,伸了一只手,触到了女婴臀部的皮肤,冰凉的感觉立即麻木了他半条胳膊。女婴睁开眼睛,两道幽蓝的光线从她鱼眼般呆滞的眼睛中射出,刺得爷爷心头一堵,好像当胸挨了一拳。女婴闭上眼,大声啼哭起来。哭声响亮、圆润、音节短促,颇似红色沼泽深处那种特有的大如马蹄、红腹绿背、能喷射剧毒汁液射杀飞虫的马蹄蟾蜍在阴雨连绵的天气里发出的叫声。爷爷最怕的就是这种马蹄蟾蜍,他吃过这种蟾蜍的亏。有一年他进沼泽追捕红狐时,手上误中了蟾蜍的毒液,当时即奇痒钻心,随后就流黄水溃烂,要不是遇上那位走江湖的高手郎中,他的手非烂掉不可。被马蹄蟾蜍伤害的痛苦过程迅速地在爷爷脑海里旋转了一圈,他下意识地,惊恐万分地缩回手,直起腰,大口地喘息着。女婴的哭声愈来愈烈,蓝色的泪水汇集到眼角,淌过面颊,流进耳朵。

爷爷处于手足无措的状态,求援地望着他的兄嫂。大爷爷叹息一声,道:"老三,是福不是祸,是祸躲不过。她毕竟是你的女儿,你把她抱回去养着吧!"

爷爷无奈,只得再次弯下腰去,像抱一只巨大的马蹄蟾蜍一样,把女婴抱起来。他感到自己周身的肌肉都紧缩起来,口里分泌出大量酸溜溜的津液。抱着这样的婴孩是难忍的酷刑。女婴挥了一下手,那手指的蹼膜透明着张开,好像蝙蝠的粉红肉翅。当然蝙蝠的翅不是翅、蝙蝠的膜也不是粉红色的膜。她的冰凉的小手轻轻地、凉凉地触到了爷爷的胸膛,也触及了爷爷的灵魂。他"呱"地叫了一声——竟然也类似了马蹄蟾蜍的鸣叫——把女婴扔在地上。女婴跌落在地,呱唧一声响,是那么肉,那么湿,那么黏。"呱呱"的哭叫声中止了。她在地上抽搐着。她四肢摊开,绷得笔直,手指和脚趾也全部岔开,伸展开了所有的粉红蹼膜。这景象冷腻恐怖,爷爷哇哇地呕吐起来。

爷爷吐出一些绿色胆汁,捏着脖,青着脸,回头对大奶奶说:"嫂子,找把刀给我。"

大奶奶惊讶地问:"老三,你要动狠的?现在可是民国了。"她一边说,一边走进屋子,将一柄明晃晃的牛耳尖刀,用两个指头夹着刃儿，把儿递到爷爷面前。她的眼睛里洋溢着笑的波澜，仿佛在鼓励着小孩子勇敢地去干一件大事件的慈母。爷爷攥住刀把子，刷，把刀子抽出来，嚣张地叫着："我要把她这些该死的蹼膜剔了！你这个蛤蟆种、青蛙精，沼泽地里爬上来的妖怪！"言罢，便俯了身、左手捏住女婴的小手腕儿，刀子风快地落下去。但是此时女婴张开的手指合拢，紧紧地攥成小拳头，哭声也闭了，蓝蓝的眼睛赛过两块滋润的美玉，在爷爷脸下闪着光泽。爷爷的刀无论如何也落不下去了。他抬起脸来，求援地望着大奶奶。大奶奶冷笑一声，道："果然是'虎毒不食亲儿'！老三，你给我滚吧。"一把抢回刀，径直地回院里，并响亮地踹上门。

五

二姑奶奶的童年纪事本应写得摇曳多姿，但家族中人对此避讳，躲躲闪闪，谁也不愿多说。我们掌握的材料十分有限，只能捉住只言片语，加以想象、编造、逻辑的推理。我们写出来的东西，与事实的真相，究竟有多大的差距，无法知道。写得不符合事实又有什么关系？写得符合事实又有什么用处？对一代绝望的、对一代对前面的一切都充满了巨大恐惧的、对一代被永难排解的深重忧虑时刻纠缠着的男人来说，有什么意思？有什么要紧？

六

父亲说，一九四七年，我生气蓬勃，邪性十二分地足；宛若红色沼泽里一只刚萎了尾巴的半大马蹄蟾蜍，全身流动着粉红色的毒液。现在，我可老了，躲在剑叶莲的潮湿泥土里，整日昏昏欲睡。

父亲说,我的二姑姑,从小就会咬人,牙齿锋利,像荒草丛中的小狼。我父亲——你们爷爷左手的食指弯曲着难以伸直,像一节生着疤瘤的树根。父亲说他的父亲说:这就是被她咬的……她咬住东西轻易不肯松口,像沼泽地里那种黄盖的鳖,牙床上打着哼哼,耸动着耳朵,眼睛里闪烁碧绿的光线,那样子可真叫吓人,那样子谁见了谁怕。父亲说他杀猪一般地嚎叫着,痛楚深入骨髓,甩动手臂,带动着那小妖精像皮球一样滚来滚去,但终究无法甩掉她。父亲说你们的老爷爷闻声起来,高叫着我父亲的名字:武儿,武儿,别硬拽,别强拽,当心把指头弄断。我有法子对付她。父亲说我们的老爷爷折了一根草棍儿,轻轻地戳着她的鼻孔,终于戳出了一个大阿嚏,趁着这机会,我们爷爷血淋淋的手指才从她的嘴里解放了。那年她才三岁多一点,就恁般厉害,家族中人谁不惧她!你们的老爷爷说:都躲着她点,她是个属鳖的,咬住东西不松嘴。你们的老爷爷雄豪半生,举枪雁落的角色,他怕过谁?若要管三发了怵,玉皇大帝开当铺! 就连他,也怵着你们的二姑奶奶。她不怕死,似乎也永难死。她生,你们老奶奶死;无人喂她一口奶,正好家里的老母狗下了四只崽子,你们的老爷爷便把她扔到房檐下那铺着干草的狗窝里,与狗崽子们抢奶头。老母狗通人性,主子的女儿,自然不敢怠慢,把最好的奶头让给她。她是个吃狗奶长大的孩子,经常在深更半夜里发出一种拖着长腔的嚎叫,这种叫法就是那所谓的狗哭,主大祸降临,整个家族,一条街上的人,都被她——老母狗和小狗们也加入了半夜的哭嚎——的哭嚎惊恐着,在蟋蟀的促促声与壁虎的索索声中哆哆嗦嗦,长夜难眠。父亲说在深夜里他父亲看着一个血红的点儿在我们老爷爷的烟袋锅里闪烁着,光点明亮时能看清一张瘦削的、被茂密的胡须包围着的脸。粗重的呼吸、长长的叹息和切齿磨牙的声音交替着出现。你们的老爷爷在那些日子里心事重重。父亲说他父亲有一次壮着胆儿出去小便,群狗和我们二姑奶奶的嗥叫声声慢、声声凄凉。他感到有一股彻骨的寒气在他的脊髓里游走,头顶上的毛发噼噼啪啪地直立起来。我们的爷爷看到紫色的天幕上点缀着几十颗有棱有角的硕大星斗。星斗的光芒是那样的刺眼,是那样的怪异。它们仿佛在嗥叫声中颤抖,随时都会坠落下来似的。父亲说你们的二姑奶奶双膝跪地、双胳膊撑地,仰着脸,扬着下巴,与老母狗和它的四个狗崽子们的蹲踞姿势一模一样。她的眼睛的绿色光芒比狗眼里的绿光还要强烈。父亲说爷爷胆战心惊地看到我们的二姑奶奶伸直脖子、绷紧了皮肤,嘴巴噘成圆筒状,像吹火一样,对着天上的星斗,发出了骇人的嗥叫。群狗模仿着她嗥叫。在她(它)们的嗥叫里,星斗一颗颗像被狂风吹动着的红灯笼,父亲说二姑姑的嗥叫比狗们的嗥叫拔得更高更尖拖腔更长,好像玉米林里秀出来的一株高粱。她是它们的歌唱教员。父亲说爷爷那夜里硬是撒不下尿来,胀胀地跑回屋里。他看到室外的天地黄漫漫的,令人感到将有山崩地裂的大祸临头。父亲说那天夜里他还做了一个怪梦,在梦中,他说爷爷上了天,看到那些星斗都用一根根的青草扭成的绳子吊着,一些灰色的兔子在紧一口慢一口地啃着绳子,二姑奶奶的嗥叫直冲云霄,而她的每一声长叫,都像鞭子一样,抽打着兔子们的脊梁,促使它们用更快的速度啃草绳。

　　家族中人纷纷向大爷爷和大奶奶提出了抗议。大爷爷差七爷爷将爷爷唤去。父亲说我爷爷铁青着脸回来,从炕席下抽出一柄缺尖的腰刀。父亲说这柄腰刀是从一个捻子身上解下来的,那捻子身高马大,一副身经百战的样子。这柄腰刀,父亲说,一定沾满了旗兵的鲜血。我们的老爷爷在一块磨刀石上磨刀,多年的红锈与清水混合在一起,像污浊的血一样,流在磨刀石旁的土地上。父亲说爷爷闻到了一股强烈的铁腥味儿,他说铁的腥味儿与血的腥味儿极其相似。在爷爷霍霍的磨刀声中,父亲说老母狗和四只小狗崽子缩在狗窝里,哼哼唧唧地叫着,好像预感到大祸临了头。二姑奶奶却绕着磨刀的老爷爷转圈子,嘴里发出模仿磨刀的"霍霍"声。她受了狗的影响,用四肢爬行起来比直立行走还要快捷。父亲说她那时的确不像个人样子:长发披散,腰背弯曲,全身青紫,指甲坚硬锐利,只有那指缝里的蹼膜,透露着永远的粉红。你们的老爷爷用一把乱草把腰刀擦拭干净,举起来,眯着一只眼,歪着嘴巴,打量着腰刀的锋口。父亲说腰刀银光闪闪,好像一条银蛇。屠杀随即开始,我爷爷左手上戴了一只驯鹰用的皮套子,弯着腰,从狗窝里揪出了一只狗崽子。他捏着狗的颈皮,小狗滑稽地抻动着四条腿,少毛的粉色肚皮显得嫩油油的。这是只小公狗,那像颗糖葫芦的小玩意往外滋着尿。我爷爷把小狗高抛起来,然后右臂机械而僵硬地、闪电般地一挥,在半空中将那小狗拦腰斩断了。小狗两半着落了地,前半截"汪儿汪儿"地叫着,后半截拨浪尾巴。父亲说,我爷爷的刀真是快得无法再快了,挨这样的刀砍了头都不会觉得痛。父亲说我爷爷就这样一连腰斩了四条狗崽子,然后又抖擞精神,转向那条老狗。父亲说自从屠杀开始后,那条老狗就一声不吭地僵卧在窝,任凭爷爷一、二、三、四次地伸手从狗窝里往外揪狗崽子,它连一丝一毫的反抗都没有。你们的老爷爷先用刀去戳了戳它,试图待它往窝外逃窜时再下狠手,可是它依然一动不动。于是伸手把它拖出来,它四条腿软塌塌的,俨然已是一条死狗了。你们的老爷爷奇怪地"咦"了一声,说:死了? 随即踢了一脚,它翻了一个个,尾巴弯在腹下,果然是死了。父亲说你们的老爷爷闭着眼,挂着刀,静默了足有抽袋烟的工夫,然后,扔掉刀,垂头丧气地进屋去了。四条小狗分成八半,狼藉在地,热烘烘的腥味儿,熏得人直想呕吐。父亲说他的二姑姑试图把小狗的尸体对在一起,但她不辨颜色,乱拼一气,于是小花狗的屁股对在小黑狗的头上,小黑狗的前半截又与小白狗的后半截连接在一起,就这样产生了荒诞与幽默。二姑姑搞得双手狗血,脸上也沾了一片片红,样子狰狞恐怖。父亲说我们的爷爷远远地躲在墙角,根本不敢往前凑。父亲没说那些狗尸最终是怎样处理了,也没讲是谁收藏了吹毛寸断的腰刀,又是谁帮二姑姑洗净了身上的狗血。父亲说那老母狗死得奇怪,死得不一般。父亲说你们的爷爷第一个推断是:老母狗看到孩子被杀,万分悲痛,它的肠子一定寸断了;第二个推断是:老母狗看到大祸临头,惊吓而死,它的苦胆一定破了!第三个推断是:老母狗看到在劫难逃,在屠杀开始前已经像老和尚一样涅槃了。我们爷爷的三个推断里,第三个最为美好,其中包含着若干超脱于生死之外的大精神大思想,人能涅槃已算高境,何况一条老母狗。

　　父亲说本来你们的老爷爷是下了狠心要像杀狗一样把你们的二姑奶奶杀掉的了,但那条老母狗的自绝不知道从什么角度击中了他的要害。从此后他无疑是一具行尸走肉,好像他活着的目的,就是等待着你们二姑奶奶那一枪。

　　父亲说那是个极其炎热的中午,你们的老爷爷袒着肚皮,在院子里的榆树阴影里吃西瓜,成群结队的红头苍蝇围着他飞舞,轰不走,赶不散,好像他是一具腐尸。这时你们的二姑奶奶从外边跑来了。她那时已经十岁,离开了狗的世界后,她已出落成一个相当美丽的小姑娘,除了她手指间那些蹼膜还令人心里不愉快之外,别的一切正常。她那天穿着一身红绸子衣服,头发上簪了一朵大大的红绒花,简直是一把火。她手里拿着一支银子柄的七星左轮子手枪。那小玩意儿闪闪发光,精巧得像个假货。一进大门她就喊叫:爹,我要枪毙你!父亲说老爷爷把嘴里的黑西瓜籽儿吐出来,拍拍鼓鼓的肚皮,平静地说:这玩意儿也能打死人?子弹打到我鼻孔眼里我能给你擤出去,打到我的肚脐眼里我能给你挺出去。你们的二姑奶奶说:爹,你是在吹牛吧?老爷爷说:不是吹牛,你不妨试试。你们的二姑奶奶说:好,我试试。她说着,笨拙地转了一下枪轮子。然后,瞄准你们老爷爷的肚脐,叭,就是一枪。你老爷爷哈哈大笑起来,啪啪地拍着肚皮说:怎么样?闺女,你爹没有吹牛吧? 你们的二姑奶奶狐疑地看着枪口冒出的缕缕青烟,嘴里嘟嘟哝哝地说了几句什么,然后再次将枪口对准她的爹,叭、叭、叭、叭、叭,三枪一个小间歇,连续六枪,都招呼在你们的老爷爷身上。你们的老爷爷笑声朗朗,但立即有一股鲜血从他嘴里蹿出来。他摇摇晃晃站起来,喊一声:好——随即前仆在地,苍蝇如一块绿色的尸布,一秒钟之内,便遮盖住了他的身体。

父亲说,你们的二姑奶奶从此便消逝了踪影,家族中曾派出过十几个人四处明察暗访,想把她抓回来用最严厉的酷刑活活烧死,但都空手而回。当然,也不能说一无所获,派出去的人,每个人都带回来一大堆消息,有说她被一个白胡子老头领走了的,有说她跟着一只老狐狸进了红色沼泽的,有说她跟着一个杂耍班子闯江湖的,等等。家族中的娘们,干脆说她原来就不是人,是讨债鬼投胎,是蛤蟆精、狐狸精投胎。随着时光的流逝,渐渐地我们忘记了她,说忘记也不可能是完全忘记,她像一块病,潜藏在我们心里;她是一个千纠百结的伤疤,长在我们身上,每逢阴雨天气,就令我们不舒服。其实,家族中每个人都知道,这个趾间生着蹼膜的小妖精肯定没有死,她不可能死掉,她正在某个神秘的地方修炼着,一旦她长丰满了羽毛,就会飞回来。她好像生来就是为了和这个在红色沼泽周围繁衍了数百年的食草家族做死对头的。

果然,父亲说,这一天终于到了。那是个草黄马肥的深秋的夜晚,炼丹的狐狸把红色沼泽弄得一片片辉煌,夜间飞行的鸿雁在高空中鸣叫着,河水在响亮流淌,狗在呜咽。这时候村外燃起了几把冲天大火,高大的谷草堆被点着了。火光把家家户户的庭院照亮,窗户纸一片通红。街上响起马儿"咴咴"的嘶鸣,和马蹄铁打击青石板道发出的清脆响声。父亲说那时他的父亲寄居在桥头大老爷爷家,看到大老爷爷和大老奶奶从黑影里蹿起来,往土炮、土枪里装填着火药。他的父亲缩在炕角上一动也不敢动,只听到大老奶奶豢养的那七条狗咬成一片,响亮的马蹄声从街北头响到街南头,又从街南头响到街北头。听动静有十几匹马,是一股不算小的响马。父亲说马队跑了几个来回趟子后,一个尖锐的女人声在街上高扬起来:都听着——姑奶奶今夜来——是冲着管老大和他老婆——怕死的都在家里睡觉,不怕死的尽管出来——然后就噼噼啪啪响了十几枪。父亲说我们的爷爷看到大老爷爷和大老奶奶僵在院子里。父亲说你们爷爷一听动静就知道是你们的二姑奶奶回来了。紧接着枪弹就啪啪地打在门板上。父亲说大老爷爷家的大门是用三寸厚的老楸木做成的,里外包着铁皮,还打着密集的蘑菇钉,这样的门坚硬无比,子弹根本打不透。父亲说大老爷爷和大老奶奶醒过神来,便开始了顽强的抵抗。他们首先点燃了大门两侧的土炮,轰隆隆两声巨响。震得窗户纸像笛子一样呼啸。父亲说门外传来马的悲鸣声,并听到一扇肉障壁倒地的声音。一个男强盗在外面呼道:我的马啊!

　　这说明没有放空炮,大老爷爷和大老奶奶像两只凶猛的老豹子一样,从这个枪眼窜到那个枪眼,把五只鸟枪放了一遍。然后,大老爷爷忙着往枪筒里装火药,大老奶奶从梁头上解一个竹篮子,竹篮子里盛着几十颗小香瓜形的炸弹。从大老奶奶趔趔趄趄的步态上,父亲说他的父亲看出了那一篮子炸弹的分量。父亲说这时外面的枪声和咒骂声像河里的水一样,一浪赶着一浪,大门被重物撞击着,发出"硁咚,硁咚"的巨响。大老奶奶从篮子里摸出一颗炸弹,放在影壁墙的角石上磕了一下,扬臂撇到墙外,俄顷墙外一声巨响一团火光一股浓烟,墙外的强盗怪叫着跑远了。大老奶奶又撇出去一颗炸弹,爆炸过后,墙外一声声息也没有了。大老奶奶对大老爷爷说:这小杂种,哼,这小妖精!火光里,父亲说我们的爷爷看到大老爷爷和大老奶奶脸上的兴奋表情,大老爷爷要开大门,遭到了大老奶奶的拒绝。后来据旁人说,你们二姑奶奶就潜伏在大门不远处,只要大老爷爷一开门,就没有活路了。他们的第一次退却是条诡计。父亲说大老奶奶又漫无目标地往墙外丢了十几颗炸弹,天就渐渐放了亮。一直到了半上午光景,大老奶奶才准许大老爷爷开门。门口躺着一匹淌出了肠子的死马,还有一根大石条,撞门用的,还有一些黄铜的匣枪弹壳,在阳光下闪烁着金光。父亲说大老爷爷家的院墙上,被人用破布蘸了马血涂抹上一行污秽的大字:管老大,有朝一日非割下你的鸟来不可! 旁边还画着一个鸟,鸟头极度夸张,像个大头的婴孩。苍蝇密匝匝地伏在字与画上吸脏污,所以那字、那鸟都很立体,并且蠢蠢欲动。

这场保卫战结束之后,大老爷爷和大老奶奶积极备战,花血本购买炸弹和火药,又把家族中男人轰来,加高了院墙,加固了大门,还在院墙周遭挖了十几个下边插满尖桩子的陷阱。

大家都在等待着二姑奶奶卷土重来。一天天等过去,一年年等过去,一等等了二十年。二姑奶奶没到,她的两个儿子,却如两位天神,伴随着北虹到来,当天晚上,就给了我们一个下马威。

七

在令人胆颤的静默里,我听到大爷爷的黑血在方砖地面上快速下渗时发出的沙沙声,好像一群小蚕在吃桑叶,我的脑海里跳动着骑黑马、挎双枪、身披大红猩猩毡斗篷的二姑姑的形象,父亲对我讲述过的那场二十年前的战斗画面,像洋片一样,在我的脑袋里拉来拉去。大奶奶如梦初醒般地嚎叫了一声,接着,扑到她的丈夫的尸身上,试图用手去堵塞那些流血的窟窿。她的手指太少,大爷爷身体上窟窿太多,她的努力等于白费。她提着两只血手站起来,龇着两排因

咀嚼茅草而坚硬洁白的白瓷牙,模样狰狞,像一只老狼。她切着牙齿骂道:

"你们这些生蹼的蛤蟆种!"

天瞅瞅地,笑嘻嘻地说:"她是骂我们吗?"

地说:"骂我们就是骂她自己。"

天说:"极是,因为我们是她的外孙。"

地说:"杀了她吧,免得她絮叨。"

天说:"赶明儿吧,今晚上不宜杀女人。"

大奶奶骂着,走到里屋去,并且并上了房门。屋里传出翻箱倒柜的声响。

天说:"她会不会上吊呢?"

地说:"上吊也要割她二百刀。"

"二百刀怎么够?"

"那就割三百刀。"

天和地正说着,房门"哗啦啦"被推开,冲出了手握两颗炸弹的大奶奶,她尖厉地笑着,道:"畜生们,咱们一路去了!"然后把两颗炸弹使劲一碰,就等着发火爆炸。

"炸弹!"天高叫一声,夺门而出。

地紧跟着冲了出去。

我的十五个叔伯们也一窝蜂挤出屋子,并趁着乱哄哄的机会,跑回自己家里去了。

最后留在屋子里的,是我的哑巴哥哥德高,瞎子哥哥德重,还有我,德健。我也闹不清我为什么没有跑,我对大奶奶手擎着的那两个黑不溜秋的铁疙瘩没有丝毫畏惧。

德重哥用头上包着铁皮的马竿笃笃地捣着地面,似乎有些不耐烦地问:

"闹什么？你们闹什么？"

我说："大奶奶要掷炸弹呢！"

德重道："屁！放了二十年的炸弹，早就臭了，用火都烧不响！"

大奶奶听了德重的话，扔掉炸弹，一腚坐在地上，呜呜地哭起来。

天和地走进来。天嘻嘻地笑着，扯扯德高的耳朵，捏捏德重的鼻子，拍拍我的头顶，高兴地说："表兄弟们，一个赛一个的好胆量，咱合伙玩个痛快吧！"

地对我们的态度不如天友好，对这个开枪杀死大爷爷的凶恶家伙，我没有好感。但我又不得不承认，这家伙身上有一股说不出来的魅力在吸引着我。

大奶奶弯腰低头撞上来，想与天拼命。地一伸腿便把她绊了一个嘴啃砖。

地踩着她的脊梁，说："杀了吧！"

天说："捆起她来。"

天对我说："你去找根绳子。"

我自幼在大奶奶家摸爬滚打，对她家里的一切东西熟如手掌。我知道门后的洞子里就有十几根上好的精麻绳子，伸手即可拖出，但让我真干，却难免犹豫，因为大奶奶从不对我吝啬，我是嚼着她的香茅草长大的孩子。

"你不愿跟我们合伙干？"天依然笑嘻嘻地说，他用戴着洁白绸手套的手摸出一包纸烟，抽一支，划洋火点燃。他戴着手套的手灵活极了，我突然回忆起方才他用手摸我头顶时那种滑溜溜的感觉。一个念头在我心头闪过：难道他们的手指间生着那种粉红色的蹼膜吗？

"你不愿干也不要紧，只管回家就是。"天潇洒地抽着烟卷说，两股白色的烟雾从他鼻孔里冒出来。他用手指拢了一下卷曲的黄头发，说："你现在就可以离开我们回家。"

而这时,我的哑巴哥哥德高已经翻东倒西地寻找绳子了。他又聋又哑,却有着超出常人的领悟能力。眼见着德高就要从门洞里拖出绳子了。我知道要是那样我就永远失去了追随这两位迷人的表哥的机会,我知道那样我即便再付出十倍的努力也难讨表哥们的欢心,不能再犹豫了,爹亲娘亲,不如表哥亲;千好万好,不如表哥好,当哑巴拉开房门时,我一个小箭步冲上去,把那捆精麻绳子拖出来。

"好好好!"天拍着巴掌说,"好极了!"

他拍手时发出"呱唧呱唧"的声响,好像他的手掌上沾满了水。

"把她捆起来。"天说。

地抬起踩在大奶奶脊梁上的脚,斜着眼睛看着我们。他不吸烟卷。他从口袋里摸出一个翠绿的鼻烟壶,倒一撮在手心里,用大拇指揉进鼻孔里去,然后挤鼻子弄眼,打了一个响亮的阿嚏。我注意到他洁白的手套黄了拇指和手心两处。

大奶奶四肢着地,趴在地上,一动不动,好像一只被踩扁了的蛤蟆。

我和德高面对面,眼对着眼。我猜不出他那两只骨碌碌转动着的金黄色眼珠子正在向我传达着什么信息。抬头看天,天微笑着看我。仪表堂皇的大表哥与死蛤蟆一样趴在地上的大奶奶相差太悬殊了,即便她是我的亲奶奶也没有什么好犹豫了。捆,捆这个老东西!我坚决地弯下腰去,拧住了大奶奶一只胳膊。

大奶奶翻身坐起来,没有反抗,也没有骂人,只用她那两只宛若蛤蟆一样的眼睛盯着我,盯得我浑身发惊,心里发冷、皮肤上凸起一些疙瘩,好像我也变成了一只癞蛤蟆。我松开手,嗫嚅着:"她……她看我……"

地从腰带上摘下一柄牛角柄小刀子,扔在我和德高面前,恶狠狠地说:

"剜掉她的眼睛,她还怎么看你!"

我不敢去捡那把刀子。我宁愿忍受着她那蛤蟆目光的逼视把她捆起来,也不愿动手挖活人的眼睛。我拧住大奶奶的胳膊,示意德高动手捆绑。他"啊啊"地叫着,两只手一齐比划,好像是"让我捆绑"。于是我又一次松开了手。哑巴上前,抢起肥厚的大脚,对准大奶奶的腰眼就是一下子。这条愣熊,只一踢就把大奶奶踢昏了。然后他反别着大奶奶两只胳膊,抽动着绳子,一个人捆绑起来。这时我才明白了他的意思。原来这哑东西要贪天之功,据为己有。我挤上去帮忙,不能让这小子的诡计得逞,地一把将我拽到边上,说:

"让他捆绑,你剜眼睛。"

我战战兢兢地拾起那把刀子,掰出刀刃,觉得一股寒气侵人,知道这是锋利无比的家什,杀人刃上不留血。

德高把大奶奶捆好。将余下的绳子扔到房梁上,用力一拽,强迫着软成一摊泥的大奶奶直立起来。大奶奶的头软软地歪在肩膀上,我猜想她已经死了。

天用他的微笑督促我,地用他的奸笑督促我。大奶奶,为了比你的眼睛更珍贵的东西,我要动手了。只有剜掉你的眼睛,才能证明我的勇敢和忠诚。我铁了心,举起了小刀子。

这时,一直躲在墙角闷声不语的瞎子德重大声说:"德健兄弟,你别下手,让我来,让我来剜掉这个老杂种的眼睛。"

我坚定地说:"不行,这是表哥分派给我的任务!"

他用马竿顿着方砖,阴森森地说:

"让给我剜!你们这些有眼的,哪里知道我心中的仇恨!"

他挂着马竿,准确无误地走到我的面前,伸出一只生着修长手指的、苍白的手。我感到没有力量违背他的意志,便把被我的手汗濡湿了柄儿的小刀子递到他手里。

瞎子像长了眼睛一样,迈着大步走到大奶奶面前。他把马竿靠墙放了,伸出左手,揪住大奶奶的头发,使她浮肿了的脸仰起来,他的右手,攥着刀子,一点点凑近大奶奶的眼眶子,刀尖将细微的感觉准确地传达给瞎子,使他操刀无误。我看到那柄小刀像条小银鱼儿一样,绕着大奶奶的眼眶子游了一圈,紧接着刀尖一挑,一颗圆溜溜的乌珠,便跳出了眼眶。用同样敏捷的手法,他挖出了大奶奶的另一颗眼球。可怜大奶奶一双慧眼,顷刻之间变成了两个血窟窿。

　　"瞎子,干得不坏!"地点头赞许道。

　　在瞎子挖眼的过程中,她竟然没出一点声响。只要是活人,遭此酷刑,哪怕意志如铁,也难保不出一声。所以,我断定大奶奶在挖眼之前,就被哑巴给一脚踹死了。挖死人的眼睛,算什么勇敢?天大一个便宜,竟被瞎子给捡了。我感到十分沮丧。天好像看穿了我的心思,用安慰的口吻说:

　　"小老表,不要沮丧,想挖眼睛还不容易吗?"

　　但事实并非与我想象的一样。大奶奶并没有死,第二天大清早,她凄厉的叫骂声,便把我们吵醒了。

　　这一夜我们三兄弟没有睡觉,与天跟地一样,我们睡在大爷爷家院西侧那个干草垛旁,那原本是老狗的地盘,但我们身上的腾腾杀气,早把那条老狗吓跑了。我们拉开干草,铺在地上,并着头大睡。这种野蛮的露宿富有刺激性,呼吸着大量的新鲜空气,百无遮拦地抻胳膊撂腿,宽松和谐,大有益于健康。我感到跟着二位表哥干事情必将有无限光明的前景。我的表现还不够好,明天应该好好表现。

　　大奶奶在曦光中嚎叫着。我纳闷她为什么还敢活着,我怀疑是否有什么野鬼附了她的身。

　　天和地同时跳起来,根本不理睬大奶奶的鬼哭狼嚎,率着我们三兄弟,跑到河边,洗了脸,漱了口,又把嘴扎到河里,咕嘟嘟汲了个饱。

我走起路来,水在胃里"咣当"响,这也是一种新的感受。

天和地不提吃早饭的事,我们也不敢问。

天和地指挥着我们,把大爷爷的脑袋割下来,放在河水中漂洗得干干净净。天还有一柄精致的牛角梳子,把大爷爷下巴上的胡须梳理得根根通顺。然后端端正正地放在桥头正中,让每一个走上石桥的人都能看到。

太阳冒红时,天命令我们把大奶奶押到桥头堡前。大奶奶不肯走,我们找了一根杠子,穿在她被反剪着的双臂间,将她抬了过来。

这天正逢着集日,外村的人不知道桥头管家发生了大变故,所以照旧来赶集。不论是挑着担的,还是提着篮的,一走近桥头,都要怪叫一声,跳一跳,转身欲跑。大爷爷的头颅吓破了他们的胆。这时天和地就吼一声:"站住,哪里逃!"

我们已经从第一个卖猪肉的屠户的箩筐里抢来一杆秤,一把割肉的刀子。我们逼着那屠夫从拴在桥头堡马柱上的大奶奶身上往下割肉。那屠户是个强悍的人,我们抢夺他的家什时他还有些小小的反抗。天伸出戴着白手套的手摸了摸他的秃头顶,这老家伙一下子就萎缩了。他结结巴巴地说:"祖爷爷们,秤,我不要了;刀也不要了;两百斤猪肉,算我送给你们的军粮,只求你们放我走。"

天笑嘻嘻地说:"我要考考你的本事,"他指指疯叫不止的大奶奶,继续说,"我们判了这个老婆子凌迟罪,我要你一刀从她身上割下四两肉来,割多了,我们就割你的肉,割少了,你再从老婆子身上割,一直割足四两为止。"

屠户连忙跪倒,磕头作揖。他的头碰得桥石发出很响的声音。他哀求着:"祖爷爷们,饶了我吧。我是个杀猪的,割猪肉行,割人肉不行。"

天说:"你不要太谦虚了。猪和人都是哺乳动物,能杀猪就能杀人,会割猪肉,就没有不会割人肉的道理。问题在于你没把道理想清楚。你总认为人是杀不得的,其实这是陈腐的偏见。人生来就是被杀的,你不杀她,我就杀你。"

地气冲冲地说:"你跟他费那么多口舌干什么?"他抢过杀猪刀,在桥头石柱上反复磨了几下子,磨出一些"嚓嚓"的声响。然后,他用刀背敲着屠户的秃头,问:"割不割?"

屠户被地用刀背敲得节节下缩,身体上全是皱褶,好像一条吐尽了丝的蚕,正在变成一只蛹。他硬着舌头和嘴唇说:"我割,我割。"

我们看到屠户摸起他用惯了的刀,手指哆嗦胳膊哆嗦连眼珠子都哆嗦着,哭一声,迈一步,身体一侧歪,终于挪到了大奶奶面前。被挖了眼的大奶奶比鬼还吓人。两个黑窟窿里流出来的血一直淌到她的腿上,散发着生冷的腥臭味儿。屠户的手一触到大奶奶的身体,她就发出一声令人毛发倒竖的怪叫。我又一次感到大奶奶早已死去,附着在她的尸身上发出怪叫的,是一个妖精。我甚至想把我的感觉对屠户说说,让他大胆地下刀子,干完了这桩事,我们也该去找点东西填填肚子。我真切地感到饿了,也感到二位表哥玩的把戏有点无聊。屠户突然扔掉刀子,转身就跑。从他的跑姿上我感到他好像被魔祟住了一样,他一定用了全部的力气试图逃离这个是非之地,但速度却像蛆爬一样。

天叹息一声,道:"朽木不可雕也。不争气的东西。"

地没容天的话音消散,就用一只手把胸前的花机关一顺,啪啪啪,一个点射,将屠户放倒在桥上。屠户抽搐成一个圆球形状,打了几个滚,掉到河水中去了。

随后那些来赶集的,有被逼割了大奶奶肉的,有下不了手想逃跑的——逃跑者都跟屠户同样下场——有当场被吓死的——虽然表现形式人人各异,但有一点是共同的,这就是——恐惧。惟有一个例外,是一位胳膊挎着竹篮子的中年妇女。她走上桥头时,桥面上的人血已经流成了小溪。桥头上的恶消息已经迅速扩散出去,没人敢来找霉头了。所以,她踩着血大摇大摆地走过来时,我们就对她格外敬重了。天依然笑嘻嘻地拦住了她,说:"大姑,要过桥先割她四两肉,这是规矩。"

她抿嘴一笑,腮上显出两个像杏子那般大的酒窝窝。她明眸皓齿,乌发长颈,虽近中年,但依然魅力无穷,较之我们家族中那些姐妹们,别有一番风景。她朗声道:

"孩子们,想的好主意!"

天道:"好的还在后头呢。"

她说:"我等着看呢。"

地说:"别跟我们磨牙。"

她伸出洁净的手,说:"你们替我割吧,别弄脏了我的手。"

地说:"别耍滑头。"

她说:"孩子们,真要老娘动手吗?"

地说:"看看你的本领。"

她把篮子递给我,让我帮她提着。伸出几个手指,从篮子里捏出一张鲜荷叶,裹了那沾满脏血的杀猪刀柄。转眼间,就从大奶奶身上旋下一块肉,用刀尖挑着,说:"孩子们,称称吧。"

地用秤勾子挂着那块肉,一称,佩服地说:"果然是好刀法,正好四两。"

她说:"给我把肉包了,拿回家去包饺子吃。"

地从篮子里揪了一张荷叶,包了那四两肉,扔回篮子里。

她接过篮子,说:"你们这玩法并不新鲜。"

天说:"我们知道这玩法不新鲜,我们不过是执行我娘的命令罢了。"

中年女人走了。天打了一个哈欠说:"无聊,太无聊了。"

八

我们的父亲对我们讲述了他追随着他的两位表哥在北虹出现后的当天夜晚和第二天早晨残杀了他的大爷爷和大奶奶的经过后,便扛起锄头下了地。我们清楚地知道,要让我们的父亲再次一气连贯地讲完一段时间内发生的事情是不可能的了。父亲适才讲述时,使用了十分统一的第一人称,这是罕见的现象,罕见的现象难以重复。根据我们的经验,从那场大劫难中苟活下来的人,头脑总是有些混乱。突出的表现就是那混乱的人称。人称的混乱说明了他忽而站在现在的立场上,忽而又站在过去的立场上。他忽而是沉浸在对历史的回忆中自言自语,忽而又变成一个对晚辈讲述历史的长者。我们坐在通风良好的宽敞的门楼里,目送着钢铁般坚强的父亲光膊赤足走向被强烈阳光照耀着的田野,感到我们自己的灵魂像被雨水浸泡过的草纸一样苍白。轰轰烈烈的食草家族辉煌的历史已成为过去,过去的一切是那样的丰富那样的千头万绪。真正对过去的一切感到混乱的其实是我们,而不是我们的父亲。一个能够宛转自如地不断变换着视角讲述历史的人,怎么可能头脑混乱?一个把一件事情连讲十遍而仍令听众感到趣味无穷的人怎么可能头脑混乱?父亲的头脑像镜子一样清楚。

他没有向我们说明那位最后出现在桥头上,准确地切割了我们的大老奶奶四两肉的中年风流女人的来龙和去脉。她突然出现又突然消失,宛若天上的一道彩虹。我们曾想到她可能与二姑奶奶有关系,我们也曾想到她就是那道诡异而美丽的北虹的化身。在那个时代里,人指缝里生长着粉红的蹼膜,狐狸能把唾液锻炼成熠熠发光的仙丹,黄鼠狼能指挥女人唱歌跳舞,出现一个来无影去无踪的女人又算什么?

九

后来,父亲说,天和地突然变得垂头丧气,好像一群努力工作着的下属受到上司的痛斥一样。这种零刀把人割死的把戏原来并不是什么创造。父亲说他的两位表哥沿着青石街道懒洋洋地向南走去,把垂死叫嚎着的大奶奶扔在桥头上,再也不管不问。父亲与他的二位堂兄弟肚子饿得咕咕叫,但却像中了魔法一样,紧跟着天、地往南走。家家的狗都夹着尾巴怪叫着,根本不敢跑出家院。父亲说哑巴德高不断地捡起路边的石片,投掷到街道两侧我们那些叔叔伯伯家里去,好像他对这些自家的人有着深仇大恨。父亲说瞎子德重用竹竿探索着道路,走得像风一样快。

他们一行走到村南,在当年我们的老爷爷抛弃二姑奶奶的虮蜡庙前停住。天挥枪打死一匹野兔,地打死一只肥胖的大獾。开剥兽皮、清洗兽肉的任务由德高承担,拢集柴草的任务由我承担。瞎子陪着天、地说话。

父亲说等他拢来一大堆柴草时,听到两位表哥正在大笑。地用脚踢着瞎子的屁股说:

"果然是好法子,明天就试试。"

天说:"事不迟疑,吃过肉就动手。"

父亲说他对那位阴险的瞎眼堂哥一向不满意,见他得到表哥们的赞赏,心里很不痛快。正好这时哑巴肩着剥去皮的獾、拎着褪去皮的兔,浑身水淋淋地走过来,父亲便对他做了几个手势,使了几个眼色,激起了他对瞎子的满腔怒火。父亲说哑巴把兽肉往草上一扔,便扑上去掐住瞎子的脖子。瞎子全无提防——有提防也难抵哑巴的蛮力——当场被按倒在地。天和地愣了半晌，才冲上去营救。他们每人拧住哑巴一扇耳朵，好不容易才把他挣起来。哑巴的手卡在瞎子脖子上不松，天用枪托子敲了哑巴的鼻梁——鲜血迸流——哑巴去捂鼻子，瞎子才算得救。父亲说瞎子脸色青紫，如果有眼珠，早就凸出来了，幸亏瞎子没眼珠。

天伸手在瞎子鼻孔处，试了试。然后又骑在瞎子身上，用双手挤压他的胸膛。瞎子长出了一口气，活了过来。

父亲说地连抽了哑巴十几个耳光，哑巴捂着腮帮子，红着眼珠子，但始终未反抗。

他们点着火，烧兽肉。烧得半生不熟，胡吃一通。吃饱后，天和地肚皮朝天躺在干草上，你一句我一句地争论。

父亲说天说天上的星星与地上的人一对一，一人头上顶颗星。地说那纯粹是胡说八道，譬如说我们随时都可以宰人，但并没有看到人死星落。天说那些流星不就是在落吗？地说那不是落，是星星搬家。

半生不熟的兽肉在我的胃里翻腾着，父亲说，几匹野狗在草丛中潜伏着，伸着鲜红的舌头，盯着我们吃剩的肉和那些红殷殷的骨头。

天和地争论够了星星又争论地上的石头，由石头又及庙上的瓦片，由瓦片又及蹲在庙顶上的乌鸦。他们的争论起初还有意思，后来就变得很枯燥。父亲躺在干枯的草上，迷迷糊糊地睡着了。

父亲说夕阳西下、大地一片血红的时分，天把他揪了起来。天说起来起来，吃饱了睡足了，该干正事去了。父亲揉掉眼上的眵站起来，看到自己的影子长长地铺在地上。他说他突然想起曾听老人们说过，鬼是没有影子的。于是他看到了天和地那格外清晰的大影子，有力地证明着这两位表兄不但是人而且是有大本事、大造化、大福气的人,父亲说影子重的人福气大,影子浅的人福气小。

天和地散漫地往村子里走,父亲他们跟随着。临近村头时,傍晚的风吹得草梢乱点,那几株叶子金黄的栗子树千叶万叶婆娑起舞,好似满树金蝴蝶。父亲说往常每到这时候,南北方向的青石板道上有很多捧着粗瓷大碗喝粥的人。现在连一条人影也没有,偶尔有一只野猫穿街冲过,身影油滑,好像一道电流。父亲说他再次感到没意思起来,路过家门时,他甚至想逃脱掉,回到那跟堂姐妹们厮缠打闹的往日生活中去,但他没有逃脱。他感到跟着二位表哥寸步不离是无法违抗的命令,当然并没有任何人给他下命令。

一丝不挂的痴呆儿德强蹦蹦跳跳地在石街上出现了。父亲说痴子德强那时有十三岁,个子约有三尺高。他生下来就没穿过衣服,但那身肉却粉红色、油漉漉的,活像个人参娃娃。

他拦住天和地的去路,咬着舌头说:"喝汤、喝汤。"

连一直阴沉着丑脸的地也露出了很温存的笑容。

痴子德强继续重复着:"喝汤,喝汤。"

天和气地问:"小表弟,到哪里去喝汤?"

痴德强突然清楚地说:"跟我去喝汤。"

天和地交换了一个眼色,又低声咕哝了几句。然后,天一挥手,说:"跟他走。"

父亲说他们一行五人,尾随着一丝不挂的德强,拐弯抹角,穿过幽暗的小巷,进入一个大门楼。父亲认出这是我们的七老爷爷的家。父亲说你们的大老爷爷和大老奶奶被处决之后,七老爷爷和七老奶奶就是家族中的尊长了。他们家里也有一条狗,是狼与狗的子孙,原来非常凶猛,用指头粗的铁链子拴着,天上飞过一只鸟,它都要蹿跳叫嚷,因为性子太猛蹿跳太高,常常被铁链子顿回去翻跌筋斗。奇怪的是这条恶狗那傍晚竟然一声也不叫,缩在窝里哼哼着,像感冒了的人一样。父亲说那狗是被天和地这两个杀人魔头给威住了。狗通人性,父亲说它知道天腰里的大镜面匣枪和地怀中的花机关枪不是好惹的。你蹦得再高,也蹦不过枪子儿;你跑得再快,难道就快过了枪子儿不成?

父亲说七爷爷在院子里迎接他们。父亲说他们的七爷爷原是个红了眼不认亲属的东西,他是他们同辈中最小的,提笼架鸟,斗鸡走狗,吃喝嫖赌,人世间诸般恶事都沾过边,平日家斜着眼看人,家族中送他外号"七斜"。可是那天这天不怕地不怕的"七斜"竟戴着瓜皮小帽,穿黑缎子长袍,满脸堆着笑,像村公所里的账房先生一样,点头哈腰地招呼他们进屋去喝汤。父亲说他们一行,痴子德强在前,依次是天、地、德高、德健,德重挟着马杆殿后,鱼贯而入,很像后来我们在电视机上看到的一队进入开幕式的运动员。

父亲说我们的七老奶奶是个一脸大麻子的女人。父亲说他的七麻子奶奶虽然长相凶恶,但人却善良、和蔼、慷慨大方,恨不得将自己的心肝掏出来给晚辈们吃了。父亲说他心里其实挺喜欢这位麻奶奶的。

堂屋里已经摆好了桌椅。父亲说他们家族中房屋内部的格局差不多都跟大爷爷家一样,几百年也没有大变化。麻奶奶极丑的脸唬了天和地一下子,父亲说他看到天和地都缩了一下肌肉。麻奶奶亲热地迎上来,大声说:"好外孙,早听说你们来了,把我欢喜死了,快坐,快坐。"

父亲说麻奶奶安排天、地入座之后,也不怠慢、疏淡他们。她逐一呼着他们的名字:"德高、德重、德强、德健,你们这四条小狗,都快坐下吧。"

七爷爷进屋,忙不迭地端茶倒水。父亲说,"七斜"成了这副模样,也算是威风扫了地皮。父亲说我们的七老爷爷倒了一巡茶,点燃了三根羊油大蜡烛,自己也怯怯地入了座。

父亲说麻奶奶端上菜来,七个盘八个碗,鸡鸭鱼肉,山珍海味,把一张大桌子塞得满满的。

七老爷爷殷勤地劝酒劝菜。天优雅进食,地狼吞虎咽。父亲说天和地的手套不知是用什么质料做成,那么白那么光滑。酒过三巡,父亲说七老爷清清喉咙,对天和地说:"二位贤外孙,当年害你们母亲的事,我可是一点点都没参与,你们的七姥姥可以作证。"

麻奶奶堆着满脸笑说:"都是老大两口子的坏主意,杀了他们,正是报应。"

天说:"吃饭吃饭,过去的事不要再提。我们这次回来,也不是要找谁报仇。"

父亲说我们的七老爷爷听了天的话,像吃了定心丸一样,脸上的肌肉松弛了许多,更加殷勤地侍奉天、地,像个重孙子一样。

吃罢饭,麻奶奶端上几盘炒葵花子儿,说:"大外孙,嗑几个瓜子儿香香口。我一开头就看不惯他们的习性,只有驴才吃草,人吃草还算人吗?"

地点点头,说:"你真明白。"

麻奶奶连忙谦虚着:"明白什么,老糊涂了。"

父亲说他根本没料到和平的形势会突然消逝——瞎子德重捂着肚子哀嚎起来——怎么回事,好孩子,怎么回事?父亲说麻奶奶关切地问着。瞎子说:酒里有毒!

父亲说麻奶奶抬手扇了瞎子一巴掌,骂道:"放你娘的臭狗屁!有毒单毒你?我看你小子是吃撑了。"

大表哥说:"酒里没毒。"

七老爷爷说:"还是大外孙聪明。"

天说:"我聪明什么?我一点也不聪明。"

父亲说天站起来,打着饱嗝走到麻奶奶面前,说:"七姥姥,你和七姥爷都听着,我有话跟你们说。"

麻奶奶和七老爷同声道:"大外孙请说。"

天道:"二位老人,你们俩年纪不小了,活够了没有?"

麻奶奶道:"活够了活够了,活得够够的了!"

天道:"那为什么还不想法死?"

父亲说我们的七老爷爷一听这话,脸立时煞白了,嘴唇干哆嗦,却连一句话也说不出来。

麻奶奶道:"大外孙,虽说是活够了,但阎王爷不来催,也就懒得去。"

天说:"阎王爷这就来了。"

父亲说你们的七老爷"扑通"一声就跪倒在地,哀求道:"好外孙,饶我一条老命吧……你娘的事我真的没插手……"

地踢了他一脚,说:"起来,起来,横竖逃脱不了的事。"

麻奶奶镇静地说:"大外孙,皇帝老子也不杀无罪之人,要杀我们,总得有个讲说。"

天笑着说:"好一个糊涂老婆子,要杀你就是要杀你,还要什么讲说。"

麻奶奶说:"你不说明白,我死也不闭眼。"

天说:"那你就睁着眼死吧!"

地一挥手,说:"找绳子去!"

父亲说他堂兄弟几个积极地找绳子。麻奶奶抄起一把菜刀,说:"小杂种们,看你们哪个敢捆我!"

天说:"不用捆了。"

地说:"瞎子,我们不要捆她,还要她无法反抗,该怎么办?"

瞎子说:"当头一棍,打昏她。"

地说:"不好,不好!"

痴子德强咬着舌头说:"把她的手剁掉。"

天说:"你小子,一点也不痴嘛。"

地说:"动手吧。"

父亲说他与德高、德强一拥而上。麻奶奶挥着菜刀,劈得风响,跳着骂:"杂种,我先劈了你们!"哑巴躲闪得慢,耳朵被削掉一块。父亲说他灵机一动,抓起一个木头锅盖当盾牌,冲上去,麻奶奶一刀劈在锅盖上,拔不出刀来了。德强一个地滚龙上去,搂住了麻奶奶的腿,德高扑上去,扼住了麻奶奶的脖子。父亲说他对着麻奶奶的肚子,撞了一头,麻奶奶应声倒地。父亲说天从厨房里搬来一个剁肉的木墩子,放在麻奶奶身边,从木锅盖上拔下菜刀,对着地说:"你来剁吧。"地推让着,说:"还是你来剁。"父亲说他们俩推让了好一会儿,最后决定猜包袱、剪刀、锤比输赢,赢者先剁,输者后剁。天伸出巴掌,地伸出拳头,天赢了,先剁。他命令父亲他们把麻奶奶的手按在木墩子上。麻奶奶好大的劲头,像条母水牛一样哞哞地叫着,父亲说他们堂兄弟三个使了吃奶的力气都按不好她。地过来,一只脚踏在麻奶奶背上,说:"老实点!"麻奶奶顿时老实了。天举起菜刀,往刀刃上吹了一口气,然后挥臂刀落,"喀嚓"一声响,麻奶奶一只手齐着腕断了。父亲说麻奶奶怪叫了一声,背虽然被地的脚踩着,还是罗锅了起来。血一股股地从断腕上冒出去。那只脱离了肢体的大手,在地上抽搐着。

父亲说天把菜刀递给地。地接了刀,用更加干净利索的手段,剁下了麻奶奶另一只手。

天说:"你们松手吧。"

父亲他们松了手。麻奶奶困难地爬起来,失了双手,她的身体丧失了平衡,晃晃荡荡站不稳。豆大的黄汗珠在她的麻脸上滚动着。

"小畜生们！狠心的小畜生们！"父亲说麻奶奶扯着喉咙骂着，挥动着双臂，像挥动着两根棍子，黑色的血像热乎乎的急雨，在屋子里飞溅。一道热血淋在天洁白的脸上。天像被火烫了似的，怪叫了一声。父亲说天掏出一块布擦着脸上的血，气急败坏地下着命令："快快快，按倒她，剁了她的脚！"

父亲说麻奶奶闭着眼往墙上撞去，哑巴伸手揪住了她，并顺势把她压倒在地。天和地把剁脚的任务交给了父亲。德高抢刀先剁，父亲说哑巴手大臂粗，劲头儿十足，一刀便剁断了麻奶奶的脚脖子，那只穿着缎子鞋的小脚单独立在地上，样子十分可怕。父亲说麻奶奶虽然面孔丑陋，两只小脚却裹得十分精巧。父亲说轮到他动手时，那把菜刀已经被热血烫卷了刃子，所以他连剁了三刀也没能把麻奶奶的脚剁下来。剁到第三刀时，父亲说他忍不住地恶心，一股黏稠的东西从胃里往上翻。他扔掉菜刀跑到院子里，弯着腰呕吐。

接下来，父亲说，天表哥让德高把麻奶奶扶起来。麻奶奶如何能站住？她的嗓门也降低了，趴在地上，大口地喘息着。天说："瞎子，该你动手了，割掉她的眼皮吧。"

瞎子摸索上来，从大表哥手上接过那柄牛角柄的小刀子，去割麻奶奶的眼皮。麻奶奶断断续续地说："好孩子……给我个利索的吧……"

瞎子旋去了麻奶奶的眼皮。麻奶奶哼了几声，就昏了过去。

父亲说目睹了这一切的七老爷其实已被吓痴了。他瘫在墙角，身上散发着屎尿的臊臭。两位表哥令父亲他们在院子里挖了一个窟窿，把七老爷爷活埋了。

父亲说土埋到你们七老爷爷脖颈时，他鼻孔流血，眼球突出，脸色像茄子。天让痴子举着半截蜡烛照着明，自己掏出匣枪，对准你们七老爷爷的脑顶打了一枪。一股白脑子蹿了出来。

父亲说,你们老爷爷这一辈的人就这样被拾掇干净了。天从痴子手里夺过蜡烛,插在你们七老爷爷头顶的枪眼里,打着哈欠说:"累了累了,有活明日再干。"

十

天和地进村后的第三天,是一个基本和平的日子。父亲十分厌烦地对我们叙述着,完全失去了讲故事的兴趣。我跟着你们那两位疯疯癫癫的表叔,串着胡同打狗。这根本不是两个杀人魔头应该干的事情,而是两个顽童的行为。父亲说,我这两个大表哥的迷人之处,也正是通过这些荒唐行为表现出来的。

我们堂兄弟几个跟着他哥俩,打死了十几条狗。痴子德强有模仿狗叫的天才,他用狗的语言把狗引出来,充当两位表哥的靶子。父亲说这天傍黑他们受到一次小小的偷袭,一发子弹从背后打中了瞎子的脖颈。瞎子立仆在地,嘴巴里吐出了一堆血沫子,一句话也没说就死掉了。

这一枪结束了打狗行动。天察看了一下瞎子的枪伤,对地说:"这是捷克造七十九毫米步枪发射的子弹。"

地说:"枪法还不错。"

父亲说地的话音没落,又响了一枪。子弹打在天脚前的泥土里,冒出了一股白烟。地一扶花机关,打了一梭子,就听到有人在西边的房顶上叫了一声,然后滚得一片瓦响。

那是我的八叔,父亲说。他也算是个神枪手。地的枪弹打光了,便吩咐我们去河北边的墓地里为他取子弹。

父亲说那片墓地有一亩大小,里边生长着一些黑松树。传说里边有一条碗口粗的黑蛇。

他有些胆怯地看着天和地。地说:"你怕了吗?"

父亲点点头。

地说:"我自己去吧。"

地大摇大摆地在石街上往北走,天带着我们尾随着。

父亲说两天前遭了酷刑的大奶奶还绑在柱子上,人已死了。

虽然没有风,但墓地里的松柏却哗哗地响着,宛若潮水涌动。一阵阵令人毛骨悚然的凉意从天而降。地推倒一个石马、显出一个方方的石坑。石坑里竟然是一堆金灿灿的子弹。地往枪里压了弹,枪里压饱了,胸前还多了一个沉甸甸的布袋。地拍拍布袋,说:"五百发。"

父亲说少了瞎子马竿戳地的"笃笃"声,他心里感到非常空虚。走回石桥时,夕阳把满河的流水照得通红。河水因有了颜色而显得格外宽厚。那座与石桥连接着的大门楼子也显出了几分巍峨。父亲说他看到大爷爷那颗头颅被一阵旋风吹动着在桥头上打转儿,好像那头是用纸壳糊成的。他还闻到了一股刺鼻的尸臭。一群乌鸦从空中俯冲下来,呀呀地叫着,盘旋着覆盖了大奶奶的尸体。一只肥大的鹰在河上盘旋着,突然一斜翅膀俯冲下来,好像一道黑色的电光。老鹰抓着大爷爷的头颅,艰难地、用力扇动着翅膀飞起来,那缕山羊胡子在晚风中飘动。一阵枪响,一溜火光,老鹰和头颅被打烂、垂直跌落在河水中、轻巧的羽毛随即飘下。地哼了一声,脸上布满笑容。父亲说,他们站在桥中,望着那黑洞洞的大门,不由地发了愣。

就在那时候,门楼里一阵呐喊,好久没有关闭的两扇大门,嘎嘎吱吱怪响着合拢了。紧接着就有几道火舌从门楼上射下来,打得桥面一溜火星子。天和地几个箭步就窜到大门外的死角里。父亲他们也随着跑过去。

这场战斗,是父亲的十五位叔伯组织的,父亲说他的父亲我们的爷爷没有参加。我们的爷爷就是被二姑奶奶咬了手指那位。父亲说他不知道我们的爷爷跑到什么地方避难去了。

天说:"舅舅们,开开大门,放我们进去吧。"

门里嚷着:"野杂种,回去找你们的娘吧。"

话音甫停,又有石头瓦块从门楼上扔下来,有一块枕头大小的石头擦着天的鼻尖滑下去,差一点就要了他的命。

天举起匣枪,对着门楼上扫射。地也用花机关枪打了几梭子。上边有人挂了彩。哭着跌下去。天和地带着我们从土围子上爬上去,看到有七八个男人正在街上奔跑。兄弟俩便用枪撂倒了他们。这其中有十一叔——痴子德强的爹,还有二伯——瞎子德重的爹。

父亲说中秋节晚上,月亮又大又圆,白光灼灼,照耀得村庄几乎没了黑暗,即便在房子的阴影里,也能看清手掌上的纹。

消灭叔伯们的战斗持续了好几天。他们有的藏在枯井里,有的钻在草垛里,但都被痴子德强发现了。他活脱脱是一条警犬。这里一个,他指指枯井。天和地就命令哑巴搬着一盘石磨投下去。井里传上来沉闷的声响,和十四叔的惨叫。他指指草垛,说,这里还有一个。天和地便令父亲去寻找煤油。父亲从六婶家提来一桶煤油,淋在草垛上。天点着一块蘸了油的棉絮,掷在草垛上,火焰迅速爬上草垛,数丈高的火苗子冲起来,一个遍体着火的人从火堆里滚出来,滚了几米远,便停住不动。尽管人成焦炭,但父亲还是辨认出了焦炭是他的三伯。

十六个叔伯中,只逃脱掉我的爷爷。我们的老爷爷藏在什么地方逃脱了?父亲好像没听到我们的询问,继续着他的麻木叙述。德强抽搐着鼻子把村子里搜索了三遍也没找到。后来天说:"他是我们的亲舅舅,放他一马吧。"地说:"亲舅舅更该死。"天说:"找不到只好罢休。"

中秋之夜,村子里一片欢腾景象。父亲说打谷场上点燃了一大堆松木,火光熊熊。四十八个以花卉命名的父亲的堂姐妹们,全部集中在一起。她们中只有几个年纪小的在小声哭泣,大的却都似乎很镇静。

父亲说天和地端坐在一张八仙桌子旁,仔细地擦拭枪支。父亲说他希望表兄们玩个利索的,一顿枪子儿扫倒她们就算完事。不要再变换花样,他说他并不是怕,而是疲劳。因为表兄们每变换一种杀人方法就需要器械,而寻找各种器械的烦琐任务就落在父亲他们身上。

父亲说天站起来,大声说:"表姐们,表妹们,我是你们二姑姑的儿子,是你们的表哥或者表弟。我早就听说你们个个美丽,如花似玉,今日一见,果然名不虚传。你们的二姑姑让我带给你们每人一件礼物,这就是——"他举起一个小小鹿皮口袋,晃晃,里边哗啦啦地响着,"待会儿你们每个人摸一件。你们猜猜,这里边装着什么?是金子?是宝石?都不是,这里边有四十八张骨牌,每个牌上都用刀刻着一种刑法,这是你们二姑姑多年的研究成果,你们真是好福气。"天把口袋扔到桌上,说:"你们别怕,执行刑法时,你们的二姑姑会来观看,现在,我先把每样刑法解释一下,然后你们就来摸骨牌。"

父亲说天像背书一样背着:"第一种,彩云遮月,也叫'戴驴遮眼儿',这刑法的施行方法是:用利刃把受刑者额头上的皮肤剥下来,遮住双眼。第二种,去发修行,此刑的施行方法是:用一壶沸水,浇在受刑者头上,把头发一根也不剩地屠戮下来。第三种,精简干部,干部者,五官也,此刑即是用利刃旋掉受刑者的双耳和鼻子。第四种,剪刺猬,此刑的实施:用锋利剪刀将受刑者全身皮肉剪出一些雀舌状,像你们的娘过年时做面刺猬时那样。第五种,虎口拔牙,这刑法简单,就是用钳子把受刑者的牙齿全部拔下来。第六种,油炸佛手——

用滚油将受刑者的十指炸焦。第七种,高瞻远瞩——用滑车将受刑者高吊起来。第八种,气满肚腹——将气管子插进受刑者屁眼往里打气。第九种,步步娇——赤脚走二十面烧红的铁鏊子⋯⋯"

父亲说天一口气说完了四十八种酷刑,连半句废话也没有。他说:"你们的二姑姑不忍伤了你们的性命,这些刑法,只要施刑方法得当,保证死不了人。所以希望你们要积极配合,不要反抗、挣扎,否则会更难受,弄不好还有性命危险。你们的二姑姑说:食草家族的女孩子,都不是平凡人物,都是注定横行世界的角色。只要你们能咬牙熬过这一关,往后,世上的人就奈何不了你们了。"

父亲说天把口袋扔在桌上,说:"表姐妹们,来吧,每人摸一张,谁也脱不了,早晚脱不了。"

父亲说他的四十八个姐妹们,齐声嚎哭着排起了一字队形,走到桌前,每人从口袋里摸了一张刻有刑名的骨牌。

摸牌完毕,天说:"各人收好自己的牌,谁丢了谁死。"

父亲说月光皎皎,火光熊熊,晚风清凉,虫鸣唧唧,中秋夜晚十分美好。天命令他们分头去准备施刑所需要的各种器具,任务虽然艰巨,但他们欢腾而去。

忙了整整半夜,父亲说他的腿硬得像两根木棍子一样,再也挪不动了。八仙桌子周围堆着他们堂兄弟三人从各家搜集来的刀子、剪子、绳子、棍子、鏊子、铲子、镰刀、镢头、水壶、铁锅、扫帚⋯⋯其中有施刑需要的,也有不需要的。万事俱备,只等二姑到来,但二姑迟迟不来。火堆里的松木燃烧将尽,火苗子渐渐疲软瘦弱,但月光却愈发皎洁起来。那晚上的月亮大得让我再也不要看月亮,那晚上的月亮亮得呀从此之后我再也没见过那样亮的月亮,那晚上的月亮是不是月亮谁也说不准。偌大的天上,没有一颗星,没有一丝云,但却有白色的、铜板般大的雨点稀疏地砸下来,过一阵又一阵。打谷场外的田野里,原本碧绿的植物变成一片银色的海洋,雨打叶片的声音让我心中恐慌,二姑为何还不到?松脂的香气、姐妹们眼泪的味道弥漫在月光中,嗅着这味道我心中焦急,二姑怎么还不到?二姑啊,你快些来吧!我们脑子里鲜明地晃动着二姑的身影,她骑马挎枪出现,也许是乘坐花轿出现;有兵们鸣锣开道、也许是吹鼓手鼓瑟吹笙簇拥。总之,二姑的出现必将是一个辉煌的时刻,我知道不仅仅我在盼望着、不仅仅我的那几个堂哥们盼望着、连那些手握刑名骨牌的姐妹们也在盼望着。她们的心情,类似出嫁女的心情,不是恐惧也不是高兴,哭不代表悲伤笑也不代表欢乐。父亲说她们哭够了笑够了等烦了等腻了便聚成一堆搂着抱着唧唧喳喳嘀嘀咕咕,伸出你的手,伸出我的手,伸出她的手,她们伸出手,探着头,互相观看着对方手中骨牌上的刑名,并在没征得两位表哥同意之前开始交换骨牌。菊花用"精简干部"换了兰花的"彩云遮月",桃花用"油炸佛手"换了梨花的"高瞻远瞩",莲花和牡丹都要用手中的骨牌换水仙的"剪刺猬",水仙坚决不换,三个人先是争执后是推搡最后打成一团。姐妹们滚成一团,秩序大乱。天心烦意乱地骂她们,甚至过去拉架,不知被谁贴了一个耳刮子。他捂着脸退出来,无可奈何地说:打吧打吧!等你们二姑来了再收拾你们。他这句话竟奇妙地制止了混乱。姐妹们整整容貌,看看天和地,不语,突然一个说:二姑什么时候到?!然后一齐发问,如同质问。天和地无法解释。地踏着梯子爬上房,向远处眺望。一会儿下来,什么也不说。望到没有?望到了吗?地有些窘,不语。姐妹们骂天骂地。骂倦了,便哈欠连天。天和地也打起哈欠。哑巴像堵墙一样倒了,接着便发出了响亮的鼾声。痴子抱着一把竹扫帚睡了,嘴里发出咯吱咯吱的磨牙声。父亲说一阵困倦袭来,眼睛随即迷糊了,眼前的一切都晃动起来,那些姐妹们,一个个摇晃着,倒也,倒也。父亲身子一软,同样倒也,倒在被夜露和白雨打湿的地上,沉沉地睡去。

十一

  我们默念着那古老的谚语:"东虹雾露西虹雨,南虹收白菜,北虹杀得快。"想象着七彩的北虹在天上横亘的情景,崇拜着父亲的二姑我们的二姑奶奶,神化着父亲的表兄弟我们的表叔,心里生出许多说出来就会犯错误的念头。一只猫从我们面前油滑而过,于是我们困倦交加,哈欠连天,鼻涕和眼泪齐流。父亲冷笑一声,指着我们说:倒也,倒也! 我们便倒在他老人家脚下。
  父亲扛起锄头下地,我们进入梦乡。

第 六 梦

马驹横穿沼泽

"他们为啥非要穿过沼泽,非要穿过沼泽到这边来,这边难道果然就比那边好?那边难道就不生长地瓜和茅草?为什么非要横穿沼泽?绕点路走好道不行吗?费那么多辛苦死那么多人值得吗?……"

——生蹼时代那个著名的小杂种滔滔不绝的疑问惹得他心情烦闷,便啐一口唾沫,从草地上站起来,不忘记拍拍屁股上粘着的草屑,对准低头吃草的远处的牛群走去。

生蹼的小杂种睁着黑溜溜的眼睛盯着他的背影,一直望酸了眼睛,把他送进了暮色沉沉的墓地里。他——就是小杂种?——他叫什么名字?为什么坐在那里?——就叫他小杂种吧,坐在那里……就算他坐在那里放牧牛羊吧——所有的讲述,总是被一代一代求知欲过分强烈、性情又特别着急的小家伙打断——这也是革命传统代代流传的一种表现形式。

天眼见着就要黑了,牛羊自动地靠拢过来,母牛蓝色的眼睛里忧伤巨大,母爱泛滥,脊梁微微躬起,牛犊子用脑门子撞击着母牛的乳房,呱唧呱唧响。

爷爷对我说——爷爷死去若干年啦——我对拖着黄鼻涕的孙子

说:"我像你这么大的时候,跟着我爷爷到这儿来放牧牛羊,他对我说这说那的。那时的太阳比现在白,沼泽嘛跟现在差不多,三棱草上粘着一串串油蚂蚱,火红色,一烧嗞啦嗞啦冒油……"

我孙子把一只烧焦了的蚂蚱扔在嘴里。

……小杂种晃晃脑袋,我爷爷说,好像打尿颤一样。这个小杂种每天傍黑总是坐在那个地方:往南是红色淤泥大沼泽,往东是草地,往西是草地和庄稼地,北边有个小村子。草地上有三棵大柳树,像三个垂头丧气的大汉子一样。小杂种就坐在那儿等候那个"他"——一个黑巴鱼样的瘦男人。瘦男人总是日头刚冒红时从那片乱七八糟地生长着杂树的坟墓堆里走出来,和小杂种一起玩耍,讲横穿沼泽的事——他们也烧油蚂蚱吗?——爷爷问他爷爷我问我爷爷我孙子好奇地问我——我折了一根草棍,刮掉他的即将入口的黄鼻涕,回答道:当然!当然!

看到孙子漆黑的眼,我的心头浮起了一阵悲凉,一阵悲凉从容不迫地浮上我的心头。傍晚时分,草地虽然照样热咕嘟,但从沼泽吹出来的风,却已经凉爽,淤泥的味道渗进我们的骨髓。

一转眼就是七十岁,梦到死人的机会越来越多,死期要到了,心里很高兴。

……最初,小杂种坐在那儿,用草棍捅蚂蚁窝,瘦得像一道黑烟的男人在他身后冷冷地笑着。小杂种并不吃惊——因为这笑声很熟悉,族里的长者都是用这种声音笑。他把一只粉红色的蚂蚁诱到草棍上,让它沿着草棍往前爬,爬到顶端,如同面临万丈深渊,蚂蚁搔首踌躇。他感到了恐怖。一只黑色的脚,宛若一只独立的怪物,漫过他的肩头伸到他的面前。他闻到脚上的味道:幽幽野菊香。蚂蚁跳上他的过分突出的脚趾,很快地往上爬,爬过脚背,爬上脚踝,看不见了就扭脖子回头:黑瘦的男人青白分明的眼睛盯着他,坚硬的唇边漾着青苔状的微笑,嘴里是两排钢铁牙齿……

我爷爷对我说:小杂种打量了黑色男人一会,冷不丁地问:"你是谁?"黑色男人回答:"我是我。"他们俩就这样认识了。第一天什么也没说,第二天什么也没说,第三天上,傍黑了,黑色男人说:"明天我给你说件事。"

"说的是马驹穿过沼泽的事吗?"我孙子好奇地问,"马驹为什么要过沼泽?沼泽南边难道没有好草让它吃吗?……"

"不许打岔!"我爷爷对我呵斥。我对孙子说:"不许打岔!"

草地上……油蚂蚱蹦来蹦去,我稚嫩的皮肤被油蚂蚱弹打得生痛……我苍老枯槁的皮肤上站着一只油蚂蚱,火红鲜亮的颜色,油润有光泽,它如同玉石雕就,活脱脱一个宝贝物儿,它脚上的吸盘弄得我皮痒痒,抬手擦掉了它……爷爷,蚂蚱碰得我肉痛,孙子哭咧咧地说着。我们到三棵柳下去吧,那里草少蚂蚱也少。

我被爷爷讲述的黑色男人吸引着,几乎见到了他的面容,头发蓬松着,恰如一股黑烟……爷爷打死了站在他胳膊上的油蚂蚱,领我到了三棵柳下。

……第三天一大早,小杂种就来到了这里,把两头黄牛十二只绵羊散漫在草地上吃草,他坐在树下等黑色男人。草上露珠扎着绵羊们的嘴,它们啊啾啊啾地打着响亮的喷嚏。日头刚一冒红,黑色男人就出现在小杂种面前。小杂种问:"你吃了饭啦没有?"黑色男人说:"我喝了一巢蜜。"——一巢蜜是多少?鬼知道!鬼知道一巢蜜是多少——我给你讲个马驹过沼泽的故事吧!很早很早以前啦,有一群人赶着一匹母马从南边过来,走进沼泽之后,母马生了一匹马驹子,红色的,紧接着母马就死了,就剩马驹自己了。那群人也死了若干,最后剩下一个小孩,男孩。男孩和马驹抱在一起,呜呜地哭起来,哭呀哭呀,把眼泪都淌干啦……

小杂种夜里睡得不好,不由打起呵欠来。

黑色男人说:"好好听着!孩子!"

小杂种说:"这故事一点也不好听!你骗我一大早跑来,连饭都没顾上吃,你领我吃蜂蜜去。"

黑色男人从地上揪了一朵花,撕了两片草叶,放在手心里揉搓烂了,吹了一口气,往空中一扬,一群蜜蜂飞舞着。在一棵草上垒了一个窝。采来花粉、海水、屎尖——最甜的东西要用最臭的东西来造——酿出一巢蜜,给小杂种吃了。吃了蜜,小杂种不困啦也不饿啦,听黑色男人继续讲。

……小马驹用舌头舔舔小男孩的脸,说:小哥哥,别哭啦。小马驹是母的,两只大眼蓝汪汪的,双眼皮,长睫毛,鼻唇又嫩又红,像玫瑰花瓣一样。小男孩摸着马驹的脸,说:小妹妹,我听你的话,不哭啦。我比你大,我怎么能哭呢?男孩和马驹找了块硬地方,吃了一点东西:马驹吃草,男孩吃草籽。吃饱了,就一起跋涉沼泽……

刚讲到这里时,就听到沼泽地一声怪响,如同虎啸,黑色男人和小杂种都震悚不浅,延颈开口,也算目瞪口呆,往那一丛丛灌木里看。我记得当年爷爷说到这块时,我也不禁歪了头,怯生生地望着那连绵不断地延伸到沼泽深处的红色灌木丛。那又是傍晚,阳光凉森森的,沼泽里升起一团团烟雾。灌木枝条嚓嚓嚓摆动一阵,然后便一动不动,静寂无声,牛羊已自动围绕过来,眼睛里都流露惊惧之色。

"是什么鸟儿叫?"小杂种问黑色瘦男人。

黑色瘦男人正死盯着已经静静如画的沼泽地与沼泽地里如花如絮的烟瘴发呆呢。他的深凹在凸出的眉棱骨下的双眼锐利,宛若发现了野兔的鹰隼。

小杂种又问他,并用手指戳了戳他的大腿侧——后来的人都说那黑色男人的大腿像石头一样坚硬像冰块一样凉。

"是苍狼在叫。"他回答着,其实更像自言自语着。灌木丛深处又发怪声,似狗叫非狗叫似狼嗥非狼嗥,仔细辨别则认为近狗声而远狼声。灌木摇动,静止,怪声在死寂的沼泽里回荡。我当时吓得尿颤现在却习以为常,孙子用兽爪般的小手紧紧地抓住我的皮。他拍拍小杂种方方正正的脑袋,忽然把头抬起来,脖子上的大筋暴跳起来,出了怪声。他模仿得很像,引逗得沼泽里苍狼与他唱啊……啊……啊……"这是苍狼,是一种鸟。"他说着,前言似乎总难搭后语,然后用一种锐利的嗓音唱:"苍狼啊苍狼生蛋四方,鸣声如狗叫行动闪火光,此鸟非凡鸟啊此鸟是神鸟,口衔灵芝啊筑巢于龙香,得见此鸟啊避祸消殃,得见此鸟啊万寿无疆!"他翻来覆去地唱着,一直到日头沉没,天地全被紫气笼罩,星斗的寒光从紫气中射下来,好像闪烁的流萤。那天晚上,小杂种看到了苍狼低飞,拖着一道道月光,把灌木的枝条照耀得如同金丝。

……小马驹和小男孩在沼泽里艰难地走着,辛辣的腐败气息刺得他和它眼睛流泪。周围噼剥噼剥响,那是气泡从淤泥里冒上来又破裂的声音。远远近近地漂浮着一些枯黄的草疙瘩,他们小心翼翼地、躲躲闪闪地、蹦蹦跳跳地寻找着草墩子立足,一刻也不敢懈怠。稍一迟缓,他们的腿就会随着草墩的下陷而被淤泥吞没。淤泥暗红色,黏稠如漆,味道腥臭。沼泽似乎永无尽头。这天,小男孩一不小心陷在泥潭里,愈挣扎愈深,很快陷到了胸口。男孩头发胀,鼻子流血,眼珠子往外鼓。他哭了。马驹用蹄子去拉他,拉不上来,她也难过地哭啦。男孩说:"马驹……别管我了……你自己走吧……"马驹说:"不,要死咱俩也要死在一块儿……"男孩使劲地摇着头。这时候,天已经黑透了,一群群萤火虫飞舞着。清风掠过沼泽。忽然,前边传来几声朦朦胧胧的狗叫声,抬头看时,狗叫声处,隐隐约约显出几线灯火。马驹兴奋地叫起来:"小哥哥,你快看,前边有人家啦!我们快走出沼泽啦!"男孩感到一股力量注入全身。也是情急智生:马驹把屁股调过来,支棱起尾巴,让男孩揪住。她四个蹄子把住四墩大草,躬着腰,嘴巴几乎扎到泥里,拽啊,拽啊,终于把男孩拽出来啦。红马驹累瘫了,寻了块硬地方,躺着喘粗气。男孩好久才松开她的尾巴。遥望那前方明明灭灭的灯火,聆听着梦呓般的狗叫,一股温暖的浪潮在他血管里荡漾。他感觉到只有放声大哭一阵才能把郁积在心里的感情排泄出来,于是他就呜呜地哭起来。马驹幸福地眯缝着眼。小男孩情不自禁地抚摸着她凉森森的皮肤,梳理她滑溜的鬃毛,把脸儿贴在她狭长秀美的鼻梁上。马驹坚硬的睫毛摩擦着他的腮,他的唇,他的嘴巴正在舔着她的眼睛。后来,马驹身体灼热,用四条腿把男孩搂抱起来,男孩紧紧地贴在她的肚皮上。她的喷着热烘烘的青草味道的嘴巴几乎要把男孩的头皮咬破。又后来,他们一起扶持着,向灯光走去。以往的夜晚,他们寸步不敢动,生怕黑灯瞎火地陷进泥潭里去。今天的夜晚,他们把陷入泥潭的危险抛到脑后,灯火和狗的鸣叫——人间的气息——赋予他们神奇的力量,他们感到身轻如燕,腥臭的泥潭里竟然也放出兰花的幽香。他们终于寻到了那发出灯光的地方:一棵金黄色的树——龙香木——树上一个大巢——巢里有两颗正方形的鸟蛋——一只金色的大鸟惊飞——一道火光——发出狗吠般的鸣叫声……

那小杂种盘问黑色男人:"你见过苍狼吗?"

黑色男人长叹一声。小杂种于暗夜中听到牛羊在黑暗里的嚼草声,看到黑色男人眼里闪烁的光芒,憔悴在夜里更显得分明。村庄里狗声猖猖,有一个女人拖着嘶哑的长腔在呼叫什么。

黑色男人拢了一堆枯枝败叶,用石头碰撞铁镰,一颗光芒四射的大火星溅到枯叶上,他噘唇一吹,一缕绿色的火苗,犹如一条游动的小蛇,渐渐放出温暖和光明来。天上也有一颗大星陨落,把一道天划得贼亮。他从火堆周围掘出了两只大木薯,也不刮皮去须,径直填到火堆里去。火苗黯淡片刻,立即又明亮起来。

"我不回家啦吗?"小杂种问。

"难道你还有家可回吗?"黑色男人用嘲讽的口吻说。

于是小杂种便默然了。他用一根小木棒挑拨着燃烧的枯枝。羊儿在光圈之外不时地打喷嚏,尖声浪气,酷似女人。有时光明中突然伸进来一个牛头,铁角耸立,双目炯炯,有些吓人。

在木薯的香味里,小杂种又问:"你真的见过苍狼吗?"

黑色男人用眼睛逼着小杂种,脸上浮着冷酷的、轻蔑的神情。他的下巴铁青、尖削,边缘锋利,好像一柄钢斧。

我问爷爷:"您见过苍狼吗?"

篝火映得爷爷的脸一片金黄。遥远的南方和北方俱有冲天的火柱,连我们也闻到了钢铁被熔化的味道。

"我们也生一堆火吧!"我对孙子说。他的爹娘被一场旋风卷走有一个多月啦,现在不知降落到哪里的草地上去啦。但我相信他们会回来的,王瞎子占卜,也说他们会回来的。孙子可怜巴巴地问我:"爷爷,真有苍狼吗?"

……苍狼被他们吓飞啦,贴着灌木的梢儿飞,拖着长长的、像扫帚星一样的大尾巴。马驹闻到那棵树上放出的迷醉心灵的香气,痴痴地说:"小哥哥,真香啊……"小男孩也被那味道熏得魂不守舍,他搂抱着红马驹的脖子,好像搂着母亲又不似搂着母亲……马驹那些日子里渐晓春情,尤其是当她把尾巴给了小男孩拽住之后,那羞羞答答的爱便像蘑菇一样膨胀起来。她说:"小哥哥,到了那边,咱俩做一对夫妻吧……"小男孩亲着她的耳朵、眼睛、沉甸甸的鬃毛,嘴里流着香甜的津液……马驹说——她的眼里水汪汪的,都是泪:"小哥哥……我早就等你啦……我有一条要求,就是,你我结成夫妻之后,你永远不能提一个马字……"小男孩爽快地答应啦。马驹说："小哥哥你闭眼吧！"小男孩闭了眼。只听得一声响，好像马鸣。男孩睁开眼，竟发现站在他面前的是一个千娇百媚的姑娘。只见她一头金红色的长发、沉甸甸的，好像马驹的鬃毛；两只水灵灵的蓝眼睛，好像水中的宝石；娇嫩的嘴巴，谁见了谁想亲。男孩刚想问："你就是马驹吗？"但立即想起了誓约。女孩说："小哥哥，我的名字叫草香。"小男孩当夜就跟草香在龙香树下成了夫妻。一夜晚景不提。第二天，夫妻二人携手并肩，继续跋涉沼泽；受尽千辛万苦，终于来到了这地方……黑色男人用手往村子的方向大略一指，便停嘴不语。火苗剥剥地响着，木薯的香味愈加浓重。一忽儿有一只羊头伸进光明里来，一会儿又伸进来一头牛犊的脑袋。小杂种出神地望着火苗，心里却在思想那匹一声响就变成了美丽小姑娘的红色小马驹。

你怎么知道他在想那匹红色小马驹？

当时，我也产生过这样的疑问，我爷爷说他怎么会不想那匹红色小马驹呢？难道你不想那匹红色小马驹吗？老实告诉我，孙子，我严肃地问，你现在想什么？孙子恍恍惚惚地望着跳动不安的火焰，好像丢了灵魂。难道你现在想的不是那匹红色的小马驹吗？你骗不过我的经验。

也难怪啊也难怪，我自言自语着，多漂亮的一匹红马驹啊！双眼如水，四蹄如花朵，嘴唇像花瓣儿一样！咱们食草家族在这块洼地里繁衍生息若干年，一代又一代，哪一个男子汉没听说过红马驹的故事呢？哪一个没在白日梦里思念过红马驹呢？它一声响就变成了千娇百媚的俊姑娘。思念着这样美好的姑娘，还有什么样的高山大海能把人阻挡住呢？你、我、爷爷、爷爷的爷爷，世世代代的男子汉们，总是在感情的高峰上，情不自禁地呼唤着：ma！ ma！ ma！这几乎成了一个伟大的暗号。

爷爷说黑色男人把烤熟的木薯从火堆里扒出来,捞一把枯草,包住木薯的两头,用力一掰,木薯断成两半,玫瑰色的薯瓤冒着热气。他递给小杂种一半,自己拿住一半。只一转眼的工夫,他就把木薯填进了肚子。小杂种吸溜吸溜地吹着木薯,烫嘴不敢咬。

火堆渐渐黯淡,余烬暗红,周围的景物渐渐有了轮廓。牛羊的影子在晃动着,哨子虫尖利地鸣叫起来,叫声爆发得那般突然,令人心惊肉颤。沼泽里的声音,很远似的,小杂种听到了马驹的鼻息。光溜溜的绸缎般的马皮伸手就可触摸一样。

"后来呢?"小杂种问。

"你还想知道后来吗?"黑色男人笑嘻嘻地问。他的笑声里藏着一种很怕人的情绪,小杂种感觉到了。

"当然想知道,爷爷给我讲故事每次都有头有尾。"

"他们来到这里时,这地方人种没有一个。遍地是没人深的野草,野草里隐藏着狼虫虎豹。他们搭起了草棚,开荒种地,打猎逮鱼,养鸡养狗。一年过去,草香生了一对双胞胎,两个男孩。又一年过去,草香又生了一对双胞胎,两个女孩。"

……草香误吃了彩球鱼的卵块之后,便丧失了生育能力。她日夜辛劳,纺纱织麻,种菜种瓜,人渐渐憔悴,大眼睛里雾蒙蒙的。小男孩早长成了一个身强力壮的男人,他一心扑到土地上,不管老婆,也不管孩子。一转眼十几年,两男两女长大了。她们和他们竟偷偷地干起了欢爱的事。一边干还一边笑。他发现了,就用猎枪把一男一女当场打死,剩下的一男一女躲在母亲背后。草香眼里流着泪,为孩子开脱着……他骂道:打死你们这两个母马养的畜生!一语未了,就听得一声巨响,犹如山崩地裂,地上升起红色的烟雾,一匹火红色的马驹被那浪涛翻滚般的烟雾卷跑了……ma!ma!男孩和女孩搂抱着,喊叫着。他立刻后悔啦,马驹在烟雾中升腾时,那两只流泪的大眼睛里射出的仇恨箭矢般扎在他的心上。只用了一天工夫,他就由一个膘肥体壮的大汉变成了一具又黑又瘦的活死尸……

"他唱着有关苍狼的歌儿四处游荡。苍狼啊苍狼,下蛋四方——声音如狗叫飞行有火光——衔来灵芝啊筑巢于龙香——此鸟非凡鸟啊此鸟乃神鸟——得见此鸟啊万寿无疆——"

爷爷说,黑色男人站起来,也不跟小杂种告别,高唱着胡编乱造的歌儿向坟墓走去。他唱什么呢?我问。爷爷说他唱:兄妹交媾啊人口不昌——手脚生蹼啊人驴同房——遇皮中兴遇羊再亡——再亡再兴仰仗苍狼……

爷爷拨着灰烬,再也不说什么。

"小杂种还蹲在那里吃木薯吗?"孙子问我。

爷爷告诉我:小杂种没吃木薯,他摸着手指间的蹼膜,站起身来,一步步向黑咕隆咚的村子走去。

"后来呢?"

爷爷倦了,躺在草地上睡着啦。

马驹横穿沼泽的故事就这样流传着……

圆　　梦
——代后记

自一九八七年至现在,一晃就是五年。这期间我写了一些十分清醒的小说,也写了像《食草家族》这样的痴人说梦般的作品。这部作品有六个梦境组成,原名拟为《六梦集》,后改为现名,是尊重了朋友的意见。

虽然本书是断断续续写的,但我个人认为它是一个完整的长篇。在形式上它们各自独立,但在思想上却是统一的。

"六梦"的结集出版,了却了我个人一桩大事。因为"六梦"是我整个创作中的一种特殊现象,是我自己也难以说清的现象。这实际上是一大堆纠缠着我的问题,是很多无法解决的矛盾。我承认本书中很多思想是混乱不清的,我可能永远解不开这些混乱。这本书里,处处都有我个人的影子,是我把自己切出了一个毫不掩饰的剖面。本书肯定没能给读者提供指导生活的准则,也不会给读者以阅读的快感,这是我深深歉疚的。

不少聪明的评论家从我的"六梦"中读出了一些疯狂的倾向,我想我必须坦率地承认,在创作本书的某些章节时,一种连我自己都感到可怕的情绪经常牢牢地控制着我,使我无法收束自己的笔墨。所以本书也是疯狂与理智挣扎的纪录。所以本书除了是一部家族的历史外,也是一个作家的精神历史的一个阶段。所以读者应在批判"食草家族"历史时,同时批判作家的精神历史,而后者似乎更为重要。

在目前这种形势下,花山文艺出版社肯出版本书,令我感到激动。我能走上文学之路,是与河北文坛上诸多师长与朋友的扶持帮助分不开的,现在当我个人的诸多方面又面临着重重困难的时候,慷慨悲歌的河北又伸出一只厚重的大手扶住了我的腰,他们说:挺住!

是的,我应该挺住,因为我的任务还没完成。

一九九一年七月

图书在版编目(CIP)数据

食草家族/莫言著. —杭州:浙江文艺出版社,2019.7
(莫言作品典藏大系)
ISBN 978-7-5339-5706-3

Ⅰ.①食… Ⅱ.①莫… Ⅲ.①长篇小说—中国—当代
Ⅳ.①I247.5

中国版本图书馆 CIP 数据核字(2019)第 104591 号

统　　筹	曹元勇
责任编辑	李　灿
文字编辑	庄馨丽
封面设计	一千遍工作室
插页设计	夏艺堂艺术设计
责任印制	吴春娟

食草家族
莫言 著

出版	浙江文艺出版社
地址	杭州市体育场路 347 号　　邮编　310006
网址	www.zjwycbs.cn
经销	浙江省新华书店集团有限公司
印刷	杭州富春印务有限公司
开本	650 毫米×970 毫米　1/16
字数	285 千字
印张	23.25
插页	10
版次	2019 年 7 月第 1 版　2019 年 7 月第 1 次印刷
书号	ISBN 978-7-5339-5706-3
定价	76.00 元(精装)

版权所有　　侵权必究
(如有印、装质量问题,请寄承印单位调换)